陈吉蓉　著

饥饿荒原

荒原是苍凉的，荒原又是饥饿的。
这饥饿来自荒原的荒凉，更来自内心的苦闷、心灵的空虚，和青春的渴望……

武汉大学出版社
WUHAN UNIVERSITY PRESS

图书在版编目(CIP)数据

饥饿荒原/陈吉蓉著.—武汉:武汉大学出版社,2012.6
黑土地之歌
ISBN 978-7-307-09684-4

Ⅰ.饥… Ⅱ.陈… Ⅲ.长篇小说—中国—当代 Ⅳ.I247.5

中国版本图书馆 CIP 数据核字(2012)第 063358 号

责任编辑:聂勇军　　　责任校对:黄添生　　　版式设计:马　佳

出版发行:武汉大学出版社　(430072　武昌　珞珈山)
　　　　　(电子邮件:cbs22@whu.edu.cn　网址:www.wdp.com.cn)
印刷:武汉中科兴业印务有限公司
开本:880×1230　1/32　印张:12.75　字数:290 千字
版次:2012 年 6 月第 1 版　　2012 年 6 月第 1 次印刷
ISBN 978-7-307-09684-4/I·532　　　　定价:25.00 元

版权所有,不得翻印;凡购买我社的图书,如有缺页、倒页、脱页等质量问题,请与当地图书销售部门联系调换。

编 委 会

主 任 张福臣

编 委（以姓氏笔画为序）

邓 贤　叶 辛　白 描　刘小萌

刘晓航　陆天明　张承志　张福臣

肖复兴　岳建一　胡发云　姜汉芸

晓 剑　郭小东　高红十　董宏猷

谢春池

总　序

叶　辛

　　40多年前，中国的大地上发生了一场波澜壮阔的知识青年上山下乡运动。"波澜壮阔"四个字，不是我特意选用的形容词，而是当年的习惯说法，广播里这么说，报纸的通栏大标题里这么写。知识青年上山下乡，当年还是毛泽东主席的伟大战略部署，是培养和造就千百万无产阶级革命事业接班人的百年大计，千年大计，万年大计。

　　这一说法，也不是我今天的特意强调，而是天天在我们耳边一再重复宣传的话，以至于老知青们今天聚在一起，讲起当年的话语，忆起当年的情形，唱起当年的歌，仍然会气氛热烈，情绪激烈，有说不完的话。

　　说"波澜壮阔"，还因为就是在"知识青年到农村去，接受贫下中农的再教育，很有必要"的指示和召唤之下，1600多万大中城市毕业的知识青年，上山下乡，奔赴农村，奔赴边疆，奔赴草原、渔村、山乡、海岛，在大山深处，在戈壁荒原，在兵团、北大荒和西双版纳，开始了这一代人艰辛、平凡而又非凡的人生。

　　讲完这一段话，我还要作一番解释。首先，我们习惯上讲，中国上山下乡的知识青年，有1700万，我为什么用了1600万这个数字。其实，1700万这个数字，是国务院知青办的权威统计，应该没有错。但是这个统计，是从1955年有知青下乡这件事开始算起的。研究中国知青史的中外专家都知道，从1955年到1966年"文革"初始，十多年的时间里,全国有100多万知青下乡,全国人民所熟知的一些知青先行者,都在这个阶段涌现出来,宣传开去。而发展到"文革"期间,特别是1968年12月21日夜间,毛主席的最新最高指示发表,知识青年上山下乡,掀起了一个前所未有的高潮。那个年头,毛主席的话,一句顶一万句;毛主席的指示,理解的要执行,不理解的也要执行,且落实毛主席的最新指示,要"不过夜"。于是乎全国城乡迅疾地行动起来,在随后的10年时间里,有1600万知青上山下乡。而在此之前,知识青年下乡去,习惯的说法是下乡上山。我最初到贵州山乡插队落户时,发给我们每个知青点集体户的那本小小的刊物,刊名也是《下乡上山》。在大规模的知青下乡形成波澜壮阔之势时,才逐渐规范成"上山下乡"的统一说法。

我还要说明的是,1700万知青上山下乡的数字,是国务院知青办根据大中城市上山下乡的实际数字统计的,比较准确。但是这个数字仍然是有争议的。

为什么呢?

因为国务院知青办统计的是大中城市上山下乡知青的数字,没有统计千百万回乡知青的数字。回乡知青,也被叫作本乡本土的知青,他们在县城中学读书,或者在县城下面的区、城镇、公社的中学读书,如果没有文化大革命,他们读到初中毕业,照样可以考高中;他们读到高中毕业,照样可以报考全国各地所有的大学,就像今天的情形一样,不会因为他们毕业于区级中学、县级中学不允许他们报考北大、清华、复旦、交大、武大、南大。只要成绩好,名牌大学照样录取他们。但是在上山下乡"一片红"的大形势之下,大中城市的毕业生都要汇入上山下乡的洪流,本乡本土的毕业生理所当然地也要回到自己的乡村里去。他们的回归对政府和国家来说,比较简单,就是回到自己出生的村寨上去,回到父母身边去,那里本来就是他们的家。学校和政府不需要为他们支付安置费,也不需要为他们安排交通,只要对他们说,大学停办了,你们毕业以后回到乡村,也像你们的父母一样参加农业劳动,自食其力。千千万万本乡本土的知青就这样回到了他们生于斯、长于斯的乡村里。他们的名字叫"回乡知青",也是名副其实的知青。

而大中城市的上山下乡知青,和他们就不一样了。他们要离开从小生活的城市,迁出城市户口,注销粮油关系,而学校、政府、国家还要负责把他们送到农村这一"广阔天地"中去。离开城市去往乡村,要坐火车,要坐长途公共汽车,要坐轮船,像北京、上海、天津、广州、武汉、长沙的知青,有的往北去到"反修前哨"的黑龙江、内蒙古、新疆,有的往南到海南、西双版纳,路途相当遥远,所有知青的交通费用,都由国家和政府负担。而每一个插队到村庄、寨子里去的知青,还要为他们拨付安置费,下乡第一年的粮食和生活补贴。所有这一切必须要核对准确,做出计划和安排,国务院知青办统计离开大中城市上山下乡知青的人数,还是有其依据的。

其实我郑重其事写下的这一切,每一个回乡知青当年都是十分明白的。在我插队落户的公社里,我就经常遇到县中、区中毕业的回乡知青,他们和远方来的贵阳知青、上海知青的关系也都很好。

但是现在他们有想法了,他们说:我们也是知青呀!回乡知青怎么就不能算知青呢?不少人觉得他们的想法有道理。于是乎,关于中国知青总人数的说法,又有了新的版本,有的说是2000万,有的说是2400万,也有说3000万的。

看看,对于我们这些过来人来说,一个十分简单的统计数字,就要结合当年的时代背景、具体政策,费好多笔墨才能讲明白。而知识青年上山下乡运动中,还有多多少少类似的情形啊,诸如兵团知青、国营农场知青、插队知青、病退、顶替、老三届、工农兵大学生,等等等等,对于这些显而易见的字眼,今天的年轻一代,已经看不甚明白了。我就经常会碰到今天的中学生向我提出的种种问题:凭啥你们上山下乡一代人要称"老三届"？比你们早读书的人还多着呢，他们不是比你们更老吗？嗳，你们怎么那样笨，让你们下乡，你们完全可以不去啊，还非要争着去，那是你们活该……

有的问题我还能解答，有的问题我除了苦笑，一时间都无从答起。

从这个意义上来说，武汉大学出版社推出反映知青生活的"黄土地之歌"、"红土地之歌"和"黑土地之歌"系列作品这一大型项目，实在是一件大好事。既利于经历过那一时代的知青们回顾以往，理清脉络；又利于今天的年轻一代，懂得和理解他们的上一代人经历了一段什么样的岁月；还给历史留下了一份真切的记忆。

对于知青来说，无论你当年下放在哪个地方，无论你在乡间待过多长时间，无论你如今是取得了很大业绩还是默默无闻，从那一时期起，我们就有了一个共同的称呼：知青。这是时代给我们留下的抹不去的印记。

历史的巨轮带着我们来到了2012年，转眼间，距离那段已逝的岁月已40多年了。40多年啊，遗憾也好，感慨也罢，青春无悔也好，不堪回首也罢，我们已经无能为力了。

我们所拥有的只是我们人生的过程，40多年里的某年、某月、某一天，或将永久地铭记在我们的心中。

风雨如磐见真情，

岁月蹉跎志犹存。

正如出版者所言：1700万知青平凡而又非凡的人生，虽谈不上"感天动地"，但也是共和国同时代人的成长史。事是史之体，人是史之魂。1700万知青的成长史也是新中国历史的一部分，不可遗忘，不可断裂，亟求正确定位，给生者或者死者以安慰，给昨天、今天和明天一个交待。

是为序。

1

就如同二十年后的今天在那片荒原上挖出了两具恐龙的骨架一样不可思议，二十多年以前，只距恐龙曾经出没的如今的佛山县城十几公里，发生了一桩怪异的事情。

本来，在挖出恐龙骨架之前，谁也没有留意与追究过那片荒原有多么古老。平静的江水日复一日汩汩地流着，几十年几百年几千年，沉积的养料滋润着两岸流经的土地，把它变成了一片辽阔无际的黑色的沃土。这荒原存在真的是几千年么？几千年多么久远，平时所说的"五千年的中国文明"便似乎已经囊括了人类从衍生到发展的全部历史。可是，何止又是仅仅几个千年？恐龙出没的时期距今若按年代计算，明明又是几万几亿，那么，谁又知道这片土地的年龄呢？地球形成它就出现了么？它可是并不苍老。永不凋落的针叶松的郁绿，漫山遍野花儿的姹紫嫣红，以及冬雪覆盖的一片洁白轮番装点着荒原的一年四季，使它蕴藏下了青春才有的勃勃生机。说它古老，它曾与恐龙同在；说它年轻，许久许久以来它就那么面朝蓝天仰躺着,一如一个从来没有被欺凌的纯洁的少女。

比二十年前发生的那桩怪异的事情更早一些,距今半个多世纪以前,一批山东的流民迁进了那片土地。他们聚集在江的西岸,想从那江中淘出黄金来。但他们失败了。江水清冽、澄净,除了鱼儿畅游,除了被江水汇融着的看不见滤不出的水族的乳汁,他们只能淘出些江水从上游携下的沙的颗粒。于是,他们不再做黄金的梦,他们在江边驻扎下来,打鱼、狩猎,间歇着种点儿自食的粮食蔬菜,踏踏实实地生儿育女,成了这荒原上的第一代居民。居民们聚得多了,形成了一个自然村落,它就是佛山县城最早的雏形。

许多年过去了,佛山县城周遭百里,仍是渺无人烟。

直到二十世纪六十年代初叶,一队解放军转业官兵来到了这里,其中的一支,便驻扎在了距佛山县城十几公里的一个地方。这地方南面靠山,北面临江,西面坡下有一条从山涧流来的潺潺溪水,四周包围着这方宝地的,则是一马平川的小兴安岭山间平原。他们落下脚,便开始伐木搭屋,先是搭了几间披着乌拉草的拉合辫小泥房,转年又用木料扎出几座房架,四周编上荆条,把荆条抹上掺进麦草的泥巴垒成四面山墙,再铺上压着锯末的铁皮屋顶,造成了几座见棱见角像模像样的土房,依照后来所明确的生产建设兵团的军队式的建制,创建起了一个新的连队居地。于是,从佛山县乘汽车转过紧贴黑龙江畔的一个平缓的山弯,驶过一段蜿蜒着穿行于一片白桦林之间的沙砾公路,再钻出白桦林枝叶交盖的阴暗,颠下一道低缓的山冈,便能够看到一座座漆成红绿黄蓝颜色的铁皮屋顶。它们犹如一盘棋子,撒落在绿草、野花中,用色彩驱逐着原野的荒凉。

那桩怪事就发生在其间的一座蓝色屋顶下面。蓝顶小屋坐落在彩色棋子方阵的一个边角，贴近从佛山县通抵汤旺河镇的公路。公路那边，越过一片平阔的大田，便是分隔开异国领土的界河黑龙江。

界河没有界限，江面宽阔，水平如镜，偶尔江心的主航道驶过一艘机船，才会漾起几簇浪花，几道波纹。待船一过，那浪花和波纹很快便又复入平静，温柔地陷进大江的怀抱，安详地随江水向下游流去。

那桩怪事发生的时候，荒原上的第二代居民，那批三四十岁的转业大兵早已经从他们的家乡接来了妻子儿女，荒原也又接纳了它的第三代居民。这批新的居民不过是些嫩芽儿般的孩子，十六七岁、二十来岁，他们被一场震撼世界的狂热的造神运动所卷裹，中断了中学学业，来到这个荒原上戍边拓荒。在当时以及后来写进历史时，这些年轻人便为中国古老的文化、源远不息的文化留下了一个特定的名词：知识青年。

一百多个知识青年两年里分三批进入这个连队。第一批到来时，老兵们转业到荒原才不过一年零几个月，荒地刚刚开垦了几小片。接来的老兵们的家属孩子还没有落稳，他们就赶上了那场关于一个叫珍宝岛的国际性争端。争端引起了军事对峙，炮火的硝烟弥漫在大江上，透迤千里，连距珍宝岛千里之遥的这个连队，也闻到了火药味。江对岸的飞机不时地越过界河到连队上空盘旋，幽暗的夜空还不时飞起几颗意义不明的信号弹。于是在接到团部下达的一个紧急命令之后，连队的拖拉机、尤特车轰隆隆响了一夜，把拖老兵们后腿的老婆孩子统统撤离了沿江连队。或是到什么地方投亲靠友，或是送回老家，只留下老兵和新来的知识青年，等待着召唤，随时准备冲杀上可能扩大的战场。

那场战役总算没有扩大,也没有拖得太久,到一个叫苏晚晴的姑娘随着第三批知识青年加入这个连队时,一切已经和大江一起恢复了宁静。连队里老兵们的家属孩子又被接了回来,拖拉机牵引着土铧犁从一块荒地转移到另一块荒地,把沉睡的荒草滩翻醒过来,拖出了一条条黑色的脊梁。

苏晚晴这个生长于大城市的姑娘,来到边疆以前自然不可能想到,在这个僻远的荒原上,竟然会亲眼看到那么一桩只有在聊斋和唐宋传奇中才描述过的怪事;其他任何人也就更不可能想到,由这桩事件牵连出的一系列情景,曾经那么强烈地震撼了这个姑娘的心灵,甚至在很大程度上,决定了她以后的命运。

苏晚晴落身于距佛山县城最近的这个连队完全是一种偶然。她不是那种爱渲染爱张扬的女孩儿,人们对她的来历,也就从来没有通晓底细。最初由学校分配时,她被安排在了另外一个师。黑龙江生产建设兵团以当地的老农场职工和转业的解放军官兵为基础组建,后来又加入了来自北京、上海、天津、哈尔滨、佳木斯、杭州、温州等南南北北的大城市里的知青,以两个独立营、三个独立团、六个师的庞大军队式建制,散布在了中国东北部的莽莽荒原之上。从地图上看,这个兵团仅仅占据了九百六十万平方公里土地的一个小小角落,然而它散落的面积,上至黑河下至密山,沿着与前苏联交界的黑龙江、乌苏里江朝内陆推进,南北纵贯三千多公里,兵团战士的足迹遍布之处,足足有二十多万平方公里以上。苏晚晴原先欲去的目的地距离号称"天鹅项下的珍珠"哈尔滨市很近,那里交通比较便利,距离家乡比起佛山那地方来，也总算近了两千多公里。可是，当母亲把她送上了开往边疆的专列之后，火车没日没夜地狂奔了二十多个小时，眼看要到达哈尔滨时，一个中年军人忽然把她从她的伙伴们之中叫了出来，领她来到了空荡荡的餐车上。

"现在要跟你谈个事情。"那个军人看上去大约已五十岁，头发有些稀疏，黑亮的双眼却炯炯有神。他和悦地望着面前的这个刚刚走出中学校门的女学生说，"谈谈有关你的去向问题。"

"去向？"苏晚晴只在脑子里打了个问号。她静静地等着下文。她已经知道，建设兵团里一些主要干部都像面前这个军人一样，戴着红领章红帽徽，属于正规的现役军人。而他们这些知青，虽然也发了两套绿军装，却都是制作粗糙的冒牌货。

"到哈尔滨你不必跟着下车的那拨人再去转车了，"那个军人说，"你就跟着火车上留下的人一起去汤旺河。"

"汤旺河？"苏晚晴听了这话感到很是震惊。黑龙江的每一小片土地对于她都同样陌生同样遥远，可是她怎么也无法想出，自己将被火车带去的，却不是她的目的地。

"为什么呢？"她不安地问。

"这没什么奇怪。"那个军人笑了笑，"临时调拨嘛，军队里常常有这种情况，我们调拨了几个人过来，平衡一下人数，没有来得及提前通知。不过，兵团战士嘛，就是不穿军装的军人，就应该像军人一样，服从命令，听从指挥。你能做到么？"

苏晚晴死死地咬住了嘴唇。她不知道此时的自己说些什么才好。她只是想象着，以后家里收到一封不知地名的远方的来信时，父母脸上该是怎样一副吃惊的表情。"可是，我的行李是运往那边的……"

她找到了表露自己情绪的理由。

"噢,你的行李么,其实一开始就和这些人的放在一块儿了。"

苏晚晴看到那个军人一脸轻松地笑了笑,心里突然腾起一种受骗后的空落。事到如今,她知道说什么都已经无济于事。唉,既然都是上山下乡奔赴边疆,那就干脆跑得远远的,去见见世面吧!她倒是真想去看看边境地区是不是像电影里演的那样,两国之间隔一段距离就竖着一块界碑,还扯着一道带蒺藜刺的铁丝网。"好吧。"她无可奈何地叹了口气,不知怎么,反而有些愉快起来。

汤旺河是一条美丽的河流,这三个字也代表着它流经的一个边陲小镇。小镇人烟稀少,汤旺河水从镇中穿行而过的那段河床,倒是有些宽阔。它从小兴安岭山地中发源出来,伴着火车的路轨绵延几千里,汇入松花江,再和松花江水一起奔向更大的江河,奔向大海。如果有人认真追溯一下,说不定可以发现,汤旺河的源头与恐龙出没过的地点相距很近很近,甚至说不定可以发现它就发源于苏晚晴后来落身的那个连队的南山上,就是潺潺地流过连队的那条清澈的溪水。苏晚晴一见到连队里那条溪水时就产生了这个念头,于是在落身到那个连队两年以后,当她又发现那条小溪原来逶逶迤迤地穿过许多山冈草甸,正是向汤旺河的方向流去时,她就溯源而上,独自去寻找那条小溪的源头。她自认为那小溪必定是汤旺河的源头。她当然没有找到。小溪隐进了山间的原始森林,那里有野狼出没。

如果说苏晚晴改变去向偶然到达汤旺河的话,那么又不知道是不是命运把她引向了距佛山县最近的这个连队。当时为了不离开她熟悉的几个一起来的同学,她没有上指定她该去的那辆接人的汽车。伙伴们偷偷地帮她把行李从另一辆汽车上拽下来,和她们自己的一堆行李混在了一起。那个下午天正落着雨,苏晚晴在她小伙伴的掩护下偷偷地爬上了开往佛山县附近的这个连队的汽车。她躲在苫盖着车厢的帆布底下,躲过了一次次的编队点名。她和她的伙伴们都看到了领队人对一个空缺名额的迷惑和焦虑。她们没去理睬。直到到达连队以后,苏晚晴和她的伙伴们才向指导员晋香说明情况,请求正式留在这个连队。

就在苏晚晴被命运送进了这个连队之后的第二年,也就是她独自寻找过汤旺河的源头的那一年的初冬,她经历了连队里发生的那一桩事情。

那桩怪事发生在老转业兵周怀庆的家里。那座蓝顶小屋,就是周怀庆的住房。

连队居住地从远处或是从半空看,是个棋盘似的方阵,进到内部才知道,住房实际上由一条通往南山的大土道分割成了两半。靠近土道的东一半是转业兵们的家属区,大食堂、井台、连部、巴掌大的小卖店都集中在这东半边。家属房建造成两家一幢,中间用厚厚的土墙隔开。大门各自东西,房门外是一个遮风的L形门斗。门斗则两两相对。从房门进去,先是一个灶间,再跨着一间寝室。房是一律的土房,炕是一律的石板炕,灶间与寝室之间又一律夹着一道砖垒的火墙。所有房屋的结构都一模一样,只是一幢房的这一个门与那一个门内的设施位置截然相反。这样从一家门出来再跨进另一家,就像是从一家房跨进了一面镜子里。

知青们居住的宿舍区在那条土道的西边,到苏晚晴去时,那西半部实际上只有两幢知青宿舍。宿舍以其建筑面积作为代号区分,早盖的一幢只有两个房间，两房间之间是一条一米来宽的走道；两个房间里都有两铺面对面的大通炕。这幢房整个占地八十三平方米，就叫了"八三"宿舍。八三宿舍坐北朝南，它身后的另一幢房占地一百一十四平方米，代号就叫了"一一四"。在苏晚晴这第三批知青来后的第二年，连队在一一四宿舍的西侧又盖了一幢宿舍房，这房子占地面积又稍大些，一百五十二平方米，于是就叫了"一五二"。一五二宿舍再往西下一个坡，便是那条从南山流来的小溪。

　　知青们的宿舍简陋得很，除了石板炕上铺着一些从内地运来的苇席，再也没有其他东西。知青们住进以后，用木板搭起脸盆架，又在走道里架上几块木板摞起各自从家乡带来的木箱、帆布箱、柳条箱，女生们还撕开几件花布小衫给窗子挂上半截窗帘，倒也挺有点儿过集体生活的气氛。相比之下，老兵们的家经过他们自己的修整，比知青们的大宿舍可是强了许多。他们在石板炕上铺上一层毡板，漆成和房顶一样或黄或蓝的颜色；房外用冬天烧火的木板子垒起半截院墙，隔出一家一方独立的小院；小院里搭起猪圈鸡窝，勤快些的，再种些吊瓜、豆角、向日葵，一派北方村舍的景象也就形成了。

　　在转业兵之中，周怀庆的脑瓜数得上灵活，他不但多挤占了一些地方盘了个大大的院子，还在佛山县城里认了一门不知几房之外的亲戚。他又放弃了老坦克车手的本行，没去开拖拉机，而是自愿当了个大车老板。这一来，时不时借给连队出车的机会带上老婆孩子逛逛县城，捎回点县城商店里卖的新鲜东西，再和县城里的亲戚来来往往地串用点粮食柴草，小日子过得似乎就比别家火爆些。更加上他的妻子翠珠比他年轻许多，模样长得也俊秀，格外受着丈夫的宠爱，日子就不但火爆,而且甜美。翠珠不必干家里家外粗重的活儿,只一心一意喂养刚刚绕膝的女儿,天长日久,在家里悠闲得越发娇嫩,老兵家属们凑在一块儿,唯她显得柔顺可爱。

这一天,周怀庆县城里的亲戚向他求援一些烧火的木桦子。佛山县城离山比较远,又过起了半城镇式的商品粮生活,要烧柴,都是从附近的乡村里买。自从周怀庆挂起亲戚以后,这亲戚家冬天烧火的桦子,大都便是由周怀庆供给了。连队里有机车有马拉爬犁,找个老兵搭伴进山放倒几棵树再让连里派个车拉回来,一冬烧火就有了着落。既然自家桦子不发愁,再多捎上亲戚这一户,大不了再多伐两棵树。而说是支援那亲戚其实还人情还回来的钱财物品,又总会让周怀庆吃不了亏还稍有赚头。

周怀庆帮着亲戚拆了自家半院墙桦子,平平整整地码在亲戚赶来的马车上。这桦子打下已经有两年,让太阳晒得块块都裂了缝。临走时,翠珠拽着女儿小莲英又爬上了这驾马车。翠珠要去县城买块布料,顺便还要在亲戚家住上几天,到县医院看看她坐月子时落下的腰疼病。

周怀庆送走马车回到屋里,妻子女儿一走,房间立刻显得空荡荡的。他无法忍受这空荡,转身出来,又朝连部走去。

连部混在家属房之间,只不过占用着一套家属房。这套家属房做了一点儿改造:把外灶间又切割成一大一小两块,里边大些的做灶间,外边小些的只能站得下两个人,寝室、灶间和大门三方的门都朝这里开着,算是个小小的门厅。寝室的那一间做了连部,灶间便做了小卖店。连部小得可怜,只摆得下会计、出纳的两张办公桌和一个报架。邮递员一个星期才由县城里来往一趟,报纸运到县城就已经迟了一个星期,再送到连队,最新的消息也是十天以前的了。小卖店更小,充当小卖店的灶间不过五六平方米。小卖店的全部家当只是一个货架、三口大缸和两个麻袋。货架上摆的是几条香烟、几盒牙膏、几瓶罐头和一些毛巾、肥皂之类;三口大缸一口装酱油,另外的两口盛着两袋人畜都少不得的大粒盐。尽管香烟、肥皂都按规定供应,每人每次只能买一盒香烟,一个月只能买一块肥皂,但小卖店毕竟是全连人唯一的去处,一到吃过晚饭,不少人就溜溜达达地到这小卖店逛上一趟,看看进了什么新货,也顺便进连部看看那些永远过期的报纸。

周怀庆到连部逛了一趟,看了几张报纸的大标题,又进小卖店买了一盒香烟,心里总算充实了些,便转回家懒懒地躺在了炕上。

北大荒的冬夜来得早,下午四点多钟,天就黑透了。周怀庆出去一圈消磨了些时间,也不过才刚刚八点。这时间知青们已经在大宿舍里不再出来,老兵们也各自偎在炕上不再走动,连队静得仿佛沉进了深潭。周怀庆一连抽了三支烟才勉强有了点儿睡意。他望望窗口,天穹的薄冥透过小花布窗帘映进屋里,映在天蓝色的炕面上,给黑暗中的小屋罩上了一层蓝色的迷雾。也不知是怎么回事,他忽然听到一个女人凄凄切切的哭声,一种莫名其妙的恐慌感突然向他袭来……

一夜无事,天刚蒙蒙亮,他又被一阵砰砰的叩门声敲醒了。敲门的是个男人,边拍着门板边喊着他。周怀庆倾耳又听了听,听出是他县城里的亲戚,急忙穿衣下炕打开了房门。亲戚身旁靠着辆破自行车,满脸惘惶。"你快去看看吧,"亲戚说,"翠珠不知突然得了啥病,魔魔怔怔的了。"

周怀庆闻听亲戚说了说翠珠的症状后,暗暗吃惊。早上的大客车只从县城开出,他走了几里路,好不容易截下一辆过路的卡车,近中午时赶到了县城亲戚家。

仅仅隔了一夜,翠珠就变了样。周怀庆看见,昨天分手时的那个娇嫩俊秀的妻子不见了,在亲戚家炕头趴着的女人披头散发,面目黄瘦,怯怯地圆睁着两只眼睛,畏缩的目光像打量陌生人一般在他脸上扫来扫去。周怀庆见妻子变成这副模样,又惊异又心疼,他上前摸摸翠珠的头,头热得发烫。"送医院去看看吧。"他对妻子得了什么病心里实在没底。

翠珠被送进县医院,输了一天一夜混合进各种药物的葡萄糖,除了体温降到了正常线,其他症状丝毫不见好转。她忽而哭,忽而笑,忽而倦怠无神,忽而又好像遭到针刺一般,张狂着手舞足蹈。周怀庆被翠珠折腾得发慌了,他想起夜间自己听到的奇怪的女人哭声,意识到自己遇上了什么事情,赶紧托人从连队叫来了尤特车,把小莲英暂时托付给亲戚照看,自己则把翠珠弄回了家。

苏晚晴见到翠珠是在第二天的早上。那时候天色有些暗淡,空气里含着过多的水汽,眼看就要下雪了。她从库房里领了一把木杈,要到从大田里拉回的豆秸堆旁去干活,指导员晋香在库房外面叫住了她。晋香的脸上带着一种沉思的表情。

"小苏呀,"指导员说,"周怀庆家里出了点儿事情,你现在别去干活儿了,先去他家帮帮忙吧,那儿需要个女同志……"

苏晚晴看了看指导员,她从他脸上看出了一种难解的阴郁,她想那大兵家里发生的肯定是件不大愉快的事。但是她什么也没有问,只是安静地点了点头,把木杈又放回库房,朝着连队边角那幢蓝色屋顶的土房走去。

周怀庆家的屋里屋外已经堆聚着好些个老转业兵，个个脸上都显露出几分紧张和神秘。见苏晚晴来了，有人闪开身子，给她让出一条窄窄的通道。她从人墙中挤进去，还没挤进屋门口，听到里面传出了一个陌生的女人的声音。

"你还我的房子，天冷了，降霜了，我的房子没有了，你还我的房子……"

苏晚晴很是奇怪。"怎么回事呀？"她轻声地问身旁一个老兵。

老兵什么也没有说，只是用下颏朝院子的一个地方示意了一下。苏晚晴看看其他的人，其他人用目光也做出同一种暗示。苏晚晴迟疑了一下，重新钻出人堆，到院子里去看看究竟有什么东西竟能如此神秘。

院子里，两个老兵正伸长着脖子朝剩下半截的桦子墙上看着什么。苏晚晴走过去，她看见木桦子中间有一个圆洞，圆洞不大，但似乎很深。"这是什么？"她问这两个老兵。两个老兵看着她沉默了好一会儿，显然是不愿冒犯什么，迟迟没有张口。苏晚晴觉得蹊跷，更耐不住好奇，指着那洞又问了一句："这是什么？"两个老兵交换了一个眼色，其中一个拽了拽她的衣袖，把她拉得离开那洞，才轻声地、带有几分郑重地告诉她说："是个黄鼬洞。"

"黄鼬？"苏晚晴有些不解。见苏晚晴毫无顾忌地冒出黄鼬二字，另一个老兵上前对她竖起一个食指摇了摇，凑到她耳边耳语般地解释着："黄鼬就是俗称的黄鼠狼……"

苏晚晴恍然大悟了，但又难以相信。早听说黄鼠狼是什么五仙之一，具有迷惑人操纵人的法力，传说中的故事难道真在眼前出现了么？她急迫地想看看屋里发生了什么事情，返身又朝屋里挤去。

她一只脚刚刚踏进门槛，有一只手从后边揪了揪她的衣服："你把这个带进去给她……"

苏晚晴扭头看看，拽住她的是一个老兵的家属，那家属端着一只大盘子，盘子里盛着一只煮熟的鸡。鸡完完整整，褪去毛的光溜溜的肉身泛着喷鼻的香味，鸡冠和下坠煮成了灰暗的粉红色，两只脚爪则呈现出一种鲜亮的鹅黄。"这已经是第三只了。"那个端着盘子的女人蹙着眉，用无可奈何又加嗔怪的语调告诉苏晚晴说，"你再看看她吃鸡的模样！"

苏晚晴疑疑惑惑地接过盘子进了屋，看见翠珠半蹲半跪地偎在炕里的一个墙角，眼珠骨碌骨碌地从一个人的脸上滑到另一个人的脸上。周怀庆和炕边站着的几个老兵扭臂捋袖，一副严阵以待的模样。兽医刘宝泉捏着一支给牲口注射使用的粗大的针管，正在吸脸盆里兑好的肥皂水。肥皂水吸进针管，被空气挤出了许多浅黄色的泡沫。

苏晚晴端着盘子进屋靠近炕边，还没有来得及对周怀庆说句什么，翠珠冷不防从墙角窜了过来。她一把抓住鸡又极快地缩回了墙角，鸡淋下的汤水在她身前濡湿了一小片油渍。

周怀庆对妻子吆喝了一声，抓过苏晚晴手中的盘子接到翠珠胸前。翠珠会意了，她古怪地笑了笑，把鸡放回到盘子里。而后她又一把抢过装鸡的盘子，两手捧着盘子凑近下巴颏儿，尖起嘴，伸长脖子够着盘中的鸡，吸溜吸溜地吃起来。苏晚晴想起了刚刚那个家属说过的话，就注意地看了看翠珠吃鸡的模样，那样子果然与众不同，她尖起的嘴仅仅能够吸吮盘中一点残余的汤汁，而把盘中和鸡身上的汤汁彻底吸干之后，她才撕咬下一块鸡肉，且只用前牙费力地咀嚼。满屋子的人都注意地看着翠珠怎样把那只鸡吞食下去。按照刚才那个女人所说,翠珠吃下的这已然是第三只鸡了。

翠珠很快把那只完整的鸡撕咬成了乱七八糟的一小堆,她吃饱了,用闪电般的速度把盘子丢到炕边上,又迅疾缩回到墙角,把湿漉漉的手指在自己衣服上抹抓。她的目光重又骨碌骨碌地在人们脸上滚来滚去,神情里露出几分恐惧。

苏晚晴没有来得及再看清一些什么,她身边的周怀庆突然挥了一下手,两个老兵和他便一下子跳上炕去。他们一把抓住了翠珠,把她的双臂强扭到了背后。

"这是干什么?"苏晚晴惊恐地朝后退了两步,撞到墙边站立的一个老兵身上。那个老兵轻轻扶住了她。

"给她灌灌肠。她吃鸡吃得太多了,上下不通……"

翠珠肯定明白人们抓住她要干什么,她拼命挣扎,散乱的头发披下来,湿漉漉的,一缕一缕遮住了半个面孔。她挣不脱几个男人强有力的手的按压,胸襟却被撕裂开来,袒露出了雪白的、鼓鼓的胸脯。苏晚晴不忍心看着她在那么多男人面前敞露着胸怀,凑上去,要给她扯扯衣襟。翠珠已经被拖拽到炕边,她左扭右甩,周怀庆站在炕上,两手紧紧抓住妻子的两个肩头。

"唉,正好,小苏,你帮帮忙吧!"

他尴尬地朝着苏晚晴笑了一下,一只膝盖在翠珠胁间一顶,双手一扳,一下子把翠珠按趴在炕上,又朝一个老兵示意一下,那老兵一拽,翠珠的两条腿顺势滑到了地上。这时候的翠珠就像个被大人抓住拖打的孩子,趴在了炕沿上。

苏晚晴看着周怀庆和两个老兵如此麻利地把翠珠放倒在炕沿上,有些惊呆了。她看见这时候的翠珠绵软无力,她的一边脸颊紧贴着粗糙的炕面，哼哼地喘息着，嘴角漾出一堆白沫。苏晚晴忽然两耳发鸣，她听不清周怀庆又说了些什么，也不知道自己该干点儿什么。

刘宝泉捏着灌满肥皂水的粗大的玻璃针管走上前来。周怀庆努了努嘴，示意苏晚晴和另两个按着翠珠的手再施上些力气，自己一只手揽住妻子的腰，另一只手咔的一声松开了她的腰带。

翠珠突然清醒了。她"啊"地嘶喊了一声，腾地扭起了身子，把苏晚晴一下子撞到了一边。她的双臂仍被两个老兵反扭着，她便左右摇晃着身体，拼命挣扎，拼命扭动。但她只能无劳地挣扎和扭动，她的上衣被撕裂得全然裂开了，半截肉体无遮无掩地袒露出来。翠珠挣不脱扭着她的人，便扯开嗓子嘶喊，张大了嘴四处厮咬。她膨胀起来的气力支撑着她失去自由的身体四处冲撞。又有几个老兵冲上前来，抓住她，用力朝着炕沿上按压她，小小的土房里一片杂沓慌乱，人们被这女人的疯狂冲击得似乎也失去了理智，恨不得施出全部的魔法来制服她，钳住她。有谁从什么地方拿来两条粗硬的铅丝，周怀庆接过来，一条递给了两个老兵，让他们捆扎住翠珠的手腕，另一条他自己抓在手里，瞅了个机会，一下子扑上去，像勒牲口一样勒在了翠珠的嘴上，又顺势盘绕两遭，把铅丝头捆在了她的脖子上。

翠珠彻底失去自由了。她的双手再也不能扑打，她一扭动脖子，那道银灰色的铅丝就紧紧扼住她的喉咙，她一嘶喊，那道铅丝便又狠狠地扯着她的嘴角嵌进肉里几分。她再也不挣扎，再也不动弹，有气无力地趴倒在炕边上。

苏晚晴吓呆了。她的意识已然有些不大清醒。她脑子里只闪着一个念头，要给那可怜的女人掩掩衣襟。她在迷蒙中刚刚伸出手来，又被周怀庆轻轻打了回去。周怀庆见翠珠已无力挣扎，腾地扭身站起来，又跪下，压上一只膝头，抵住了妻子的脊背，他一招手，两个老兵立即走上前，又一次死死地按住了翠珠……

苏晚晴仍然站在炕跟前，但她再也不能挪动一步。她觉得自己的身体自己的呼吸都如翠珠一起被死死地压住了。她已经感觉不到自己的存在。只是眼睛还能看见眼前的惨剧一幕一幕地持续着演下去。她看见周怀庆腾出手，跳下了炕，站在炕边，望着他的妻子迟疑了片刻。她看见他闭上了眼睛，喉头颤了几颤，似乎是咽下了难言的羞耻和痛苦。她又看见他咬了咬牙，睁开眼睛，喊了一声"快来"，而后，再也没有迟疑，涨红着脸，双手一下就拽下了妻子的裤子。

于是，一个女人洁净的肉体，整个儿摊开在了一群男人面前。

于是，再也没有贞洁、神圣和隐秘，几双粗黑有力的大手就那么粗鲁地狠狠地按压着一个女性的裸体，让一支给牲口注射用的粗大的针管在众目睽睽之下粗暴地插进了那个女人体内。

苏晚晴不知道自己是怎么退缩到墙角的。在翠珠被强行裸开的一瞬，她的眼泪一下子涌了出来。她在那一刻想要冲上去，挡住所有人的视线，挡住那个女人。但是，她终于一动也没有动，她的心她的身体她的小小的灵魂都在打战。她无力支配自己的动作。她的目光投射到土墙的一簇麦草上。啊，一个女人纯洁的身体就那么毫无遮掩地袒露给了这个世界。可是，这个世界多么龌龊，多么狭小，甚至没有白云的覆盖和露水的湿润。这个世界只是干巴巴地裸露着一双双男人的呆滞的目光和一股难闻的呛人的烟叶子的辣味……她只觉得那一双双粗鲁的目光投射到翠珠裸开的身体上时也洞穿了自己少女的胴体。她害怕极了。她昏沉沉地把自己缩到墙角，把背紧紧地贴在了土墙壁上。她无力再把自己的身躯挪出门外，她想，只要她一迈步，只要她一映进人们的视线,就必定更加赤裸地被那些可憎的目光所剥蚀;她的全部筋骨,也就将在那些目光的剥蚀下所焚散。耳鼓嗡嗡地鸣响,她懵然看着许多人影在眼前晃来晃去。翠珠却没有了声息,她大概已经拼尽了最后的力气。

2

一阵尤特车突突突的轰响由远而近,愈来愈近,最后,终于在门外停了下来。屋外传来尤特车上下来的人们的嘈杂的声音。屋内的人们被外边的声音所感染,出现了一阵小小的骚动,有几个人嘴里嘟哝着什么,又朝门外迎去。苏晚晴被这阵杂乱的声响惊醒,她用手背涂抹几下腮边的泪水,趁机也朝门外挤去。她想尽快逃离这个地方。

她刚挤到大门边,又被一伙人流拥了回来。她只好又缩回到原来站立的地方。进门的人们簇拥着一个皮肤粗黑面容丑陋的老女人。看不出这老女人的年龄,只见她脚板儿挺大,迈步时一翻一翻显得很是轻快。但是她的干皱的眼皮长长地耷拉下来,盖住了下眼睑,使她的神情看上去又傲慢又阴沉。

"萨满太太。"苏晚晴听到身旁有谁轻声地说。她不懂萨满太太的含义,但是她似乎已看出那老女人浑身上下笼罩着一种阴森的巫气。

萨满太太进门后一言不发,也不撩眼皮。她径直走到了屋子的深处。周怀庆家和其他人家一样,正对着门的墙山处平摆着两个水曲柳木打成的木箱。木箱打开箱盖盛衣物,放下箱盖就成了一副条案,上边摆放钟表暖瓶水杯一类日杂用品。萨满太太随身带来一个布兜,她从兜里取出一只小香炉和三支高香,又把小香炉放在箱子盖上,把高香插进香炉里,然后面对香炉站定,点燃了高香。

这位萨满太太不过是从荒原上一个老屯子里请来的普通人,现在却以神的身份出现了。年旷日久,萨满教早已经不再作为一种公开的宗教形式出现,但是在这地老天荒的北方边界,这老女人凭借一个香炉几炷香,凭借她来路不明的身世和奇特的相貌,凭借她天然笼罩的一种神秘气氛,仍是给人们留下了一种"神灵选中的继承人"的印象,所以,明里暗里,她还从没有缺少过人的供奉。这古老的荒原,这原始森林密布的小兴安岭,散居着许多残留着古老观念古老仪式的民族,也流传着许多古老神奇的故事。萨满的出现,就如同女娲造人一样美丽动听。

这位萨满太太真的能不负众望么?高香点燃之后,一个跟随她来的屯子里的男人便赶紧把人们赶到墙角,清出一块尽量空旷些的场地,让老女人在这个虔诚与疑窦并存的小屋里,开始了她请神驱邪的仪式。

人们安静地屏住呼吸观看,只见萨满太太双手擎起袅袅升腾着青烟的高香,举过头顶,貌似疲倦地打了三个哈欠,再睁眼上前将高香插入香炉,复又退后闭目合掌,喃喃地祝祷起来。小声的祝祷只是片刻,突然,她怪吼了一声,大张开眼睛手舞足蹈起来。屋子里所有的人都被她的怪吼和舞蹈所震慑,再不敢随便动一动。她狂舞怪吼了一阵,声音渐渐低沉了些,而后,又边舞边用一种怪异的曲调,唱起了一支赫哲族萨满为人治病请神时才唱的歌曲,歌曲中罗列了那么一长串在场的人都不熟悉的神的名字:

> 修日米刻神,
> 博布克神,
> 斯勒萨日卡神,
> 两对连着的银的俄车克神,
> 肘高的查尼神,
> 铁的僧格神呀,
> 水路上的十庹(音 tuǒ)长的鳇鱼神,
> 三庹长的水獭神,
> 九庹长的鲸鱼神,
> 银的杜鹃神,
> 大叫大嚷的大雕神,
> 铁一般的坚固的大鸭神呀,
> 十五个前铜镜,
> 九个背铜镜,
> 十五个"套如"神,
> 九个依格蹲神,
> 十五个王哥鸟,
> 九个布鸹神,
> 能喷火的凶虎,
> 华丽的金钱豹,

强硬的咯尼刻,
野火般的马林,
洪亮的腰铃,
多穗的神裙,
坚硬的神盔,
四尺半长的神杖,
二尺一寸长的铁头……

萨满太太的唱词谁也听不懂,更无从知道她请了哪些神来。只是被她的唱词吵得、被她的舞蹈搅得耳鸣目眩,人们似乎也有些中了她的什么法力,都有几分昏蒙蒙的难以自持。她这样唱着舞着折腾了好一会儿,突然停住口,沿着身边的场地快速转了一圈,靠近翠珠,凝神朝翠珠看了看,又继续舞蹈着唱了下去。这次唱出的歌词,人们勉强能够听出些意思来了:

人无病不能卧炕不起,
神啊,请你们沿着房子搜寻,
沿着供神的方向追踪,
往院子四处查看。
此地无别处可寻,
也许被横道而行的怪物带去,
或是让过往的五仙拖走,
这里没有再寻的地方,
说不定被鬼欺骗,

也可能让魔拐走。
哪儿有哪儿奔，
应该攻击就攻击，
应该讲和就讲和，
烦请诸神多努力……

萨满太太唱着舞着又一次靠近了翠珠，这一次她的脸与翠珠的脸贴得很近，目光死死地盯在了翠珠的眸子上。翠珠哆嗦了一下，眼睛一下子瞪得好大，显露出十分的恐惧。萨满太太紧紧捉住了翠珠的目光不放，两人对视了好大一会儿，萨满太太不唱也不舞了，她伸出一只干瘦多皱的手，一把抓在了翠珠颈后，拇指和中指有力地从颈后卡住了翠珠的头，另一只手伸向自己脑后，从肮脏纷乱的发髻上摘下了一个又粗又长的铜簪子。簪子上斑斑驳驳裹着一层黑绿色的铜锈，萨满太太看了看簪子的钎针，将钎针顶尖含进唇间抿了一点儿唾沫，而后，丝毫不动声色，一下子把钎针狠狠地、准确地扎进了翠珠的人中。

翠珠一声惨叫，脑袋咣当一声撞在炕上，昏死过去。

缩在墙角的苏晚晴自始至终地看着萨满太太又唱又舞，惊惧不已。当她又眼睁睁地看着铜簪子的钎针凶狠地刺进了翠珠的人中时，随着翠珠的惨叫，她再也不能控制自己，也随着"啊"地尖叫了一声，推开挤在门口的几个老兵，一头撞出了门外……

下雪了。轻轻扬扬细碎的雪花从天空飘洒下来，雪花落到脸上，温热的脸颊把它融成了更加细碎的水珠；雪花落到大地上，硬邦邦的大地承接着冬的使者,留在身边,很快铺展开薄薄的一层洁白;雪花落到豆秸堆上,很快就变成了坚硬的沙粒,木杈叉起来沙沙作响。

苏晚晴叉起一捆豆秸,吃力地甩上豆秸垛。豆秸已经码得一人多高,堆成了一个整齐的长条儿。豆秸垛压得结结实实,人站在上面,把新铺上的豆秸踏一踏,豆秸垛就不知不觉又长高一层。苏晚晴甩上的豆秸捆在垛上的边缘处翻了一个滚,滑落下来。这一捆没有甩上,反而又挂下了已经铺好的两捆。她把木杈重新叉进滑落下来的豆秸捆里,试着挑了挑,豆秸捆颤了颤,又沉沉地躺在了地上。苏晚晴觉得自己浑身发软,已经没有力量再把它举起来。她在地上支住木杈,望着那捆叉不起的豆秸捆呆呆地发愣。

自从逃离开周怀庆家的那一刻起,苏晚晴的脑海就再也难以驱走翠珠和那支生了锈的铜簪的情景。一挑起豆秸,头一晃动,她就仿佛看见翠珠被剥光了的身体。离开周怀庆家的蓝顶小屋之后,她独自一人在通往公路的大道上徘徊了好久才镇定下来。她被那场惨景所震动。她徘徊着,在脑子里一幕幕地过着那些恐怖的情景。她忽然领悟到,真正令她恐惧的原来还不是萨满太太作法的神态,不是那支铜簪的钎针,而是那些围观的男人们淡淡的表情。她奇怪那些转业大兵们在一个裸露的女性肉体面前怎么会如此坦然,就犹如面对着一具被割杀后的猪尸。她想,如果他们脸上流露出一点儿贪涎或者惊讶,她就尽可以轻蔑他们、仇恨他们,甚至可以暗地里诅咒他们。然而,那一张张被太阳晒黑的面孔竟然如此无动于衷,没有淫邪,没有羞惭,也没有一丝对那女人的同情和怜悯。她不相信那些人面对着那一番景象内心能平静如水。于是她肯定,那些面孔下的肉体其实隐藏着更多的窥探、求索和丑恶。她回忆起周怀庆在当着众人的面扒下妻子的裤子时，脸上显露出的痛苦和羞耻，她感觉到，从那时到此时，她自己心中已经积郁下了比他更多的痛苦，更多的羞耻。因为在她少女的心目中，人的肉体是神圣的，女人的肉体更加神圣，她只能在最光明最圣洁最自然的地方袒露。她呆望着地上那捆沉甸甸的豆秸在心里想，她一定要为那个可怜的女人保守这个秘密，不把她被暴露的羞耻讲给任何人。圣洁，是需要一颗圣洁之心来祭奠的。

指导员晋香揣着袖子从豆秸垛旁侧低着头走过去，清癯的脸上挂着永远抹不去的沉思。苏晚晴从凝视着的那捆豆秸上抬起头来，看到指导员，她的心动了动。她想把压抑在心中的郁闷向谁倾吐倾吐，而指导员才是唯一可靠的对象。她丢下木杈，朝着晋香追过去。"指导员！"她叫道。

晋香站下来，看到了叫他的苏晚晴。"哦，有什么事情么？"他说话一向声调不高，与别人说话的同时又总像是在思考着其他的问题。

苏晚晴走到晋香跟前踟蹰着又不知说什么才好了。她信任这个知识分子出身的转业兵，这个原先的炮兵学校教官，然而，仅仅是信任，就能让她倾吐出自己的全部思想么？她更想维护一个女孩子的自尊。于是，她把翠珠的事情调了个角度支吾着问："您，您说，萨满太太能治好翠珠的病么？"

"什么萨满太太？"晋香有些不解。

"今天早上周怀庆家从远处一个屯子里接来的，给他家属治病。"

"唔。"

晋香只是淡淡地唔了一声，又仿佛思索起什么来。苏晚晴有些耐不住了，在她的想象中，指导员本应当时就去把那个残忍的老太婆赶走才对；或者至少事后要把那些老战士们叫到大食堂当着全连的面狠狠斥责一顿。他应该阻止这一切的发生，说不定只有他，才能保护翠珠，使她免予遭受那么沉重的折磨。可他只是淡淡地唔了一声。晚晴对他有些不解起来，难道他也相信那些装神弄鬼的东西？不知怎么，她心里有些莫名其妙地委屈起来。她见指导员默然不语，又想知道他的脑子里究竟在想什么。

"您相信那个么？"她又婉声地问。

"什么？"

指导员抬起头来，他的一个什么问题的思路肯定被中断了。苏晚晴暗自叹了口气。"黄鼠狼。"她简洁地说。她相信自己亲眼所见的真实，但是她从心底又希望指导员对这离奇古怪的现象加以否定，那么，她就可以重新否定自己。她可不愿意丧失唯物主义的理智。指导员是党的代表，他有权力用唯物主义否定、抨击和批判一切。她把希望的目光投到指导员脸上，但是那张沉思的面孔没有写出任何答案。

晋香沉吟着，抬起头来，目光投向远处。远处，是被轻雪覆盖了的露出斑驳黑色脊檩的大田。许久，他收回目光，微蹙着眉头对苏晚晴说："有很多事情，一时还是解释不清的，尤其这里……"说着，他的目光又缓慢地横扫过无垠的荒野。

苏晚晴随着晋香扫视的方向望去，她似乎第一次意识到了眼前的荒原是多么辽远、苍凉与深厚。与其相比，站在这荒原之上的一个人，一个自己，又是多么单薄、渺小与孱弱……什么力量，才能与这古老的荒原的力量抗争啊！她想。她的脑海里迅速闪过一个念头：我说不定会被这荒原吞没的……

"不要想得太多了，去干活儿吧。"指导员在胸腔里叹了口气，把双手交叉着插进袖管,继续走他的路。

"那么,萨满太太呢?"苏晚晴不由自主地追上一步又问。同时她意识到,自己还不肯舍弃这个刚刚遇到的精神依靠。

晋香停住脚步,转过身来,又是片刻的沉吟,才用低沉的语调说:"我不知道他们去找了萨满太太……即使知道,恐怕,我也挡不住……"

指导员思索着什么远去了,苏晚晴呆立在原地好半天也没有动。她感觉到了指导员的无奈,更感觉到苍穹环罩下的自己,渺小得比不上一颗沙粒。她被荒原的深邃博大震住了。

苏晚晴回到豆秸垛旁边,刚刚抓起木杈把,女生排长刘英姿从豆秸垛另一边绕了过来。"你还磨蹭啥呀?"她用讥讽的口气对苏晚晴说,"晃荡了一上午,还没歇够咋的?"苏晚晴不想和她争辩,也实在没什么可争辩的。她咬了咬嘴唇,叉起一捆豆秸,运足力气,一挑,朝豆秸垛上甩了出去。豆秸捆落到大垛的边缘上,在上边码垛的男知青乔晨生快捷地伸出木杈,准确地接住了,扎起来挑进了垛中心。两个人不约而同地朝刘英姿望了望,刘英姿正怒视着他们俩。苏晚晴不再理会她,又叉起一捆豆秸,运足更大的气力一甩,一下子准确地抛到了垛上边。刘英姿也不再理会她了,带着几分悻悻的神色转到豆秸垛另一边去了。

初冬的风好硬,干活时还是满头满身冒着热气,一歇下来,立刻就像是连骨头缝都被凉风钻透了一样。刘英姿刚宣布一声休息,人们立刻跑进了豆秸垛附近的酒房去取暖。酒房刚刚下好窖,暖烘烘的屋子里弥漫着浓重的酒糟味。酒班班长霍晓菲抡着大扫帚把散在窖顶的木板上的酒糟推进窖里,吩咐几个人快把窖盖盖好。"快上吧,让他们踩了多腻味。"她填好最后一条木板,才顾上直起腰来和人们打招呼,"你们休息了?"

"休息啥休息!你们都有个休息,就他妈的我没个休息!"随着骂骂咧咧的话音,门外又跟进一个人来。不见人影光听声音大家就知道,这是大车老板孟满。孟满在连队知青里算是数得上的"淘包",大家愿意听他胡侃,又都惧他几分。见他进来,几个女生朝后错开几步,给他空出一小块中心地带。

孟满晃着精瘦伶俐的身子,大模大样地朝众人挥了挥手:"你们不必列队欢迎我了,今天我只是要找苏晚晴同志谈一谈。"

满屋人被孟满这副模样逗得哄堂大笑。孟满背起手在苏晚晴面前来回走了两遭,才停下来,做出一种格外郑重的口吻对她问道:"你是准备就在这里谈呢,还是跟我到旁边的马号去谈?"

孟满难得这么一本正经,看他此时的神态和语气,说不定是发生了什么不为人知的事情,人们的脸色都严肃起来。苏晚晴不知自己被孟满抓住了什么把柄,心里一时没了底,两只手紧紧抓住衣角,掩饰住自己的慌乱。"有什么了不起的,就在这儿当着大伙儿谈吧。"她强作镇定地说。她觉出自己的两颊有些热辣辣的。

"那好吧,"孟满有意轻咳了一声,仍是背着双手,下颏朝上仰着,眼皮又像连长那样拉到下眼睑上,问她,"那么你跟我汇报一下,上午你到哪旮儿去了?"

听孟满这样问,人们看不到其中还有什么幽默,都围拢上来,等着苏晚晴回答。苏晚晴猜测出孟满不过是想听听关于周怀庆家里发生的事情,心里遂稳定下来。"我去周怀庆家里了,是指导员让我去的。"她说着,暗中瞟了一眼站在人群后边的刘英姿。此时刘英姿正一脸严肃地盯着她,大概是要从她身上再找出些错误来。她干吗总跟我过不去呢?苏晚晴想,心里有些郁郁不快。但是这念头也是一闪而过,她等待着孟满再问些什么。

"嗨,我不是问你这个!我知道你是个从不偷懒的好同志。"孟满甩了一下手,松懈了强绷着的表情,露出一脸对新奇事的贪婪,"我是问你,你在他家都看见啥了?"

"看见周怀庆他家属病了。"

"病了我知道,啥病我也知道,神神道道的,中了'撞客',对不对?"

"撞客?"大家惊奇地叫出声来,"'撞客'是啥意思?"

"这都不知道?'撞客'就是中了邪!周怀庆他家属中了黄鼠狼的邪!"孟满不屑地朝身后挥挥手压下姑娘们叽叽喳喳的议论,又接着问苏晚晴,"听说她一连吃了三只鸡?"

"嗯。"

"你在旁边数着了?"

"我看见她吃,不知道是第几只。"

"听说她那吃相跟黄鼠狼一模一样,嘴唇尖起来吸溜吸溜的?"

"好像……跟正常人是不大一样。"苏晚晴想起翠珠吃鸡的样子,这时候也觉得有些可笑,禁不住微笑了一下。孟满见她笑,猜想其他的内容肯定更加有趣,就乐呵呵地凑到她跟前说:"唉,你给咱学学,她怎么个吃法?"

苏晚晴退后一步:"我可不会,你自己想去吧!"

周围人见孟满讨了个没趣,哄地笑起来。孟满并不恼火,干脆嬉皮笑脸地又凑到苏晚晴跟前,拱着双手哀求地说:"嗨,我求你啦,你给咱讲讲那跳大神儿的怎么个跳法！我知道那个啥太太的跳大神儿时候你也在场……"

苏晚晴的脸腾地红了起来。她立刻联想到了翠珠裸开的肉体和那支可怕的铜簪上的钎针。她不知不觉收敛起了笑容，心里像突然间砸上了一块铅石，沉甸甸的。她动了动嘴唇没有说出什么，却听到刘英姿在孟满身后的一个地方严厉地喝喊了一声："孟满，你俩在这儿宣传啥封建迷信？"

"没有哇！"孟满摊开手，"我是了解一下情况好批判嘛！"

"干活儿去！"刘英姿几乎用呵斥的口吻召唤大家，而后瞥了苏晚晴一眼，又转对着孟满说，"晚上开会，先批判你俩！"

"你甭瞎厉害，刘排长！"孟满见大家都出了酒房，跟在后边出来朝着刘英姿的背影说，"你管天管地，还真管不到我孟满头上！你管你们那一帮扎小辫儿的行，我呀，归畜牧排！"说完，孟满又怪笑了两声，有意叉开腿迈着方步回他的马号去了。

大家回到豆秸垛旁边，重新抓起各自的木杈。苏晚晴站在她原先干活的位置，看见乔晨生正背靠着豆秸垛晒太阳。她想起他并没跟着去酒房，她在那里也没有看到他。不知怎么，心里似乎稍稍轻快了一些。她不愿意让他看见自己被刘英姿训斥得像只淋了雨的小鸡一样。不过，晚上说不定真的会开批判会呢？她只是轻松了片刻，那块铅石又朝心头砸了下来。

晚上并没有开批判会。不知道是刘英姿把说过的话忘记了，还是她去请示了指导员没有得到同意。吃过晚饭，女生们都偎坐在炕上，死守着自己的三尺宽的铺位，或是织毛衣，或是用一个银色的铁勾针把一根细白的棉线勾来勾去。

刘香云抓着一挂翠绿的毛线凑到苏晚晴跟前。苏晚晴没东西可织，只举着一本带简谱的歌本翻看，一边看，一边在心里哼着。刘香云拽了一下苏晚晴，把毛线搭挂在她的小臂上，自己择出线头，撮起几个手指缠绕起来。她缠得很快，一条绿线环绕着苏晚晴的两只手臂晃来晃去，不一会儿刘香云的手里就缠起了一个挺大的毛线团团儿。

"你这又是给谁织的？"苏晚晴问。她知道刘香云一件接一件的毛衣都是为老战士们的家属和小孩子织的。她付出劳动，自然也换回不少实惠，隔上十天半月就有老兵或是家属请她去家里吃上点儿什么。男生们背后说，难怪刘香云身高体胖，说话带着短舌音，都是吃的。苏晚晴说不上自己是不是喜欢刘香云，和她接近，是因为她愿意和自己接近，然而俩人之间也明明隔着一层膜。

"给周怀庆家小闺女织的。"刘香云厚厚实实的胸腔里叹息一声，"唉，也不知道他家属能不能好。"

苏晚晴没有吱声，她不愿和别人再提起这事，急忙引开了话头。

"你不是要请探亲假么，什么时候走？"

"谁知道啥时候能批下来呢！"刘香云果然把话转开了，"你的请假报告打了没有？批下来咱俩一块儿走吧，从哈尔滨转车，你先到我家住两天。你还没在哈尔滨待过吧？"

"没有。"苏晚晴来边疆后回过一次家，那还是前年冬天，自己同来的一个同学犯了"美尼尔"，她陪她一起走的，中途转车在哈尔滨站里蹲了大半天，哪里也没去。"我还没打报告呢。"她又说。

"那么就快打呀！晚了我就不等你了，我先走。我妈来信说让我早点儿回去，我弟弟他们过年的衣服还等着我回去做呢。你啥时回去，给我个信儿，我去车站接你。"

"行。"

苏晚晴被刘香云一番话撩拨得心里痒痒的。她并不向往哈尔滨，她只是想回家，有谁提起家，她心里就像有只猫爪子挠着一样难受。前几天母亲来了信，说父亲已经解除审查，被派到了什么工地上去看水泵。水泵什么样呢？过去听也没有听过！想到父亲母亲，她自然而然又想起家里每一件细小的东西。那几个书橱，那张宽大的写字台，她和二哥唯智的房间里的那两张从儿时就睡的单人铜床，在她的记忆中那些东西都蒙上了一层清冷的灰尘。家里的景景物物很快在眼前闪过去，心里不禁留下一点儿隐隐的酸楚。这一丝酸楚不知牵动了哪根神经，使得她对家的思念突然按捺不住了，就犹如有一个火炭在心里烧烤，让人焦躁难挨。她决定第二天就去请假。当然，一大早要先和刘英姿打个招呼。批准请假报告还需要一段时间呢！

第二天一早，吊在大食堂后门外井台旁边的三角铁刚敲第一遍，苏晚晴就急忙爬了起来。老农场里农工出身的连长王振山不止说过一次，钟声就是号角，钟声就是命令，听见钟响，该干什么就要干什么。连长挂在嘴头上的"钟"，自然就是指吊在木架上的这段半米多长的三角铁。平常日子，这钟由值班排长一天敲四遍。第一遍是起床，其他三遍是吃饭。熄灯从不敲钟，自从扯起电线开始供电以来，一到九点多钟，大家就自觉把灯熄了。苏晚晴用极快的速度穿好衣服，便跑去站到了隔壁房间刘英姿的铺位跟前。刘英姿正在叠被，屁股垫坐着脚跟，一边叠被子，还一边吆喝着："起起起，都快起，乐意让连长扒窗户眼儿还是咋的？！"喊着，回手又拍了身边的孟晓丽一巴掌："起来，懒蛋！不起我可掀被窝儿了！"

苏晚晴等刘英姿把被子拍拍打打地叠起来端到炕脚,才迟迟疑疑地对她说:"排长,我想请探亲假,你看行不行?"

"又一个想走的!"刘英姿转过身来跪坐在炕上,抓起毛衣,噌地套在头上,脸捂在毛衣里大声地说,"连长昨天刚给几个排长开了个会,让控制一下请假的人数!"

"控制啥控制,"孟晓丽并没有起床,趁着说话反而朝被窝里缩了缩,"年年控制,年年不也控制不住。都痛痛快快放回家,连里还省样子呢!都留在这儿干啥?整天光喝面疙瘩汤,喝得我都发怵了!"

"你懂得个屁!"刘英姿一把掀开了孟晓丽的被子,"都走了,猪马牛这么一大堆,谁喂?都把它们饿死!这么多机车,谁保养?大宿舍走空了没人烧点儿火,房子还不都冻裂了!哼,面疙瘩汤,慢慢儿喝吧,谁不都是这么喝!"

孟晓丽并不示弱,白了刘英姿一眼,抓起自己的衣服边穿边嘟囔:"房子裂了回来拿泥糊糊不就得了,打秋天起就没有一点儿菜吃,我的手都裂了!"

"裂了活该,谁让收大白菜的时候不多挖几个好菜窖!"

"你当排长的还不比我们清楚,挖那俩窖装那么多白菜,才够吃几天?闷到窖里就烂,放大食堂就冻,冻得都发臭,煮了连猪都不吃!"

孟晓丽伶牙俐齿,刘英姿一时被她的话噎住了。她气哼哼地抓起棉裤往腿上套,气没处撒,又攥起拳头狠狠地擂在孟晓丽的腿上。"就他妈的耍贫嘴有能耐,动作快点儿行不行!"

见刘英姿火气这么盛,苏晚晴静静地站到一旁等着她消火。刘英姿是火爆脾气,全连的女生,只有孟晓丽敢顶撞她。孟晓丽是孟满的妹妹,刘英姿把孟满只当调皮蛋看待,却不知怎么把孟满的妹妹能当亲妹妹一样看待。不过按她的性格,却从没施与过孟晓丽一点儿姐姐般的温存,她只是像所有的强者那样对她进行保护。打水替她挑,劈样子替她抢斧头,割豆子时自己很快割到地头,反过身就再帮孟晓丽割上一大段。当然,批评她也就像训斥自己的亲妹妹一样,从无顾忌。孟晓丽呢,也就像小鸟一样对刘英姿去依偎,就连睡觉也非要离开自己班把铺盖和刘英姿挨在一起。她虽然敢冲撞她,从内心里又比别人更加惧她,凡事最终还是要让自己退让三分。连里人们对她俩的关系早就习以为常,于是假如孟晓丽遇到点什么事情,连孟满都要推卸着说:"找我干啥,找刘英姿去!"就好像与孟晓丽从一个娘胎里脱生出来的不是他而是刘英姿。

　　大家都知道刘英姿只要把火气撒到孟晓丽身上,孟晓丽并不真生气,而她自己一会儿也就好了。到那时候再请求她什么事情,反而比心平气和时还好办。苏晚晴静静地等着她,不动声色地观察着她的脸色,注意力渐渐转移到了自己的手上。刚才被孟晓丽提了个醒儿,自己的手指尖这时候竟一跳一跳地疼起来。因为多日没有菜吃,身体里不知又缺了多少种维生素,十根指尖竟有八根都脱了皮,露出了粉红色的嫩肉。薄薄的一层嫩肉被风吹被天冻,又裂开了许多道深深的口子,疼得钻心。她把指尖逐个含进嘴里吮了吮,干裂的皮肉经唾液湿润,好受多了,连包围着指肉的皱干的皮肤也悄悄舒展开来。没过多一会儿,刘英姿用"屯垦戍边备战备荒为人民"的大道理往孟晓丽头上砸了一顿,火气也就消了不少。等她跳下炕时看到苏晚晴,才想起把刚才的事情接上,于是就对她大声说:"反正年年都这么强调一下,现在又不是农忙季节,人留多了也没用。我没意见,再过几天我也走。你去跟连长或是指导员说一下吧,看他们同意不同意让文书给你往团里打报告。"

苏晚晴过了排长这第一关,心里轻松不少,她应了一声,转身要回自己寝室去。刚迈出门槛,只听身后的孟晓丽趴在窗台尖叫了一声:"哎呀,下大雪了!"

3

棉絮似的雪片狂飞乱舞着飞扬了三天三夜,盖住了远远近近所有的山峦、田野、道路和房舍。雪停了,太阳光投到茫茫雪原上,又反射上来,亮得刺眼。年年入冬时都降这样一场大雪,连着下上两三天,一旦给小兴安岭的天地万物铺上一层厚厚的雪被,这雪便一冬都不会化了。化雪要等到来年四月,那时候脚下硬邦邦的土地一踏出松软,山间荡漾的雾霭一显出稠密,松针黯淡的绿颜色一转成鲜嫩,野山桃的枝头一顶上豆粒大的粉红色花苞,铺地的雪就不知不觉退去,让位给了涂抹万紫千红的春天。这场大雪来得这么早,下得这么大,时间又这么长,让人始料不及,才是十一月刚刚开头,积雪就已经没过了膝盖。孟晓丽从窗子望出去,前面八三宿舍后墙下的积雪离窗框下沿还只剩下一尺多,她来了兴致,爬下炕从走道里抄起一把铁锹就朝门洞跑。她好不容易把门推开一条缝，把锹头探出去，一个人在门外伸手一把抓过了铁锹。"我铲吧，你去把刘英姿给我叫来。"

孟晓丽听出是连长王振山的声音，赶紧跑回去喊刘英姿。刘英姿用手指拢着短发来到门洞口，连长已经铲开了门口的积雪，在门的侧前方堆成了高高的一堆。"这么大的雪呀！"刘英姿叫着说，"连长，今天我们干啥活儿？"

"这场雪下得可真不是时候！"连长抬头看了看天，满带着埋怨，"北边地里的大豆都捂到雪底下啦！"

"地里咋还会有大豆呢？"

"怎么会没有呢？"连长说话带着鼻炎患者明显的鼻音，"哪块地的豆棵放倒了不都先晒两天再拉回来？原以为这天气飘点儿小雪花就能过去了，谁想到……"

"您判断失误了！"

"是呀，我这老寒腿报的也不准了。不过也不光咱连，咱进度还算快的，全团各连队大豆都没收完呢，有的豆棵还站在地里呢……"

"这一下，站着倒比倒着的好收了。"

"那可不一定。站在雪里的豆棵跟站在水里的也差不多，韧得变成了皮条，镰刀割也割不动。行了，就这样了，吃过早饭都去北地扒豆子，全连都去！"王振山说着把铁锹靠在门框上，转身朝八三宿舍走去。刘英姿望了一会儿连长的背影，看见他身后留下一串好深好深的雪窝。

"妈呃！"她朝雪堆上边踢了一脚，"这到地里可上哪儿找豆棵去！"

大田里的雪松软松软，踩下去，一下子就陷到大腿根儿。下地去的人们履履行行排着不成形的队伍，女生们有意缩到后边，踩着男生们蹚出的雪道向前行进。即使这样，走起来也好艰难，一脚迈出去，四周的雪就朝腿上漫过来，再迈步腿上就像坠了块大石头。苏晚晴跟在班长刘香云侧旁，刘香云迈步，她也迈步，她发现自己总是不如刘香云走得稳。仔细观察一下，原来走这雪地已经容不得自己一步一步迈，只能像推土机拱土堆一般，凭着两条膝盖往前顶。她照着刘香云的样子做，步子稳了，两腿撞起的雪片翻起来沾到大腿上，不一会儿两条裤腿儿就结下了一层硬霜。邦硬的裤腿贴到皮肉上，冰得透心，体内的热气朝上腾，皮帽子里头皮倒是沁出了一层汗。漫天的白雪，遍地的白雪，雪原上每一处坑洼都被铺得平平展展，哪里还见得到大豆的影子？连长王振山站到地头上左右观望，这地头，只剩了一排灌木的干硬的枝杈做标志。铺天盖地的白雪从脚下向前伸展，伸展得几乎没了边际。夏天浓密的树的枝叶阻拦住视线，把视线从黑龙江边截断，尽管也是显得辽远，总还可以见到那一个地头。这时候远处的柞木林只剩了枝丫，而枝丫也被厚厚的雪层压坠着，一片洁白，模糊了树与地的界线。树林后边冰封的黑龙江再也显不出江水的亮色，没有刮大风，江面驮起的雪层便和大地的洁白，树木的洁白连成一片，唯与灰蓝的天空交接处，才画下一道笔直的地干线。

　　王振山在地头横向着来回走了两趟，终于从雪地里踢起一团深颜色的东西。他用镰刀扒拉开四周的雪，把那团东西捡起来，脸上现出一丝喜悦。"唉，这豆棵还可以找嘛！"他又用镰刀扒了一阵，脚下的豆棵显露出来了，横架在垄沟上，小小的一捆，放得整整齐齐。"找着一捆就好办了，"王振山对大家说，"这不，这就是垄沟，顺着这条垄沟往前扒肯定就有一行。那边，"他用镰刀指了指相距三步远的一个战士脚下,"那边肯定又是一行,咱们割豆子时候一人抱两条垄,三个人放一行,这该没有错吧?当初谁要是不按规定放这时候可就自找麻烦了。我当初强调放整齐,怕的就是往回拾的时候麻烦。行了,大家开始扒吧,即使有岔开垄的,也远不了多少,顺着垄朝前蹚就是了。"

王振山指挥大家散开,朝前搜索。一小堆一小堆的豆棵被扒出了雪面,又渐渐合成了若干行大堆。他心里并不轻松,他来来回回地到几个新堆起的豆棵垛前查看,捏捏豆荚,又剥开豆荚把里边的黄豆粒倒在手掌上,捻捻黄豆粒被冰冷的潮气浸破的皮子,眉心渐渐蹙起了一个疙瘩。知青们没有注意连长是怎么一副焦心的神色,只顾埋头把一小捆一小捆的豆棵从雪里扒出来,再送到十几步之外堆起的新垛上去。来回走上一趟,就要耗下不少力气,没有多大会儿,两条腿就有些僵硬了。临近中午,朝江边的地头推进了还远没有一半,连长靠近刘英姿跟前对她说:"先回去吃午饭吧,下午再来。"

刘英姿见连长发话,扯开大嗓门朝人群集中的豆子垛方向喊了起来:"哎,收工了,回去吃饭了!"孟晓丽、苏晚晴几个人听刘英姿喊,抬起脸木然地望着她,其他人也都木然地望着她,仿佛听不明白是怎么回事。弯腰直腰地蹚了一上午雪,人人腿累得僵直,脑子也好像僵直了。大家顺着蹚开的雪道往回走,远远看见孟满赶着马车来到地头上。

连长看见孟满,禁不住有些冒火,朝他大声斥责起来:

"说是你可以稍晚点儿,怎么蹭到这会儿才来?不是让你下午拉两趟豆棵?这会儿来,一趟都得摸瞎了!"

"连长,这可怪不得我!"两个人离得远,孟满也扯大嗓门喊着说,"司务长让我帮他拉牛来着!"

"拉啥牛呀?"

"麦场上倒着的那头老黄牛呀!"

"牛倒在麦场上干啥?"连长的眼睛瞪了起来。

"哎。您还不知道呀,死了呗!看麦场的老俞头说,它准定是半夜偷跑到麦场上的,吃了不少黄豆,硬撑死了!司务长说给食堂……"

"胡闹!"连长蹙着的眉头没有舒展开,这时候锁得更深了。他急急地踢着雪朝回走。

孟满不再管连长怎么样,反而高兴地朝马屁股上戳了一鞭杆,"驾!"他把马车赶到地里,又转向刘英姿说:"既来了,就装一车捎回去呗!"

"你就自己装呗!"刘英姿顶撞着他,却朝一个豆棵垛走过去。一群女生各自抱起一捆豆棵,朝马车靠近。

刘香云抱着一捆豆棵丢到马车上,嗔怪地瞥了孟满一眼。

"谁让你这么晚才来,自找骂!"

"不晚来,晚饭你能吃上牛肉包子?"孟满听刘香云的声调挺温和,心里不由得高兴。

"就惦着吃!"

刘香云佯装嗔怪地投给他一个笑。孟满接住她的笑眼,愣了愣,忽然心花怒放了。

"再吃我也不长膘呀!哈哈哈嘎嘎……"

孟满大声发出一阵戏谑的怪笑。人们听到他的怪笑,惊异地扭头看着他,不知出了什么新鲜事。刘香云的脸腾地红了。"死鬼!"她骂了一句离开了马车。

孟满没再还嘴，顿了片刻，他朝大家喊道："快装车！快装车！偷懒儿的晚上不给牛肉包子吃！"

他嘴里开着玩笑，脸上却没有了戏谑的笑纹。

下午的进度比上午还要慢。刚刚吃完午饭连长就吩咐敲了钟。下地去一直干到天将黑，才只是一人扒一条垄，还没有走到江边的地头。孟晓丽抱着一捆豆棵丢到大垛上，一屁股坐在了豆棵垛底下，她觉得两腿木胀胀的，再也拖不动了。苏晚晴也抱着刚刚扒出的一捆大豆棵走到垛跟前。孟晓丽拍了拍身边的雪地："坐下歇一会儿！"

苏晚晴迟疑了一下，扔下豆棵，摇了摇头。

"大伙儿还都没休息呢！"

"他们不休息，是他们还有劲儿，我可受不了了！"说着，她又拍了拍身边的雪地，"坐呀！"

苏晚晴看着孟晓丽，看着她身边那块拍出了几个巴掌印的地方，慢慢摇了摇头："我不累，不用歇，一会儿就下工了……"她转身离开孟晓丽，心里有些悠悠荡荡的不平稳。"我怎么能歇呀！"她在心里想，"我可不能显得有一点娇气，而且，确实谁也没有休息过。"两条腿又凉又胀，她望望西边天空，太阳早落得没了踪影，浩渺的穹隆染成了深灰的颜色，像一个巨大的铁锅从天上倒扣下来；四周连接地平线的地方还隐约透出一点缝隙，亮着黑暗降临之前的薄明。她多么想快下工呀！她朝四处扫视了一下，搜寻连长的影子，连长不知到哪里去了。难道非要扒到江边么？她朝前望，暮色中的地头仿佛又朝前推远了许多。她失望极了。

孟满的马车装了满满一车的豆棵，昏蒙中，马车一摇一晃，在天幕下印出一个浪漫的剪影。当马车正好走过苏晚晴附近的地块时,刘英姿的大嗓门亮了起来:"往回走吧,收工!再晚就连道儿也找不着了!连长真是的,也不知道钻到哪儿去了!"

听刘英姿这一喊,所有的人立刻丢下手中的豆棵就朝回走。孟满的马车走过孟晓丽身边,孟晓丽叫住了他:"哥,你把车停下,让我们上去,腿都迈不动了!"孟满停下车,立刻就有几个女生爬到豆棵垛上边,豆棵被压得咔咔响,装好的豆棵又纷纷从车上滑落下来。

"我这车是装大豆棵子还是装你们?"孟满有意拉下眼皮问。

"都得装!"孟晓丽说着,朝大车中心挪了挪,又招呼车旁走着的苏晚晴,"上来呀!你还傻走个啥!"

苏晚晴望望车上已经挤了好几个人,说:"算了吧,人太多了,我就走吧!"

孟满并没有注意车上怎样,他的头东转西看,终于寻到了走在苏晚晴后边的刘香云。

"刘班长,我这车可是专门接你来的呀!你还不快上?"

他开着玩笑,嘴角抽动了一下,谁也没有看出来。他扬起鞭子,只待刘香云上了车,鞭梢就要落到马身上。

刘香云紧走几步,手抓住了车帮刚要爬上去,一回头,看见后边走上来一个细长的身影。她攀着车帮迟疑了片刻,摇摇头,松开了手。"我不上了,我就在底下走吧。"她看到身边的苏晚晴,又对她说,"晚晴,我不想坐马车,你上去吧!"说着,她又朝身后望了望。

苏晚晴顺着刘香云张望的地方看过去,看到了乔晨生的身影。她模模糊糊地意识到点什么。她难道是要等他?她想。她不愿意再成为刘香云身边多余的人,赶紧朝孟满喊了一声:"等一下,我上!"说着，一条腿跪上车辕，身子一纵，上边的人拉住她的手朝上拽了拽，就稳稳当当地坐到了车上。

苏晚晴请下探亲假来，眼看就到了年根底下。一场大雪把收大豆的日子从秋天一直扯到冬天，好不容易迎着太阳光把豆子晒干，收净了场，知青们便急急忙忙请假回城市去了。城市里并没有什么事情等待他们去做。冬闲时回城不过如候鸟的迁徙，不回去呆上一段时间心里就毛毛躁躁的不踏实。刘香云比苏晚晴先走了两天，临走前她再三邀请苏晚晴："你到哈尔滨一定去找我，到我家住两天。"她的热情煽动了苏晚晴对一个陌生家庭的新鲜感，她犹疑了一会儿，终于答应下来，留下了刘香云家的地址。

大客车每天从佛山县城到汤旺河只打一个来回，车有两辆，山间的沙砾公路又不平坦，两辆车一前一后悠悠晃晃驶到汤旺河，往往已经过了中午。从汤旺河开往哈尔滨的铁路线只是一条单轨线，火车晚间到达汤旺河，午夜才能朝回返，苏晚晴和酒班班长霍晓菲同行，一大早从连队出发，到坐上火车，已经整整折腾了一天，两个人累得要命，一上火车，便迷迷糊糊地睡着了。

车上并不拥挤。虽然已是内地乘车的高峰期，这荒僻的边陲仍是没有多少人乘车，一个人足可以占上一条座椅。车上的暖气没有多大热量，难以抵挡北大荒夜间零下四十多度的寒气，才是上半夜，所有的旅客便都冻醒了。苏晚晴和霍晓菲紧紧挨坐在一起，互相取着暖，两人再也睡不着觉，只好聊起天来。

"你真要到刘香云家去住两天么？"霍晓菲问。

"我已经答应她了。"

"别去她家,去我家住吧,我带你去她家看看就行了。"

苏晚晴感觉自己的确和霍晓菲更合得来些,但是她不愿意让刘香云在女孩子之间的关系亲疏上有想法,于是就婉言地推辞说:"她一片好意,我不好推辞,还是去她那儿吧。而且我也不能长待,我现在恨不得一下车就到家才好。"

"好吧。"霍晓菲温柔地笑了笑,"下车以后,我直接把你送她家去。不过……我去过她家,她家地方窄,我不知道她能让你睡在哪儿。"

"嗯……"苏晚晴听霍晓菲这样说,显出几分犹豫。霍晓菲也是看出了她的心情。

"怎么?还是到我家去吧……"

苏晚晴的目光里笼罩上一层迷蒙。她不在乎去哪一个伙伴的家里,她根本就没有想在哈尔滨多作停留。她只想赶快到家,看看家里熟悉的一切,看看爸爸妈妈,看看好朋友朱虹,两个人再一起好好看上几场电影。多长时间没有看电影了呀!别说电影,就是看到那几张报纸也不容易。连队里订有一份《人民日报》和一份《黑龙江日报》,两份报纸的内容永远相同,连编排的版式都一模一样,真奇怪中央的报纸地方上为什么还要重印一遍。报纸和大家来往的信件都由佛山县邮局发送,邮递员一个星期才骑着自行车到连队来一次,报纸上刊载的消息没有一条不过时。比如哪个国家发生政变,从报纸登载到连队里人们看到时,说不定那里已经又换了一届政府。当然,知青们已经不再关心世界上还在发生哪些事情,绑缚在身上的劳动和对于食物的需求已经取代了文化大革命带来的政治狂热,过期的报纸,远不如面疙瘩汤更现实。

第二天中午火车才到哈尔滨，苏晚晴走出车站，认真朝四周扫视了一下，看了看这颗"天鹅项下的珍珠"。还好，站前广场很宽敞，显得还算干净，大概是冬天的缘故，积雪覆盖在房顶上、树枝上以及街道两旁堆起的垃圾上，一片洁白，掩盖了这座城市门户上的一些丑恶。苏晚晴看了看身旁的霍晓菲说："咱们先吃点什么吧。吃一点饭，然后你自己回家，我要把包存到寄存处去。"她望着迷惑不解的霍晓菲，又说："你该回家了，我……想去看一场电影。"

"看电影？现在？"霍晓菲不能理解，"刚下火车去看电影？你在这儿还有的是时间呢！"

"我想现在就看。"苏晚晴的口气很坚定。

话说出口，想看场电影的欲望已经再也按捺不住，她已经等不得再拖下去，等不得挨到回家踏踏实实地坐到电影院去看。这座城市里还有什么比电影更吸引她呢？没有。只有心头的一股小火苗在一蹿一蹿地怂恿着她，催促她到电影院去。

霍晓菲看出这时候拗不过她一时的执拗，就让步了。"好吧，既然这样，我先陪你看场电影，然后再看你到哪一家去。"

两个人一起到小件寄存处存上了提包，然后走进了车站附近的一个小饭馆。昨天一整天总共才吃了一顿饭，这时候总该先吃点什么才好。

小饭馆里人很拥挤，几张铺着白色塑料布的方桌即使刚刚擦过也仍然油腻腻湿漉漉地让人恶心。桌子周围没有一把椅子或是板凳，顾客们分站在几张桌子跟前，每人手端一碗粗糙的米饭，面前的桌子上放着一盘酸菜烩粉条。两个六七岁的蓬头垢面的小男孩滴溜溜地转动着小黑眼睛盯住每一位吃饭的顾客，一旦有人离开方桌，他们便立刻扑过去看看刚放下的碗盘。只要有一点儿残饭剩菜,两个孩子就抱起碗用肮脏的小指头飞快地扒进自己嘴里。

大米尽管十分粗糙,但在苏晚晴看来,还是比馒头香甜多了。大概是母亲一方的江南血统在作怪,到北大荒之前,她三天吃不到米饭就浑身干燥难受,手指尖脱皮,她总怀疑这一半是由于缺菜,另一半是因为缺米。由于交通不便,只能种什么吃什么,倒使得这地方的主食在全兵团也称得上是上等:清一色小麦磨出的白面。然而也真亏待了这些好粮食,没有别的东西辅佐,一年三百六十五天,只能顿顿做馒头。馒头加面疙瘩汤。没完没了掺碱的馒头吃得人人发虚又浮胖,再瘦的人脸上也免不了鼓胀胀地泛着一层浮肿患者才有的亮光。往常连队里知青们馋急了,赶上休息日,就成群结队到县城里惟一的小饭馆去吃上一顿,或是酸菜炒肉片,或是猪血酸辣汤。苏晚晴也去过几次,每次她只要三两米饭一份摊黄菜。米饭也是极糙,摊黄菜不过是一小盘炒鸡蛋,可每次却吃得心满意足,好像喝下几瓶甘露水,浑身上下都舒展。上趟佛山县城十六公里,截不上汽车就要步行,只要到那小饭馆吃上一顿自己选中的饭菜,谁也不觉得路走得冤枉。

苏晚晴吃着糙米饭酸菜烩粉条,虽然比不上在县城吃顿摊黄菜那么惬意,总也算吃着米了,心里顿时有几分滋润。她刚扒了几口饭,忽然看见一双孩子的小眼睛盯在了她的饭碗上。她举起筷子,那孩子黑溜溜的眼珠就随着她的筷子头转动。孩子的小脸又黄又瘦,十根细小的手指就像十根细小的黑炭棒。她觉得那孩子可怜极了,怜悯中又掺杂着几分厌嫌。她把饭碗放在桌子上,用目光招呼那孩子:"来啊,这饭给你吧……"孩子不错眼珠地看着她,承接着她的目光,小心翼翼地朝她蹭过来。这孩子的动作太慢了,他伸出小手,还没有够到碗边，另一个孩子的手从斜刺里伸过来，飞快地抓起一把米饭塞进了嘴里。霍晓菲也看到了这个情景，她把自己刚吃了几口的饭也放在桌子上。苏晚晴拽了拽她的衣袖说："走吧，咱不走，他们还不敢吃。"霍晓菲点了点头，脸上没有显露出任何表情。走出小饭馆的玻璃门，苏晚晴舒了口气，又问："附近哪儿有电影院？"

4

苏晚晴仰头看了看广告栏上的片目预告表，还是两年前她没来边疆时演的那几部片子。墙上大幅的电影广告画上画着两个身穿灰军装、头戴灰色八角帽、臂佩红袖章的红军。两个红军一男一女，女红军弓腿曲臂靠在男红军身边，男红军一条胳膊直直地伸向前方，用手指为女红军指示着前进的道路。这个《红色娘子军》的电影下乡以前她就看过三遍了，不过，这并没有扫了她的兴，她还是想看。她的兴趣并不在故事情节上，而只是想看人物在屏幕上的活动影像，想听听电影中的音乐。北大荒的遍地野花也很可爱，但与此相比，给予人的两种感受截然不同。荒野中的花儿令人宁静，也令人孤独；电影可以带人从孤独中走进人群。

电影院售票口跟前拥挤着许多年轻人，才离开城市仅仅三年，跟眼前那些中学生混迹在一起，仿佛已经隔了一个时代。苏晚晴感觉出自己和霍晓菲的黄军装在这堆人里格外惹眼。好不容易才挤到售票口，拽过挎在身后的军绿挎包要取钱包，不料，背包后面的拉链已经滑开了半截。她突然意识到了什么，急忙探进手去摸了摸拉链里边，果然，钱包不翼而飞了。

她挤出人群，挤回到霍晓菲跟前。"钱包被掏走了。"她拽着背包给霍晓菲看着说，心里一下子空落极了。

"里边有什么？"

"钱、粮票、火车票、边境居民证。"

两个姑娘懊丧地对视着，一时间无话可说。

从汤旺河镇开始，就算进入了边境地带，从汤旺河到苏晚晴所在的连队，一路要经过三个边防检查站。边境居民证，是通过这三个检查站的"好人"的证明。苏晚晴到边疆以后，比第一个月的工资更早拿到的，便是这个和学生证一般大小的红色塑料皮的证件，没有它，她就无法顺利地通过一道道关卡再回到她的连队。

那又怎么办呢？两个姑娘都很着急。她们知道，她们出生与成长的城市里早已经没有她们生存的位置：户口早已经被注销，就如同一个个无论升上天堂还是坠入地狱的死人。她们不再属于城市，不再属于任何地方，只有佛山县城不远处的一片泥土房里，还有她们三尺宽的一块小小的容身之地。倘若回不到那里，还有哪里可去呢？那就只有飘浮吧，如一片脱离了根枝的树叶，如一缕没有归宿的空气。

苏晚晴感觉这时候的自己，已经被抛弃到了人群之外。

"怎么办呢？"

她没有听见霍晓菲在身旁不知是问她还是自言自语，她脑海里突然升腾起了一个想法：我什么都不要了，我只要回我的边境居民证。

她这样想着、想着，不由自主地走到大街中央，转过身，朝着电影院门口拥挤的人群，大声喊出声来："谁把我的钱包拿走了，求求你，里边的东西我都不要了，只求你把里边的边境居民证还给我吧！求求你，里边的东西我都不要了，只把我的边境居民证扔到地上吧！没有它我就回不去了……我是个知青，没有它我就回不了兵团了呀……"

她反反复复地喊着，勇敢地喊着，她相信拿走她钱包的人就在这人群里面。

人们听见了。人们转向了她，在她身边让出好大的一片空地。所有人的目光都投向了她。整条街的人都望着她。人群里没有一点儿声音。人群沉默、肃静。她在肃静中听到了自己的声音。她听见一个年轻姑娘孱弱的却是勇敢的声音在静默的人群上空颤抖地推动着空气，如一只失群的小雁的孤鸣，哀婉、凄厉。她喊着，她被那姑娘的声音感动了。她相信，上帝也会感动的。

她喊了好大一会儿，便低下头，开始用目光朝人们脚下搜寻。霍晓菲汪起一窝眼泪，低下头帮助她搜寻。所有的人，满街的人都低下头，看看自己脚下，看看别人脚下，看看有没有人把那个系着一个知青命运的小红本本偷偷丢出来，扔到马路上。

没有。什么也没有。没有任何人拾到那个小红本。苏晚晴失望了。几乎绝望了。霍晓菲拉着她躲开了人群。

她们朝一个清静的所在走去。"现在怎么办呢？"霍晓菲站下来说，"要不要去公安局报个案？"

苏晚晴呆呆地望着她，一时说不出话来。

身后响起一阵噼啪噼啪的脚步声。苏晚晴听到了这声音，她转身望去，看到三个男孩子迎着她跑来，大的一个大约十五六岁，另外的两个更小一些。男孩子们气喘吁吁地在两个姑娘面前停住了脚步。

"是不是你丢了东西?"大男孩双手背在身后问苏晚晴,两个小的男孩严肃地望着她。

"是的。"

"是不是这个?"大男孩朝苏晚晴伸出了一双手,他手中放着一个红色塑料封皮的边境居民证。

苏晚晴的心扑扑地跳动起来。她伸手去接,大男孩却把手又缩回了背后:"不是我们拿的,你相信不相信?"

苏晚晴看到了那孩子脸上嵌着一双诚实的眼睛,她肯定地点了点头:"我相信。"

大男孩并没有立刻把那个证件交给她,他盯了她一会儿,又说:"里边没有钱,这是你走了以后,我们从地上捡起来的。里边没有钱,你信不信?"

"我信。"苏晚晴深深地点了点头。她的神情也像那两个小的男孩子一样,又认真,又严肃。大男孩又沉吟了片刻,把那个小红本本交到了她手里。苏晚晴打开那个边境居民证,她看到了证件上自己稚气的照片。啊,感谢小偷!那个有良心的"隐身人"竟然还给了她回程的车票。苏晚晴高兴极了:"谢谢你们!"她听出自己的声音有些颤抖。她伸出手去,抓起那男孩子的手紧紧握了握。"谢谢你!"她知道自己已经把这三个孩子的模样深深印在了脑海里,她将牢牢记住他们。

苏晚晴想不出刘香云要把自己带到哪里去睡觉。正像霍晓菲说的,这个家庭占有的空间的确太狭小了,一间十几平方米的屋子,半面是一条大铺,除了摆放的一张方桌、一个高低柜、一台缝纫机和两把椅子外,仅有一条窄窄的通道可以容人通过。她坐在一个角落里,挂起笑容回答刘香云的母亲和她母亲的母亲的问话。她们问一句,她就不多不少地回答一句,不多说,也不多动。她知道,她多说一句,她们会更多追问几句;她多动一下,就会引起这小屋子里一阵小小的骚乱。她并不想让人家更多地了解她,也不想给人家多添一点儿麻烦。

刘香云带她去了一趟房子外边的公共厕所,然后带她到厨房里洗了洗脸、脚,又把她领回了屋里。她把她带到一个小梯子跟前,朝上边指了指说:"你先上去吧。"苏晚晴随着她手指的上方看了看,这才发现,怪不得这小屋子显得格外拥挤,原来大铺的上方还有一层搁板,看来搁板的上方又有一块天地。

苏晚晴一只脚踏上小梯子,感觉背后刘香云的母亲和姥姥正定定地注视着她的背影。后背一阵灼灼发烫。她尴尬地退回来,转头对桌旁椅子上的老人说:"不早了,姥姥先睡吧。"姥姥慈祥地摆了摆手:"你别管我们,你上去吧,我和她妈、她弟,睡在下边。"苏晚晴想起来自从来到这个家后还没有见到刘香云的父亲,禁不住有些疑惑。是不是她父亲也……这个念头只是一闪,她立刻又否定了自己。不会如此。她从这个家庭环境判断,刘香云的父亲决不可能像自己的父亲一样,正在受什么隔离审查。于是她又猜想那位父亲和刘香云别的弟弟可能是到别处借宿去了,心里十分歉疚。

熄了灯以后,搁板上很黑暗。一家人拥拥挤挤的,倒显得很是温暖。几个人在一个小房间里,你擦我蹭地走动或是脸对脸地聊天说话,也显得很有些活力。苏晚晴感受到这温暖和活力,不由得想到了自己的家。这几年爸爸妈妈面前的几个儿女陆续都走了，连她也走了，走到那么遥远的一个荒原上。家里怎么样了呢？爸爸怎么样了呢？他在什么工地上看水泵，每天可以回家去陪伴妈妈吧？

想到这些，她心里揪揪地痛。假如把这些对另一个人讲出来，把对家的思念、对父母的担忧讲给另一个人听，心里或许会好受一点儿。但是，她从来不讲，不能讲，她也不愿意讲。她清楚那样只能招致更多的麻烦和歧视。要是朱虹能在一起就好了。一感到孤独，她就想念朱虹。她俩情同姊妹，甚至形同姊妹，只有她两个人，才能真正理解对方的心。

苏晚晴漫无边际地遐想着，感觉到刘香云窸窸窣窣地挪动了一阵，凑到她的枕边，一股小小的气流吹到她的面颊上。"你将来打算怎么办呢？"刘香云问她。

"将来？"苏晚晴的思想被刘香云一句话拉回现实，很快又飞离开去。将来，谁知道将来等待她的是什么呢？从很小起，她就已经为自己设计过了无数次的将来。她想当作家、当画家、当翻译家、当歌唱家、当天文学家、当地质勘探队员，甚至当运动员，她相信自己体内深潜着与这些自由自在的职业相应的天赋。小的时候只是幻想、空想，渐渐长大了，渐渐地成了一个梦，美好的梦。她不刻意去追求，她缺乏去追求的心计和理智，但是她毫不怀疑，自己最终会走进那梦的光环。

但是有一天，那个梦的光环终于黯淡了，陷进了茫然怅惘的黑夜。那是在中学里，文化大革命开始不久的一次班会上。班里几个出身"根儿红苗儿壮"参加了红卫兵组织的同学把全班召集在了一起。自从"文革"开始以后，班里任何活动再也不是由朱虹这个班长和苏晚晴这样的学习委员或文体委员主持，家庭出身成了用来衡量学生思想品格甚至智力状况的唯一标准。书桌统统被拽到了四周靠墙处，乱七八糟地堆放着，有几张则搬上了过去老师站的讲台上。大多数同学坐在讲台前的椅子上，几个红卫兵坐在讲台上的桌子上，阵势宛若几个威严的法警面对着一群阶下囚。一个红卫兵用教鞭啪啪地敲着黑板，黑板左右两旁贴着一副白纸黑字的大幅对联，上联写着"老子英雄儿好汉"，下联写着"老子反动儿混蛋"。黑板上方，原来贴着"团结紧张严肃活泼"的八个大红字的下方是对联的横批"从来如此"。那个红卫兵用教鞭敲一下黑板，两根扎成刷子把的小辫子就震得悠悠一翘。她敲一下黑板，就用教鞭指起一个同学呵斥着问："说，你是不是混蛋？"

这个昔日的教会女校似乎几十年后仍然被基督教一些神秘的东西所笼罩，女孩子们大都温顺又羞怯，在文化大革命这场"暴力革命"面前，眼看着身边一些同学几日之间竟变得横眉竖目地凶恶起来，真有些不知所措。她们被这种"革命不是请客吃饭，不是做文章，不是绘画绣花"的气势震蒙了。于是，教鞭指到谁，谁就老老实实地垂下眼睛回答："是，是混蛋。"

那天教鞭指向了朱虹。朱虹站起来，她和那红卫兵同学对视着，清晰地回答："我不是混蛋。"

"妈的！"

啪的一声，教鞭敲在了课桌上。

朱虹没有退缩，她接着说："我的爸爸妈妈都是医生，他们不反动！"

又是啪的一声异样的响声，旁边一个红卫兵手中抢着一根军用皮带狠狠抽在地上。

"你还嘴硬?!"那同学用大拇指朝上戳了一下滑到前额的绿军帽,"你爷爷是国民党军阀,你们家子子孙孙都反动,都是混蛋!"

执教鞭的红卫兵拦下了抡皮带的红卫兵:"没时间泡她一个人,记下这笔账,下去再算!下一个——苏晚晴!"

苏晚晴站了起来,她有些胆怯,她知道这条皮带上的铜环已经把她们的几个老师抽得头破血流。但是,她内心里难以接受"混蛋"两个字的屈辱,她也不忍心看着好朋友朱虹独自承受面前的压力,她沉了沉,镇定地说:"我不明白这上边的意思,我不懂什么算是'反动'。"

啪!宽宽的皮带抡起来,差点儿甩到她的头上。空气紧张得快要崩裂了,苏晚晴强忍着不让眼泪涌上来,心缩成了一团儿,她尽量挺直身体,准备承受一切。

校红卫兵团一个负责人突然推门走了进来,虚掩着的门外站着两个穿制服的警察,他们叫道:"谢冬梅!"叫谢冬梅的同学应声从自己的椅子上站了起来。人人都从门缝里看到有两个警察等在门外,不知发生了什么严重的事情,谢冬梅本人也是一脸的惘然。不只惘然,而是一脸的麻木。这个极其内向的姑娘走出门时脚步轻飘飘的,如同踩着一团绵软的云。几个红卫兵顾不得再继续训斥大伙儿,跟在谢冬梅后边跑了出去。一场眼看就要发生的冲突就这样被一桩更大的事情遮盖了……

将来,将来对于自己是什么样子呢?苏晚晴听到刘香云的问话,觉得很是突兀。关于"将来"的那些美好的梦早已经不知不觉悄然地消失了。她不再有梦。自从到边疆以后,她的梦仅仅是一个浅近的现实。青山、绿树、雾霭、野花,这小兴安岭山间平原中一年四季变换的风景便是她的梦,是她的今天和她的未来。她没有希冀,她只有在这现实的梦境中进进出出的陶醉。将来?她也不再设想将来。到边疆之前大哥唯嗔严肃地问她:"如果革命需要一个人趴倒在一条沟堑之上,架成一座桥梁,助人们去夺取胜利的红旗,你有没有勇气趴倒,让千百万人踏着你的身体冲过去?"当时她郑重地点着头,表示自己有这个勇气,也乐于为革命牺牲自己。这也是一种将来么?也许是,也许不是,"将来"的概念在她头脑里已经太模糊了。

刘香云等了一会儿见苏晚晴没有吱声,又朝她身边挤了挤:"我妈跟我说,让我自己在那儿找一个。我妈对乔晨生印象挺好。他到我家来过两趟,我妈说看上去他挺老实的。"刘香云侧了侧身体,面朝向了天花板。"他的手还挺巧呢,棉衣棉被都是他自己拆洗,从来不让女生帮忙。男生里面,就数他的被子干净呢……"

苏晚晴默默地听刘香云诉说着心事,想不出她所说的一切应该划归为生活中哪一类。是婚姻?是爱情?还是一种臆想或向往?不管是什么,这一切距离自己可都太遥远了。心头积压的阴云没有散去,幸福的事情怎么可能奢望啊!她对刘香云透露的心里的秘密也不感兴趣。她的思想还远没有从刚才引起的回忆中转回来。她不知不觉把思想又转到谢冬梅身上。谢冬梅也来了边疆。连队里就像没有她这个人,很少有人听她说过话,开会时和大家坐在一起她也总是表情木木的两眼发直。她整天想些什么呢?她什么也不会想的。连里只有苏晚晴这几个同来的同学才知道,这女孩儿是被家里那一场变故吓坏了,吓呆了。

那天早上谢冬梅忘了带《毛主席语录》。"文革"开始以后,学校停课闹革命,唯一的课本只是《毛泽东著作》。忘记带语录本是大事情,这关系到一个人对毛泽东主席是不是热爱、是不是崇拜、是不是忠诚的大问题,尤其对于家庭出身"有污点"的同学来说,这更涉及他对毛主席、对最高指示的态度。如果上纲上线,足足可以上升到阶级斗争的高度,弄不好,还可能遭到一顿批判,甚至更严厉的惩罚。谢冬梅的母亲是另一所中学的教员,父亲在外地工作,是个普普通通的工程师,按理说还划不上什么"有污点"的"黑五类"。但是她那死去的祖父被街道革委会划归为"逃亡地主"。祖母和两个未出嫁的姑姑都与谢冬梅母女生活在一起,这一来,这个家庭可就罪责难逃了。在谢冬梅忘记带语录本的头一天,她母亲学校的红卫兵和她家所在地的街道革委会联合开了个批斗会,把她的一家人都揪到大街上,毒打了一顿,还剪了阴阳头。谢冬梅当时在学校里,算是幸免没有陪斗。即便如此,忘带语录本还是让她坐立不安。幸而家离学校不远,离学习还有一段时间,她赶紧跑回家去取。

谢冬梅急急忙忙跑回家,脑子里只想着取语录本一件事。她推开房门,径直就朝自己睡觉的里屋跑。跑进屋里,她一下子僵住了,她看见两个姑姑脖颈里勒着绳子,分别吊在了两个窗棂上。嗡的一声,她脑袋顿时变得一片空白。她不由自主地伸出手去摸了摸姑姑的腿脚,她们的腿脚冰凉、僵直,早已经没有了生命的迹象。这是怎么回事?她茫然地望了望墙上的老式挂钟,老钟的铜摆来来回回摇动着,提醒她不要忘记一个神圣的永远雷打不动的时间,提醒着她回家来只是要取《毛主席语录》，除此之外，她再也不应该做什么。她从抽屉里取出语录本，睁大了眼睛，奇怪地望了望两个姑姑悬在窗棂上的尸体，木然地转过身朝门外走。外屋通向院子的门她进来时随手关上了。她走到那门旁，一手捧着《毛主席语录》，另一手去拉那关闭的门。她木然地伸出手去，木然地又停住了。在门后，她看见了自己的祖母。祖母和两个姑姑一样，脖颈间也套着一条绳索。只是她的尸体没有吊在窗棂上，而是挂在了门框上。

谢冬梅定定地看着祖母，她失去了任何感觉，不知道恐惧也不知道哀伤。她上前又摸了摸祖母的身体，祖母也已经冰凉。

谢冬梅也不再管祖母。她记得就要到学习时间了，而学习毛主席著作是不许迟到的。她木然地关好门，木然地走回了学校，又木然地坐回到自己的座位上。她跟谁也没有提起在家里所看到的情景。谁也不知道她怀着什么心情度过了那一个上午。她一如往常，甚至没有人发现到两个警察来找她时，她早已经两眼发直。

两个警察并不是来重复她早已经看到的家里的景象。他们是来通知她去辨认她母亲的尸体，也是在那个晦暗的早晨，她的母亲投进了离她任教的学校不远的护城河里……

刘香云当然不会有这些经历，不会有因家庭造成的创伤和压力，她更不可能理解只有这一类遭受过屈辱和伤害的年轻人才有的心境和情感。对于刘香云，这间拥挤的小屋便是她的全部天地，只不过她想再建造一间和这同样狭窄同样温暖的小屋罢了。苏晚晴这样想着，觉得这位伙伴既值得同情，又值得羡慕。她同情她整个儿世界如此狭小，又羡慕她不必为这温暖的小世界之外的任何事情所焦心。

　　苏晚晴拉回思想，要找出点随便的话搪塞一下。她感觉出刘香云与她挨得很近，甚至隔着被子令她感受了一个胖大的身体的柔软。这使她有些不舒服。她朝一旁挪了挪，和刘香云移开了一点儿距离。刘香云并不在意她的挪动，又朝她身边挤了挤，凑到她耳边说："可是我不知道他是啥意思，我想他对我还是挺好的，要不他干啥上我家来呢？"刘香云的口气似猜测又似沉思。苏晚晴转了一下身体，仰面看着天花板。乔晨生细高的身影在眼前晃动了一下，她隐约觉得他那身材与这小屋有点儿不大相称。唉，随他们怎样去吧。她谴责自己这想法真是多余。"其实我知道，孟满对我倒真是有那个意思。"刘香云又朝苏晚晴身边靠了靠，"我看得出来，孟满一回来就总来我家，还在我家吃过一次饭呢！可是我不大喜欢他，我妈也说，孟满显得粗，不像乔晨生，倒有点儿文文气气的……再说，孟满比我小三岁呢！"

　　苏晚晴仍是没有找出可以满足刘香云意愿的话来，只好仍是默默地倾听她一个人诉说。她对刘香云如此坦然地向自己倾出这一番心事感到惊讶。乔晨生，孟满，选择与倾向，称赞与挑剔，这是什么？这就是爱情么？爱情似乎总是藏着些朦胧、神秘，不可言说的幸福或痛苦；这里倒像是一张白纸，男男女女赤裸地摊在上面，轻飘飘地没有分量。有人评价一部世界名著的男女主人公是属于"干草堆里的爱情"。那爱情可真是让人心寒。呃，这张白纸上的爱情并不激动人心。缺少点儿什么呢？是黑夜里一点儿动人的光亮吧！小小的一点儿光亮，若暗若明，闪闪熠熠，如天上的一颗星星或是房间里的一支蜡烛，光亮虽小，却能在黑暗中照耀人心。苏晚晴头脑里闪出一星光亮,光亮倏忽地一闪,瞬间又幻化成了一块粗糙的草席,平展展地摊开在这小兴安岭的山地平原间。一股风掠过,草席掀了起来,暴露出了底下苫盖着一堆不知名的东西。然后,不知是谁卷起了这块草席,轻率地折叠了一下,塞进了刘香云家的这间小屋里……苏晚晴激灵一下子惊醒过来。刚刚不过是一个短促的梦。"你说什么?"她觉得不应该破坏刘香云的兴致。

"啥话也没说呀。"刘香云说,"你睡着了吧?"

"嗯,我太困了。"苏晚晴掩饰着自己。

"那就快睡吧,太晚了。"刘香云说着翻转了身子。她很快就睡着了,还打起了轻轻的鼾声。

苏晚晴却是怎么也难以入睡。她闭起眼睛在心里默默地数数儿,从一数到了好几百,仍然没有效果。下铺一阵窸窸窣窣穿衣服的声音把她刚刚袭上的一点儿睡意又赶跑了。她睁眼看看,窗口已经发亮,她想,今天我一定要走了。

5

在一条宽短的巷子里有几幢相同结构的老式楼房。楼房都是二层,楼与巷子是用两扇厚重的菲律宾木大门隔开的。那是一个宽敞的院落,走上四级宽平的石阶,进了双扇的玻璃楼门,有一条宽敞的过道，过道的纵深处是通向二楼的转角楼梯。从楼门进入的方位看，右手处是两个相通着的大房间，两个房间中间由一面四扇的折叠门间壁着，门扇上镶着凹凹凸凸的刻花玻璃，一旦推折起那折叠门扇，两个房间就合成了极阔大的一间，即使不放置任何家具，也能看出它依稀有过的堂皇。不难想出，许多年前，它或许摆放过许多张舒适的牛皮沙发，摆放过通体透明的红木框古玩架，里面装着银光闪闪的外国银器；也或许它摆放过半壁图书，摆放过一架钢琴和一架古典的留声机。时过境迁，许多年后的今天，它的堂皇过的色彩浅淡了，它不再有旧日接待豪门贵客的痕迹，带刻花玻璃的折门只敞开中间的两扇，变成了两间相连着的卧室。一个房间里摆放着一张宽大的双人床，另一个房间摆放着两张单人床，三张床的床架，还透露出上好的铜质。两房间对面用镶地板的过道相隔，还有两个房间，一大一小，大些的也是卧室，小些的是卫生间。过道的两头，一头通往一个宽阔的平台，另一头，伸至楼梯的拐角后边，那里还有一大一小两个房间，一间是储藏室，另一间则是厨房。

  苏晚晴记不清这幢祖父的遗产在她小时候和她长大以后怎样发生着变化。她似乎从一记事起，就和二哥唯智被父母装进了和他们相连的那个房间，各自一张单人床，成了形影不离的一对儿。除了这个房间，这两张单人床，她记忆的碎片中还混有一个被他俩拆开再也装不到一起的玻璃壳小钟表，有破坏了一张床屉从里边卸下来当作乒乓球台子的两块长木板，还有几个自画自制的彩色皮影人儿。这些都是他兄妹两个恶作剧的产物。文化大革命以后，这些儿时的纪念物随着又一场变革被扔进了历史的垃圾堆，居住的房屋也又起了一次变化。父亲单位里进驻的工宣队队长王麒麟一家进驻了卫生间旁边的那间屋子,那屋子曾经归苏晚晴的大哥唯嗔,唯嗔上大学后又归了晚晴的姐姐晚秋。晚秋也上大学走了。晚晴的母亲慕容静不让淘气的二儿子唯智单独去住,只把它堆些杂物,平时锁起来,等待唯嗔和晚秋回来时再用。身任这个国内独一无二的金融研究所工宣队队长的王麒麟,原是轧钢厂的一个车间主任,地道的血统工人,五十多岁,为人耿直也厚道。他家的住房条件几十年得不到改善,一家三代五口人挤在一个房间里,转身都没个地方。出任工宣队长之后,研究所革委会为表示对工人阶级领导的支持与关切,便研究决定,没收"反动权威"、"资产阶级孝子贤孙"、原副所长苏涤尘的一间住房给王麒麟。苏涤尘便是苏晚晴的父亲。王队长政策性很强,当时有人提议,让苏涤尘家住那一单间,把相通的两间给王麒麟。王队长劝阻说:"算了吧,他大儿子苏唯嗔是革命军人,至今还在一个上级的保密机关工作,苏涤尘家虽是资本家出身,属革命对象,但据调查他父亲和他本人解放前都支持过革命,苏涤尘解放前夕就参与过地下党的革命工作,这样,他们在一定程度上还应该受到保护。所以,还不必对他实行'完全彻底'的政策……"他的一番话说得人们深受感动,当苏涤尘和妻子慕容静在事后知道王麒麟表过这种态时,都深感他为人的宽容。

　　苏晚晴走进自家院子,心里一阵冲动。她小心翼翼地推开房门,想给父母一个出其不意的快乐,但是一进门,她的热诚和冲动立刻冷却了。房间里一片清冷,她看见屋里只有母亲一个人,她正背对着门,往房屋中间细高筒的取暖炉里添煤。这幢房子在楼下后院里有一个锅炉房,据说过去是为各房间的暖气供热用的,然而在苏晚晴的记忆里,它却从来没有点过火。

房间里弥散着一缕缕刚刚升火时荡起的煤烟。听见有人推门进屋,慕容静抬起头来,她看见女儿,把簸箕中的煤块一下子倒进炉子里,压上水壶,朝着女儿迎上了两步。"我猜你该回来了,怎么事先也没来封信?"母亲很高兴,清秀的眉眼都漾着笑意,只有眉心间的两道皱纹里还埋藏着凄苦。苏晚晴把拎着的两个大手提袋放到地上,朝衣柜跟前又踢了踢:"来信干什么,还不如我人回来的好。爸爸呢?"她问着,左右转转头,看看有没有父亲的影子。见不到父亲,她心里有一种隐隐的不安,害怕家里又出了什么麻烦事。"他一会儿就该回来了。"慕容静轻轻叹了口气,"他每天回来都挺晚。"

"他还在看那个什么水泵么?"

"是呀,还在看。"

"水泵是个什么东西?说是在工地上,他们研究所哪有什么工地?"

"是他们所进驻的工宣队那个厂的,说是轧钢厂吧。"做母亲的沉吟了一下,显然是不愿意让丈夫的处境给刚刚回家的女儿心头遮盖上阴郁的云,立刻又转了话题,"这两天晚秋就要带着孩子回来,你大哥给我写了封信来,说是有可能今年也回家来看看。你爸爸说,如果你回来,就给唯智拍封电报去,让他也请几天假回来看看,你们几个现在分得天南地北的,咱一家人好几年没团聚过了呢。"说着,她拎起炉子上的水壶朝炉膛里看了看,里边的火苗儿被砸下的煤块压下了,现在又腾起来,蓝火苗儿已燃烧成了猩红色。"这不,你爸爸总算'解放'了,这才敢给唯嗔写信……不过,信还是我写,他写信来也是寄给我,里边连一句与你爸有关的话都没提……咱也理解他,你爸这种情况,他是个军人,又做那样保密的工作,怎么和你爸爸联系呢？没公开声明脱离关系就不错了……"

听母亲提到唯嗔和父亲的关系，晚晴有些隐隐的不快，她知道母亲心里一定也不大舒服。自从父亲被隔离审查之后，这父子俩似乎就成了革命的两极，虽然没有任何冲突，却"老死不相往来"了。幸亏母亲慕容静一心一意培养几个宝贝儿女，解放以后没有继续工作，不然的话，也一定会被打成个什么"牛鬼蛇神"的，那一来家里几个人可就彻底分崩离析了。"今年春天晚秋出差，路过唯嗔家门口，犹豫了半天也没进去。"慕容静这句话说出口，立刻又把话头截住了。这又是个不愉快的话题，晚晴敏感地没有接话儿。她假装拎起壶又看了看炉火，屋里出现了一会儿静默。两个人都觉出一点儿酸楚，但是谁也没有表露出来。

慕容静深深吁了口气，竭力展开眉心里那两道忧郁的皱纹，抓起炉灶上的围裙又说："你先歇一会儿吧，洗一洗脸，我去做饭。"

"有什么剩饭吃一点儿算了。"晚晴说。

"唉，你刚进门，还是做点儿新的吧。"慕容静说着拉开门去厨房，正和进门的丈夫撞到一起。"你看谁回来了？"她高兴地问丈夫。

"当然是晚晴。"

"您怎么一猜就是我？"晚晴迎上来帮助父亲脱下他的棉猴。棉猴很重，黑色的面料上泛着油泥的黑色的光泽，帽子与领窝连接的地方也被磨得油光光的。

"别人谁能这么早就回来，哪个单位不到年根儿底下也不会放假的。"

苏晚晴听了父亲这话，心里酸溜溜地难过。她把父亲的棉猴挂进衣柜，沉默着没有出声。苏涤尘立刻意识到了女儿此刻的心态，又接上说:"其实你回来的可不早,我和你妈以为你还早些就该到家了呢!我们好几个同事的孩子天一冷就回来了……"他这样说着,又装作漫不经心地瞥了女儿一眼,观察着她的脸色。

苏晚晴发现了父亲小心翼翼投过来的一瞥,心里微微一沉。她知道父亲的神经在这个问题上已经变得和她一样脆弱,他生怕哪一句哪一个词说得不合适引起女儿多心,怀疑他们也像其他知识青年的家长一样把儿女当成了负担。小心翼翼有什么用啊?晚晴想,哪个知青心里不明白眼前这个残酷的现实?一到冬天,当穿着黄大衣黄棉袄的知青们像扑食的麻雀一样涌回城市时,城市人早已经失却了欢送他们走时的那种眷恋和热情。是啊,家家户户,二十来岁的大姑娘大小伙子整个冬天就那么闷闷地赖在家里,没有经济来源,没有事情可做,唯一的乐趣就是一帮一伙地到各家串望,用他们自己的语言谈论与他们相关的那些事。这时期整个城市就被这些年轻人滞留的阴云笼罩着,城市失去了它轻载时的正常运转,不堪重负,于是城市便烦躁了,家家户户都烦躁了,烦躁转成了厌嫌,厌嫌的情绪酿成了一层人人都难以表露难以表述的隔膜悄然在城市和知青之间滋生了。这些可怜的年轻人,哪一个又不清楚自己的处境?他们只不过装作不经心不在意罢了。思乡的情绪毁掉了他们的自尊心。

苏晚晴在哈尔滨那个电影院门口大声寻呼着自己的边境居民证时,就深深地感受到了这层隔膜的存在,那时候,她也深切地感受到了隔膜于人类自然感情之外的孤独。

自己的父母是真心实意地巴望她回来。苏晚晴知道,家里实在太冷清了,她回来,才能够给父母的心里笼起小小的一团火。只是这团火又太微弱了。然而,与家庭相比,她的感情的锁链往往又拴在全体知青一边。

她把父亲的衣服用一个衣架架上,顺便把话头从自己身上引开。"您天天这么晚才回来?"她问。

"是啊,我在轧钢厂的一个工地上看水泵,那地方挺远。"

"您跟水泵有什么关系,怎么能让您去看那玩意儿?"

"噢,组织上说这是对我的照顾,对我的信任呢。据说水泵一停就会影响地下水的升降,就可能影响到工程进度,不被信任的人还绝对不能往那儿派呢。我们单位还有两个仍然在隔离审查,他们连看水泵的权利也没有……再说这活儿也不重,就是在一间小砖房里坐着,没什么事可干,只是冷了些……"

苏晚晴看见父亲的喉头滑动一下,她猜想他一定是咽下了一口泪水。"那么以后还回去么?回研究所?"她问。她担心父亲就这么永远和那个水泵绑在一块儿。

"回去?谁知道呢。"苏涤尘倒像是并不惋惜自己身份的变更,"我们研究所属'砸烂'单位,以后能不能存在下去还难说呢。算了,你刚回来,咱们不说这些,先吃饭吧。"

慕容静很快把热气腾腾的饭摆上了桌。三个人刚刚端上碗筷,对门的金融研究所工宣队长王麒麟就推门走了进来。他的手里捏着一支辣味很浓的香烟。那香烟被他握在空攥起的手心里,吸一口,掌心就亮起红红的一颗火星。

"听说晚晴回来了?"王麒麟的声音传进了屋里。

苏涤尘一家见是王麒麟,赶紧站起身,忙着给王麒麟让座。王麒麟握着香烟的手挥了挥:"嗨,你们坐下吃!吃!"说着,自己坐在桌旁的一张椅子上。他吸了一口烟,呛着了嗓子,用力咳了几下,一口痰呛出来吐在地板上,他用脚涂擦了一下。"晚晴这算是探亲假吗?"

"是的。"苏晚晴垂着眼睛回答。此时她的注意力一直是刚才王麒麟吐在地板上的那口痰上,她偷眼瞟了瞟,那地方还有一小片渍湿的印记,禁不住有些恶心。

王麒麟一连气使劲吸了几口烟,把短短的烟蒂丢到脚下,用脚掌一蹍,烟火灭了。

"嗨,你们这伙子人呐,总往回跑,出门就想家,跟我们那会儿可不一样喽。我十四岁来这儿学徒,三年才回头一趟家。家么,有爹有妈的,不会不想;可你们接受贫下中农再教育,首先要改造的,就是脑子里这些东西呀!"他用一根手指戳了戳自己的太阳穴,"说白了,还是留恋大城市,不安心边疆,你说,对不对呀?"他又从衣袋里摸出香烟盒,笑眯眯地问晚晴。晚晴听他这样说,脸腾地红了。

"倒不是不安心,"苏晚晴细声地说,"就是……到时候就想回来看看。"

"哈哈,"王麒麟又点着一支香烟,朗声笑起来,"还是一码子事儿嘛!也算你们赶上了好时候,我那会儿,三年还没挣出个盘缠钱来呢!"

苏晚晴听王麒麟这番话心里有些不舒服,但又不好表露出来,便闷下头吃饭不再吱声。王麒麟又吸了两口烟,收敛起笑容,脸色变得严肃起来。

"老苏哇,"他瞥了瞥一旁的慕容静和苏晚晴,又沉吟片刻,才说,"有个事情,我想跟你先透个信儿才好,提前有个思想准备……"他把目光转到苏涤尘的脸上。苏涤尘和妻子女儿意识到有什么大事要临头,不禁都屏住气,把目光又投到王麒麟脸上。双方对视了一下,各自赶紧错开了目光。

"眼下上边有个精神,据说是咱们副统帅林彪同志提出的伟大战略措施,备战备荒为人民。当前的国际形势你从报纸上也看得着,帝修反合起劲来要颠覆中国。珍宝岛刚打了一仗,台湾活动得挺厉害,所以么,现在不能不有所警惕,有所准备,准备打场大仗……首先要求嘛,各大城市疏散人口,把老弱病残尽量都疏散到农村去。因为从大局着眼嘛,打起仗来,这些人就是负担了……"

苏涤尘的嘴角抽动了一下,苏晚晴偷偷看了看父亲,看了看母亲,见他们都静等着下文,自己也沉住气,静静地听王麒麟还说些什么。空气似乎有些紧张,她已经预感到又一场灾难要降临到父亲身上。她心里有些颤抖,但使劲抑制着,让自己像父母一样保持镇静。

王麒麟指间的烟卷烧出了长长的一截灰,他把烟灰弹到地上,脸色更严肃了。

"上级对疏散人口规定有一定的比例,咱们研究所也有任务,革委会初步商量过,你也在其中。"

"唔。"苏涤尘的嘴角又抽动了一下,"我怎么能算是老弱病残?"

"这也是考虑综合情况嘛,你的几个孩子都大了,再说,你也快到退休年龄了吧?今年五十几了?"

"五十七。"

"是呀,就还有三年嘛。"王麒麟大概感觉到谈话不会太顺利,他抽着烟不再说什么,等待对方的反应。

房间里安静极了,空气悄悄地膨胀。过了好一会儿,苏涤尘打破了沉寂,他的脸色也很严肃,带着他思考问题时特有的沉着。"到哪儿去？"他看着王麒麟问。

"青海或者内蒙古，可能是农村，也可能是牧区。"

"是全家走么？"

"全家。"王麒麟舔了一下嘴唇，"你家好办，就你们老两口，走着也利索。"说着他挺了挺身子，似乎再要说点什么，可又顿住了。

苏涤尘咬着下唇，过了好一会儿，才鼓足勇气说："我想问一下，这里面有没有政治因素？"

"政治因素……"王麒麟稍稍迟疑片刻，而后像是下决心把问题彻底摊开了，"这么说吧，政治因素不可能没有，不仅你出身的问题，个人的问题，也牵涉到国家大的政治。金融研究所早晚将取消，这是明摆着的事儿。它是干什么的你比我清楚，研究的就是资本主义经济走资本主义道路嘛！股票、证券、信贷，围绕的还不是一个钱字！社会主义不需要这一套！解放初期搞了一通，那是刘少奇路线上的东西……你在这方面的研究算是个权威，算是个专家，虽然没有直接反党反社会主义，可越是专家权威脑子里的毒素也就越多，就越需要到工农兵当中去改造！再说，金融所一取消，你还能干什么去？到时候你们这些人的安置分配都成问题，提前给你找个地方，这并不是坏事……"王麒麟的话很坚决，但是很诚恳。"咱们是邻居，我想，还是提前给你透个信儿的好，也趁着你闺女回来，该准备的，就早点准备！"王麒麟说完，又把一个烟蒂蹀在脚下，捂着嘴打了个哈欠，起身走了。他走到门口，还特意又关照了一句："咳，有什么活思想，回来再说，啊……"

留在房间里的三个人愣怔怔地望着王麒麟消失在门外的背影，好半天回不过神来。苏晚晴脑袋里嗡嗡地响，她怎么也无法把王麒麟说的事情和自己回家联系到一起。苏涤尘沉默了好一会儿,长长吁了口气:"我早估计到会有这么一天。"

"你早估计到会让你走?"他的妻子问。

"不仅是我,是金融所的命运。解放以后这一条战线确实是按照刘少奇的思想路线建制的,解放前夕地下党找我出来主持工作,我记得谈到过这个意思,谁知道时过境迁……他刘少奇一个国家主席都被打倒了,怎么可能还留条他的尾巴?金融?钱?"他苦笑了一下,自言自语着摇了摇脑袋,"虽然浅薄,概括得倒是透彻……流通、汇兑、贴现、证券……归根结底围绕的还是资金,还是钱!现在不需要钱,现在需要革命。革命!打倒一切!砸烂一切!最后早晚把整个国家砸毁……"他的自言自语带上了冲动,半握的拳头砸在自己膝盖上。

慕容静看着丈夫的模样,有些害怕了,她急急地去推严了门缝,回来站到丈夫身边,推了推他的肩头。"行啦,行啦!你就少说两句吧!"她小心地朝门口又瞥了一眼,"你这么生气,还嫌……"

"好啦好啦!"苏涤尘摆了摆手,无奈地笑了笑,"先不管那些啦,还是挑点儿高兴的事儿说,这不,咱们晚晴回来啦……"

苏晚晴知道父亲脸上的笑容是假装堆出来的,心里更不是滋味。刚刚回家,家又将不知去向,她觉得整个精神都要坍塌了。她不知道这时候自己做点儿什么才好,她用一个指头轻轻地摩挲着一个桌子角儿,默默无语。苏涤尘理解女儿的心思,他硬起口气对女儿说:"没关系,你爸爸豁出命去也要把这个家保住,我不能让我儿女回来没有个立足之地的……"说着,他又转向妻子:"愁什么,你把饭再热热去吧,咱还没吃饭呢!"

苏晚晴看了看父亲的神情,她看见他指使完母亲去做饭后,目光立刻灰暗了下来,接着他垂下眼睛,努了努嘴唇,蹙着眉头陷入了沉思。父亲的样子令她想哭。

6

苏晚晴敲了敲朱虹家的房门,开门的正是朱虹。朱虹一见她,高兴地朝房门旁的房间里扭头喊了一声:"妈,晚晴来了!"说着,便拽着晚晴的胳膊,把她拉到自己房间里去。朱虹家住的是三室一厅的单元房,三代人各住一间,朱虹和弟弟合住的房间与晚晴和哥哥唯智合住的一样,也是一间屋里面对面摆放了两张单人床。不过单元房的房间小,两张床挨得挺近,两个床头中间只挤下一张小写字台。

朱虹把苏晚晴推到自己床前,按她坐下,自己也紧挨在她身边坐下来。两个人还没顾上说什么,朱虹的母亲就闻声跟了过来。"朱虹今早还说不知你回来没有,要去你家看看呢!"她进门一看两个女孩挤坐在一块儿,禁不住笑了:"这么大的屋子,你们俩干吗坐得这么挤?"苏晚晴和朱虹两人看了看,也笑起来。朱虹的母亲坐在小写字台前的一把椅子上,对女儿说:"你快去给晚晴沏杯茶!"

朱虹起身到厨房去沏茶,朱虹的母亲见女儿走出了房间,放低声音对苏晚晴说:"你来了正好。我看出来,朱虹好像有些心事,她不跟我说,也不跟她父亲说,你们两个好朋友上学的时候形影不离,下乡你们两个人分开了,她非常难过,有话都没个地方去说了。你跟她好好聊聊吧,有什么事情,你开导开导她。"苏晚晴见朱虹的母亲这样信任自己,有些感动,点了点头。在她的心目中,朱虹的母亲和自己的母亲是截然不同的两种女人,自己的母亲细腻、温柔,是典型的大家闺秀;朱虹的母亲则果断、干练,是典型的能干的知识妇女。她崇拜这两个母亲,感到自己的母亲能够给人以沉静,再烦躁的人在她身旁坐上一会儿也能平静下来;而朱虹的母亲则能够给人以力量,似乎遇到什么事情她都能有力量让你"平安着陆",但是眼下,两个母亲面对着现实都束手无策了,甚至就要向相反的方向发展:沉静的近乎焦躁,而干练的又束手无策。

见朱虹端进沏好的茶来,她母亲含蓄地朝苏晚晴使了个眼色:"你们聊吧,愿意玩就出去玩一会儿,我现在去医院加班。"说完,她匆匆起身离开了。

苏晚晴听到朱虹的母亲说朱虹藏着什么心事,不由得暗暗观察着她的神色。朱虹和往常一样端庄、稳重,脸上除了笼罩着一些女知青特有的忧郁,没有什么异常。"奶奶呢?"她朝对面的房间摆了摆头。过去每次来朱虹家,她第一个见到的准是那个利索的老太太。

"奶奶买菜去了,我爷爷可能又去公园了。他差不多每天都去公园走走,练练胳膊腿。有时候政协就召集他们这些人去学习。"朱虹苦笑了一下又说,"他说他是军人,不锻炼就难受,难怪他快八十了,腰板还那么直。"苏晚晴理解,她的言外之意是在惋惜:可惜他不是共产党的军人。唉,谁又能操纵历史呢?"出去走走吧。"朱虹又提议道,"咱俩自从下乡这还是第一次见面。几年了?"

"三年了吧。"苏晚晴应道。

"不,是三年半。你是夏天走的,我是秋天。"

两个人对视了一下,脸上同时现出一些不自然的神情。她们谁也不愿意提起三年半前上山下乡之前的那段情景,那里有一种说不出的伤感。由于朱虹有这么一个旧军阀的爷爷,又由于这个爷爷的另外两个儿子一个在美国、一个在台湾,朱虹终于没有被批准到黑龙江兵团去。拆散这一对女孩儿,无异于拆散一对情人,两个人都有些无法承受这个结果。她俩一起去找了学校工宣队,去找了学校革委会,回答只有一个:服从分配。谁知道那次的分配就决定了永远啊!

两个人离开朱虹家来到大街上。街上很冷,太阳透出云层,给大地投下一些浅淡的黄色。风不大,但是很硬,又冷又硬的寒风很快把她们的棉衣吹透了。

"真冷,到我家去坐会儿吗?"苏晚晴问。她想到朱虹大概有话要对自己讲,离开她家,大概是怕她奶奶买菜回来受干扰。朱虹摇了摇头:"咱们还是坐汽车吧,像过去那样,坐到终点再回来。正好这个时间车上人少。"

两个人信步走到一个公共汽车站跟前,恰好来了一辆公共汽车,俩人连站牌也没看,急忙跨上了车。车上人不多,她俩在一个双人座上坐下来。汽车刚刚启动,站在车门口的售票员从衣兜里掏出红色封面的毛泽东语录本宣读起来:"伟大导师、伟大领袖、伟大统帅、伟大舵手毛主席教导我们说,'要斗私批修'。毛主席他老人家还说,'世界上怕就怕认真二字,共产党就最讲认真'。"她读了两条简短的语录,就把语录本揣回衣袋里,朝车上乘客们喊道:"买票,刚上车的同志请买票。"

苏晚晴起身到车门口售票员那里买了两张车票回到座位上,朱虹让她朝自己挤了挤。"这样暖和些。"朱虹说。车上的温度的确很低,两只脚已经感到有些冻得发僵,但是没有冷风抽着,还是比车外舒服多了。上中学的时候她们两个人就经常像这个样子坐车。那时候两人各买了一张月票,上学来去都是乘汽车。文化大革命开始以后,不再上课,也再没有作业可写,她们便经常上了车占上个座位一直坐到终点,到终点换乘一辆车再坐回来。如果车到终点售票员不赶她们下车,她们就一直坐着不动,随车兜一圈再绕回来。这样坐上一圈,或者两圈,或者更多的几圈,借以消磨时间。有时候汽车开到哪一站,她们也可能跳下车去活动活动,看看大街两旁贴的大字报。那些大字报与她们毫不相干,她们根本不知道那上边批判的是谁,是干什么的,她们只想让时间在不知不觉中溜走,磨磨蹭蹭地直挨到天黑,再无可奈何地分手各自回家。她们两个都害怕回家,生怕哪一个时刻推开家门看到自己家也像许多人家那样被红卫兵或是造反派们打砸得满屋狼藉。她们也不愿意在学校里多停留,学校里再没有往日的宁静,呵斥声、打骂声和老师们的叹息声扰得她们灵魂不得安宁。公共汽车是个安全的所在,这小小的空间里有时疏朗有时拥挤,人们谁都不知道对方的身份,因而还能够享受到些许的人间平等。这里没有家庭上方悬吊着的那把达摩克利斯宝剑,那宝剑悬在头顶上,虽然可能允许你从革命的狂潮中逃出去,但是随时也可以拿你开刀问斩。这里也没有同学间、师生间的仇恨和污辱。这里,在汽车的颠簸悠晃之中,人们可以暂时躲避开红色恐怖的喧闹,暂时还原成为自己。

朱虹稍稍挪动一下身子,尽量使两个人坐得舒服一些。"你在那地方还算好吧?"她闷闷地问身边的苏晚晴,神情里有些抑郁。

"还好。"苏晚晴选择了一个中性的回答,"你呢?"她看了看朱虹,朱虹正视着前方,透过司机前面的窗玻璃凝望着马路的尽头,眼睛一眨也不眨。

"不怎么好。"朱虹说,目光并没有从很远的地方拉回来。

"是工分太低吧?年底分红,你们能不能分上一点儿?听说有的地方插队的知青白白干了一年,年底只分得几毛钱,有的一算账还欠队里的。"苏晚晴好一会儿听不到朱虹的答话,禁不住又抬眼看了看她。她看到她眼中有一种陌生的、成熟女人才有的凄凉。"你怎么了?"苏晚晴小心翼翼地问,她记起朱虹的母亲对她说过的话,"你好像有什么心事?"

不知道朱虹有没有听到苏晚晴说了些什么,她的睫毛忽闪了两下,眼窝里静静地滚下两颗泪珠来。她仍然凝望着前方。"他们都走了。"她木然地说,脸上是一片空漠,"只剩下我自己了……"

苏晚晴的心骤然一紧,她意识到朱虹陷进了怎样一个处境,但还是有些懵然。"谁?谁都走了?"她声音有些颤抖地问。

"我那个知青点里所有的知青。"朱虹的目光仍然没有从远处收回来。她轻声而清晰地说着,并不管脸颊上怎样噼里啪啦地往下掉泪,"他们有的选调到工厂,有的走后门上了包头或者呼和浩特的大学,还有的已经办了回来……现在只剩下我一个人了……"

"你家里没有什么办法吗?"苏晚晴想象着身旁这朋友孤单单地守着远方农村里一间破旧的小土房,禁不住鼻尖儿发酸。她使劲儿朝胸里吸着气,不让涌上眼窝的泪水掉出来:"让你妈妈想想办法把你办回来……"

"不，他们没有什么办法。我家里这个情况，他们有点儿自顾不暇，再说，也真是没有什么办法……我自己去找了旗里知青办的领导，他们说……"

"他们说什么？"

"他们说，他们同情我，但是没有办法改变我的家庭历史……我……我需要同情干什么？"

苏晚晴的眼泪终于涌了出来。她低下头，用一只手捂在眼睛上，不愿意让别人看见。

"你理解我的心情吗？"朱虹轻声抽泣了起来，终于从远方收回了目光。她从衣袋里掏出一条手绢，擦了擦眼泪，把它打开，铺在腿上重新叠得平平整整，目光也落在那手绢上。"农村里那些女孩子，十七八岁就都订了婆家，不再下地劳动了；我一个人，只好整天跟那些十五六岁的女孩儿一块下地，我比她们年龄大那么多，个子也高那么多……上下工一块儿往地里走，整个村子的人都像看什么似的看着我……傍晚下工，我去井边挑水，回来赶紧就插上门；一到天黑，村里一伙儿男人就在外边起着哄敲我的窗户……"朱虹止不住地轻轻抽泣，压抑着自己的声音不让别人听见，"……挑回水，我就拴上门，一个人烧火做点饭吃……"

苏晚晴使劲儿提着气，不出声地涂抹着不断涌出的眼泪，静听着朱虹向自己倾诉。她什么也不再问。她感觉这时候自己任何话都显得虚伪而又浅薄。

"柴火一般都是我下工顺路捡些回来。我不能大模大样地去拾柴火，不得已了再专门去拾。我一拾柴火，后边也要跟着好多人看……"朱虹接着说下去，"我们那地方只有玉米面，夏天队里分给了一点儿菜，没几天就吃完了。他们老乡家里人手多，在房前房后的园地里自己再种点儿什么，我只有一个人，也没心思弄，一入秋，就光打玉米面糊糊喝……"朱虹已经不再哭泣，沉思了一会儿，她抬起头，用手绢抹去了腮边最后一颗眼泪，把目光投到晚晴脸上，甚至微微含上一丝笑意，语气非常真诚，"我觉得我够坚强的了，是吧？再不坚强一点儿，只有自杀了……"

苏晚晴伸出一只手，紧紧攥住了朱虹的一只手。她仍然没有出声。她没有任何语言可以用来安慰朋友。朱虹慢慢从苏晚晴的手里抽回了自己的手，继续没完没了地在腿上折叠那条手绢。"这些，你别跟我妈她们说，"朱虹又说道，"没这个必要，白给她们添心事，她们也够难的了……"

"嗯。"苏晚晴终于出声应道。是呀，是没有必要。她想。这些心灵深处的感觉，无论是酸是苦，都只能由自己去承受，去体味，除非改变处境，否则，任谁也无可救助。这使她自然而然又联想到一次自己对于无救无助的感觉的体验。那是到边疆之前学校组织的一次园林劳动。

那是到动物园为养鹿场拔草。在动物园一个荒僻的角落里，长满了饲喂马鹿和梅花鹿的青草。青草是工人植播的，草场间隐约还看得出一条条浅浅的沟垄。几个初中一年级的小红卫兵并不干活，只是在草场上跑来跑去地打闹。这是学校里最出名的几个小红卫兵，虽然都是女孩子，却个个厉害得出奇，恶作剧搞得最出圈儿，学校里折磨老师的种种残酷的刑罚，几乎大多数都出自这几个孩子的创作。比如她们强逼一个老师一连气喝下三瓶墨水；比如她们把一只木凳倒扣过来让校长——一位出名的女化学家像猫一样四肢分撑着趴在四条板凳腿上；又比如她们把一个男老师逼到学校四层楼上的阳台，强迫他跳下去试试自己的胆量，这个因写了两个电影剧本而被打成"黑苗儿"的年轻人便像口袋一样坠落到操场上，结束了自己年仅三十二岁的生命。这是几个混沌未开的小恶魔，不懂畏惧不懂罪恶。学校里不要说校长老师们一见这几个孩子就心惊胆战，一般学生对她们也畏惧几分，谁也不知道她们什么时候可能又玩出什么丧失理智的游戏来。

苏晚晴见这几个小红卫兵在自己身边跑来跑去，拔草时尽量把头埋得低些，尽量不引起她们的注意。可是，她终于没有逃过她们玩的一场游戏。这几个孩子在草丛里发现了一条小蛇。小蛇有一尺多长，青绿色的身体上盘绕着黑色的花纹。一个孩子抓住蛇尾把它拎起来，几个孩子便一齐开始搜寻起投掷的目标。人们分散在四处，她们的目光集中到相距不远的苏晚晴身上。苏晚晴埋头默默地拔着草，她没戴草帽，卷起的衣袖露出半截柔软的手臂。她拔草拔得累了，直起腰来挺了挺肩背。就在这时候，几个小红卫兵对准她的头部把小蛇扔了出去。

就在脱手的一刹那，苏晚晴看到了那条小蛇。她还没有来得及恐惧，小蛇划着弧的轨迹便已经抛到了眼前。就是这个瞬间她感到了无救无助。小蛇运行的短短轨迹仿佛逾过千年。她的思想在这期间闪过了无数道自救的曲线。她想到躲闪，又想到不行！自己的丝毫退缩都可能激起她们重复的欲望；她想到跑开，又想到不行，跑开只能引起她们追逐。她没有任何退路，只得把全部思想全部感情全部要摆脱现状的念头一下子全都吞进了心底。她挺直身子，闭上眼睛，只等待那蛇落到自己身体的无论什么部位上。

小蛇直条条地从半空跌了下来，落到她的前额上，一半蛇身挂在她的头顶,另一半蛇身耷拉下来,悠悠荡荡地悬在眼前。她的面颊触到了小蛇,凉森森的蛇身摄走了她最后一丝逃脱的侥幸的希望。灵魂已经吓得飞走了。她只剩了个无可奈何的躯壳。她让这躯壳上已然一片空白的脑袋轻轻摇了摇,把小蛇摇落到地上……

当人没有退路的时候,不得不去迎接现实,无论付出什么代价。为了迎接那一次小红卫兵的关于蛇的挑战,苏晚晴把每一根神经都绷到了极限,绷得差点儿就要断裂。她有晕血症,她觉得自己对蛇的恐惧超过了面对一滩鲜血。不管是机体的病症还是心理病症,同样不可克服。可是她终于挺过来了。可见有时候意志可以扩展人的承受力。可是,朱虹的处境,难道是意志可以战胜的么?不!苏晚晴在心里想,这不可能!意志不可能,甚至信仰也不可能!能说朱虹没有把全中国绝大多数人的信仰选择为自己的信仰么?想到这里,苏晚晴觉得自己的思路已经走进了一个胡同,她已经有些害怕自己下一步的探寻:信仰是什么?信仰不就有如当初教堂顶上那个凌空插入云端的十字架么?它也是可以摧毁可以倒坍的呀……

行驶的汽车早已经把那座教堂的影子抛在了身后。这是一座天主教堂。一八六九年五月,法国神甫谢福音为这教堂的建造举行了盛大的奠基典礼,教堂主体当年十二月竣工,从此以它的气派和神秘给这座殖民地建筑密布的城市更增添了不少复杂的色彩。教堂建成后仅半年,教堂所办"仁慈堂"就发生了传染病,造成三四十名中国儿童死亡。这下激起民愤,接着又抓获几名拐骗儿童的天主教徒,于是引发了一场轰动中外的大教案。这场教案闹得轰轰烈烈,手无寸铁的中国老百姓和荷枪实弹保卫教堂的兵士对峙,直至双方各有伤亡,谢福音等二十名法、俄、比利时等外国人被杀死。于是，又惹来了俄国、西班牙、普鲁士、比利时、法国、英国等列强的联合照会，各国军舰陆续开来，炮轰城市周围村落；清朝廷派曾国藩、李鸿章先后抵达处理教案，最后以清朝廷向法国赔银四十六万两，向俄、美、英、比、意等国也分别赔银数万两，把当时镇守这城市的两位朝廷命官发配黑龙江，把二十五个人充军，又杀了十六个"聚众闹事"的老百姓作为了结。流传中有关那十六个被杀的志士死后的事情十分生动。据说十六人中有一人叫崔三，行刑时，他的妻子崔大脚双手展开一个包袱皮站在丈夫身旁，为的是不使人头落地。崔三原是个木匠，他死后崔大脚便以卖糖为生，她借卖糖的机会天天沿街说唱申冤，每到端阳、中秋、除夕，她便身穿丧服，跑到捕杀崔三的张秉铎门前去哭骂。有一次，趁张秉铎宴客，崔大脚提着一小桶稀粪一直闯入客厅，朝里扔去，弄得满屋粪水淋漓……

历史早已是过眼云烟，说不定苏晚晴对教堂的那段历史听都没听说过，此时她的脑海里浮现的，只是一个早秋时节的傍晚。

那一天苏晚晴和朱虹两个人从学校里出来，已经是下午四点多钟，西斜的太阳仍像一个橘色的火球挂在天空。她俩拐过一个街角，听到了一阵阵金属撞击的声音。响声从半空中传下来，先是带着嗡嗡的回响，后来就仿佛撕裂了一般，把空气推成一圈圈不规则的圆的波纹向四下扩散。一声余音未尽，紧接着又是一声覆盖上来，撞着人的耳鼓，撞进人的心里。

"出了什么事了？"苏晚晴抓住朱虹的胳膊，她们看到许多人迎着那声音传来的方向，朝着西斜的太阳底下跑去。她们随着奔走的人流拐进一条宽短的横街，在与横街交会的丁字路口上，便矗立着这城市里人人熟知的天主教堂。教堂下部连成整体，上部分成三个灰色形状的圆堡，三个圆堡在半空排成等边三角形，顶上各竖着一个黑色十字架，直戳蓝天。

金属的撞击声正是从教堂的尖顶上传下来的，抬头望去，十字架周围有几个小小的人影在晃动。教堂下的街道上密密麻麻站满了人，张大了嘴巴仰头望着半空中的几个男孩子围着十字架忙碌。教堂顶上圆堡的坡面比倒扣的瓷碗还要陡，没有搭脚手架，也没有拦安全网，不知道那几个年轻的中学红卫兵怎么想办法爬上去，又怎么想办法保护自己不从那上边跌下来。他们用锤子锤，用钢锯锯，如同在平地上干活一样毫无惧色。教堂前观众的情绪随着打砸金属的声响和教堂顶端的红卫兵不时挥着手臂向下传递的消息越来越高涨，空气也渐渐膨胀着，人群中有一股潮流在涌动。一个十字架被锯得没了根基，随着一声铁锤打击的震响，它一下子歪斜了。人群沸腾起来，欢呼起来，惊得落在远处高压线上歇息着的几只麻雀一下子腾到半空，飞得没了去向。

在欢腾的人群中，朱虹和苏晚晴看上去有些呆板。她们并不是吝惜那座教堂的顶尖，虽然这建筑是那么美丽，给这城市增添了许多风采。在她们心目中，它毕竟是一个阴暗的象征，从童年所受的教育中得知，耶稣与圣母马丽亚都是欺骗者的化身，靠欺骗摄取人的灵魂。她们并不吝惜那座教堂的顶尖，在她们的心目中，那是罪恶与邪恶的交点，任何崇尚共产主义的人都与它誓不两立。她们神情呆板，不过是一种心境的流露，她们难以找寻在革命与暴力、背叛与忠诚之间的一个真正适于自己的位置。两个人没有等到气氛平静下来便离开了人群。太阳已经落下去了，连西边天空的绯红色云霞也敛尽了最后一抹余晖。灰色的天幕悄悄笼罩下来,天快要黑了。两个人来到距苏晚晴家不远处的一条僻静的马路上,在街道边坐了下来。这是一个独属于她们的所在,两个人经常走到这里就坐下来,或者聊天,或者沉默,一坐就是好半天。

"反正我是站在革命一边的。"朱虹沉闷着垂头呆了一会儿,突然说,"背叛家庭,我该背叛的是我爷爷,难道连我爸我妈也需要背叛么?他们是医生,对医生还需要背叛么?我知道背叛是指背叛剥削阶级的思想,那么思想具体包括哪些?我没有!我想不通!你说呢?"

苏晚晴静静捕捉着黑暗之中的一个声音,那是一辆汽车,由远而近地驶过来,又由近而远地驶过去了。她没有吱声。说什么呢?她想。想不通的事情太多啦,比你还要多!她疲惫地把一只胳膊肘挂着膝盖,手撑在下巴颏上。

"我相信那个十字架么?"朱虹突然又说,"没有,我从来没有相信!我知道,你也从来没有相信。可是他们为什么就不能相信我们呢?"

苏晚晴在无数值得记忆的夜晚,也留住了对于这一个夜晚的记忆。她还清晰地记得朱虹那时的认真和执拗,记得她为自己命运的不平和愤慨。仅仅几年,这些又成了过眼云烟,眼前面对着情绪如此低落的朱虹,她束手无策。公共汽车并不改变速度,一如既往地不慌不忙地行驶,过了一站,又过了一站,好像永远驶不到终点。是呀,意志、信仰,似乎哪一样也帮不了朱虹的忙。她又一次攥住了朱虹的手。"别想得太多了,坚强点儿,一定坚强着活下去,等待机会……"她说这话时,心里抽动了一下。等待?等待什么呢?等待到什么时刻呢？这是一个虚伪的安慰，一个无力的安慰，一个并不携带着希望的安慰。她为自己如此轻率地说出这些安慰的话来感到羞耻。可是，她又有什么办法？即使虚伪，即使无力，即使是一个零的希望，她也只能留给朋友，好让她鼓足勇气活下去啊！

7

要过年了。街上每一个副食商店门口都贴出了海报，列出了这个春节供应给每个家庭的年货：两只冻鸡、三斤带鱼、二十块豆腐、半斤豆腐干、两斤鸡蛋。除此之外，按人口供应的还有：每人两斤猪肉、一斤牛肉或羊肉。苏晚晴家户口本上只有她父母两个人，按户供应的年货，两口人与三口人是个界限，在配给上两口人要按一口人对待，这样卖给的东西在数量上还要减半。苏晚晴回家来报了个临时居住户口。知青探亲，这临时户口是非要去派出所登记不可的，以便公安部门掌握他的行踪，也便于统计整个城市的人口流动状况。临时户口上注明暂住时间，过期派出所便有权过问，动员当事人返回户口常居地。没想到这个春节格外照顾下乡知青，只要登记了临时户口，买年货时出示一下户口本，便也算个人。慕容静在副食商店门口看了海报，十分高兴，回家便兴致勃勃地叫女儿：

"晚晴呀，帮我买买东西去吧，今年供应的东西还真是不少，连你也算一份呢!"

苏晚晴正倚在床头上看书,听到母亲叫,她放下书迟疑了一下,又把那本书抓了起来。

"算了吧,您自己去吧!"

她越来越不愿意出门,就好像脑门上刻了"知青"两个字。谁都认为如今这是个不受欢迎的人种。

慕容静猜到了女儿的心思,她拿出自己的一件蓝大衣。

"你穿上这件衣服不就得了!陪我去一下,一气儿都买回来,省得再去排队……"

苏晚晴被母亲猜透了心思,心里更有些不畅快,她干脆躺在床上,把书举到眼前。

"我不去,您等晚秋吧。我姐姐信上不是说她今天回来吗?"

"谁知道她什么时候才到家啊。"母亲说着,暗自叹了口气,偷偷瞟了女儿一眼,把篮子放在一把椅子跟前,自己在那椅子上坐下来,"你叫朱虹一块儿去看看电影什么的,干什么总闷在家里?"

晚晴应付着嗯了一声,不再理睬母亲。自从到家以后,连在哈尔滨倒车时那种想看场电影的欲望也消失得无影无踪了。什么情绪也没有了,除了有时和朱虹到家里互相看一看,聊聊天,就懒得再和其他人走动。连和自己分到一个连队的几个同学也懒得来往。她奇怪许多知青一回家就成群结伙儿地互相串来串去有什么意思,又哪里来的那么大精气神。她只想静下来看看书,可是看完一本,又什么内容也难以记住。再说家里的书也就剩了可怜巴巴的一小点儿,新华书店和市里的图书馆橱架上只摆着毛主席著作,除此之外,还有什么可看的呢?

手里的《亚瑟王之死》好厚好沉,坠得手腕酸溜溜地痛。不知道这本书是怎么幸免于难的。她不会忘记文化大革命初期的一个晚上。那天她和朱虹在大街上游荡了一天回到家里,一推门,她终于看到了自己最害怕见到的满屋狼藉。那时刻她看到母亲孤零零地坐在房屋中间的椅子上,满面灰尘,十根手指熏得成了十根黑炭棒。她的心重重地沉落到地上,但是她还是拖着脚步走到母亲身边,抚着她的肩膀,轻声地问:"他们来抄家了?"

母亲摇了摇头,本来茫然的眼睛里一下子涌出了好多泪水:"不,不是抄家,是街道上一帮革命大娘来扫'四旧'。"说着,她停顿了片刻,突然像小孩子一样抓住女儿的手哇的放声大哭起来。"她们什么也不懂,她们把有价值的书都烧啦……在咱院子里,就像烧垃圾一样……烧了整整一天……你爷爷和你外公留下的那些书,我和你爸爸保存了一辈子……好多国内的绝版书,价值连城……她们就像烧破烂一样……"母亲呜呜地哭个不停,哭得晚晴心里十分难过。她转动着脑袋朝书橱和床上看看,曾经放书的地方空空如也,书橱里只歪歪斜斜地放着一些马列毛泽东著作和几本大辞典。

苏晚晴见母亲还迟迟疑疑地要对她劝解些什么,便把沉甸甸的大书扣在床上。不知道这本《亚瑟王之死》怎么可能留到现在,她仍然想。她记得那天晚上等母亲情绪安定下来之后,她问过母亲:"那些名著呢?包括我那几本苏联的挺'红'的书?《古丽雅的道路》、《卓娅和舒拉的故事》、《青年近卫军》什么的?"母亲情绪平和了,她淡然地回答说:"那些街道大娘不识字,她们不知道她们烧的都是些什么。"

《亚瑟王之死》,按说这本书可倒带点儿"黄"色。苏晚晴想着,起身对着她的母亲说:"我去买点儿画画的颜料。"她想到要躲避开家里人同情她怜悯她的目光,最好的办法就是自己找点儿事情干,假装把时间填得满满的,假装忙得没有一点儿空闲。

她走到大门口,没想到刚好撞见了姐姐晚秋。晚秋肩上挎着个大书包,一只手拎着个大旅行包,另一只手还牵着她的儿子。

苏晚晴见姐姐来了,高兴地迎上去。"我和妈刚说过你,你就回来了,真不经念叨!"说着,她一只手接过晚秋手里的旅行包,另一只手揉了揉毛毛的小脑袋,"毛毛,叫小姨!"

毛毛怯生生地朝后退了一步,半边身子掩到他母亲身后,黑眼睛骨碌骨碌地望了她一会儿,才细声细气地唤了一声:"小姨——"见小外甥对自己陌生,晚晴不由自主地耸了一下肩膀。她心头有点儿失落。她返身引着姐姐和毛毛朝楼里走去。院子里昔日的花盆里没有了花草,几只破损的花盆,衬得冬天的院子更加冷落。她们从冷落的院子中心穿过。

她们进到屋里,慕容静见两个女儿一起进来,脸上立刻绽出了笑容。毛毛见到她,一点儿也不陌生,跑前几步扑到她身上,响亮地喊了一声外婆。慕容静应了一声,伸手摸了摸外孙子的脸蛋儿。小家伙拨开她的手,一蹦一跳跑到里间屋翻弄什么去了。"慢点儿,在屋里,跑什么呀!"她用目光把小家伙送进里屋,转头又问大女儿,"车上挤吧?"

"噢,挤得要命!哪个座位上都挤着四五个人。"

"年根儿底下,大家都朝家奔了。"做母亲的又说。

"离过年这不还有几天?车上大多数都是晚晴这样的知青。怎么每个人都带那么多包呀?每个人都有三四个,背着扛着,身后背着胸前还吊着,晃晃悠悠走都走不动,看着都怪可怜的。都带的什么呀?"

"木耳、黄豆,要回家洗补的衣服。"晚晴回答。她没有姐姐那么兴奋。"看着都怪可怜的"姐姐这句话不知怎么引得她有点儿心酸。

"他们从家里回去的时候带的东西更多呢!"慕容静接上话头说,"糖、咸菜、卫生纸、肥皂、糕点,谁一回来,走的时候还要给别家捎,一家一包,你想想这得有多少!"

"晚晴,你也这样?"晚秋问。

"当然这样。"晚晴不自然地笑笑,"妈妈说,我还好些,唯智一回来,干脆像土匪扫荡,逮什么捎什么,大米、挂面,回来一趟就把家里扫荡一空。"

"他那样儿我回来见过,真是像土匪扫荡!"晚秋笑起来,"就这,我们走还要搜罗点儿什么呢!"

"哪个儿女都一样。"慕容静笑吟吟地望望两个女儿,"唯智那工作也是够苦的,建水电站哪个不建在深山荒野里?连个固定地方也没有。"

"嗯,说是建水电站,就是没见他们建起过哪一座!"晚秋这一说,母女三个哈哈笑了起来。笑声中,只听到里屋传来哗啦一声响。

"他把什么东西弄破了?"晚秋警觉地听了听,就要朝里屋跑。慕容静拦住她:"我去吧。"说着,亲自去看小外孙。

晚秋拎起晚晴放到地上的手提包走到一个单人床跟前。"你睡那个床了吧?我和毛毛睡这个。"她放下提包,把书包放到桌上,又弯下身去开提包的拉锁。"唯智今年回来吗?"她问。

"唯智还不一定,大哥倒是来信说今年要回来看看的。"晚晴说着,见晚秋稍稍愣了愣,又很快放松下来,从提包里拽出毛毛的几件小衣服丢在床上。她迟疑了一下,装作随意似的问道:"姐夫不回来么?"

"不,他不来。"晚秋仿佛非常专注地收拾着提包里的东西,眼皮也没抬一抬,"大哥来了,得再支个床了。"

"那就把你这床腾给他,在里屋支个床,你和毛毛去跟爸爸妈妈睡。"

"当然就得那样。"晚秋说着,姊妹两个不约而同朝屋门对面的方向望了望。门关着,她们望不到王麒麟占据的那个房间。晚晴心里则明白,尽管是亲兄妹,晚秋和大哥唯嗔是绝不能够睡在同一个屋檐下的。

年饭刚刚端上桌,外面响起了噼里啪啦的鞭炮声。鞭炮的炸响一阵接续着一阵。然而,接续了并没有多少时间,便渐渐平息下来,让人听上去这个夜晚静得和平时没有什么区别。

一响鞭炮,就意味着家家开始吃团圆饭了。慕容静看了看自己摆好的饭菜:"你大哥怎么还不回来?按说他应该坐四点的那趟火车。"她用一根纤细的手指抹去桌子上的一滴水,又说:"要不咱们先吃吧,菜一会儿就凉了。"

苏涤尘摇了摇手:"不,还是等一等吧。从'文革'开始,他就没有回来过,今年说回来,我想这是真的。他倒是从来说话算话,不像唯智,说出的话没个准头。"

晚晴偷眼瞟了瞟姐姐晚秋，见晚秋不表示什么，她也没有吱声。她理解，晚秋这时的心情一定很复杂，她和大哥多年不来往了，这次相见，是高兴还是尴尬？

饭菜已经凉了，外边又响起了零星的鞭炮声。对面王麒麟家不时传来一阵阵酒后的喧闹。楼梯上响起了坚实的脚步声，晚晴和母亲倾听了听，脸上绽出了笑容。"大哥回来了。"晚晴说着，急忙到门口去迎接大哥唯嗔。

果然是唯嗔。他乐呵呵地进了屋，把一个小提包交到妹妹手里。"呃，你们都回来了，看来今年家里还挺热闹！"他的目光在屋里扫了一圈，最终还是落在晚晴脸上。

"是呀，这不，就等你回来呢！菜都凉了，你歇一歇，我去热热咱就开饭。"慕容静见大儿子回来，十分高兴，她急忙端起两碟菜去了厨房。晚秋脸上也挂着笑容，但是她没出声，见母亲说去热菜，也端起两碟菜跟了出去。

"唯智没说回来？"唯嗔的目光和父亲对视一下，又落到晚晴脸上。晚晴不等父亲做出反应，急忙抢着说："他来信只说'可能'，并没有肯定，到现在还没见影儿，大概来不了了吧？"她很清楚，从现在起，她必须代替父亲和姐姐说许多话，令人不察觉地充当他们两人的替身，充当他们和大哥唯嗔的中介。自从晚秋结婚以后，他们兄妹就不再来往了，晚秋嫁了个华侨，至今她的公婆和其他亲属还都在国外，"海外关系"是唯嗔职业的大忌，至于父亲，谁知唯嗔将把这层父子关系再怎么处理呢？唯嗔是军人，军人肩上总有比亲情更神圣的天职。晚晴也理解唯嗔，祖宗遗留的家庭成分，父亲不可解脱的现行问题，再加上晚秋带来的社会关系，这些把唯嗔这样一个掌握国家机密的军人逼进了一个玻璃罩子,血缘相通,又必须隔离,这份尴尬是任谁也难以处理的。

晚秋在饭桌和厨房之间来回穿梭着,帮助母亲把饭菜统统重热了一遍,满满腾腾又摆好了一大桌。一家人围坐在饭桌四周,晚晴给每个人跟前的杯子里倒满了红葡萄酒。透明的玻璃杯映出闪光的红色,顿时给屋里增添了几分喜庆的气氛。唯嗔端起酒杯,滞留在半空中,他大概想说点什么祝酒词,又一时难以找出合适的言语。晚秋静等着,腮上挂着笑意,一言不发,苏涤尘咳了两次嗓子,也没有说出什么话来。晚晴向母亲偷偷传递了一个眼神,母亲会意了,她抓起筷子指了指桌子上的盘盏:"一家人还客气什么,快吃呀,一会儿凉了,来来回回地回锅就不好吃了。"

见母亲开了口,晚晴赶紧接应着,撕下两只鸡腿,一只给了父亲,另一只放进了唯嗔面前的碗中。她又撕下一块鸡胸肉,放进毛毛的碗里。"吃,这栗子鸡可是妈妈的拿手好戏,真亏得还有卖栗子的。姐姐,妈,你们自己弄!"说着,用小匙勺舀起几个炖成了棕红色的栗肉放进自己碗中。

毛毛把晚晴放进他碗里的鸡胸肉抓起来,啪的一下摔进自己母亲碗里。"我不吃这个!"他两只黑眼睛盯着盛鸡的深碟里,"我跟我爸爸一样,我爸爸说,鸡的活动部位才是最好吃的地方!"说着,他伸手就要去碟子里翻找。晚秋腾地红了脸,她急忙抓住儿子的手。

"你瞎拣什么呀,鸡胸还不是最好的吗?!"

唯嗔始终微笑地看着这一切,默然不语,见毛毛仍是不肯罢休,他把自己碗中的鸡腿夹了起来放进了毛毛碗中:"来,鸡腿你吃不吃?"

"吃，我爸爸说，最好吃的是大鸡腿！"

晚秋看看儿子，儿子已经抓起鸡腿啃起来，她拍了拍儿子的脑袋，笑了笑，很有几分尴尬。晚晴把脸伸到毛毛跟前，对他皱起鼻子说："哼，可惜这鸡不是蜈蚣，不能满身都长出腿来！"

这话引得一家人哈哈笑起来，沉闷的空气开始有些化解了。

楼梯又传来脚步声，一家人都倾耳听着这声响。脚步在门外停住了。"是二哥。"晚晴跳起来跑去打开门，进来的果然是唯智。一家人见唯智终于在大年三十晚上赶了回来，自然高兴，都站起来迎接。晚晴接过唯智的提包放在地上，把他拉到脸盆跟前逼着他先涂了许多肥皂洗干净手，才放开他让他凑到饭桌上。她一本正经地问他："你在火车上打喷嚏没有？"

"打了，接连不断，整个车厢的人都躲我远远的。"唯智也是一本正经地回答。

"怎么，你感冒了？"慕容静不无忧心地盯着二儿子问，"要不要……"

"妈，您还真信他们！"晚秋嗔笑着对母亲说，"这俩人凑到一块儿不就是一对活宝！"

"是呀，你们一直在念叨我，我还没上火车就开始打喷嚏了。"

一家人哄堂大笑。唯智见大家笑他，越发绷着劲儿装得一本正经。他几根指头捏起深碟中的鸡翻来覆去地看了看："嗯，这跟我有一次从德州给爸买回来的那只扒鸡一样，没长腿儿。"他扯下一只鸡翅膀丢进自己碗里："幸亏还长俩翅膀！"苏涤尘一直笑吟吟地望着二儿子，见他吮着手指头上的汁水，还故意把舌尖吐出来朝手指尖上舔，遂把自己碗里的鸡腿又夹进了唯智的碗里。唯智并不客气："爸给我我就吃,我都快馋疯了!"说着又故意一手抓着鸡腿,一手捏着鸡翅膀各自咬了一口。

"从小你就天天喊馋疯了。"慕容静疼爱地看着儿子的馋样,"怪不得晚晴怨这鸡不能长得像蜈蚣!"

"哈——"唯智一听,笑得差点儿把饭喷出来。

慕容静站起身来:"我去把那只鸡也热一下拿来吧,那只就是用白汤煮的,原来我想留两天等你回来……"

"对,吃了算了,留在锅里又不能再下只小鸡出来!"苏晚晴按下母亲,自己要去厨房。

"鸡下鸡蛋!"毛毛嘴里塞得满满的,不屑地纠正小姨。一家人又是一阵哄笑。

晚晴见家里终于有了过年的喜庆气儿,暗暗松了口气。她真担心刚才的沉闷就那么一直持续下去。现在精神松懈了,她立刻感到身体有些困乏,见唯智讲什么讲得有趣,大家的注意力都集中在他身上,自己便倚靠在椅子背上,把听觉和大脑都关闭了起来,什么也不再吃,不再听,不再思考,只是静静地坐着,偶尔绽开嘴唇随着大家笑一笑,表示她还置身在一家人中间。

慕容静发现了晚晴的静默,用不易觉察的目光瞥了她好几次,终于抓住一个契口借机问她:"晚晴,去年你没回来,你们在那儿过年吃什么?"

听母亲叫,晚晴从愣怔中惊醒过来,她只听到母亲问话的一个余音。"包饺子。"她应付着回答,暗暗让自己打起精神。

"猪肉馅么?"

"猪肉馅。年前连里杀两头猪,一半卖给家属,一半给知青食堂。光是猪肉,没有白菜。"

"你们不种白菜么?"大哥唯嗔接上来问。一家人的注意力从唯智又转移到了晚晴身上。

"大白菜倒是种了不少,没几天就吃没了。那地方太冷,不好存放。家属们自家存的菜少,常去窖里翻弄翻弄,放一冬还凑合。食堂要存菜一下窖就得好几吨,捂也捂烂了。下到窖里烂,不下窖里冻,一冻就是一个大冰砣子。开始炊事班还用斧子砸几块冻砣子下面疙瘩汤,后来看太难吃了,也不砸了。冻成那样的菜化开有臭味,还不如不放。"晚晴在兵团里并没有觉出生活怎么有趣,也没有觉得怎么艰苦,反正知青们在一起整天就是这么稀里糊涂过的。现在看出家里人听得有趣,才意识到那一套生活方式搬到城市里来的确新鲜。别说家里人听,自己讲出来都觉得可笑。她有些兴奋起来。"知道我们包饺子怎么包?"见一家人都竖起耳朵听着,心里简直有几分得意,"食堂先拌好馅,把肉馅和面粉分给各宿舍,让大家分头自己去包。盛馅、和面全都是用我们自己的脸盆,说是脸盆,还不是洗脸洗脚洗屁股都用它!"

"走的时候家里不都是给你们带了两个盆吗?"母亲插进来问。

"早就掺和一块儿了!不光这,有人夜里还拿脸盆当尿盆呢!"晚晴说着自己先笑了起来,她看见母亲虽然也跟着笑,却又蹙着眉头,便又补充说,"我还算好,亏着妈想得周到,怕我混到一块儿,临走时给我买的那个小花脸盆样子挺特别,大家都认识,所以大家一般不大使那个盆,我也只用它洗脸——当然,免不了有时候把水倒来倒去混在一块儿,好在也只倒干净水。一包饺子,我就赶紧抢着把小花盆奉献出来去和面。你们想啊,盛馅么,好赖是一部分馅挨着盆边儿,剩下点儿底油沾在盆上也就不要了。和面可不一样,和面可要把盆上边边棱棱每一点儿泥都沾下来揉进面里呢!"

晚晴的一番包饺子的话说得大家哭笑不得。唯智摇着脑袋笑着说妹妹:"行,我算服你们了!"

"这算什么?比这恶心的事多着呢!"晚晴摆了摆手,"算了,正吃饭,我不说了。"她注意到,大家虽然都拿她讲的这些当笑话听,父亲母亲却显得有些心事重重的样子。是自己把在边疆的生活披露得太真实太多了么?不,一只小小的印着玫瑰花的搪瓷脸盆和心中的郁闷相比,这能算得了什么呀!她闷下头吃饭,不再说什么。

自从两个儿子相继回来后,苏涤尘还没有说过多少话。五屉柜上一只玻璃罩钟旋动着闪光的钟锤,发出熠熠的银光。他看看钟表,已经十点了。楼外有小孩子出来燃放鞭炮和烟花,小孩子点的小炮连不成片,隔着窗子,只是过一会儿听到叭的一响,过一会儿听到叭的一响。他慢慢捏起自己跟前的酒杯,朝妻儿们示意了一下说:

"这几年你们兄妹几个陆续去了天南地北,探亲假回来也难得碰到一块儿,今年团聚实在不易,咱们先干一杯吧!"

见父亲举杯,几个儿女也把杯子举了起来。苏涤尘注视着自己杯中的红葡萄酒,看着一个小小的气泡沉下了杯底,他一口将酒喝了下去。兄弟姐妹四人互相碰了碰杯子,也喝下了杯中酒。晚晴重新给大家把杯子满上,苏涤尘待晚晴坐下,清了一下嗓子,又说:"这些年没有团聚过,再聚到一块儿,不知又是什么时候了。趁你们几个都在眼前,有两件事情,我想说一说……"

这一番话说得几个儿女和妻子都有些突兀。几个人垂眼望着面前的杯子,注意地听他要说些什么。

"一件事情是关于晚晴。"苏涤尘提到小女儿,喉头滑动了一下,声音变得有些发闷。晚晴有些意外,她想不出父亲为什么单独把她摆在桌面上。"晚晴在你们兄弟姐妹中年龄最小,去得最远,条件也最艰苦。现在我和你妈妈还在,她有点儿什么事情,我们可以接应着,她也还算是有个家。可将来我们都没有了呢?……晚晴不小了,过了这个年就二十三了。周岁二十三,你妈妈像她这么大,连晚秋都有了……我的意思,你们多关心关心她……现在插队的知青不少都选调了,有的到工厂,有的去教书或是到了什么机关,在兵团的知青,没有选调,可是也有上大学、特困或是办理病退回来的……这些条件,咱都不具备,我现在这个处境没有什么办法……可是晚晴不说,我心里也有数,这么大的女孩子,都有自己的心思,她从小身体就弱,一个女孩子家,在那地方呆下去,要出毛病的……"

听父亲这样说,晚晴觉得心里挺不是滋味,她有些恼怒父亲干什么把她的处境摊到桌面上说给大家听,这伤了她的自尊心。可这毕竟是一片父母之心啊,她只得默默地坐着不动,怕谁再说出什么让自己难堪的话来。

果然,父亲刚落音,母亲又接了上来:"是呀,晚晴对那地方不适应,自从去了就水土不服。她刚去不久,就长疙瘩,来信让家里寄点药,说是疙瘩长得有碗口那么大,你爸爸一看信就掉泪了。那时候他正隔离反省,还非要亲自去给晚晴买药。拿着信找革委会求了情,才给了半天假。他就骑着车跑了大半天,把市里所有的药店都跑过了……"

晚晴用力吸着气,不让含在眼窝里的泪珠掉落下来。她没有想到平素严肃寡言的父亲竟对儿女埋藏着如此深厚的感情。早知道父亲也有这脆弱的一面,早知道自己一封信竟引起父母这么多的忧虑,当初又何必让家里买什么药啊,自己熬着就是了!说不定当初不吃那些药,不贴那些黑膏药,早晚也能挺过来的。不过那也真是难熬的一段时期,晚晴相信,不设身处地,难以有人相信她忍受了多大的痛苦。那时候到边疆才刚刚半个多月,腰间、背部、腿上、胯骨处就接连不断地长起了那种红肿的疙瘩。开始只是二分钱硬币大小,慢慢地越来越大,三几天工夫长得根部就像个碗口大,疼痛难忍。白天出工一劳累,更是火烧火燎地疼,疼得夜间睡不着觉。腹背受敌,也翻不了身,只得一夜一夜地侧身朝一边躺着,一动不动地挨到天亮。天亮了,再去干活,让劳累掩盖疼痛。那些红肿的疙瘩长得一个接着一个,哪个疼得到了极点,变成了暗紫色,似乎就成熟了,冒出个黄色的尖尖,一挤,那尖处就突然裂成一个牙膏筒口样的窗洞,突突突涌出一股牙膏样脓状的稠液来。压挤太疼,不挤更疼,她自己对自己下不了手,就让同来的几个同学帮着挤。一挤,疼得她眼泪就往下流……那段时间是怎么挨过来的呀?当时连队卫生员说,是水土不服,没有办法医治……若是没有后来家里寄来的那些药,她又该挨多长时间呢?能不能挨过去呢?一股咸涩的泪水从咽喉淌进了食道,咽进肚子里。她悄悄吁了口气,用一根指头假装无聊地在桌子上划着"毛毛"两个字。

苏涤尘始终不抬眼睛,他只是望着面前一个盛着什么菜的盘子上的花纹。"第二件事情,是关于我自己。"他挺了挺腰背,又说,"我知道,由于我,你们受了牵连,政治上背了包袱,作为当父亲的,我心里觉得对不起你们……可是……可是……"他的声音突然有些哽咽了,"难道这是我自己能主宰的么?我跟你们一样,一生下来,这个家庭就已经存在了……它是剥削阶级,我不是,我吃过它的饭,受过它的思想影响,可是我从来没有做过对不起党对不起人民的事情……至于说我执行的是资产阶级反动路线,是资产阶级的反动权威,我有想不通的地方……谁都应该尊重历史!解放前夕地下党派两个同志找我,跟我谈的是三条:第一,我思想进步、政治上清白;第二,我学的是国际金融专业,建设新中国急需这方面的人才;第三,共产党在为胜利后的经济建设作全面准备,需要得到我这样的人的支持。当时我丝毫没有犹豫,就投入了地下党领导的秘密工作。谁也没有想到现在弄成这么个处境……那两个当初找我的人现在也在受审查……我不知道该怎么办,怎么减轻你们的政治负担……如果我死了能解除你们的包袱,我宁愿立刻就死!可是,死也不行,死了反而给你们又加一层罪孽……"

苏涤尘说到这里,再也控制不住,眼泪顺着清癯的脸庞直淌下来。他从裤兜里掏出条干净平整的手帕,擦了擦眼睛。慕容静见丈夫如此动情,眼圈也跟着潮红起来。她有意提高声音打断丈夫:"哎呀,大过年的,瞎说什么呀!说这些有什么用!"

"你别管我。"苏涤尘擦净泪水,硬声地对妻子说,"我心里的话,也得让我倒一倒,谁知道下次一家人再凑到一块儿,还有没有我……"

房间里的空气浓缩起来,晚晴感到有些胸闷。她看了看桌旁的每一个人,发现晚秋也是含着一泡泪水,只是没有让它落下来罢了。两个哥哥垂着眼睛,神情严肃,一言不发。她猜不透他们的心思,不知他们对父亲的一番肺腑之言是理解是同情还是抱有一些敌视。她则觉得父亲很可怜。她猜测每一个人的内心都隐含着一种痛苦,只不过人人都不轻易流露罢了。她也深深了解自己的软弱、脆弱。她的心灵深处绝对割舍不了对家中每一个人的感情,无论是父亲、母亲,还是哪一个哥哥姐姐。

苏涤尘镇静了一会儿,又恢复了常态。他转换了另一个话题:"你们都在,我也想跟你们商量一下,这两天单位工宣队跟我打了招呼,说是战备疏散,要让我去内地,到青海或是内蒙古农牧区插队落户,你们看,这怎么好?"

他这个话题对于刚刚回家的唯嗔、唯智和晚秋来说是个不小的震动,他们不约而同地抬头望着他们的父亲,一时无法表态。苏涤尘并不等待他们表态,又接着说:"我是不准备就这么走的。把我安插到什么地方,去干什么,我已经无所谓,我考虑的还是你们,尤其是晚晴……你们几个已经成家立业,晚晴跟你们的情况不一样……"

空气又沉重起来了,过于好一会儿,晚秋才出声问道:"如果不走,能有什么办法留下么?"苏涤尘沉默着没有回答。晚晴心里又涌起了那股委屈的情愫。她看了看唯智,唯智的目光恰恰和她碰在一起,那目光流露出些许对妹妹的怜惜。"争取一下吧,还是不能轻易走。他们也没有道理嘛!老弱病残,您哪一条也够不上,就算是遣送,也要说出个道理有个结论嘛!"唯智说着,把目光转到唯嗔脸上,"大哥,你说呢?"

唯嗔始终没有吭声,见弟弟点到他头上,仍然沉吟着。一家人都等待着他的意见。他的话,在这个家里几乎具有绝对的权威性。

"我看,不要给自己找麻烦,组织上既然这样安排,肯定有他们合理的考虑,还是好自为之,服从组织分配吧……"

他的话无疑落下一颗重磅炸弹,把一家人都震愣了。人人都估计到他大多会站到"组织"的立场上,可是谁也没想到他的态度会如此明朗。他是真心实意愿意让父母在这个年纪迁往远方一个陌生的荒僻农牧区去开始另外一种生活么?他是真心实意看着这个家庭就此失去这个赖以维系的根基么?晚晴无法揣度出大哥的真实思想。她看到他表过这个态后便蹙起眉头,脸上很是严肃。她觉得他严肃的面孔后面有一种深不可测的东西。

事情到此没有任何结果。窗外的鞭炮声渐渐密集了起来。午夜降临了。鞭炮声渐渐连成了一片。一只"二踢脚"叮咣一声升上天空,在窗外炸开一朵小小的火花。"放花了,"唯智站起来贴到窗口,"许多年没有看到放花了呢!"

晚秋想起儿子,不知什么时候小家伙早已经溜出了房间。她也贴近窗口去寻着儿子。她看见,耀眼的烟花后面,站着一个熟悉的小人儿的身影……

8

火车上挤得要命,连两个车厢之间连接的风口处都塞满了人。不仅仅是人,还有各色各样的提包、行李,甚至一个乡下人扣着盖儿的荆条篮子里还藏着两只使劲伸长脖子叫的白鸭。从哈尔滨开往乌伊岭的火车开车时总是这么拥挤。这条线是慢行车,火车在大大小小的站都要停一停,流动的乘客也就特别多。直到车驶过绥化再驶过铁力时情况才好转。到那时短途的人陆续下车了,铁力还有兵团的一个团驻扎,到那里知青便会下去一大批。火车驶过南岔站,情况又会发生根本的变化,到那里火车就将岔开,一条线直奔汤旺河乌伊岭,另一条线则通往这个省的又一座大城市佳木斯。佳木斯一带又是一个人口密集地,于是这铁路线至此便如河道分流,主河道拐向了佳木斯,乌伊岭方向成了河的分支。水流小了,水势不再湍急,越向前行,车厢便轻松得一人能占上两个座位,从哈尔滨上车的人到那时候又会由于人的稀少而感到清冷。

苏晚晴从哈尔滨站一上车,便被塞在了风口处动弹不得。她刚要离家时患了一场重感冒,缠人的高烧久久不退,只得把归队的日子推迟了多日。伙伴们假期已满,陆续返回了连队,晚晴痊愈后只剩了她一人独行。这一次她在哈尔滨也没再停留,哈尔滨的伙伴们肯定也已经归队,而且,返家时在这里待了两天,没有多大意思,也没有再停留的必要,这颗"天鹅项下的珍珠"似乎也没有更多使她流连忘返的地方。往家返时在哈尔滨待的那两天,刘香云、霍晓菲还有两三个哈尔滨的姐妹陪她去松花江边游览了一遭。冬天的江边十分冷寂,宽大的抗洪纪念塔前的广场上只有几个疏疏落落的过客。尽管有人做伴,苏晚晴还是感到有几分流落他乡的凄凉。现在已是早春,冰封的松花江仍被厚厚的一层白雪覆盖着,她很想站在江边看看松花江的流动,看看那水是不是像黑龙江一样澄澈又平稳。她还想看看冰封的江水的融化。早就听说松花江跑冰排的景象十分壮观,气势不亚于大兴安岭暴雨前山顶上的飞云。这一切都不可能,白雪覆盖着街道,更会覆盖着江面的坚冰，在自己家乡才是"河边看柳"的季节，这里又怎么能有解冻的迹象呢？她只能毫不迟疑地坐上一列火车再坐上一列火车，让火车带着她不停步地前行。而越是不作停留，她便越是恨不得一步就跨到连队了。

苏晚晴的脊背紧紧贴靠着车厢的壁板，这样贴着，脚下的车轮滚过两根钢轨相连的接缝时，竟然能够感受到一股向上的力的涌动。她先是细细地体味那种规律的涌动，后来，那种枯燥的体味令她麻木了，她再也不去捉摸那种涌动给予人的安宁，只把后脑勺也紧贴在厢壁上，任它随着车厢颠簸、摇晃……渐渐地，她的思想便伸向了一个无可触摸的远处，伸向了心的栖居地。

自从火车一开动，自从送行的母亲的身影在移动着的列车窗口渐渐消失，不知怎么，她心里竟然感到一些轻松。在家里待了一个多月，整天无所事事，闲散的无聊使她越来越难以承受。过年前后的几天还好一些，那一阵帮着母亲做做家务，接着哥哥姐姐们陆续归来，算是热闹了几天。但那样的日子只不过一个多星期，很快便晃过去了。自从哥哥姐姐走后，她似乎更加难以忍受寂寞。朱虹的奶奶生病住进了医院，朱虹天天到医院去守护，两个人也难得再见面。她感觉那些日子自己已经被运行着的时间抛弃了，怎么也无法按照城市的时间规律去生活，无法赶上人们有节奏的生活步伐，她只好没完没了地画画。从上学时候她就渴望学习画油画，那时候没有时间，可现在有时间了，她又发现自己缺乏那个条件：材料太贵了，油彩、画布、画架、画框，每月积攒下的一点儿钱，只够这一趟回家的路费。她可不愿意再找父母要，父亲由于是"资产阶级权威"、过惯了"资产阶级的生活方式"被减了工资,他那点儿工资也就只够和母亲两个人的花销。那就只好还是画粉彩吧,用粉彩模仿油画画法,虽然画面缺乏光感,自己总还买得起那点儿颜料和画纸。沉浸在画纸上的时光最好度过,那时刻能让人忘记周围的环境,也能让人忘记自己的存在。不过一到吃饭的时候,一被母亲叫到饭桌旁边,她心里就不由自主又泛起了无法克制的惆怅和凄凉。那时刻她就恨不得插上双翅飞回连队。在那里,那种掺进了带臭味的冻白菜的面疙瘩汤倒似乎和自己生存的价值正扯个平衡,可以稍稍减轻几分空虚。

父亲被指定疏散去农村的事迟迟没个结果,对门的王麒麟时不时便来给父亲做做思想工作,搅得一家人心里总是恓恓惶惶,郁闷不安。她听得出来也看得出来,父亲的事情在单位里并没有正式摆上议事日程,王麒麟每天晚饭后叼着根牙签剔着稀疏的牙缝给父亲讲一套革命道理,不过是他在闲极无聊之中借教育别人寻求一种自我满足罢了。不过她很清楚,自己万万不能点破这一点儿,点破了,万一引得父亲对他表现出公然的厌恶,疏散的事马上就会落实。他是工宣队长啊,在一个单位里,生杀大权在握。父母走与不走,晚晴并没有把这看得对自己会有多大影响。她早已经脱离了这座城市,回来探亲,不过是这城市的过客,万一将来真的需要到城市的另一端去探望父亲,也不过是多坐几天几夜的火车,对于她未必有更多的障碍。她担心的只是父母本人,这把子年纪了,从来没有干过多重的体力活儿,一下子挪到远方一个陌生的地老天荒的农村去生活,只怕是黄沙很快就会埋掉那两把老骨头。想到这儿,她心里就一阵伤痛。于是,当王麒麟一旦剔着牙签来给父亲讲解多余的资产阶级分子不该再留在城里"吃闲饭"的时候,她就硬着头皮挤出几丝笑容泡一杯茶水给王麒麟端上去。而每当王麒麟哼着哈着端起那杯热茶满足地呷上一口时,她又为自己这一点儿小小的讨好行为而暗暗脸红。

家里需要靠命运之神裁决的事情那么多,火车行进发出的单调的声响把苏晚晴的思维只是朝着一个方向推动。父亲的事情如同电影一样从脑子里演过去,接来的又是另一段不可自主的事情。那是在大哥唯嗔临走前的头一天晚上。过完年,唯嗔头一个要走了。

那天晚上,一家人本来坐在桌子旁随随便便地聊着天,唯嗔有一会儿没有说话,后来,他朝晚秋点了点头,把她叫进了里间屋里去。两人进了屋,唯嗔便关上门,不知低声谈了些什么。那时刻晚晴注意到,父亲母亲和唯智表面上显得并不在意,但是每个人不自然的微笑又都流露出对那兄妹两人的关注。

过了好半天,唯嗔开门出来了。他一向严肃的神情仍然严肃着,回到桌子旁,若无其事地为自己倒满茶杯,看上去又显得兴致勃勃,他招呼唯智打开棋盘,要与他下几盘围棋。父母的表情似乎也没什么异常,父亲开始像往常一样每个晚上细读他的报纸,母亲则耐心地为唯嗔缝一条断开的提包带子。晚晴见晚秋迟迟没有露面,便尽量做出无所事事的样子,踱到里屋去看姐姐。

晚秋坐在床旁边的一把椅子上,见妹妹进屋,急忙抹了抹红肿的眼睛,朝床边示意一下让她坐下。这情景晚晴并不感到意外,她早已经预感到晚秋和大哥唯嗔碰到一起总会发生些什么,她一直暗中等待,只是不知道它将以什么形式出现罢了。

"你怎么了?"晚晴坐到床边,柔声地问姐姐。她这一问,晚秋一下子又涌出了好多眼泪。"没什么,大哥跟我谈一点儿事。"晚秋说着，仍是控制不住，眼泪一个劲儿刷刷地往下流。

晚晴默默地望着姐姐，她不知道自己该说点什么劝慰的话才好。晚秋把呜咽憋在胸里，淌着无声的眼泪，似乎是自言自语地说："……其实他何必把这番话再明明白白地说给我呢？这些年，我不是从来都自觉着不跟他来往么？我出差路过他家门口，都没进去，我怕给他带来不好的影响。不光对他，我甚至也从来不给唯智写信，像我这社会关系，我懂得该怎么做……我知道我给家里人又添了一层麻烦，可是已经这样了，我又有什么办法呢……"

晚晴无可奈何地叹了口气，确实，大哥唯嗔和晚秋断绝兄妹关系，早已经成为事实。他的身份和处境绝对容不得晚秋婆家那一层海外关系，这缘由家里人理解，晚秋自己也理解；可是何必又用言语再加以表明，给晚秋的心上捅上这一刀啊！"他是个书呆子，什么事情都认真，他并不是有意伤害你。"晚晴劝姐姐说，"咱们家这种情况，他的压力肯定比咱们还要大的……"

"是呀，我理解，我能想到他的处境比咱们还要难，他毕竟不是个普通人……我只是懊悔我自己，干吗当初脑子发热就跟了你姐夫，没多动动脑子，没从政治上多为家里人考虑考虑……"

"可是谁又长了千里眼啊！"晚晴禁不住抱怨起来，"当初不是还欢迎爱国华侨回来参加祖国建设的么？"

"噢，你不要多说了，在外边更不要瞎说什么！"晚秋赶紧阻止妹妹，"反正以后你找婆家，这一层一定要考虑进去，别再给自己找麻烦……你看我，这叫什么呀，弄得和亲兄弟都不能来往……"说着，晚秋的眼圈又红了。找婆家？晚晴在心里自嘲地说：只怕人家出身好的也不会要我们呢！

火车轰隆轰隆不停歇地朝前奔着，车厢下的车轮每驶过一段路轨的接缝，便发出咔当一声颠响。苏晚晴捕捉着这一声声均匀的咔当声，她的思路被中断了。先前只是一段回忆，她没有思索出什么。事情复杂而又简单，政治需要割断亲情，大概这就是革命。她这时候才模模糊糊地认识到，原来革命不仅仅是明枪明火地干仗，革命更深层的内容，是要无私地献出感情，这才是人最最难以割舍的啊！

　　心里有一股郁郁的情绪难以释开，火车开动后感觉到的精神上的一点儿轻松，不过是乍离开一个忧郁的环境后的浅浅的感觉而已。晚晴被咔当咔当路轨的颠动声牵绕着，心绪随之有了一种与那声音相和谐的规律。这规律使她终于平静下来，她又像以往一样，什么也不再多想，不再去消耗神经。她抬起头来，目光漫无目的地从眼前一排旅客的脸上掠过去。突然，她的心被什么触动了。她看到一双眼睛正沉沉地望着自己。这双眼睛投给她的是一种什么样的目光啊？深沉、坚实，藏着欲言又止的含混。由于车厢的狭窄，被触动的感觉格外真实。这似乎是一双熟悉的目光，但是那个穿着和自己一样的黄棉衣的人明明又素不相识。她假装淡然地把目光转向了窗外。窗外是一排排向后倒退的光秃秃的树权，还有一条条起着脊檩的黑色的土地。

　　火车在一个小站上停下来，一些农民打扮的人挤下车去，又有一些人挤了上来，车厢内只腾出片刻的空间，很快又塞满了，似乎比停车前塞得更紧。苏晚晴背部贴着厢壁，一点儿也动弹不得。火车又开动了，一阵强烈的晃动，旅客前仆后仰地骚动了一阵，待再一次安定下来时，她发现那个有着深沉目光的小伙子已经更加真实地靠在了自己面前。他用臂肘吃力地支撑在她身后的厢壁上，抵抗着背后的人们的推挤,她被笼罩在他的臂弯之中,呼吸到了他的气息,感觉到了他被推挤着的身体紧贴着她的身体。她有些不安起来,脸上有些发热,她侧过头,让自己的头也紧贴着厢壁,一动也不敢动。否则,那将是一个极尴尬的局面。

那小伙子并不管晚晴的面孔怎样尽量躲避开他,他只是直视着她,宛如一潭深埋着情感的湖水。晚晴太累了,她要转换一个方向,她转动了一下脑袋,就在这时他终于捕捉到了她的目光。他朝她微微笑了一下,问她:"你也是兵团的?"她轻轻点了一下头。他又问:"在哪儿下?铁力?"

"不,汤旺河。"

她看到他脸上隐约漫过一层暗淡的云。他们不再说话,两个身体仍然被压挤着贴得很紧,无可奈何地谁也无法松动一下。一阵闷闷的报站的广播声过后,人群又如扎成堆儿的蚂蚁一般涌动起来。她看见他背后出现了一小块空隙,但是,他仿佛没有感觉到,他不再注视她,却也没有让自己的身体离开她的身体。苏晚晴又有些不安起来,她隐约发现,自己似乎并不愿意他感觉到背后的松动。她害怕他陡然离开,给自己留下一片空虚。

火车到站了,是铁力。车门打开了,堆在车门口的农民们你推我拥地朝车下挤。小伙子无法抓到自己放在脚下的两个手提包。他弯腰试了一下,没有抓到,便不再管它们,他仍把胳膊肘撑在苏晚晴身后的厢壁上。

"你下车吗?"他问她。他的声音很轻很柔和,眼睛看着她头后的厢壁板。

"不,我在汤旺河下。"她摇了摇头。

"你们团在汤旺河?"

"嗯。"苏晚晴又点了点头,"不过我那个连队靠近佛山县。离汤旺河还有二百里地呢。"

"临江吗?"

"是的,临江。佛山县城就在江边上。"

"真是个好地方。"他赞叹了一声。她看见他垂下眼睛沉吟了一会儿,又说道,"那么我先下去,等会儿人少了,你把这两个提包帮我扔下去吧……"

他的语气仿佛是个早就熟悉的朋友,毫无戒心的信任使她有些感动。

火车停下来了,他敏捷地跳下车去。见人少了些,苏晚晴把属于他的两个提包一一扔下车去。他在底下接应着,接住了提包,把它们放在地上,没有道谢,也没有离开。他只是静静地望着留在火车上的姑娘,等待火车开动。

苏晚晴朝他摇了摇手作为道别。她感觉到他静静的背后有许多的依恋。这种依恋的情愫也牵动了她,她脑子里倏然闪过一个念头:或者,我该在这时候跳下车去吧?

她当然没有跳。火车在不知不觉中开动了。车门早已关上,她从车门的玻璃窗望出去,她看到他仍然面对着逐渐加速的火车,动也没动。

苏晚晴终于找到了一个座位,然而刚才那种依恋的情愫久久不散。她感觉到它的温暖,也感觉到了隐含在它之中的惆怅和失落。依恋、温暖、惆怅、失落,交混着的感情一经漫过,她又陷入了迷惘。我这是怎么啦?她想。她当然知道自己不是个轻薄的姑娘,但是她不知道，这是自己第一次真正的青春的涌动。

9

大客车停在了连队道口。苏晚晴跳下车来，第一眼看到的是一个戴红头巾的女人身影。那女人坐在麦场外一段原木上，穿着一身崭新的紫红色的棉裤棉袄，手臂上挎着一个蓝花布的小包袱。

已经是下午四点多钟，太阳已然朝着西边黑龙江缓缓的弯道悄悄沉落，猩红的一个大圆球悬吊在江边的树林顶上，被林间腾起的雾样的寒气推漾着，荡出一道橘色的光环。太阳的光辉投到坐在原木上的女人的头巾上，亮出一片炫目的红光。看不清那个女人的脸。光秃秃的麦场上有几只母鸡叩打着脑袋啄食水泥地缝中遗落的麦粒。再也见不到别的人影。苏晚晴拎着两个沉甸甸的大提包一步一摇晃，费劲地走近了那人。她看不出坐在原木上的那个女人是谁，猜不出她在这黄昏时分里挎着个蓝布小包袱是来找谁，还是要到哪里去干什么。那个女人大概听到了脚步声，转过头来，露出一口白白的牙齿对她笑了。"看见我的小莲英了吗？"那个女人问她。

苏晚晴这才认出来，面前正是周怀庆的家属翠珠。自从萨满太太为翠珠请仙驱妖折腾过那一次以后，晚晴再也没有见过翠珠的影子。那时候连里人们抓着个新鲜话题议论了一大阵，没有多久也就如一阵风刮过，渐渐让覆盖下来的冰雪把那事情封冻了。翠珠的影子在苏晚晴的脑海里印得自然比别人要深刻，但是一回家探亲，被家里那些懊丧的事情搅扰，她也没再想起过翠珠。现在，一眼看到翠珠是这么一副打扮，晚晴心里一惊。再见她脸上挂着古怪的笑意又没头没脑地问出这一句话来，不禁有些诧异。她不懂翠珠问这句话是什么意思，懵然地摇了摇头。

翠珠见她摇头，诧异地睁大了眼睛。"咋的，你没看见吗?"她指着麦场后边的一个地方，"你看，她就睡在那边了呢，也不知道那孩子睡的地方冷不冷……她脚上穿的小鞋，还是新从县城里买回来的呢！"说着，翠珠蹙起眉头，似乎认真地思索着黑土地下的温度。

苏晚晴顺着翠珠手指的方向望去，看到在麦场后边那块没有开垦的荒地的边角，在目光所及的终点处，有一个隆起的白色的小坟包。她背上一道寒气掠过，不觉有些恐惧。她深深地朝翠珠点了点头，表示已经看到了她指的东西。而后，她急忙转身，远离开她。

翠珠并没有在意苏晚晴的神情，她只想拖住她，排解自己的寂寞。

"喂，你真的看见我的小莲英了吗?"

她又在苏晚晴的背后喊叫着问。

苏晚晴真怕她追赶上来，急忙拐了个弯，穿过家属房之间的小道，避开翠珠的视线。

今天连队里的气氛真有些奇怪，麦场那边空不见人，直至穿出家属区也没碰见一个人影，但是到了知青宿舍这边，远远地就见人们一团一簇地站在雪地里，叽叽喳喳不知议论些什么。她走近一些，有人看见了她，说了声："晚晴回来了！"立刻一下子扑上来很多人，把她包围在中间。

晚晴莫名其妙地看着大家:"你们都站在这儿干什么?"她扭头,发现靠近食堂不远的道边上,还停着两辆解放牌绿卡车。

"你可回来了,"有谁说,"再晚一步,你就见不到我们了。"

"究竟是怎么回事?"苏晚晴仍然看不出究竟发生了什么事情。

"我们调走了。"几个围拢过来的人异口同声地说。

"调走?调到哪儿去?"晚晴心里咚的一沉。

"调到别的团。"

"为什么?"

"不知道。反正是调到别的团去,到那儿去开荒种地。"

晚晴抬眼看看,围拢着她的,有和自己一起来边疆的同学们,还有许多平素和自己相处不错的好朋友。

"你们都走么?"她吃力地问。

"我们这些,都是走的。"有谁张开手臂朝四周画了个圈子,"我们的行李已经装上汽车了。"

苏晚晴心里顿时像有一个涡轮搅动起来。她不知说什么才好。汽车嘀嘀地响起了喇叭,催促人们上车,催得她的心里很痛。刚刚回连队一下车就碰上这么一桩大事,她简直被击蒙了。这时候,她看见了站在围拢着她的人圈外边的乔晨生。他静静地望着她,目光沉沉。啊!她的心脏又用力地摇撼了一下。这不就是火车上的那双目光么?不,应该说,那双目光原来是他的。怪不得似乎熟悉,原来,这样的一双目光早已经被她感觉到,触摸到,她只是从来没有体味出没有思想过它的含意罢了。这其中也有依恋么?她可从来没有想过。很久以来,她倒是仿佛感觉到心头有一丝含混的温暖,那是在许多失望与惆怅的时刻远远闪烁着的一点希望的星光。她从来不知道星光来自何处,她没有寻找过,也没有追逐过,任它在身边闪熠,在心间闪熠,甚至任它光耀或是泯灭。这时刻,她可不愿意失去它了。此时她明确地发现,在这些难舍难离的伙伴中,自己最不愿失去的原来是他。

"你也走么?"她问他。

他站在人圈外边,没有来得及回答,连长突然大声喊起来:"你们怎么回事儿?汽车不能这么干等你们呀!快上车快上车!"大家不敢再耽搁时间,急忙四散开朝汽车跑去。

苏晚晴顾不得再多想什么。"我去送你们!"她跟着大家跑向汽车,两只提包孤独地留在了雪地上。

早春荒野的风硬得很,风中夹裹着寒气,抽打得脸刺辣辣地疼。然而,毕竟是春天了,春的生机在白雪覆盖着的黑土地下悄然勃发,升腾的地气如匍匐在山冈上一般起伏着拱顶着地面。毕竟是春天了,春的气息很快冲淡了年轻人离别的伤感,驱走了他们一个冬天积下的阴郁。当汽车驶过在雪野中仍然挺拔着一片苍绿的松树林时,不知谁引头唱起了歌。歌声冲荡进树林,车过之后留下歌的余音仍在树林间缭绕,摇动得松枝上托坠着的雪花纷纷飘落,又惊呆了站立在松枝之上的两只小松鼠,它们张大了永远显露着惊恐的圆眼睛聆听着年轻人悠悠扬扬的歌声。但当汽车发出爬坡费力的轰鸣时,它们又蹲起来,一下子蹦跳得无影无踪了。

苏晚晴没有发出声音,她只在心间歌唱着,细细品咂有节律的音符在心间跳荡时产生的快感。她目光矇眬地看着向车后掠去的一棵棵松树,那茂密的松枝托着暮色,仿佛向后携走了一片片绿色的云。

刘香云挤到了苏晚晴身边。自从苏晚晴回到连队,两人还没顾得上说一句话。

"你到底算是赶回来了。"刘香云对苏晚晴说着,有几分心不在焉,目光很快便转向了乔晨生背影,"听说他的歌儿唱得还不错呢。"

苏晚晴没有答话,她开始从许多人的歌声中搜索那一个声音。她很快分辨出来了,那个声音在浑厚中显露出音色的清纯。她觉得刘香云肯定不懂音色,她只从她的目光中看到了流露出的渴望。不知怎么,她心里蓦然投下一道壁障,把刘香云和那个纯美浑厚的音色与自己一下子隔开了。

松树林很快退得不见了踪影。松林过后是一面削去半壁的山坡,山坡的崖壁间挺出一簇嫣红嫣红的花朵,晚晴听说过,这种不怕寒冷的花儿叫映山红。雪地中的映山红一下子摄走了她的灵魂。

天黑透了汽车才赶到汤旺河车站。橘黄色的站房位于一片坡地上,坡下是一排木板房,那便是兵团驻扎在汤旺河的转运站。转运站负责接运这个团与外界联系的一切物资物品,还有几间极简陋的客房,供来往等车的兵团战士们临时借宿。苏晚晴从来不知道车站附近还有属于自己团里这么一个单位。大家被引进转运站的简易客房里后,她还不知道自己此时是置身在什么地方。整整一夜,走的人和送行的人都没有睡觉,说到没有话说,就静静地对坐着。苏晚晴始终和自己的几个同学待在一起,大家一起从家乡来到这里,她好不容易逃脱了那么多麻烦和大家凑到一块儿,现在,别人都被调走了,一起来的几个同学独独她被留了下来。是命运,还是归队迟了的碰巧疏忽?不管怎么样,反正她是被留了下来,这以后的孤独,还有待于她自己慢慢尝受。

天亮了，清鲜的太阳慢慢升高，渐渐逐散了游荡在汤旺河河面上空的雾气，渐渐投下了一片温暖。距离上车还有许多时间，人们道别的话语早就说尽了，这时候纷纷走出转运站的木板房，或是靠拢到站房那边的坡上去观望，或是到汤旺河镇中心去游逛。苏晚晴和谢冬梅相挨着静坐了一夜，那姑娘的木然神情始终没有任何改变。长时间的静默把寒夜更拉长了许多。这一夜，苏晚晴始终不忍离开那姑娘身边。家里发生了那么大的变故，只身来到边疆还不能在一个地方待稳，她能设想出她的内心比她独自留在这里还要孤独。"到外边去走走吗？"见别的同学纷纷出去了，她问谢冬梅。

"我哪儿也不想去。"谢冬梅摇了摇头，"你去吧，我想睡一会儿。火车来了别忘了叫我就行。"

苏晚晴独自走出木板房，在门口放眼扫视一下四周，坡下这里除了锃亮的路轨，还有一堆新垛起的枕木。她很想到坡上去，到汤旺河边，站在那座横跨汤旺河两岸的木栏杆上，看看仍然冰封着的如镜的水面，看看河那边一条横卧的山丘。那山丘上站立着一片与公路两旁一样茂密的松树林，但是这里的松树仿佛更深，隐藏着更多的神秘。她离开木板房几步，觉得有一个人靠近了她的身边。她转头看看，是乔晨生。

"到那儿坐一会儿吧！"乔晨生指了指不远处的一堆枕木说。

她愣了愣。她感到有些意外。她望了望远处山丘上的绿松林，稍稍有点儿遗憾。不过那点儿遗憾只不过是迅疾滑过的一颗流星，很快就坠入了浩渺夜空的那一边，连那条闪光的尾巴也只在清朗的夜空划出一道浅浅的印痕。她身不由己地陷入了被他邀请的快乐之中。那快乐只是深深藏在心底,和深夜一样静谧。

她随乔晨生走到一根平躺着的枕木旁边,乔晨生在那枕木上坐下来,又拍了拍身边的枕木:"坐下吧。"

苏晚晴迟疑了一下,没有坐。她挨近他一些,站在了他身边。心里有一种害怕和他挨得很近的感觉,她预感到,只要坐到他的身边,自己就再也不属于自己,那时候冥冥之中就将有一双有力的手推动着他和她,使两个人的灵魂相吸在一起。是呀,那是一种磁石般的吸力,远远不是火车上那个男孩子浅如浮萍的依恋可以相比。它肯定有力量把两个人从此捆绑在一块儿,再也不能分开。她对这吸力感到有些恐惧。为什么恐惧,她说不清,或许她还没有确定让自己的生命之河流向何处;也或许仅仅是因为她隐约感觉到,两人之间阻隔着一道无形的障壁。而那障壁如何形成,她仍然说不清。是以往的陌生?是突如其来的惶惑?是即将离别的惆怅?还是自己发觉了的刘香云追逐他的目光……总之,她终于没有坐下去。她就那么静静地站着,站了好久,累了,思想便不再任自己控制,不知不觉地向四面八方挣脱。

"我喜欢你的性格。"她隐约听见他说。这时候她也看到了他脸上浅浅的微笑中隐含着一种甜蜜。但是她放逐开的思想已然无法收拢了。她只听见他说这一句话,其他什么再也不能听清。她的目光和思想同时沿着面前的钢轨滑向了远处。那里,一个看不见的地方,便是火车的终点。她多么想看看火车的终点是什么样子。她想象那里一定有一个低缓的小山包。那么火车调头时一定像城市里的无轨电车一样,是火车头拉拽着一串车厢围绕小山包绕上整整一周再绕回来。环绕着山包的又是什么？是河水？是森林？还是草滩？这时刻火车的终点那么有力地吸引了她，不要说乔晨生对她说了些什么她没有听见，就连火车进站呜呜叫着的汽笛她也没有在意，还是人们纷纷奔向火车的杂乱声惊醒了她。

　　人们匆忙地挤上了火车。火车捎上调走的人们喘着粗气启动了。苏晚晴跟随着火车，摇着手与挤在车窗口的朋友们道别。她留意着每一个窗口，她想最后再看乔晨生一眼，向他挥一挥手，让他的身影给自己留下一个清晰的记忆。但是火车一节一节地走尽了，直到已经看到了尾车列车员手中摇动的小旗，也没有搜寻到他的影子。她很是失落，懊悔在枕木那里自己竟然走了神，没有把他的话一句句都听进心里，也没有注意在火车进站时的杂乱声中他跑向了哪里。她闷闷地垂下头，转身去寻找即将回返的汽车，心里好像有一块东西梗塞着。

　　太阳把一个细长的人影拉到了苏晚晴身旁。她看到了那个影子，惊讶地抬起头来。"怎么，你没有上车？"她看看远去的列车，它早已经驶过一条弧形的弯道，被汤旺河畔一片密集的山石和树林遮挡住了踪影。

　　"我和你一样，也是来给他们送别的。"

　　听了乔晨生的话，又接触到他那沉沉的目光，苏晚晴心里梗塞着的那块东西一下子疏通了。就如同连队里冰雪消融之后的那条小溪，流得一下子畅快起来，丝毫不顾水中石子的磕碰和两岸树根草叶的撕扯。它只是那么一往无前地淙淙地流着，唱着快乐的歌儿。

　　"走吧！"她抑制着内心的快乐指了指不远处停着的绿卡车，"汽车快要开了！"

她真想拉起他的手一直朝着那汽车奔跑,就像儿时公园里手拉着手奔跑着的唯智和自己。然而,当她的目光无意间朝绿卡车上扫了一眼时,她的腾飞着的心一下子跌落了。

她看见刘香云啃着手指尖站在卡车上边,正用一种难以言喻的目光望着她和乔晨生。

一道坚实的障壁突然竖立在面前。"你上那辆车吧,"她艰涩地笑了笑对乔晨生说,"我还有事,我等着上那一辆。"

她说着又指了指停在桥边的另一辆卡车。

那车上稀稀拉拉地还没有几个人。

正在乔晨生愣怔的当儿,坡下忽然传来了一个人的呼喊。

"呀,是谢冬梅!"

苏晚晴也愣住了。

10

五月的南山美丽极了,树的枝叶泛起了新绿,漫山遍野的野花儿开得正盛。白的芍药、黄的雏菊、红的杜鹃和紫粉色的金达莱排在山道两旁,把进山的人一路迎到山坡上去。山坡下是连队的采石场,山脚几经采挖,露出了土红的岩层,山坡上则仍是满目繁茂的树的世界。头一年掉落地上的野橡子被雪埋了一冬,雪化去了,橡子并没腐烂,倒是被洁净的雪水洗了一遍,亮出了涂过油漆似的栗色光泽。松树下转成新绿的针叶陪衬着头年留在枝头的塔果,一簇簇的就像是吊在半空的精巧的盆景。而那木质坚硬的柞树,更俨然成了这山的主宰,早早就已经把镶着锯齿似的椭圆形的叶子铺张开来,在林间撑起了一张张伞盖。从远处望,南山不过是一股雾气氤氲的蓝色摇船,进到山里才能知道,它的腹脏不知隐藏着多少道山梁。翻过一岗还有一岗,密匝匝的原始树木的枝叶搭架在一起,遮天蔽日。进山时一路踏着滚在草上的透明的露珠,聆听着百鸟啼啭从半空播下的清爽的乐音,呼吸着穿透腑脏的鲜绿的空气,把人都醉酥了。

平素让马车进山拉石头,连长都是分派孟满独去独回。早炸下的石头已经被搬到山脚下,孟满一个人费劲巴拉地搬上搬下,又累又寂寞。有一次山头掠过一只狼,还差点儿把他和马都吓惊了。这回可是挺惬意。连长让他和打石头的两个班同时去,两个班的班长,一个是和他自小一起长大又一起来到边疆的平光志,还有一个便是刘香云。每一年春播之后连里都抓着夏锄前的这一点儿空闲搞基建,这一回按计划是要翻修猪圈。原先木栅栏围的圈墙不知被猪拱倒了多少回,猪四散跑出去追不回来,惹得饲养班几个姑娘也不知哭了多少回。更有时候夜里来的野狼拖走个把头猪,惹得人心惶惶好几天。孟满倒是不管打石头拉石头干什么用,只要别让狼把自己吃掉还没人往回捡骨头就行,他倒乐得去逛山景,何况……还有刘香云……不知怎么回事,刘香云的影子最近越来越在眼前晃得频繁,只要她在身边一走过,他甚至都能感觉出她身上携带的温暖的柔软。他巴不得天天跟着她那个班去干活才好,哪怕不是去山里拉石头,哪怕还蹚着齐大腿根深的雪去扒豆棵。

吃过早饭,两个班的战士便由平光志带队向南山的石头坡进发。天气晴朗时望着南山仿佛近在咫尺,走一程,从连队到石头坡下却少说也要一个小时。孟满愿意和去打石头的人们一起凑热闹,他耐不得等大家打下石头,早早就套上了大车。估计人们走出了一截路,他便慢悠悠赶着车朝山里走去。

马车很快追上了大家,看看到了人们跟前,孟满拽了拽缰绳让马慢下脚步,不无得意地扬高嗓子喊起来:"嗨,你们那四条腿儿是倒着爬还是咋的?比我早出来半个钟头,还是让我赶到前头去了!"而后他有意一鞭子亮在大家头顶上,"驾!"随着吆喝声赶起车就要奔跑。

平光志窜上前一把抓住了马缰绳:"你赶车还逞个啥能!这山底下石头多密,车挂到哪儿都够你一呛!现在还是空车,待会儿装上石头,出点儿事你那小命可就玩完了!"

孟满被平光志呛得涨红了脸,眨巴眨巴眼睛好一会儿才找出一句话来回驳平光志:"是你赶车还是我赶车?"他偷偷朝刘香云站立的方向瞟了瞟,觉得面子丢得窝囊,昂头梗脖子又接着摔出两句:"不客气告诉你,这条道儿我跑得多了,哪次跑得都比这次快!走着瞧吧,出事儿?说不定你还出在我前头呢!"

大家听这话都轻轻一震,沉默了好一会儿没出声,就好像人人都听到了山神的一个咒语。

指挥打炮眼儿的老瓦匠冯常贵拨开众人凑到孟满跟前,他一脸认真地训斥孟满说:"孟满呀,你这小子说话可得兜着点儿嘴。你赶大车,你爱咋赶就咋赶;我们大伙儿是去干啥?是去崩炮眼儿!你当那活儿是闹着玩儿的!"

冯常贵是前农场留下的老职工,虽然没官没衔,知青们却都敬他几分。听他这么训斥,孟满自知理短,软下声来自己嘟囔道:"我又没说大伙儿别的……"

孟晓丽生怕哥哥孟满再顶撞谁,赶紧上来指责哥哥:"行啦!不吉利的话就别胡说!让你活得在意点儿,还不是为你好!"

孟满本来也没有打算跟谁过不去,借着妹妹的话茬下了台阶。"行啦行啦!我服啦!大伙儿都活得在意点儿!"他朝车上挥了挥鞭子,"来,腿脚不利索的上我的车!"

空气松缓下来,人们哄笑着就往马车上跳。几个男生刚刚跳上车去,又被孟满用鞭子赶了下来。"下去下去!你们一个个儿比兔子还利索,还用得着马拉你们干啥?来——"他驱赶着男生,又摇着鞭杆召唤女生们,"我这车今天专拉妇女大姐们!"

众人一阵哄笑,女生们你推我搡,反而谁也不好意思上前了。孟满学着连长王振山的样子耷拉下眼皮,谁也不看,身子则朝着刘香云站立的方向。

"刘香云啊!"他学着连长的腔调,"你来压压车辕嘛!"

"哼,狗嘴里吐不出象牙来!"

刘香云气恼地狠狠剜了他一眼。不过,毕竟有些累了,她气恼着,还是撑起沉重的身体跳到车上。

其余的女生们跟着刘香云纷纷跳到了车上。车下的女生还剩下孟晓丽一个人。

"晓丽,上来吧!"苏晚晴在车上招呼她,"大家挤挤,坐得下的!"

孟晓丽摇了摇头,她顺手摘下道边一朵蓝色的小花儿在手里摇晃,抽打着另一只手的手心:"你们坐你们的,我哥赶车,我跟着凑啥热闹!"

"甭管她!"刘香云凑到苏晚晴耳边低声说,"她就是愿意显得跟大伙儿不一样!"

苏晚晴没有理解刘香云的话是什么意思,她眨眨眼睛,也没再问什么,倒是孟晓丽手中那朵花儿引起了她的兴趣,她发现那花儿蓝得青翠,蓝得新奇,它不是许多花儿的那种含紫的靛蓝,而是隐约透出一种湖水的澄绿。她羡慕极了,后悔爬上车来。她用眼的余光瞟了瞟身边的刘香云,终于没有再跳下车去。

孟满摇晃着鞭子,不慌不忙地把马车赶到了南山脚下。山脚下零散地堆放着一些石块,都是很小的碎石,已经成了没用的废料。平光志站下来用脚尖踢起了跟前的一块小石子,双手叉在腰上,等待走路的男生和坐车的女生上来。孟满刚刚还要甩着鞭子抽马快跑,这时候却一点儿也不急不慌了。他一条腿耷拉在车辕下边,嘴里不知哼着什么小调,那副心满意足的模样简直成了倒骑马背的牧童。

姑娘们跳下车,一个个伸腰甩脚地活动着挤麻了的腿。孟满也跳下车,他迈着方步踱到刘香云跟前,仍然耷拉下眼皮学着连长的腔调:"怎么样?我这车来得及时吧?要不啊,你肯定现在还在半道上呼哧呼哧往这儿赶呢!"

刘香云又用刚才那种目光狠狠剜了他一眼:"你说话就不许嘴上积点儿德!"

"我又怎么啦?"孟满做出一副苦相,"我这不是关心领导嘛!要是把领导累坏了……走路这么费劲……"

刘香云一眼瞥见站在人群中的乔晨生也像大家一样笑嘻嘻地看着孟满与她调笑,禁不住有些恼怒了,她顺手扯下身后一根长鞭草在大车厢板上抽打了两下,想骂孟满两句什么,迟疑一下,又气哼哼地冲他说:"你还是留着唾沫埋汰自己吧!"说完,转身退到苏晚晴身后去了。

孟满没想到自己这么两句话就会惹得刘香云如此不高兴,只好没趣地退到马跟前假装拴缰绳。孟晓丽见哥哥在大家面前讨个没趣,心里有几分不是滋味,怨怒地揉斥哥哥说:"你干啥非得惹自己没趣儿了才算完?没那舌头就别招事儿!"说着,一脸不高兴地走到山根儿底下,远远踢走了一块石子。

平光志见气氛有些不对头,赶紧出来打圆场分派任务。"好啦,咱都别斗嘴了,现在干活儿吧!男生去那边砸炮眼儿,"他指了指石坡的另一头,"女生先在这儿休息休息,等会儿先把跟前这点儿石头捡捡装一车。"

女生们没休息,很快就捡好了一车石头装满了车。石块小,塞得紧压得更沉,压得大车的胶皮轱辘都瘪了许多。孟满招呼大家停下手,自己赶车回连队去了。班长刘香云喊着让大家休息,自己也一屁股坐在石坡上。

"还没咋着,这天就热上来了!"

说着,她拽起衣襟擦了擦额角淌下的汗珠。孟晓丽也跟着坐下,看看和刘香云挨得太紧,又朝谢冬梅一边挪了挪。

"热啥呀热,还不是搬石头搬的!一块石头好几斤重,没完没了地搬来搬去,大冬天也得冒汗!"

她说着拽开领口,让山风一直吹进毛衣里边。

这许多人里，只有谢冬梅没冒汗。她不出声地挨坐在苏晚晴身边，嘴角笑微微的，目光则有些呆滞。前些日子许多人调到别的团，谢冬梅临行之前在转运站的木板炕上睡过了头，又没人去叫醒她，终于还是落了下来。当火车的汽笛把她唤醒，她赶到车站的橘黄色小站房时，火车已经轰隆隆载着人们开走了。当时苏晚晴看到她摇摇晃晃地从坡下赶过来，疚愧得不知怎么才好。她一个劲儿地在心里埋怨自己，站在乔晨生身边那么久，思想飞了那么远，唯独把去叫醒谢冬梅的大事忘记了。那时候谢冬梅却不着急也不惊慌失措，她望着远去的列车，脸上反而绽出了难得的笑容："它走了，我不就可以留下来了么……"虽然她后来也曾惋惜和自己一起来的大多数同学都分开了，但是，留下来还是使她高兴。因为这片土地，毕竟已经待熟了。

调走一大批人的事情显得隆重，剩下谢冬梅单个人掉了队，并没有酿成什么大事，团里稍稍费了点儿周折，就把她的档案又要了回来。过了没太久，她的行李也就不知怎么又转回了汤旺河车站，那事情平淡得就好像她只是接到一个平常的托运的慢件货物。

苏晚晴坐在坡石上休息一会儿，身体腾起的热气很快消散了，潮湿的内衣贴在身上，令她感觉到一些凉意。她转头望了望山头，这山顶不算高，山坡平缓，岩石被土层和去秋的落叶覆盖着，显不出一点儿画中的山的险峻。她很想到山顶上看看。刚到边疆来的那头一年的冬天，他们到山去伐树打桦子，进的就是这座南山。拖拉机牵引的爬犁在雪地上绕来绕去，不知上的是这南山的哪道岗。苏晚晴还清楚地记得山的深处有一座木头搭盖的低矮的小房子，小房子没有人住，歪斜的木板门上挂着把生锈的锁头。当时她拉住一个老兵问这是不是猎人的小屋，那老兵只是隐晦地一笑，说关于这小木屋有一段神奇的故事。看他诡秘的模样，苏晚晴当时知道自己不该多问什么，只得给心头堵塞上一个含混的疑团。直到几年以后，在一个寂寞的冬日，几个老兵围坐在连部办公室讲起这荒原上许多真真假假的故事时，那南山深处的小木屋才从她心中稍稍褪去些神秘的色彩。然而仍然令她惊讶的是，原来小木屋的故事并不古老，它竟和后来猝死的周怀庆密切相关。老兵们讲出那故事，也是在周怀庆猝死之后。那时候苏晚晴当了连队的代销员。

他们说那还是转业兵们初在南山脚下安营扎寨的时候，有一天，当班长的周怀庆带领几个人到南山去伐木。那也是一个特别寒冷的冬季，比这个冬天还要寒冷，冷得吐出口唾沫落在地上就能摔成几个冰珠。南山上的树木还没经过采伐，粗粗大大的松树柞树橡子树挤挨得紧紧匝匝，北风刮进它的深处就被树的枝杈撕扯成了丝丝缕缕，削减了威风，也削减了寒气。站在南山的林子中听那大风呼啸，风声变得又轻又脆，就像伸长脖子才能听到的一两声轻悦的鸽哨。

周怀庆和几个年轻的转业兵刚放倒一棵高大粗壮的柞木，要停下手歇息一会儿，忽然听到树林的更深处传出一个女人啜啜泣泣的哭声。他们很是惊奇，寻着哭声找去，看到了一座简陋的小木板房。女人的哭声就是从那小房的木板缝里钻出来的。哭声飘忽着荡在清爽的空气中，在几个年轻力壮的单身大兵们听来，又凄婉又动人。

小木房的门口悬着一个蓝色的棉布门帘，他们凭着大兵的蛮劲掀起棉帘闯进去，看见屋子中间一张粗糙的木板钉起的桌子跟前，坐着一个女人。哭声正是由那女人发出的，她背着门口伏在桌上，人们看不见她的面容。周怀庆上前去对那女人的背影说道："你一个女人家一个人在这深山老林里干啥？"

女人听到有人问话，绵绵地抬起头来。这时候几个人看见，他们面前这个女人长相很有几分娇美，一串眼泪挂在她的腮上，就像是缀着露珠的水塘里的荷花。深山老林见不到荷花的娇嫩，于是她的脸蛋在大兵们眼里也就更加清新，更加柔媚。几个刚刚来到北大荒的大兵禁不住都呆愣了。还是周怀庆先回过神来，见那女人急忙用衣襟擦去面颊上的泪水，便又用更温和的口吻问她："你一个人，在这深山老林里干啥？"

女人见到有人对她如此关切，一行泪忍不住又滴落下来。"……他把我领到这儿住下，那天说是去打狍子，走了就再没回来……"

"你说的是谁？是你男人？"

女人点点头，又摇摇头，几个大兵终究没有揣摩出个明白，再问什么，那女人只是流泪，缄口不语了。

讲故事的人说，自那以后，周怀庆三天两头就往南山上跑。那时候连队还没盖房，等到盖上房，在老家娶了媳妇的人们把家属搬来，周怀庆就把那女人领下了山……下山时女人已经大了肚子，生下来的孩子就是那个小莲英……"

"这么说那女人就是翠珠啰？"

苏晚晴听得新鲜，追问那讲故事的老兵。

"就是呗！"讲故事的人说，"可是翠珠的来历，没有人清楚。至于周怀庆自己知道不知道，那也挺难说，这会儿连他也没了，更没法去刨根问底了……"

南山上的小木房牵连着周怀庆一家人的命运，始终隐藏着一些解不开的谜，在当时，那里的神秘更是牵住了苏晚晴的魂魄。一到南山上，那个小木房的影子就在眼前一个劲儿地晃动。她知道小木房所在的地方并不在这石头坡上边，但是，她又相信它就在不远的地方站立着，诱惑着她无论如何要去山顶看一看。

她站起身，见大家东倒西歪地互相依偎在一起，被暖烘烘的太阳晒成了一只只慵懒的猫，就决定独自上山去。没有人做伴也就没有人牵扯，这样反而回来得更快一些。

她朝山坡上刚刚走了几步，身后就传来了刘香云的喊声："晚晴，你去哪儿？"

"我想上去看看。"晚晴被刘香云这一喊，只觉得一个美妙的梦幻被打扰了，心里有些隐隐的不快。刘香云一步也不放松。

"去'一号'么？"

"不，就是想上去看一看。"苏晚晴听刘香云这么毫不顾忌地大喊着"一号"，禁不住朝男生打石头的方向望了望。还好，那伙子人距离得并不近，不然的话这个"一号"当着他们的面喊出来可真是让人没法下台。她等了一会儿，刘香云没有阻拦她，其他人也没有谁对上山显出兴趣，苏晚晴一个人继续朝山顶攀去。平缓的山坡并不难走，偶尔有块突出的岩块挡住去路，抓住侧旁的一棵小树，身体朝上一纵也就能轻易地跳上去。她很快到了山顶。

与坡下相比，山顶上是一个更加美妙的世界。山坡上、山道旁，引她陶醉的是花、是草，山顶上则是阳光。这里的树木更加茂密了，树叶层层叠叠，太阳光从枝叶的缝隙间倾泻下来，就好像卷成一筒筒金色的纸卷，从树梢直插到地上，纵横交错，每一筒纸卷又迸闪出四射的金色光芒，交相辉映。茂密的绿林中弥散着烟样的蓝色烟雾，在这一束束太阳光柱的照映下，那雾的细微的颗粒就在枝木间悠然浮荡着，若是有人截取一个平面拍摄下来再扩大亿万倍，那情状说不定就像是行星浮游于宇宙的图片，衬着湛蓝的色彩，无羁无绊，神秘而又美丽。苏晚晴被这景象慑住了，行路和搬石头的劳累一下子脱散得无踪无影。她只觉得浑身畅快，心里又十分安谧。她以为自己已经融化在了山顶这一片迷蒙的雾气之中。

没有多久，山下传来了刘香云的呼喊："晚晴，你上哪儿去啦？快下来吧！"苏晚晴听到了她的呼喊，融化的感觉顿时消失了。她把自己拉回到现实当中，遗憾地叹了口气，转身要往回走。就在这时，她看到前方有一只四条腿的动物从斜刺里窜出来，朝她的斜前方奔跑过去。她一惊，刚刚愣怔了片刻，那动物大概看到了她，它突然站立下来，调转过身体，两只闪着绿光的眼睛盯着它，朝她一步一步慢慢走来。

"狼！"

苏晚晴的心里咯噔一下，两腿立刻像灌了铅，一步也不能再迈动。她知道这时候是不能跑的。她强自镇静着自己，面对着一步步靠近上来的狼，目不转睛。她已然清楚地看见，那狼从眼下沿凹下的鼻沟拖至凸起的嘴边，有两条雪样的白痕。她的心又咯噔抖动了一下。她又记起不知自何处得知，这就叫"白脸狼"。这种狼比别种的狼更加凶残。她站立着一动不动，只是聚精会神地和狼对视着。白脸狼一步一步小心翼翼地试探着前进，走到与苏晚晴相距仅有五六步远的地方，站住了。这时候苏晚晴看见狼眼睛里绿色的眸子闪现出了一个竖立着的小小的黑影。她知道那是自己。她相信对方在自己的眼里也看到了它自己的横着的影子。

苏晚晴连呼吸也屏住了。她稍稍低下头，把下颏紧紧抵在锁骨上。她记得这地方不能让狼咬断。除此而外，她再不记得世界上任何事情。她只是无能又无力地和白脸狼一起等待时间流失。

一只狼和一个姑娘相持了好一会儿，狼首先急躁了。它的身体朝前倾斜了一下，眼看就要扑跳上来。她觉得自己的每一根神经都要崩断了。正在这时候，一阵震动天地的炸响把狼和苏晚晴都震住了。

脑袋里一阵嗡嗡的轰响过去，苏晚晴紧绷着的神经有些松软，她望望对面，白脸狼不知什么时候跑得没了踪影。她僵硬的双腿慢慢缓化过来。她努力支撑着身体，脚下仿佛踩踏着棉絮，乏力地朝山下走去。

她身疲腿软地站到伙伴们跟前，孟晓丽首先看见了她："哎呀，你这是咋的啦？脸怎么白得像张纸？"她这声惊叫引得大家把目光一齐投到苏晚晴脸上。苏晚晴扫了人们一眼，目光恢恢的没有了一点儿精神。

"狼。"她简短地说，"上边有一只白脸狼。"

"在哪儿？"姑娘们紧张起来。

"山顶上。跑走了……"

苏晚晴只觉得鼻尖儿止不住地发酸。她坐到一块石头上，把头埋进臂弯里，只等待涌上眼窝的泪水慢慢退缩回去。

山坡那边又是一声震天动地的炸响。

"他们炸得该差不多了吧？"刘香云站起身朝爆炸声响起的那地方张望，她看到前方一团灰蒙蒙的尘埃在半空滞留了好一会儿，才慢慢散开，缓缓地下沉。

"我去那边看看。"刘香云回头朝大家打了个招呼,便朝山坡那一边走。姑娘们或许以为刘香云叫她们去那边干活,也或许只想去那边看看,并没有弄清刘香云叫她们干什么,都糊涂涂站起来跟随在她后边。原地只剩下了苏晚晴一个人,她更没有在意刘香云刚刚说了句什么,抬头见大家已经走出好远,急忙追赶上去。

孟满赶着一车石头送回连队,飞快地就打了个来回。跟刘香云这个班在一起干活,他感到天色格外蓝,太阳格外温暖,浑身也像增添了好多气力。回连队卸车没叫任何人帮忙,一个人咣当当一会儿工夫就把一车石头块推到了猪圈跟前,然后急急又把车赶了回来。他返回到石头坡下,听到了爆破声刚刚响过,看到了半山的灰云正在下沉,远远地又看见刘香云领着那一群姑娘朝刚刚爆炸过的山坡那边走。他有些发急了。"刘香云!"他大声喊,"那边还没炸完,你们过去干啥?!"

姑娘们听到了孟满的喊声,站了下来。刘香云回过头大声对孟满说:"我们去那边看看,这边石头都不能用了!"

"那也不能现在过去!"孟满喊着,见刘香云一伙人还站在原地迟疑,一时发起火来,他捡起两块大些的石块咣咣地摔到车上,一边摔一边对着石头发狠着说,"这边的没捡完就挪窝儿,我可不能总等着你们!"

刘香云见自己还没走出几步一班人就跟了上来,心里就有些隐隐的不大痛快,又见孟满生了气,心里一股子热情都被冲得烟消云散了。她望了望不远处乔晨生在太阳底下晃来晃去的身影,在胸腔里叹了口气:"行了,咱把这边的捡净了再挪地方吧!"

见刘香云领着一帮人又返了回来,孟满心里的火气一下子泄去了。他不露声色地朝一旁坡地上走了一段，在一棵大柞树下的草丛里倒了下来。他揪下身边一棵草根用牙撕扯着，吮咂着草根有点儿苦涩的汁水，眯起眼睛，从细细的眼缝里瞟着刘香云。他的目光随着她干活时身体的转动来回转动，从她粗壮的胳臂转向她的腰身又转向她的胸脯。他看到那结实身躯的胸脯比起别的姑娘明显地成熟又丰满，搬起块石头急急地走着，支起的胸就像揣起两块肉皮冻那般悠悠地颤动，于是，搅得他的心就软塌塌的不好受，甚至泛起一股莫名其妙的燥热。

刘香云并没有注意到孟满在偷偷观察她，她一边搬着石头，一边不时抬头朝远处望上一望。远处被一排杂乱的灌木遮挡着的地方，偶尔还晃出乔晨生半截身影。那身影那么强烈地吸引着她，令她魂不守舍。她走了神，搬着的石头的边角一下子撞在孟晓丽的背上，刮了一道白色的印痕。

"嗨呀，那边有啥好东西引得你总走心思！"孟晓丽埋怨着刘香云，顺着她张望的地方瞧去，惊讶地又叫起来，"哎，晚晴怎么还朝那边儿走？"

刘香云也看到了苏晚晴。她看到她就快要走近乔晨生身旁，心中的火气不打一处来，嘭的一声把刚搬起的一块石头又丢到地上："这家伙，一只狼就把她吓魔怔了！我去叫她！"说着，便去追赶苏晚晴。

苏晚晴的脑子里在狼与树间的蓝雾之中来来回回地交叠着幻影，渐渐地，如诗如画的雾的蓝烟终于全部占据了头脑，她全然被一种进入梦幻才有的朦胧的愉悦笼罩了。那时刻她只是回味着山顶上笼罩于梦幻之中飘逸之中的感觉，根本没有再注意前方或是后方发生了什么事情。她的嘴角挂着迷蒙的笑意,脚步不由自主地机械地朝前迈动着。她走到刚刚爆破下的一片山石跟前,回头看了看,正疑惑怎么不见自己班里那一伙姑娘的影子,"嗨,快趴下!"突然一个粗暴的声音喝住了她。她还没有从幻梦中清醒过来,一个人影猛地扑上来把她按倒在地上,紧接着一声轰响,一团灰云喷泉似的从一眼火光中迸射出来,一时冲向了半空。火光很快消失了,灰云中散出了无数碎小的石块,劈头盖脸从天空撒落下来,带着无可阻挡的冲势,飞落到晚晴前方不远处的山坡上。许多石块又弹离开爆炸的中心,砸到她的腿上、胳膊上;碎石砸到哪里,哪里就是一阵灼热的疼痛。

苏晚晴被这突如其来的险情炸蒙了,她静静地趴在地上,趴了好久。背上似乎有一个重物沉沉地压着,不知是碎石,还是尘土。她轻轻动了动身体,背上压着的重物从一旁撤去了,她仰起脸,看到了乔晨生。

乔晨生跪坐在地上,满脸灰尘,额角上渗出殷殷的一点儿血迹。"你怎么一个人跑到这边来?"他蹙着眉头,怨怪中夹着火气。

"我们来捡石头的呀!"苏晚晴用手背揉了揉眼睛,跪坐起来,她朝四处望望,竟然没有发现一个女生的身影,"咦,她们呢?"她困惑地朝坡下原先大家捡石头的地方张望,树丛挡着视线,她根本看不到什么。乔晨生看出了她的窘态,目光变得温柔下来。"这儿有几个炮眼儿还没响呢,你们这么瞎闯多危险。"他说着,目光很快地向苏晚晴身上扫视了一下。

"你没事儿吧?"他问她。

"没有。"

苏晚晴应着,目光落到乔晨生额头的血迹上。那块血迹被灰土沾成了黑褐色。

"我没事儿,是让小石块儿崩了一下。"他用几个手指按了按额头,血已经不流了。他半垂下眼睛,用下颏朝女生们的方向示意了一下,"到她们那边儿去吧!"说着,他站起身,挺着身躯走开了。

苏晚晴孤单单地留在原地,她望着乔晨生的背影,心里有些委屈。她以为他走开时怎么也会再望上自己一眼。那眼肯定会在自己的心口打下一个白色的印记。可是他没有。他头也不回地走了,没有一点儿迟疑。这时候他的脑子里在想些什么呀?她想。她追忆起他护卫在自己身上的那种沉甸甸的感觉。然而那只是一种沉甸甸,她追忆不到其中蕴含的温热。感觉清晰又模糊,如石土压身般的清晰,又如隔着一层石棉板般阻隔开了身体相触的暖流。于是,她心底又隐隐地升起了一丝渴望。她渴望尘土碎石再迎头降落,他再一次扑倒在自己背上。那时候她肯定不会再次被震耳欲聋的声响炸蒙,她将只是把全部注意力倾注于自己的身体,他的身体,细细体味两个身体相互潜往着的温暖的气息。可是,那一切肯定不会再来了。过去的,就这么随着时间的移动无情地溜走了,永不再来。至少那一个时刻的那一份珍贵不会再重复。她又不由自主地忆起了他在为连队调走的人们送行时坐在枕木上对她的那次谈话。她有些懊悔为什么自己那个时候脑子竟然开了小差,没有听到他都说了些什么。"我喜欢你的性格。"她只记得他嘴里吐出这么一句话,嘴角还挂着一份笑意。可是,我的性格是什么样呢?苏晚晴觉出她对自己竟然也是从来没有关注过。

苏晚晴站起身来,怀着几分莫名的惆怅朝回走。她刚刚迈过几块大石头,就被一个人影挡住了去路,她看到,挡住她的原来是刘香云。

"你跑到这边儿来干啥?"她瞥着远去的乔晨生,脸上现出好大的不快。

苏晚晴看出刘香云的神色有几分不大对头,脸色腾地一下子红了。"不是说到这边来捡石头的吗?"她随口应着,小心地绕过刘香云身边,朝女生们干活的方向走去了。

孟满懒洋洋地从坡草上爬起来,伸长脖子朝马车上看了看,又一车石头已经塞满了车厢。"哎嗨,我来验验工!"他揪下裤腿上粘着的两颗绿蒺藜果,直起身,正好苏晚晴和刘香云一前一后地来到跟前。他迎上去,学着连长的样子耷拉下眼皮:"我说刘班长,别人干活儿你俩这么溜溜达达可是有点儿不大对劲儿吧?"

"贫气啥!"刘香云没好气儿地顶撞他说,"闲得难受上山打狼去!"

"你知道这山上有狼?"他乜斜起眼睛,半开的眼缝里透出一种异样的光。

"刚才晚晴上去看见了,说是一只白脸狼。"

孟满严肃起来了。他似乎思索了一瞬,问:"它还在这儿?"

"谁?"

"那只白脸狼?"

"我刚才在山顶上看见的,后来朝那个方向跑走了。"苏晚晴接上来指了指白脸狼跑走的方向,"怎么,你也看见过?"

"哼,我早跟连长说过,白脸狼在这儿转悠不是好兆头!"他踢走了脚下一块石子,"我是不怕,狼来了可就看你们的啦!"孟满说着,抓起靠在树干上的马鞭走到装满石头的马车跟前,他用手推推这里,捅捅那里,见石头塞得都比较牢靠,脸色有些松弛了。"行啊,这趟回去,我可就不来了,连长说了,上午拉两趟,下午拉两趟,这趟回去我就等着开饭了。刘班长,"他又故意提高一些声音对刘香云说,"我看,你们差不多也该撤了吧?"

"谁知道平光志怎么安排。"刘香云说,"你这车这么满,我们也捎不上脚,你就先走吧!"

"好嘞!喔——喔——"孟满抓住缰头,调转马车的方向,他扬起鞭子,鞭梢刚刚要落到马的身上,甩鞭的余音还在半空萦绕,突然,炸石头那边又传来山崩地裂的一声炸响。

这声爆炸来得太突然了,事先没有一点儿声息。这一响把所有的人震得都呆愣了,片刻才想起来朝爆炸的方向张望。这时候她们看见那里的高空有一层裹着碎石的灰云正朝地面沉落;石子落下了,一个含着血雾的灰色的云团还滞留在空中,仿佛一幅等待着渐渐淡去的灰色的墨画。

山坡那边一片死寂。过了好半天,才传来一片男生们嘈杂的声音。叫喊和脚步声重重地交混在一起,急促而又慌乱。

"出事了!"孟满专注地用耳朵倾听了一会儿,目光暗淡地凝聚在面前的一个石头上。他呆呆地愣怔了片刻,突然转身跳上了刚刚装满的马车,搬起一块块石头,发疯似的从车上扔下来。"快卸车,出事了!"他不管车旁边有没有人,两只胳膊不管不顾地抛着甩着,大大小小的石块飘着飞着从车口撞到地上,撞击出许多跳跃着的小火花。"妈的,快卸车呀!快点,死物!"他嘴里不知骂着谁,石头块从车的四面八方飞下来,谁也近前不得。

一伙儿女生围在马车四周看着发疯似的孟满,每个人都紧张得屏住了气。她们无法理解远处的爆炸和孟满的马车有什么关系。刘香云见孟满骂骂咧咧，便瞅住一个空当跳上了马车。"卸车干啥？"她问孟满。孟满不理睬她，只顾埋头朝车下抛石块。刘香云只好随着他一起卸车。刘香云占据着车的一边，苏晚晴和孟晓丽便也趁机蹿上了马车，四个人很快把车抛空了。孟满把三个女生赶下车，自己提起四周的厢板，一块一块地摔到车下。他刚刚飞脚踢下车板上的最后一块碎石，山坡的那一头出现了一个人影。

"嗨，孟满，快把车赶到这边来！"

喊声嘶哑、尖利，带着惊惶的焦躁。

人人都意识到了问题的严重。孟满朝刘香云扫了一眼，一脸的严肃。他勒住缰绳，一声吆喝，连拽带拖迅疾地把马车又调转了一个方向，牵着马车奔跑着朝坡那一边靠过去。女生们跟在马车后面，一路磕磕绊绊也跟着跑过去。

11

一队人影一前一后地抬着两副担架，摇摇晃晃地从坡后转了出来。有几个人上身只穿着背心，背心上混合着泥土和血迹。他们的衣服被几根树棍穿上衣袖，做成了那两副担架。担架上的人软软地歪在一边，头上脸上血肉模糊，破碎的焦糊的衣衫一片片搭在他们的肉体上，被鲜血粘结在一起，成了一块块红袍色的血痂。破衣衫的小小的碎片有的又直直地支立起来，被春天的轻风拨动着，衬得那担架上的身躯更失去了生的气息。

女生们看到这景象全都吓呆了。她们再难以挪动脚步，只是愣愣地、无言地看着那一伙男知青急急走近，走到马车跟前，小心翼翼地、左挪右动着将两副担架在马车上摆放好，又看着他们分散在马车周围，抚按着伤员的身体和车帮的木板，拖着迟重的脚步随马车朝连队的方向前进。马车走出了一段距离，刘香云才低声对女生们说："咱们也回去吧。"说完，她紧追几步跟上了马车，把一只手也搭在车帮上。

苏晚晴眼看大家走了，她抬腿迈步，可是疲软得抬不起腿来。从看到两个伤员像血人一样在山坡后转出来的那一刻起，她的心就骤然一下子软塌了。一下子变得空空洞洞，所有的内脏都像水豆腐一样悠悠颤动着，一齐死死地朝下沉坠。那时候她的四肢再不能动弹，绵绵地随着心脏一起软塌，浑身发冷，手指变成了十根冰凉的软棒。不知为什么她天生就有这种晕血症。她的家族里好几个人都与生俱来地见到血就近乎瘫软。这种病症就如同对色彩的敏感和对世态的淡漠一样遗传到了她的身上。对此她无可克制。但是此时她尽力强撑着，汲起体内全部力量抵抗着对血的厌恶和恐惧。她弯下腰，抓住一棵小树在心里告诫自己：我可不能倒下……这种时候我可不能倒下……她还能够清醒地记着：自己的现状和出身都不允许泄露出一点儿软弱和怯懦。她用力吸气，再压迫着胸腔呼吸，强迫自己将晕血的症状一点儿一点儿地排除。她终于觉得身上有了一点儿气力，于是抓着小树站直身体，吃力地、试探地拖出了一步。她终于可以走了，便踩着浮云一般悠悠晃晃地追赶马车。她终于追上了队伍。似乎没有人发现她曾经掉队。只是刚刚让自己出现在队伍中时她感觉到乔晨生的目光迅速扫视了一下自己。但是那目光没有同情也没有温暖,那里面仿佛裹着一层冬霜,严峻又冷漠。

马车拉着两具血肉模糊的躯体回到连队,孟满牵着马车在木工房与大食堂之间的沙土道上停下来。他不知应该再把马车往哪里赶。他回头望望护卫在马车四周的人们,所有的人都是一脸惘然的神色。平光志和"小不点儿"左新华并排躺在一起,不知谁把两件衣服盖在了他们脸上。左新华是连队里最小的战士,昨天他还到小卖店买了两瓶糖水梨罐头庆祝自己十七岁的生日。现在,他瘦弱窄小的胸脯已经塌瘪了下来,显不出一点呼吸时膨胀的痕迹。乔晨生见众人都呆呆地怔着,提醒孟满说:"去个人叫一下连长和指导员吧。"

正是开午饭的时间,见孟满的马车边围着许多个神情异样的人,去打饭的知青们纷纷围拢过来,见到车上两个人的模样,谁也不知怎么办才好。连长王振山和指导员晋香很快赶来了。人们闪开一条道,让两位连领导走近马车。连长王振山老远就朝孟满喊道:"马车停这儿怎么行啊!快叫人启动尤特,往团卫生队送!"晋香一直没有出声,他严肃地穿过人们闪开的通道走到马车跟前,揭起遮盖着两个伤员的脸的衣服看了看。他惊愕了一下,没等旁边的人凑上来看清什么,把衣服又原样遮盖上了。他目光垂到地上,蹙着眉头,在马车边思索着来回走动了两遭,靠近后面跟上来的连长王振山身边。

"你看一看吧……嗯……说不定没有送团卫生队的必要了……"晋香低声地对王振山说。

"有这么严重?"王振山两步跨到马车跟前,他撩起那件衣服看了看,脸上露出震惊。他伸手到平光志鼻下试了试鼻息,又抓起左新华一只细弱的手腕把了把脉搏,神情一下子严肃起来。他凑到晋香身边,低声和他商量:"看来眼下只得赶紧准备处理后事了。可是……先停在哪儿呢?"

晋香也感到为难:"……我看,赶紧召开个支部扩大会,让排以上干部都参加吧,涉及的问题还是挺多的……"

"好!"王振山仰起脸来对围在马车周围的知青们大声说道,"大家散开,抓紧时间回去吃饭吧,这里的事情由我和指导员商量安排……"

人们围着马车,谁也没有走开,没有人去打饭。连长护在马车边,不让任何人揭开盖在两个伤员脸上的衣服。人越聚越多,住在营区东边的一些老战士也闻讯赶来了。几个连干部和排长们挤进人群,凑到靠临着马车的最前排。晋香看着越聚越多的人群,不动声色地想了想,对着连长王振山耳边说:"让排以上干部留下,其他人到大食堂里集合吧。"

王振山会意地点了点头,看见一排长武中定正急火火地朝这边跑过来,便对他喊了一声:"一排长,你去敲钟集合,全连都集中到大食堂,学习!"

"学习?这会儿学啥习?"武中定惊异地睁大了眼睛,站住了脚。他只感觉到气氛有些不大对头,并没看出个所以然来,便迷迷怔怔跑到他刚刚走过的井台跟前,用力击响了悬吊在木架子上的角铁。角铁的撞击声猛烈地震荡着空气,震得人的脉搏也乱了节拍。

敲钟声一响,人群终于散开了,陆陆续续朝大食堂走去。正在家里吃饭的老战士们听到敲钟,不知这时候钟响有什么要紧事情,赶紧三两口扒下饭聚集到大食堂里。只有上山打石头的两个班没有动地方。他们寸步不离地守护着马车,谁也不忍心丢开车上的两个伙伴离去。人少了,马车周围突然显得十分空旷荒凉,一阵凉风袭来,更给人心头增添了几分阴惨。

谢冬梅自从看见两副担架被抬下石坡来的那刻起眼珠仿佛就再没有转动过。她脑子里一片空白,直着眼神机械地挪动着脚步跟随大家走回了连队。这时候见许多人聚来又离去,她无精打采地凑到苏晚晴身边。"你说他们怎么了?"她示意着马车上的两个人,说话时目光却落在脚下一朵黄色的小雏菊上。

"他们受伤了。"苏晚晴说。她看见谢冬梅的脸色惨白,白得发灰。

"你甭骗我。"谢冬梅惨然地笑了一下,"我知道他们怎么了……"她的两手捏起自己一个衣角搓弄着,眼窝似乎有点儿潮湿,目光则始终没有离开那朵黄色的小花。"'小不点儿'其实挺好的,是吧?"她又自语般地对苏晚晴说,"他管我叫冬梅姐,我一到井台打水,他看见了,就过来帮我摇辘轳。以后他可不会来了。"

苏晚晴的鼻尖儿一阵发酸,不过谢冬梅的话让她感到很有些惊奇。她以为谢冬梅从来没有和连里任何人有过接触,更没有想到此刻的她独独对"小不点儿"左新华有那么深情的怀念。她看了看谢冬梅,见她嘴角那一丝凄凉的微笑久久没有隐去,觉得她十分可怜。她垂下头,轻轻捏了捏谢冬梅的胳膊,心里涌上一股酸楚,不知说些什么才好。"真的,这连里,只有他喊我冬梅姐呢……"她听见谢冬梅又说。她不由自主地把目光又投到谢冬梅脸上,她看见她嘴角的那一丝凄凉的笑纹隐走了，脸上留下的又是一片木然。

孟满站在大白马旁边，始终盯着盖着衣服的平光志出神。他无法想象早上自己的一句话怎么就真的应了验。"走着瞧吧，出事儿？说不定你还出在我前头呢！"他恨死了自己那一通胡说八道。可是现在，懊悔有什么用呀！即使向荒原喊上千千句忏悔的话他也听不见了。他不知再用什么办法才可以补偿自己的过错，虽然这意外事故绝不可能由自己那一句混话导致，更何况也没有任何人流露出对他那句话的责备，然而他却无论如何也不能原谅自己。他心里憋闷极了，揪扯着头发趴在马身上倚靠了一会儿，突然又离开马上前揪住了指导员晋香的衣袖："指导员……真的……不送卫生队了？"晋香紧抿着嘴唇，他抬眼看了看孟满，赶紧又垂下头去。他的眼窝有一点儿潮湿。

"你们听安排吧，先在这儿守一会儿……"晋香轻轻地拍了拍孟满的肩膀，又走到王振山跟前，"老王啊，你看这样行不行——我先去大食堂看一下，让一排长组织大伙儿先学习，你就在这儿和干部们商量一下，看看把这车先安置在哪儿……"

"好，你去吧。"王振山看着晋香叫上一排长武中定跟他朝大食堂走去，自己则招呼着留下的几个干部围成一圈儿蹲在地上。

武中定紧贴在晋香身边走着，他出来得晚，又去敲了一阵钟，再回到马车跟前来还没有弄清这是怎么回事。"指导员，"他说，"还是由我亲自去准备尤特把人快送到卫生队吧！"

"不用送了……"晋香摇了一下手掌。

"怎么不用送？"武中定大惑不解。他话刚出口，突然意识到了什么，顿时停住了脚步。"你是说，没救了？"他受惊的眼睛瞪得好大。

"唔。"晋香用手掌抹了一下脸,吁了一口长气,"人已经完了。"他见武中定连嘴巴也张开来愣愣地望着自己,又摆了摆手:"我去跟大伙儿打个招呼,然后我就去和连长他们碰个头儿。你留下组织大伙儿先学习吧,就学《为人民服务》……"

"下午还出工么?"武中定问。

"待会儿商量商量再说。眼前最要紧的,是往哪儿停放。怎么也得停两天等等他们的家长……"

大食堂里,全连人满满当当坐满了长条凳,自从一部分知青调走以后,连队里还从来没有集合得这么快这么整齐过。不过食堂里很安静,见晋香进门,大家都有些紧张地坐直了身子。人们一看就知道,连里出大事了。

晋香走到前面。他有些激动,两手插在裤兜里低头默默地来回走了两趟才让自己的心绪平稳下来。"大家已经知道了,连里出了事情……"他用低沉的声音说,"我很难过……他们太年轻了……离开学校来到边疆,他们的生活才刚刚开始……"他停顿了一会儿,似乎有些讲不下去了,便提高一些声音对大家又说:"现在由一排长组织大家先学习吧,没吃饭的同志学习完再吃饭。你们在这儿学习,连干部们先开个短会,商量商量,下午怎么安排,一会儿再告诉大家……"说完这点儿话,他朝武中定做了个手势让他开始主持,自己低下头急急地走了出去。

晋香回到马车跟前,王振山早已经和几个连队干部们开了个小会。他们议论着尸体停放问题,议论了好半天,竟然拿不出个结果。刚才已经提到了几个地方,提出一个,很快便又否定。麦场?不行!

粮囤棚子里虽然能避雨,可是不能挡风,四个大粮囤两两相对,中间是个宽敞的大通道,过堂风呼呼吹着,跟摆在露天里差不了多少,总是让人于心不忍。大食堂?不行!别说人们还要用这地方开会、吃饭,就是排除这个因素,大食堂也是显得太大太空旷了。两具尸体摆放在那么大的空间里,让阴魂四处飘游,人人心里都会感觉不踏实。那还有哪里呢?木工房?马号?牛棚?不行!没有谁一一摆出理由,只是一一地否定,一一地觉得哪里也不合适。这时候人们忽然意识到这片空旷无际的荒原,处处皆可埋尸骨,但是若找一块地方停放尸体祭奠亡灵,却又那么不容易。难道这片辽阔的黑土地只肯接纳随荒草而生随荒草而去的野鬼么?

晋香回到干部们中间,把连里所有大大小小的房屋思索个遍。他想到了麦场旁边的一间工具房。那是当年转业兵初来这里时首批搭盖的房屋,具有典型的北大荒农舍的样子:低矮的干打垒土墙,房顶上苫盖着黄色的乌拉草。几经雨雪风霜,乌拉草原本柔软的姜黄转成了深褐,从屋顶长长地披散下来,披散到土墙的半腰,一间这样的土房就仿佛变成了一颗苍老干涸的头颅。

指导员晋香提出把这间工具房里的木锨、镰刀一类小农具搬到放机务工具的地方,腾出个空间摆放那两具知青的尸体,他的想法立刻获得了大家的赞同。连长王振山当即拍板说:"好,就这么着吧,立刻腾空那间工具房!给两个男生排安排一下轮流值班,日夜都要有人看守;另外告诉木工加班加点连夜干,明天,最迟后天,赶制两口棺木出来……"

两个知青的后事很快了结了。两具尸体停放在工具房里,全连老老小小心里都翻起了一道又一道的波澜。连队里第一次发生死人的大事,死去的又是两个嘴巴上还没有来得及长出胡须的年轻人,这比死亡本身对人的心理具有更大的撞击和震动。生命之火在这荒原上显得那么虚弱,稍不经意就可能熄灭了。这使知青们的心里产生了一点儿恐惧。两个伙伴的死,使他们隐隐感觉到周围的一切都无力抗争,感到了在大自然面前的人的孤独。

平光志的父亲和妹妹从哈尔滨赶来入葬的时候,一见到那个颓然苍老下去的父亲和脸色苍白的羸弱的小姑娘,所有的知青都忍不住抽噎起来,引得老战士们也陪同着流了不少眼泪。"小不点儿"左新华家里没有来人。他家在杭州,电报拍去了许久也没有任何回音。尸体不能总这么停放,指导员和连长便做主将两个知青的遗骨一起埋葬了。这之后过了半年多有人回杭州探亲归来才知道,"小不点儿"的父亲"文革"中曾是造反派,风向一转,到"小不点儿"出事的那阵,他父亲又成了关押受审的对象;他母亲无法承受这落差的打击,在丈夫被关押之后,不知去了哪里。"小不点儿"去世的电报拍到他家里根本没有人接,又被退回了邮局。不知为什么电报没有退回给发报人连长王振山,于是,一个刚刚度过十七岁生日的孩子糊里糊涂便从人世上消失了。除连队的伙伴们之外,他没有得到家族里任何亲人的祭奠。只有那个被他唤作"冬梅姐"的异地姑娘,为他的坟头插上了一朵蓝色的忧伤的小花。

两个青年的坟隆起在小莲英的坟包的旁边。下葬的第二天,夹着蓝花布包袱坐在麦场外的原木上的翠珠发现了这两座新坟。她感到惊奇极了。她大张着眼睛观望了好一会儿,怀疑是自己小女儿的坟包被太阳照出了两个新鲜的影子，于是她悠悠然然地绕过麦场，不慌不忙走近那坟的地方去看个究竟。

荒野的空旷把人的视线缩短，又在真实中把脚下的距离拉长，看上去挺近的路，翠珠走到坟墓跟前时，太阳已经把她的影子朝东扯成了细长的一条。她围着三个坟包转了几遭，停在墓碑跟前。两个木质的碑牌用墨漆描画出了两个知青的名字。翠珠对着两个墓碑看了好久，她伸出一根食指，又把上边的两个人名字仔细地描画了一遍，然后才退到自己女儿小莲英的坟包跟前。小莲英的坟包原来就不大，经过一夏一冬的风雨剥蚀，更剩了小小的一堆。她把小坟包上的枯草扒净，又从附近大田里搬来一大块拖拉机翻开的土块，把它用脚踩碎，又用手搓细，一捧捧地细心培在自己女儿的坟头上。小坟撒上一层新土，和另外两个坟包成了一个颜色，翠珠直起身面对着三个整齐的坟包，嘴角牵出了一丝笑意。她带着这丝笑意解开自己从不离身的蓝花布小包袱，从里边拿出了一块红布。红布约有一米见方大小，她把红布抖开，翻来覆去地看了看，便用牙咬开几个口儿，把它撕扯成了一条一条的细带子。一条一条的红布带子被连接起来，接成一条好长好长的红布绳。而后，翠珠把红布绳的一头用块土压在地上，自己牵起了另一头。她牵着这根红布绳绕着女儿的坟和旁边的左新华的坟环绕一周，把两个孩子的坟墓圈成一个圈儿环在红布绳当中，然后把手中牵着的那个红布绳头儿也压在了那块土底下。这一切忙活完了，她站在三座坟前，看着两个圈在一起的坟，舒心地笑了。

她绽开笑容的面孔被太阳的斜晖映照着，笑容中含着少女般的羞涩，也含着母亲才有的柔情，显出了从来没有过的美丽。她笑着，对着两个孩子的坟站了好久好久，最后，又抓起两把黑色的土粉，扬开手臂，撒在红布绳圈结在一起的两个坟包上。这时候她像完成了一场仪式，脸色变得庄重又平和。她带着这份庄重这份平和从地上抓起她的蓝花布的小包袱，迈着来时的那种悠悠然然的脚步，斜穿过播下豆种的沟垄，跨过沙砾公路，朝着公路北边那块大田的深处走去。那片大田伸延得很远很远，直伸进一片灌木林，伸向黑龙江边。

没有人看见翠珠是不是走向了黑龙江边，也没有人看见她迈着轻松的步履在播过种的大田中走了多久。只是当天晚上随着鸡鸭归窝，老战士周怀庆才第一个发现，他的坐在麦场外原木上的妻子不见了。他四处呼喊着也没有找到，只得向连里求助。那一天傍晚直至半夜，全连人集合又找了好久，但是谁也没有发现翠珠的痕迹。没有人能够说出她是活着还是死了，直到第二天早上连队的猪倌从麦场后边的大田里往回哄赶一只刨吃的黑猪的时候，才发现了那条围圈着"小不点儿"和小莲英的坟包的红布绳。回到连里，她把这奇怪的迹象说给了刘英姿。刘英姿听后想了想，勃然大怒起来。"他妈的！谁拿知青的遗体搞这封建迷信的玩意儿！"她吆喝上几个女生气冲冲地赶到了那几个坟包跟前。她们看到了那条红布绳。几个人七手八脚地把它拽起来，揪扯成几段，揉搓成几个团团儿扔得好远好远。后来夏锄时，有人看到一个个红布绳团团儿还落寞地躺在豆棵下，那时候它们已经被雨水和着泥土浸成了混黑的颜色。知青们锄草到那里，看见一个个紫黑色的肮脏的布团团儿，便毫不在意地把它们埋进了黑土地下。

12

  二十年以后,当苏晚晴与乔晨生重逢在一起,又随着许多人回到荒原上,站在平光志和"小不点儿"左新华的坟墓前时,他们眼前清晰地现出了那两个伙伴的影子,就好像他们仍是欢乐地活跃在南山的石头坡下,把刚刚炸下的石头一块一块地搬上孟满的马车。这种情景清晰得无法磨灭,甚至比二十多年前那种劳动的场面来得还要真切。岁月没有毁灭人们的记忆,岁月把往事的一景一物统统推到了重返荒原的人们面前。奇怪的是,二十多年前,人们对于现实的记忆却还不如二十年之后这般清晰……

  平光志和左新华被埋葬之后没有多久,他们的身影连同他们的死亡给荒原带来的恐惧便渐渐浅淡了。南山石头坡那里打下的石头冷清地搁置了一些日子,有一天早上连长王振山走进马号对孟满说:"孟满呀,南山打下的那些石头还得拉回来呀!"

  尽管浅淡,两个死去的伙伴的影子总还没有消失,孟满有些发憷。"那石头还要啊?"他问连长。

  "不要怎么行呢?"连长说话时带着鼻炎患者特有的声音,"猪圈还要盖嘛!过几天夏锄一到,基建可就得扔下了。这样吧,也别跟人了,你就自己去装车,上午一趟下午一趟,干完这两趟就算你完成任务,剩下多少时间随你自己安排。"

孟满想了想,这似乎倒也合算,石头都是现成的,上次扔下车的那一堆还没有拉回来呢,装车石头费不了多大事儿,用不了两个小时就能回来一趟,也不过等于到南山根下溜两圈儿观两趟风景。"好吧,"他答应连长说,"这话可得算数儿,一天就是两趟,多了我可不管拉!"

"我啥时候说话不算数儿呢?"连长挥了挥手,转身走开了。

"拉回石头卸在哪儿?"孟满对着连长的后影又问。

"就卸到猪圈跟前吧!"

连长走远了,孟满心里不知怎么仍有些忐忑不安。按说虽然平光志和"小不点儿"是在石头坡那儿出的事,毕竟没有当时就在那里断了气。那里一切生机盎然,绿树红花阳光白云,哪一样都能令人忘却恐惧和不幸。那么还有什么能够使他胆怯?孟满定了定神,眼前悠然滑过了一个灰暗的影子。他明白是什么使自己不安了。他赶紧跑几步追上连长,大声叫住了他:"连长,南山上那只白脸狼要是又出现了呢?"

连长停住脚步转回身子,耷拉下眼皮思忖了一会儿,又抬起眼皮来说:"你大小伙子赶着马车,怕只狼干啥?再说,哪有那么凑巧儿,装车石头的工夫那只狼就偏偏能找上你来?!"

孟满闷下头想了想,倒也是的,万一的基数到底还是个一万呢!他松下心来,学着连长刚才的模样朝连长挥了挥手:"行了,就这么着吧!一天我就拉两趟!"说完,他转身走开了。走出几步,又听连长在他身后大声训斥起来:

"孟满,你干活儿这么斤斤计较还行?年轻轻的别只想着养一身懒肉!"

孟满一听,转回身捋起一只袖子,龇开一口白牙朝连长笑了:"连长,您看,喝面疙瘩汤喝得我都皮包骨了呢!"

山道两旁比前些时候更多了许多红的、蓝的、紫的、黄的小野花,阔大的百合草叶子耷拉到地上。被马车掠过的轻风带起来,忽忽闪闪地如同扑打着一把把小蒲扇。孟满朝着半空啪啪地甩了两声响鞭,"哎嗨——"他扯开嗓子想唱点什么,但是哎嗨了好半天还没找着下边的词。"妈的!"他只得用这两个字收了尾。

马车颠着穿过一片小柞树林就算进了山,小兴安岭的山冈都挺平缓,马拉着车一路小跑,上到了山腰,还不知是怎么爬上来的。前面就是南山的石头坡,石坡上的石缝中挤挤匝匝地钻出几簇映山红。孟满跳下车,扳住车闸,眯缝着眼睛从映山红的缝隙中捕捉着七彩的阳光。独自上山虽然孤单,但还是有说不出的乐趣。孟满首先感觉到的是以往浮躁的心一下子安静了下来。他从映山红的花朵里看到了一个丰满的女性的影子。这影子此刻好像一泓阳光下的湖水,拨弄得他的心漾起了几道柔和的波折。他朝那映山红做了个鬼脸,又朝半空中抻了抻胳膊,便开始动手装车。

上一次推下车的石块还静静地堆在一起,装车并不费事。孟满倒好车,靠牢实,撒疯似的朝车上扔了一阵石块,不一会儿,车胎便明显地压扁了。大白马喷了喷鼻子,摇了摇耳朵,该回车了。孟满揪起衣襟抹了把脸上的汗水,这衣服由绿变黄,又由黄变灰,脏兮兮的早已经分辨不出原来的颜色。衣服挂破的地方用橡皮膏粘连起来,横一道竖一条，挨着皮肉的地方揪开一点儿就咝咝啦啦地响。他抹过汗就把衣服下摆的两个角挽成了个疙瘩系在腰里，伸手拍了拍马屁股上的腱子肉。

白马烦躁地踢动着蹄子，摇晃着耳朵。孟满跃上车，咔地一下子扳开了车闸，闸开了，白马不朝前走，反而不停地往后缩。孟满疑惑了一下，竖起两道眉，用鞭杆使劲戳了戳白马支起的后胛骨"驾——"

大白马仍是缩头缩脑地不肯前进。孟满又戳了它两鞭杆，它干脆侧歪着头，昂起脖子，四条腿好像钉在了地上，连踢动也不踢动了。孟满弄不清怎么回事，只看见白马身上的筋肉抖动起来，先是双肩瑟瑟地抖，接着是全身，再接着四条腿也打起了颤，颤得快要站不住了。

"乖乖，下午可是还有一车呢！"孟满咬着牙床，发了发狠，嗖地把鞭子迎空甩开。突然，孟满也凝住了，鞭梢上的红缨缨软软地耷拉下来，拖到白马的脑门上。他看见了坡下一棵大橡树下蹲着的一只野物。那野物的眼睛里闪着绿光，眼眶圈着两道白色的条条，白条条顺着两侧鼻沟淌下来，一直拖到脖颈上。在孟满凝住了的那一刻，它尾巴一撑，大模大样地走了上来。它的一只前腿还有点跛。

"白脸狼！"

白脸狼的目光和孟满的目光接触到一起，对视了片刻。它并没有立刻蹿上来，只是拧着脸一步一步地朝着马车逼近。

白马的身体急遽地颤抖个不停，孟满盯着白脸狼，用手轻轻拍了拍马的身体，白马毫无反应。但是，它突然立起了前蹄，凄厉地仰头嘶叫一声，在半空中掉了头，朝着山道旁边的柞树林不管不顾地跑去。

孟满随骤然立起又跌下的马车倒下来，摔在车厢板上。他死命扒住车厢板，车上的石块从他身边、身上蹦跳着翻滚下来，滚到地上，在车后拖下了一片碎石的长阵。白马在山林里东跑西窜，马车在树林间东磕西撞，白马就这么拖着车疯狂地乱撞了一阵，终于咔嚓一声，车辕撞在一棵粗壮的柞树干上，车帮裂开了，车被卡住了。

孟满昏沉沉地翻到地上。他睁开眼睛，看见白马正拼命尥着两只后蹄，要把拖累着它的大车甩开。马蹄踹起的尘土扬洒了孟满一脸一身。孟满朝白马吁吁唤了两声，白马仍然安静不下来，它的脖颈摇摆着挣扎着，套着的细绳被它挣扯得眼看就要勒进皮肉里。孟满支撑着身体从地上爬起来，他抹了把脸上的灰土，瞅了个空隙靠近白马，和白马执扭了一会儿，为它松开了缰绳和肚带。

白马脱开了羁绊，轻松地在原地跳了跳，而后，嗖的一下子，像颗弹丸一样朝树林的深处弹了过去。

太阳朝西边的黑龙江岸慢慢沉落着，天边涂着一片凄艳的红，漫天云霞又给江边的树丛投罩下一层梦样的朦胧。孟满的破衣裳被晚风呼嗒呼嗒地掀动着。他倚靠在马号前一根粗大的拴马桩上，没滋没味地嚼着一截苦涩的草根，双目凝望着天边一只飞鸟愣愣地出神。

自从一到边疆，他就被分配当了大车老板，整日和白马厮守在一块儿，到现在已经整整四年了。上午白马被南山上的白脸狼吓得惊了车，不知跑到了什么地方，到现在还没见踪影，孟满的心里空落落的，甚至一阵一阵抽搐着痛。不过，他相信他的白马一定能够自己跑回来。老马识途，白马并不老，才四岁，它可是比连里其他的马匹都要聪明，而且更通人性。有白马在，他的胆子就壮起许多，走夜路也不畏怯。有时去县城或是去团部拉什么东西，回来时天黑了，他一个人跟车，也照样敢放心大胆地躺在马车上数星星。今天是怎么啦？孟满心想，放在往常，别说是一只狼，就算是面对一只熊，他孟满害怕，白马也未必害怕；可是今天白马终究被一只狼惊扰了，不知道是死是活……孟满越想心里越不是滋味。人们都到大食堂打饭去了，四周静得听得见晚上蚊虫的嗡嗡声。孟满没有去打饭，他什么也咽不下，何况，食堂天天只吃盐水煮的面疙瘩汤。

太阳沉得眼看就要掉进丛林里，一个灰暗的影子从远远的南山脚下的绿荫中剥离出来。它先是含混的一团，渐渐拉长了，渐渐清晰了，渐渐地和落日下的树丛一样也披上了一层凄艳的红云。孟满目不转睛地看着那个影子与自己越离越近。渐渐地，脱出了一个清晰的身形。"白马！"孟满的心抖动起来，他站起身朝远处的白马跑着迎上去。

白马披着一身红色疲疲沓沓地走到孟满跟前。它的肩骨上有一条尺把长的皮肉翻绽开来，露出了里边的白骨，然而白骨也被染成了红色。孟满看见满身鲜血淋漓的白马，眼窝里一下子涌上了许多泪水。他抽了抽鼻子，用破衣裳的袖口抹了抹眼睛，抓住半截缰绳，用自己的脑袋蹭了蹭白马的脑袋，又轻轻拍了拍白马的脖子，牵着它走回马号。刚刚从食堂打了饭出来的知青们看见垂着头的孟满牵回了浑身血污的白马，都默默地跟了过来。

孟满牵着白马回到马号跟前，把缰绳拴到他倚靠过的那根马桩上。"你们谁快去叫一下兽医吧！"他用哀求的声调对围拢在他和白马跟前的伙伴们说。

兽医刘宝泉很快背着药箱来了。他看了一眼白马的伤口，紧紧蹙起了眉头。"这是咋弄的？"他问孟满，"伤得这么严重！"

"惊车了。"孟满简短地说。他已经懒得和任何人说话，"你快给弄弄吧！"他看见刘宝泉有板有眼地开药箱，忍不住有些烦躁。

白马的身体震颤着，一只绿蝇子嗡嗡叫着在绽开的皮肉上舔了一下，白马一阵抽搐。它合着眼皮，挪动着脚步蹭到孟满身边，把头垂到孟满怀里。刘宝泉把一大块药棉倒上些福尔马林浸透，小心翼翼地给马擦洗伤口。白马伤口处模模糊糊的皮肉一直瑟瑟地抖动着，药棉在那伤口上碰触一下，白马全身就抽动一下。刘宝泉给白马擦洗完伤口，又轻巧地挑下了扎在伤口处的几枚树丫的木刺，然后又在一块足有凳子面大小的药布上撒了些药粉，贴到白马的伤口上。

"嗨，你来给按一下。"兽医叫站在他身后的苏晚晴。

苏晚晴站在刘宝泉身后，目光始终躲避着白马的伤口。听到叫，她迟疑了一下。面对着可怜的白马，她怎么也说不出"我害怕"三个字来。她硬着头皮上前去，按住了堵着白马伤口的那块纱布。白马的血慢慢浸出了纱布，苏晚晴感到一股热乎乎的液体从手掌透进了心里，一股血腥味也随着撞进了鼻孔。她的心像搁在菜板上的水豆腐一样哆哆嗦嗦颤动起来，双腿发软，身上开始往外冒冷汗。她赶紧扭过头，尽力让自己的思想麻木起来。一见到血她就无法控制自己。她真害怕自己在这个时刻倒下去。

还好，她没有倒。刘宝泉很快就把几条胶布粘贴在了纱布上。"松手吧。"刘宝泉告诉她。苏晚晴松开手，虚眯起眼睛看了看与白马的身体分离开的那只手掌，掌心没有印上血迹。只是那温热的感觉仍然留在手上，散也散不去。她垂下手臂，让手掌张开着，散着手上的热气,脸上做出不在意的神情,退到包围着白马的人圈外边。

"孟满啊——"连长王振山在叫。孟满没有听见连长叫他。兽医为白马处理伤口时,他目不转睛地愣愣地看着,白马的伤口抖动一下,他的脸颊便跟着抽搐一下,白马的伤痛深深刺进了他的心里。伤口包扎完了,他总算松了口气。"孟满啊——"连长又叫。这一次他听见了,他踢了踢脚下的一块石子,默默地走近连长。连长引着他离开人群,从腰间解下一个油腻腻的黑色的小烟草袋,将梨木烟斗插进烟草袋里搓弄了一阵,装满一锅烟叶,点燃,深深地吸了一口,又把烟气吐净,才又慢悠悠地说:"我看这白马,够呛了啊……"

孟满不解地望了望连长,他听出连长的语气中有几分伤感,但显然又隐含着其他的内容。他等待着连长把下文说出来。连长并不看他,又连着狠抽了几口烟,才又接着用含混的口气说:"不行的话,我看……"

孟满意识到连长要做什么事情了。他的心咯噔一沉,禁不住惊惧地看了看连长的脸色。王振山耷拉下长长的眼皮盖在下眼睑上,一点儿缝也没留。每当连长征求过谁的意见以后又摆出这么一脸神气时,那实际上就是在说,他的主意已定,不必再商量。孟满的眼圈一下子有些热辣辣的。"我不同意!"他沉闷而又坚定地说。

"不能凭感情用事嘛!"王振山呆了好一会儿,又吸了好几口烟,终于撩起眼皮,把目光落在孟满脸上,"已经这样了,不同意又能怎么办呢?五一节连里没杀猪,大伙意见挺大,现在用马肉补,不就得了!"

"不行,反正我不同意!"孟满觉得一股热辣辣的酸水儿顶上了鼻尖儿,他不想再和连长顶下去,扭头就走。

"哎,这事儿就这么定了!明天早饭后早点儿动手,我给你找俩人帮忙……"

天黑了,人们渐渐散去了,马号里只剩下孟满一个人守着他的大白马。连长的命令是不可违抗的。孟满知道,即使自己不服从,连长也会派别人去执行。难道真的就让白马在屠刀下喷出更多的血?想到白马明天就要被杀掉,孟满心里就一阵一阵抽着疼痛。白马虽然是牲畜,可是和自己朝夕相处,比兄弟还要亲。是呀,兄弟之间还有起摩擦的时候,白马可是只依着他的性子,做他温顺的朋友。

白马软软地站着,就是不肯合上眼皮睡觉。孟满坐在马号角落里的草料袋子上,在昏暗的灯影里看着白马,过一会儿就站起身去摸摸它,轻轻拍拍它,白马看见他,就打出一个微弱的响鼻。白马站立着的四腿似乎越来越软,又有些打颤,孟满知道它出血过多,太虚弱了,他决定去找找兽医,让刘宝泉再来给白马看一看。

天已经很黑了,孟满摸黑找到兽医家,兽医家的窗子已经熄了灯。他叩了叩门板,里边传出一个懒懒的声音:"谁呀?有啥事儿?"

孟满听出是刘宝泉的声音,他停顿了一会儿,他的脑袋里有些发木。"是我,孟满。"过了片刻他又接着说,"白马腿直打颤呢,你能不能再去给看一看?"

"哦……"刘宝泉沉吟了一会儿,并没有起身,接着又忽然想起什么,"咳,连长说,明天就要杀了它吃肉哩,你还操那么大心干啥?回去好好睡一觉,留点儿劲儿明天吃马肉包子不就得了!"说完,刘宝泉似乎翻了个身,又睡觉了。

孟满仔细听了听,等了一会儿,兽医屋里再没声息了。他在黑暗中死死盯了会儿兽医家的大门，心里忽地腾起一股火来。他攥紧两只拳头，在那大门上狠狠擂打了几下，又用力踹了一脚，而后垂下头蔫蔫地离开了。

孟满回到马号，白马蜷曲着腿刚要卧下，昏暗中看见孟满，疲软的腿又挺了起来。孟满走过去轻轻拍了拍他的伙伴，白马哆嗦一下，忽然抬起头咴咴地叫起来。它叫的声音越来越大，声音发劈、发尖，一声比一声短促，一声比一声凄惨。孟满先前还是站在白马身边，他越听马的叫声越是感到恐惧，他悄悄退缩到墙角，想离开，又不忍心离开，只能睁大了眼睛看着白马嘶叫。白马整整叫了一夜，全连的人听着白马骇人的叫声都彻夜未眠。

天亮了，白马咴咴的叫声减弱了，变成了呼呼的喘息。吃过早饭，人们三三两两地来到了马号。赶上不学习的日子，连长经常就在这里分派各排的工作任务。

白马拴在食槽头上，单独在一个马料槽子里吃食。它一夜嘶叫，惹得别的马也有些受惊，现在它不叫了，别的马也踏实下来，静静地埋头吃食。孟满给白马在磨得极细的草料中额外又加进了好多豆饼。白马安安静静地吃着，一点儿也没有显露出一夜喧闹的痕迹。孟满给白马添好由自己亲手搅拌的草料，便坐在马号门口，他不说话，也不肯放进任何人。

连长拨开人群挤到孟满跟前，他手里托着那只梨木烟斗，烟斗里没有装烟草，更没有冒出点燃时的蓝烟。"怎么回事呀？"他问孟满，"这马怎么叫了一夜？"孟满似乎没有听见连长说话，他的目光直直盯在连长的脚上。连长的半个脚后跟裸在鞋窠外边，脚后跟上积着一层黑色的皱皮。

白马吃饱了，甩了甩头，打了个痛痛快快的响鼻。孟满站起身，拎了一桶清水走到白马跟前。他把水桶凑到白马唇下，白马在水桶里沾了沾嘴唇，抬起头，把潮湿的鼻子挨在孟满的怀里蹭来蹭去。冰凉的马鼻子触到孟满的胸，他心里忽地一热，于是把水桶撂到地上，紧紧抱住了白马的头。他把自己的脸颊贴在白马的脑袋上，贴了好一会儿。四周的人们看到孟满和他的白马相依相偎地不肯离开，许多人心里都有些潮乎乎的。

孟满抱住白马的头，和它温善的目光对视了一下。他觉得再也不能承受白马哀戚的目光和它依偎着自己的体温了。他咬住后牙槽，心一横，松开抱着马头的手，牵起缰绳，旁若无人地把白马牵出马号，拴到了马号外面那根拴马桩上。

全连的大人小孩们被白马的叫声搅扰了一夜，这时候都跑到马号来看个究竟。孟满拴好马，充着血丝的眼睛朝人群扫了一遭。他看到一股蓝烟正徐徐地掀动着连长的长眼皮。他露出一种古怪的表情对连长笑了笑。他看到连长毫不动容地点了点头。"要不要谁帮一把呀？"连长问他。

孟满不再理会连长。他稳稳地走回马号。围成一圈儿的人们见他走过，默默地让开一条通路。

孟满回到马号里，从里间的角落处看到了他要找的那把木锤。木锤头有暖瓶粗，锤头中心包的是铁，敲在什么东西上，击不出多大声响，却极有分量。孟满抓起木锤掂了掂，呆呆地看了一会儿，又惨然地笑了一下。这时候他觉出自己的魂魄已经脱离了躯身，身体成了轻轻飘飘恍恍惚惚的一个影子，思维不再进行，大脑也不再指挥身体的任何器官，他的任何举止，都仅仅成了一种惯性的、机械的运动。他就这样昏昏沉沉地拖着木锤走回到马桩跟前。

白马看见了木锤，它一拐一拐地走上前来，凑到孟满身边，伸出舌头，轻轻地、一点一点地舔他的手。它眼里掉出两颗蚕豆大的泪珠，滴在孟满的手背上。

孟满的目光始终没有离开他的大白马。他感觉到了手上的温热，小心地举起手来，把两滴热乎乎的马泪吮进嘴里，喉头咕噜颤动了一下。他自己的额头抵在白马的额头上，静静地呆了好一会儿。终于，他又抬起头，把白马拉得靠近木桩，拴紧了缰绳。

白马不再动弹了，它抬起头，看了看东方冉冉上升的太阳，又最后地看了看孟满，然后，静静地闭上了眼睛。

木锤对准白马的太阳穴击去，嘭的一声闷响。白马惊异地睁开眼，它看到木锤从孟满再一次扬起的双臂间软软地滑落下来。孟满瘫软着倒了下去。白马也瘫软着倒了下去……

13

"怎么，你不去吃饭了呀？"

刘香云叫了苏晚晴两遍，见她还倒在炕上不动弹，便捏着饭盒在炕沿上很响地敲了敲。

苏晚晴摇了摇头。连队食堂今晚吃马肉包子，远远就能闻到大食堂里飘出的香味儿。这香味儿在她闻来并不香,她直发恶心,在她闻来,肉包子里夹着的是一股很浓重的血腥气。这血腥气引得大白马淌血的伤口时时都在眼前晃动。"你去吧,我不想吃包子。有馒头给我带个来,没有就算了。"她说。她连食堂也不想进。

刘香云纳闷地瞧了她一眼,只得自己去食堂。她在走廊里恰好碰上刚从另一个房间里走出来的孟晓丽。

"去打饭呀?"她随口和孟晓丽打招呼。

"嗯。"孟晓丽嘟着嘴,一股火气正不知朝哪儿撒,"我哥也真是的,杀了白马,倒好像抽了他的筋!"

"他怎么了?"

"从中午就趴在炕上不起来,他们男生说,中午他也没吃饭,倒把连长家老母猪的腿打瘸了,真是找倒霉!"

孟晓丽跟在刘香云身边,一路嘟嘟囔囔地一直走进食堂。大食堂里闹嚷嚷的,还没有开饭,男知青们就早已经等在打饭窗口外边,你推我搡,谁故意撞在谁身上或是踩了谁的脚,就发出一声嚎叫。长年喝面疙瘩汤,好不容易吃顿肉包子,简直比过年还热闹。管它是什么驴肉马肉,只要不是面疙瘩汤,他们就能把别的乐趣都抛在一边。

孟满躺在宿舍的板炕上,把脑袋蒙进棉被里,谁叫他也不搭理。若是以往,连里偶尔改善一次伙食,他不钻进人堆抢到打饭口的第一个位置决不甘心。而且,那时,他以及所有的知青,总还要把胃口又开出一个套间来。去年秋末连里有一头牛夜间溜出牛号跑进麦场,偷吃了许多黄豆胀死了,连里那一次做了一顿牛肉包子,孟满一连吃了十二个,饭后撑得趴在炕上爬不起来。那顿牛肉包子吃得连里许多个男生差点儿都落得和那牛一样下场。这次可不一样,大白马是他朝夕相处的伙伴呀！而且，还是他亲手杀死的！

　　杀白马前的那一个夜里，孟满翻来覆去地想着白马的命运。他想到，若不由自己亲自动手，白马肯定会遭受更多的苦难。大白马失血过多，性命本来就难保，连长又发了话，早晚也难逃一死了。连长不会等待它自行死去。死马肉不能再吃，连长不会亏这个本。把白马交给别人？他们只能像杀猪那样，把白马四蹄捆扎起来，先朝它的心窝插上一刀……不，孟满不能让他的大白马活着再淌血！他思来想去，一眼看到了马号的角落里放着的那把包着铁心的木锤，于是第二天他就用这把木锤亲手把马击死了。余下的事情，扒皮肢解那一类他当然不再参与。他瘫倒在地上，大家七手八脚地把他抬回了宿舍，直到傍晚，他就再也不吃不喝不出屋。他只想到让白马临死前不再经历痛苦，但没有想到，所有的痛苦便都留给了自己。一整天心脏都一抽一抽地疼，他以为自己也快死了。

　　孟晓丽捧着饭盒闯进男生宿舍，把饭盒当地一下子蹾到孟满头前的炕沿上。"给，吃吧！"她伸手抓住哥哥的被子就要掀。

　　"滚！"孟满伸出一只胳膊，头还埋在被子里，只用手朝炕沿口一拨，饭盒当啷一声被捅到地上。"吃啥吃，谁吃马肉包子谁就得瘟病！"孟满气狠狠地咬牙骂了一句，胳膊缩回去，把被子裹得更紧了。

　　"你说话干啥用得着这么歹毒？"刘香云站在孟晓丽身后，见饭盒和里面的东西被甩到地上，急忙弯身去拾，"这又不是给你吃包子，你看，这不是给你要了两个馒头来。"

　　刘香云捡起馒头，认真地擦去沾在馒头皮上的灰土，孟晓丽使劲儿瞥了哥哥一眼："这不，人家刘香云还好心好意找家属给你要了点咸菜来呢!"

孟满听到了刘香云的声音,这声音似乎有一股魔力,一下子把他心中梗塞着的一块东西化解了。他掀开被子,翻身起来坐到炕边上,双脚垂到炕下。他垂着眼睛望着自己两只脚摇摇晃晃,对自己的样子感到尴尬,又不知道怎么才好。"坐呗!"他说,脑袋歪了歪,用下颏指示了一下炕边。

刘香云和孟晓丽都没有坐,孟晓丽瞥了瞥哥哥,她似乎看出哥哥有些什么心事,但她没有表露出来。"一匹马,还值得这样!"她有意拉下脸说。

"你懂个屁!"孟满不屑地骂了妹妹一句,随手从枕头底下摸出烟盒来,抽出一支点上。刘香云给孟晓丽使了个眼色,不让她再刺激孟满,自己把声音放得软软的劝孟满说:"唉,事情已经这样,你堵心有啥用啊?给,你凑合吃点儿馒头咸菜,这几天心里别扭,不吃点啥可就更伤心了。"她从孟晓丽手里抓过馒头,连饭盒一起举到孟满眼前:"这咸菜没掉地下,还可以吃。这是家属她们自己做的,把红尖辣椒和蒜捣烂了拌在酸菜丝儿里,还和上点儿啥的,挺好吃。要是有材料,我就也照着做点儿留着咱们就馒头吃!"

"……留着咱……"孟满听见刘香云说出一个咱字,觉出她是有意亲近地把自己和妹妹拉在一起,心里动了一下。他不由得看了看刘香云,目光正和刘香云碰触在一块儿,他看到她眼里流露出一种既像大姐又像母亲的温热的光。那光热一下子传遍了他的全身,浑身上下立刻又温暖又轻快,连白马的死形成的阴云也快要驱散了。他深深吸了一口气,立刻又吸入了一种健壮的女人身上特有的温热的气息。这气息令他激动,令他迷醉,于是他伸手去接刘香云手中的馒头时,连她的手指也一起抓在了自己掌心里。她的手指肉乎乎的，也发散着肥胖的女人才有的温热。他被那温热吸住了，愣怔了一会儿，甚至忘记了缩回自己的手。

刘香云见孟满抓住自己的手，心头也颤动了一下。但是她很快把握住了自己。她抽回自己的手，却用更加温存的口气说："我再给你找哪个家属要点儿开水去吧……"

孟晓丽看清了哥哥和刘香云两个人脸上的神情，不知从哪儿腾上来一股无名火。她垂着眼夺过刘香云另一只手中的饭盒，当的一声又蹾到炕上："不用去要水了，管他这么周到干啥！"她看也不看刘香云，只是瞥了哥哥一眼，又扭头招呼道："走吧，让他自己吃！"

刘香云跟在孟晓丽身后出来，她看出孟晓丽情绪有些不大对头。孟晓丽走得很快，她紧追了两步才赶上。她问孟晓丽："你怎么了？"

"怎么也不怎么！"孟晓丽气鼓鼓的样子走出那宿舍也没有改变。刘香云默默地跟在她身边走了一段，孟晓丽突然停住了。"你先回宿舍吧！我还得找我哥一下。"说着，她转身很快地又朝刚刚离开的男生宿舍返回去。刘香云望着她的背影，猜不透这是怎么回事。

孟晓丽返回孟满住的那个寝室，见哥哥一手捏着馒头一手端着饭盒正在怔怔地出神，便跨到他眼前，使劲"哼"了一声。孟满发觉妹妹又站到面前，似乎寻找什么似的张望了一下门口，门口没再出现人影。他脸上显露出几丝失望。"你怎么又回来了？"他疑惑地问妹妹。

孟晓丽捉到了他张望门口的眼神，胸脯使劲鼓了两鼓，不管不顾地迸出一句话来："我回来是告诉你，别当傻蛋！"

"我咋的了？"孟满见妹妹有些气势汹汹的，心里一沉，不知在什么事情上自己出了娄子。

"她对所有的男生都这样,你知道吗?"孟晓丽仍是气不打一处来。

"你说谁?"孟满脸上有些发热,他知道妹妹指的是谁,但是他内心的深处害怕妹妹把一条飘飘忽忽的线扯断。他害怕这个时候有什么事情被妹妹戳穿。他意识到妹妹要戳穿的东西必然要给自己带来失望。于是,他赶紧接上一句话,弥补妹妹将要戳出的漏洞。"人家是对谁都有个好心眼儿,哪像你,对谁都像个恶婆子似的。"

"那她对女生咋不是这样?"孟晓丽扬起脸来反驳,"我早看出来你是对她魔怔了,也不看看人家是咋回事儿。你知道女生那边怎么议论她?"

"咋议论?"孟满心里有些紧张,不想听,又不能不听,便有意对妹妹扯下眼皮,做出一副大咧咧不在乎的样子。

"说她是老母鸡,就愿意把男生都孵在自己翅膀底下!"

"胡说!"孟满的脸红了,"人家岁数大点儿,有个大姐样儿!"

"你懂个啥呀,傻狍子!"孟晓丽撇了撇嘴,揶揄说,"你知道有的女生心里在想啥?"

"想不出好事儿来!"

"这倒不假,想的和雷锋正相反——见着一点儿光,就恨不得吸进一分热,热气儿越多,不是越暖和么?"

孟晓丽很得意自己这个比喻,她明里说许多的女生,暗里还在专指刘香云。她说不出刘香云到底有什么不好,但是见哥哥为她有几分神魂颠倒,从心里就觉得别扭。她想过这不仅仅因为刘香云的年龄比哥哥大,块头儿也比哥哥大,自己厌烦她是因为她身上有一种东西令她不喜欢。说不清的一种东西，不像苏晚晴那种清高和娇柔，也不像刘英姿那种泼辣和粗悍，可以说刘香云身上的那种东西是介于苏晚晴和刘英姿之间，但是仿佛其中又有什么东西被弄得颠倒了，使她的娇柔显得做作，给那种泼辣又加上掩饰……总之，是一种让人难以获得愉快和轻松的感觉。孟晓丽真奇怪哥哥对刘香云身上的这种虚伪怎么竟能接受，还能喜欢？她自己跟刘香云在一起可只觉得有一种湿乎乎的黏滞。

孟满听到妹妹那个放肆的比喻有些梗住了。他想到若是果真如此，那么女生的心思可真是可怕。尤其是那说法若放在刘香云身上，可真让他有几分胆寒了。他了解妹妹从小就是心又尖刻嘴又伶俐，这么说肯定是夸大其词，女生们哪有她说的那么卑鄙？不过，他又无法否认妹妹话里的实情。他已经感觉到刘香云比起别的女生来，对男生们的态度确实有几分过度的亲切、亲热，这一点儿早已经令他隐隐地有几分不舒服，他一直把那不舒服的感觉统统归咎于自己的忌妒罢了。现在，经妹妹一刺激，那种不舒服的感觉又有些微微泛起。他掩饰着自己，呵斥妹妹说："你少在这儿挑拨，你们女的就是事儿多！走吧走吧！一会儿他们就都打饭回来了！"

孟晓丽到底不愿意别人看到自己这么随随便便地待在男生宿舍里。哥哥轰她，她借机就朝外走。但是她觉得自己的话若说不透，哥哥还是要对刘香云抱希望的。干脆让他死了这条心吧！她可没兴趣让刘香云搅进自己的家庭里来。于是，她走到门口，又转回来，手扶着门框只探进半个身子又对哥哥说："不信我的话到时候上当受骗可别怨我没提前给你通信儿——告诉你，你知道刘香云盯的是谁？"

"谁？"孟满又有些紧张起来。

"乔晨生。傻瓜！"孟晓丽清脆地结束了自己对哥哥的训斥，好像终于完成了一件大任务，心满意足地走了。

妹妹丢下一堆话走了，孟满呆愣在那里，脑袋里嗡嗡作响。他闭上眼睛，眼前闪出一长串刘香云的影子，影子里刘香云的目光不时地追逐着乔晨生。这都是些真实的影子，以往，孟满并非没有注意地观察过，他也为此在心里产生过忌妒和不满，但是他从来没有承认过那是事实。现在，难道妹妹的话就真是一种印证么？他心里又被什么梗堵住了。这一次是和白马的死不同的感受。白马的死令他心里灰冷，这一次则令他浑身燥热。

打饭的人们陆陆续续回来了，人人进门时都边走边把马肉包子一个劲儿地往嘴里塞。所有人咀嚼包子的模样都让他讨厌，让他恶心。

乔晨生进门时没有往嘴里塞包子，但是他端着的一个饭盆儿里，包子同样像别人一样码得上了尖儿。孟满看见他进来，火气一下子蹿起来。他腾地闯进对面屋里，见乔晨生正把装包子的饭盆放到炕席上，随手又抓起一个包子往嘴里送，便借着火气抓起饭盆，把一小盆包子全都摔在了乔晨生身上。"妈的，今天谁吃包子谁就不是人！"他边摔边喊。

大家都知道为了白马孟满心里不好过，一整天都小心翼翼地迁就他。乔晨生理解孟满的心情，以为孟满只是为了白马，并不是针对自己，便忍着气没有吱声，默默地弯身把包子一个个捡回饭盆里。孟满火气没消，见乔晨生不理会他，更添上几分恼羞。他一扬手打翻了乔晨生手里的饭盆，接着又是一拳打在乔晨生的脸上。乔晨生的牙龈被垫破了，血从齿缝间渗出来，染红了嘴唇，又顺着嘴角淌出来。

大家见孟满不管不顾地出手打人，急忙上来劝说："你这是干啥呀？有火儿也不能往别人身上撒！"大家斥责着孟满，往门外使劲儿推着他，将他和乔晨生隔离开来。乔晨生被孟满打得也上了火气，但是他强忍着，他仍然以为自己理解孟满，也不想和他一般见识，毕竟自己比他大了好几岁。

"我没有惹你，你打人干啥？"他只是擦着嘴角的血，有些愠怒地问。

孟满打了人，宣泄了一下子，心里似乎舒坦了一点儿。他也自知自己有些过分了，随着大家劝阻，怏怏地退回自己住的寝室里。不过，他心里的火气终究没有出尽，回到自己寝室里，他又顺手抓起妹妹和刘香云送来的馒头、咸菜，把这些全抛到了地上。

14

虽然日照的时间短些，六月的中午，北大荒的太阳也是和南方一样当空悬吊着，炙烤得人干巴巴地焦热。被大豆棵子染绿的田野一眼望不到头，豆棵的绿、灌木丛的绿和青山百树的绿连接在一起，把大豆地更加延长得无边无际。锄板在豆棵间翻飞着勾倒杂草，干得再快，六华里长的沟垄，一上午也锄不到头。刘香云直起腰身，将锄把斜拄在地上，两手撑着劲，把身体的重量卸到锄杆上歇息了一会儿。她朝前后看了看，男生们早锄到前方去了，有的似乎已经到了地头儿，女生们则还都在她身后，相距有十来步远。刘香云回过头看着她旁边垄上的苏晚晴，苏晚晴干得并不慢，比她仅拉下五六步远。平时干活儿，刘香云总爱偷偷地观察苏晚晴，她看她干活从来不是个在行的样儿，比方锄草，别人一锄杆伸出去，再拽回来，锄板要在苗间来回翻两下，才把苗间的草剔出来；苏晚晴则不然，锄杆伸出去再拽回来以后，锄板并不改方向，只像鸡啄米一样在苗间哆哆地跳，锄板轻飘飘的，看不出向下用力的样儿，奇怪的是她干得竟然能和自己一样快，干出的活儿甚至比自己还漂亮，刘香云为此常常琢磨苏晚晴身上到底隐藏着多少她不了解的东西。

"你不休息一会儿？直直腰吧！"看了一会儿苏晚晴的动作，估计再有几步就到自己身边了，刘香云叫住了苏晚晴。苏晚晴停下手，急忙丢下锄杆。刚刚有一只"小咬"不知从什么地方钻进她的蚊帽里面，在头上脖颈上乱叮乱咬，早把她扰得连心里都火辣辣地难受。她伸手到里边捉了几次，没有捉到，气恼得任它去撒野，生怕一停下来就落到后边。现在听刘香云叫她，干脆摘下蚊帽翻找起来。她看清那只吃饱了的"小咬"还在蚊帽的纱网上跌撞，便两只手掌合拢着罩住那地方，轻轻一揉搓，"小咬"便碎成了小小的一滴湿印。

"还不下工呀？"她这才顾得上和刘香云搭话。

"连长说让上午多干会儿，中午休息时间放长点儿，下午再晚上会儿工，天太热了。"

"真是太热了。这破蚊帽也不管事，戴上反而闷得慌。它防蚊子管事儿，防不了'小咬'。"苏晚晴说着干脆把蚊帽吊在背后。

"你不戴多晒得慌？"

"晒就晒吧，'小咬'钻里边也弄不出来，更难受。"苏晚晴看看刘香云,"咦,你的蚊帽里边怎么不进'小咬'?"

"偶尔也进一个,大概比你那网眼儿密吧。"

刘香云说着,眼睛则朝着地头瞭望。她早就在纳闷男生们怎么锄得那么快。她记得刚开锄的几天,大家的速度都是差不多的,从昨天下午开始,不知男生们找着了什么窍门,一下子突飞猛进起来,她再想追赶也追赶不上了。尤其今天早晨,干了一上午,女生拼死拼活才锄了一半,许多男生却已经到头了。她盼望他们返回来接垄,却没有人动弹,到了地头儿的男生都像她现在这副模样,拄着锄杆休息,每个人都好像要准备着返回来帮女生们锄上一段,每个人却又不把脚伸下沟垄。"真可恨!"刘香云懊恼地朝地头丢了一眼,抓起锄把又开始锄自己这条垄上的草。

刘香云刚刚埋下头去,听见孟晓丽提着嗓高兴地叫起来。

"嗨,有盼头儿了,他们来接咱们了!"

孟晓丽的声音很大,所有埋头干活的女生都听见了这话,一下子就像在沙漠里跋涉的人看见了绿洲,浑身立刻长了精神,急忙埋下头去干活儿,恨不得再锄几下就能和男生会合。那一来她们就可以尽快回到连里躲躲太阳,还可以美美地睡上一小觉。

不多一会儿,几个冲在前头的男生就到了眼前。夏锄是一年里少有的几个"战役"之一,各排各班都抽调人马参加"第一线"的大田会战。畜牧排出了两个人,一个是孟满,一个是周怀庆。

周怀庆自从妻子翠珠中了"撞客"以后,经过许多个日日夜夜的折腾,从此就好像伤了元气。开始还好些,又是忙着杀鸡做饭照看妻子,又是请萨满太太降神驱魔,他处于亢奋状态还能撑着骨架。后来翠珠精神失常,天天挟着个蓝花布小包袱坐在麦场外的原木上,他迁就着女儿小莲英，也还能让家里维持正常运转。自从女儿得了一场高烧不退的怪病死去，翠珠又在一天不明不白地失踪以后，他的筋骨就软塌了。每天懒睡懒起，干活儿打不起精神，而且对任何事情也不再感兴趣，不愿意付出力气，也不愿意动脑筋。他不肯赶马车，说是赶马车赶的才给他带来了厄运，也不肯到机务排去开拖拉机康拜因，说是到北大荒多少年没摸机器，怕开起来惹事。连里领导看出他被这一阵反常的家事弄得心灰意懒，也就依顺着他，见他没心思干什么，就分派他随大田班下地去干点儿农活。平光志和"小不点儿"死后，那个班的人明显少了。

　　孟满和周怀庆不一样，到底年轻，白马死了，他难过了好一阵，几天以后心里虽然还留着白马的影子，却变得吃得下睡得着了。他心里难以排解的事情只有一桩，那就是刘香云。妹妹孟晓丽在他面前贬斥了一番，他自己思前想后也对刘香云产生过许多不满，但不知怎么，这并没有减少他对刘香云的渴念。相反，那些贬斥和不满酝酿成了一团忌妒的火，时时灼得他心里疼痛。渐渐地，这火苗在他心里更加升腾起来，变成了一种欲望。莫名其妙的一种欲望，没有目的也没有归宿。他只是一看到她，更想挨到她的身边，呼吸到她身上女性特有的气味，或者，轻轻地碰触到她温软的皮肉。

　　刘香云感觉到一个锄草的人影已经到了她跟前，她惊异地抬起头来，见到接她的正是孟满。"哎，你们怎么锄得这么快？"她问。

　　孟满做了个鬼脸笑了笑："谁像你们这么笨，鸡啄米似的，一根草一磕头，啥时候才能锄完这大片地？"

　　刘香云不理会他，把注意力投到其他人身上，她发现，那些男生们怪不得锄得快，原来他们不弯腰不拽锄，只是把锄杆拖在身后沿着垄沟走，锄板浮在垄背上，只把豆苗两边刮起两道尘土，锄板刮到的杂草顺势倒了，没刮到的仍然直立立地站着，连个叶尖儿也没伤。"哎呀，你们这样儿哪行？连长还说一眼儿两提哩，你们这倒好，倒拉车，这不是糊弄人吗?!"

"我说刘班长，"孟满对刘香云斜着眼睛沉下了脸，"你这会儿可用不着这么认真。谁糊弄谁？一眼儿两提，他咋不这么干？"

刘香云见孟满脸色有几分严肃，心知自己有些言重了，说出的话又收不回来，只好躲避开孟满的注视装作左右查看什么。她看到孟满锄过来的地方，只在垄帮上有两条深色的刮过的印迹。"他咋不这么干？"她知道孟满指的是连长。一早连长随着大家来到地边儿，给大家做了个"一眼儿两提"的示范，又随着大家在地里边左左右右地提点了一番，而后就不见了。"连长干啥去了呢？"她在心里想。她猜测连长不会有更重要的事情去办。

大田中间有一片杂树林，不知这树林是怎么形成的，树棵都不长，枝叶倒还茂密，遮遮隐隐地在田间投下一片阴凉。刘香云正在想着连长，连长王振山的影子就在树林边上出现了。他一只手在胁间拽了拽裤腰，另一只手把着他的锄杆。连长的锄头和大家使的都不一样。知青们的锄头都是从工具房统一领出来的，锄板又小又钝不说，许多还一甩三摇晃。连长的锄头只放在他自己家里，锄板格外大，用砖头块磨得锄板刃锃光瓦亮，锄杆上还套着一只蛇皮。不知道那条蛇当初有多大，又粗又长的锄杆被蛇皮套得严严实实，在杆头上还绑了一个结儿。蛇皮上边有着交错的菱形花纹儿，皮质凉凉的，攥在手里，不出汗也不打滑。连长提着他的蛇皮锄头走到大田中央站定四下看了看，大声喊道："大家加把劲儿啊，发扬点儿互助精神，把手下的垄锄完就下工!"

孟满对刘香云使了个眼色。刘香云自然明白他的意思,他是说,连长在那林子里呆的绝不是上个"一号"的时间。刘香云心头像是被一只小锤敲了一下,有几分沉甸甸的空虚。她不再揶揄孟满,反回身朝自己班里的女生们喊道:"大伙儿手下快点儿,把这点儿干完就下工了!"其实女生们早把男生的举动和连长时出久没的影子看在眼里,只是谁也不忍心拖着锄把走罢了。现在见连长和男生们竟然个个脸上丝毫没有愧疚,大家也就立刻心领神会地接受了刘香云的暗示。她们没有敢像男生那样倒拉着锄把走,就是推出去的锄杆却再也不往回拽,更不顾及一棵苗眼儿还要提两下的指示,很快便与接应她们的男生们会合了。

回到连队,人人累得热得都不想再动弹,懒懒地到食堂打了饭,胡乱吃下肚子,就恨不得倒在炕上了。苏晚晴把早上放在屋外晒的一脸盆水端进屋,把洗脸毛巾丢进盆里。她脱下上衣,又脱下长裤。谢冬梅坐在炕沿怔怔地望着她,见苏晚晴把水淋淋的毛巾抹到脸上,她才慢声慢气地问:"水温了么?"

"温了,挺热乎的呢!"苏晚晴说着,又把毛巾伸进背心里去擦汗津津的前胸。谢冬梅听说水晒得挺热,便跳下炕去端自己的脸盆。她刚刚把盆端进屋里,刘英姿一步跨了进来。

刘英姿见苏晚晴和谢冬梅两个人忙乎着擦洗,从鼻子里哼了一声:"你们不累是咋的,还折腾个啥?"

"锄草土太大,洗一洗把褥子拉下来睡午觉才解乏呢!"

苏晚晴没有吱声,谢冬梅嘟嘟囔囔地说着洗着,似乎自言自语。刘英姿不再理会她俩,退回到了走道里。"差一刻三点起床,谁先醒了叫大伙儿!"她大声宣布着,声调里含着不少火气。

苏晚晴知道刘英姿对她和谢冬梅这举动肯定不满意,也说不定又要扣上个资产阶级思想之类的帽子。不过,她无法理解,难道只有像她那样子,说话举动都冲得带上股男孩子气才算是显得革命么?不管她怎么看,洗还是要洗的,不洗只能干躺在炕席上。炕席底下就是石板炕,又湿又凉,睡得腰背板板地僵硬。她相信自己开了这个头儿别人慢慢就会跟她学的。她记得刚来那会儿,每天下午下工之后她和她的几个同学就这样脱得只剩条裤衩赤裸着上身擦洗身体。那时候她们住在八三宿舍,她和几个同学睡在一条炕上,洗身时一人一个盆各自面对着自己的铺位,一溜光滑的胴体惊得对面炕上东北女知青坐成一溜呆呆地看,不知是害羞还是羡慕。可那之后不久她们也就学着这样子擦洗了。她总感觉自从女生全都大大方方地擦洗身体之后宿舍里的空气都清新了许多。

毕竟是中午,很多人嫌麻烦,没有动外面晒着的水。几个和苏晚晴、谢冬梅一样擦洗了一番的女生们拽下裤子,拉下蚊帐,舒舒服服地躺进自己的小天地里。天气确是热得很,身下的棉褥蒸腾着热气,拉下的蚊帐挡住窗口送进的几丝风,让人更觉得发闷。谢冬梅揪起蚊帐四周绕成一团,又搭在蚊帐顶上。"太闷了,白天屋里又没蚊子,把蚊帐撩起来吧!"她对睡在身边的苏晚晴说。"咱们可只穿着裤衩背心呢——还敞着窗子。"苏晚晴有些犹豫,但是她并没坚持什么,也学着谢冬梅把蚊帐卷了起来。刘香云没有说话,她觉得太疲倦了。她没有擦洗也没有拉下裤子,只是穿着干活儿的那身衣服躺在炕席上,躺在炕席上仍是热,她又爬起来,脱得和苏晚晴、谢冬梅一样只剩了裤衩背心,又重重地倒在炕席上。

所有的女生都脱掉了外衣。不但苏晚晴这个寝室，其他的寝室也是一样。姑娘们再也耐不住六月的燥热。敞开的窗子偶尔游荡进几缕初夏的柔风，柔风在她们袒露的身体上轻轻抚摸，直到显出些许满足和醉意，才又从窗口悄悄飘散而去。——四宿舍沉沉地睡了，八三宿舍也沉沉地睡了，整个连队在燥热的中午都沉进了梦乡，连麦场外寻食的鸡也闭上了眼睛，只剩下小溪边丛林中的知了还起劲儿地歌唱着。

孟满觉得这一觉沉沉地睡了好久。他使劲睁开发涩的眼皮看看，两条炕上的人还都睡着，他又抬起手腕看看表，才发现指针刚刚跳到二时三十分上。他又合上眼睛，刚刚又要沉进朦胧，当当当，敲钟的声音响了起来。没有清早潮湿的雾气传导，钟声似乎只在井台那边回荡，声音也干巴巴地空洞，难以送进人的耳鼓。孟满又睁了睁眼睛，见没有一个人动弹，自己便也装作什么也没听见，躺在床上没有起身。但是他再也睡不着了。他很奇怪今天自己怎么会比别人长了精神，以往，他总是别人上了半天工才轮到他动身呢。自从妹妹气恼着对他贬斥了刘香云一顿以后，他觉得心里就像塞了块什么东西似的不舒畅。和乔晨生闹了一场，不明不白，当时撒了点火，过后更觉得自己窝囊。他恼恨刘香云，更恼恨乔晨生，刘香云令他一阵一阵地烦躁。对于乔晨生，他觉得，自己心里对他拴的扣儿是无论如何也解不开了。他毁了他的幻梦和希望。虽然这幻梦和希望本来虚茫得抓不住。

他忍不住抬头看了看对面屋炕上的乔晨生，正在这时候，窗外一个声音叫住了他："孟满呀，快把大伙儿叫起来！钟敲过了怎么还不起床呀！"听那浓重的鼻音就知道是连长，孟满懊悔这时候抬头被他看到，只得应了一声。"快把大伙儿叫起来啊！"连长朝他又喊了一声，提着蛇皮锄朝对面的女生宿舍走去了。

男生的八三宿舍和女生的一一四宿舍之间隔着一个小篮球场。说是篮球场，也确实曾经有过一个标准大的场地和两个球篮，可是自从一部分知青调走之后，这场地就荒芜了。篮球架子不知不觉地倒掉又被谁锯断烧了火，像麦场一样碾得平平整整的场地上也长满了杂草。一到五月，杂草间就铺展开一片黄色的小野花，和没有开垦过的荒草地再也没有两样。孟满坐起身，从敞开的窗口目送着连长穿过开着黄色小野花的篮球场。杂草不高，刚刚没过脚面，连长一路走过，踏出的空间迅速就被两旁站立的野花野草遮盖了。

孟满看着连长不慌不忙地走到了女生宿舍的窗口，一片含混的白色的影子掠过，他的心激灵抖动了一下，禁不住扭头瞥了一眼自己这条炕上的伙伴。大家还真真假假地睡着，谁也不睁开眼睛，一个个赤裸着的年轻的肉体随意伸展开四肢，光滑的肉体上，只用带颜色的小块布包裹住中间一小截部位。孟满心底的一股火焰突然间烈烈地升腾起来，他在一瞬间突然意识到，小小的一块布遮挡住的，不过是人的窄窄的一缕视线，它根本遮挡不住人对欲望的追逐。这一刻他眼前曾经掠过的那一片含混的白色的影子突然逐渐地清晰了起来，逐渐地，又凝聚成了一个实体，一个壮硕的、带着温热的气息的实体……他感觉自己的灵魂悄悄地飞出了屋，站到了对面窗前连长的身边。

这一刻，他又猛然意识到，连长实在卑鄙，自己也和连长一样卑鄙。

朦胧之中，苏晚晴感觉到一道黏滞的光束从大腿上拖了过来。这光束引起她腿部肌肉的一阵紧张，把她从朦胧中唤醒过来。她下意识地摸了摸大腿,睁开眼睛,正在这时候,恰恰看到一个身影掠到窗子一边去了。她的心怦怦地跳起来。她立刻明白这是怎么回事,但是她又立刻想到,这时候不能喊,也不能动,只要自己有一丁点儿与众不同的表现,那就等于跳出来把自己暴露在了一片无遮掩的空地上,那时候她就没有任何东西可来掩饰自己的羞怯和惶恐。她合上眼睛静静地等着,裸露着的身体再也没有异样的感觉。她虚眯着眼睛又望了望窗口,这才压低着声音叫大家:"快醒吧,敲过钟了!"她的话刚落音,连长的喊声从窗外不远处传了过来:

"起床啦!钟敲过这么半天,怎么还不动弹哪?"

"起就起呗,钟敲完就行了呗,还用得着上窗户这儿来喊!"隔壁响起刘英姿不满的责怪。

"不喊?不喊行吗?"连长并不计较刘英姿的态度,"就这么叫不是还不起吗?敲钟,敲钟你们就装听不见嘛!"

"那就离远点儿喊!"刘英姿有些气鼓鼓地。

"哎,近有啥关系?我又没看你们嘛!"连长说着,提着他的蛇皮锄又返回去叫八三宿舍的人了。

刘香云走在下地的队伍的最后一个。从早上起腰就发酸,她算了算日子,大概是要来例假了。每次来例假之前腰就酸得难受,但是从来没敢请假休息过。女生们到这时候还没有一个人为此请过假,不知道别人有没有什么不舒服的感觉。她紧跟两步,靠近她前边的苏晚晴。苏晚晴和谢冬梅并排走着,谢冬梅调到别的团没有走成,现在干什么事情都和苏晚晴贴在一起,让刘香云觉得多了一层障碍。"你腰酸不酸?"她问苏晚晴。

"不是酸,是发硬。"苏晚晴笑了笑,"腰里好像插了根棍儿似的，弯都弯不下。"

"我的腰酸极了。"

"是睡炕睡凉了吧？"女孩子们极少谈及自己生理上的事情，苏晚晴还想不到刘香云要说的内容。

"不是，是要'倒霉'了。"刘香云开了头，就干脆把话接了下去，"你'倒霉'时候不腰酸吗？"

"我什么感觉也没有。"苏晚晴不好意思地羞红了脸，"挺正常的。在学校时候我都照样跑百米呢。"苏晚晴沉吟了一下，朝谢冬梅摆了摆头。"她这方面不大好，一来肚子就疼得厉害，你没注意她有时候脸都煞白么？"苏晚晴很想替谢冬梅说说话，"有时候下地我让她请假，她就是不肯，自己强忍着。"

"那就请假呗！"刘香云说。她想可惜自己是个班长，连偷点懒都不敢。

"那不就显得怕苦怕累了吗！"谢冬梅说。她说什么话脸上都是一副没有内容的微笑，就好像她永远是在说别人的事情，或者她的脑子里单纯得近乎空白。刘香云正想再说句什么，指导员晋香从麦场对面的一条道上走了出来，那里拐进去就是简陋的连部。

"刘香云啊，"晋香叫住刘香云说，"你停一下，跟你说个事儿。"

刘香云停下脚步，苏晚晴和谢冬梅径直朝前走了。刘香云朝前站到指导员近旁问他："什么事儿啊？"

"是这样，"晋香和战士们谈话往往这样开头，"连里商量了一下，最近大家对炊事班有些意见，那儿人手也不够，所以想对炊事班人员做些调整，加强一些力量，想把你调到炊事班去，做炊事班长，看你有什么意见？"

"那有啥意见呢?"刘香云想着信口就说了出来。她早希望自己能调换个不下大田的工作,连里从来没给自己这么个机会。现在机会来了,还有什么可推辞的呢!不过总还要做做姿态,于是她又说,"就是怕干不好,做家里那点儿人的饭还行,这大锅饭可是众口难调呢,就怕弄得大伙儿也有意见。"

"连干部们都相信你能胜任。炊事班的工作其实也不简单呐……"晋香大概觉得没有更多话可谈了,他想了一会儿,才又说道,"我跟周怀庆也已经谈过了,连里决定让他当司务长,一方面觉得他做这工作合适,另一方面也为了照顾他。他现在就一个人,每天连饭都懒得做……你们俩好好配合吧。今天下午你就上炊事班去吧,别下地了……"

刘香云没想到这么会儿工夫自己就变得从此不下大田了,心里很是高兴。她按捺着自己的快乐,扛着锄头返回了大宿舍。

大宿舍里,当炊事员的哈尔滨知青卢玉霞正端着衣服要去小溪边洗,见刘香云回来,卢玉霞站下迎着她回了宿舍。"是你到炊事班来了么?"她问刘香云。

"你们已经知道了?"刘香云仍然按捺着自己,让自己显得到哪个岗位上都无所谓。

"指导员中午到炊事班跟我们说的,还说让周怀庆当司务长。"

"那杨振玉呢?"刘香云这才想起,刚刚指导员没有谈到,她也一时忘记了问,原来的司务长兼炊事班长杨振玉怎么安排?

"杨振玉?人家要调回去啦!"

"调回哪儿?"

"调回呗!"卢玉霞鼓了鼓嘴,"他爸原来是'走资派',现在解放了，官复原职，第一件事就是把他和他在内蒙古插队的妹妹办回去。这是他今天亲口跟我们说的。他这两天就走呢！"

听卢玉霞这样说，刘香云心里有些酸溜溜的不舒服。是呀，人家返城了，自己才刚刚混进炊事班。不过这念头只是一闪而过，她很快又恢复了刚刚获得的满足：当炊事班长，到底不用再去耙大地了呢！

炊事班比起大田班来，的确有不少优越性。卢玉霞洗衣服回来，又躺在炕上休息了一会儿，才到下午去做饭的时间。刘香云和卢玉霞一起从井台边的食堂后门进去，发现门已经开了锁，杨振玉和周怀庆两个不知什么时候早就坐在了里边。两个人正在交账。见刘香云两个人进门，周怀庆高兴地起身迎上去。

"嗬，以后咱们几个人可是一条战壕里的战友了，咱好好抡着膀子干，争取把伙食改善改善！"

"别看你心气儿高，巴不得新官儿上任点上三把火，就怕三把火没点着你就没咒儿念了！"杨振玉并不在乎周怀庆的话对自己这任司务长是褒是贬，他乐呵呵地揶揄他，"说实在的，你这个月份上任算是运气，新菜刚下来，又是土豆又是黄瓜又是豆角的，你想烧两把火兴许还能烧得起来；等一入秋，你试试，嘿嘿，只怕是跟我一样，也就剩下做面疙瘩汤了！"

"走着瞧吧！"周怀庆对杨振玉的一番揶揄很是不以为然，"甭管我们怎么样，你小子可是回城吃香的喝辣的去了。你们这些知青啊，我也看透了，都是飞鸽牌的，早晚都得飞走了。扎根边疆扎根边疆，话都是对我们这些转业大兵说的罢了。其实，扎不扎根，我们无所谓，我们在家种地，到这儿还是种地，不过是挪个地方儿，这儿还有机械帮忙，我们回老家可是光靠锄头了。嘿，哪儿都一样，哪儿的黄土不埋人！"周怀庆一番话说得几个女知青心里颠过来倒过去地抓不住要领，在杨振玉和周怀庆之间，她们不知道哪一条将是自己的命运之路。

晚饭做的是五香面葱花卷儿，土豆熬豆角，在一年里，这是上等的饭了。刘香云又提议做了一锅葱花汤。虽然只是爆点儿热油撒上把盐再撒上些切碎的葱叶儿，到底是喝上了浮着油星的开水，知青们像过节一样欢喜。照例，食堂没开饭，许多人就拥在了打饭窗口。

白马的气味早已经消散得无影无踪，孟满渐渐淡忘了白马，又恢复了精神。刚刚下工，跑到岗下小溪边用毛巾撩着清凉的溪水马马虎虎洗去一身灰土，就急急忙忙地挤到了打饭窗口跟前。他在大田里锄着草始终没有看到刘香云的影子，现在从窗口望进去，见她穿着炊事班的白围裙正和周怀庆从热气腾腾的蒸锅上往下端笼屉，不由得有些惊奇。"嗨，"他推了身旁的人一把，"炊事班添人了是咋的？"不等人回答，他又钻出人堆，用肩膀顶开了食堂操作间的小门，目光从刘香云脸上掠过，落到周怀庆脸上，"老周，你怎么跑食堂来啦？"

"不是我跑的，是连里派的！"周怀庆两手端着笼屉把，朝他递过一个笑意，"我现在不跟着你去喂马了，我来喂人了。"

"妈的，你拿我们也当牲口是咋的！"孟满笑着骂了周怀庆一句，回手摔上了门。不知怎么他心里有些高兴，莫名其妙的高兴。是因为今天改善了伙食还是因为一日三餐都可以吃到出自刘香云之手的饭菜了呢？他也搞不清。他挤回卖饭窗口，又站到了原来的位置。但是当他看到刘香云站到了窗口拿起汤勺时又不由自主地朝后缩了缩。他想让过几个人再把自己的饭盒伸进窗口里，回回打饭都是自己抢第一，这一回，他第一次想到应该做出几分斯文了。

三个炊事员站在打饭窗口里面,一个舀菜,一个递花卷,一个舀汤。刘香云拿着汤勺负责舀汤。她每往一个伸进窗口的饭盆或是饭盒里舀一勺汤,就撩起眼皮把打饭的人看一看。孟满默默地站在一旁,让过一个人又让过一个人,隔着窗子,他偷偷地观察着刘香云的神色。又一个饭盒从窗口拽了出来。这一次她似乎殷勤得很,她歪下头,从敞开的窗口望了望对方,还特意温和地叮嘱了一句:"小心点儿,别烫着!"

孟满心里突然被什么堵住了。她特意关照的是乔晨生。他一时蹿上了一股火。"别烫着!"这句话给他心里燃起一点儿光亮,令他忽然生出了一丝歹意。他趁乔晨生端着饭盒刚刚挤出拥挤在打饭窗口的人堆的当儿,故意迎上去,拱着肩撞了一下乔晨生的胳膊。乔晨生被震得松了手,一饭盒滚热的葱花汤一下子全都泼在了旁边一个人的脚上。孟满吃了一惊。他看到乔晨生并没烫着自己,被烫的是苏晚晴。

苏晚晴这时穿的是一双布鞋,一饭盒热汤全倒在了她的脚背上。她呆住了。脚上先是一阵刺痛,紧接着,火烧火燎地灼烧起来,疼得钻心,疼得她好半天不敢动弹一下。没有人发现孟满从中捣了鬼,也没有多少人注意到苏晚晴的神色,苏晚晴退出打饭的人堆,木木地站到一边,她几乎就要流出眼泪。

乔晨生并没有发觉孟满是有意碰撞自己,他只为烫着了苏晚晴而歉疚,见她退到一旁,鞋已经湿透,便上前道歉说:"真对不起,烫得够呛吧?"

"没,没关系。"苏晚晴勉强笑了笑,她觉出脚已经开始发胀,需要赶快扒下鞋袜看一看了,便支吾着离开食堂,一跛一拐地回了宿舍。

苏晚晴回到宿舍里扒下袜子，看到脚背上被烫的地方现出一片红色。她用手指轻轻按了按呈红色的地方，那部位触摸上去已经有些麻木了。她看着这片烫红的皮肉，不知怎么办。没有多一会儿，那被烫红的地方鼓起了发亮的水泡来。水泡越胀越大，黄澄澄的，渐渐几个水泡从四边弥散开来，连成了一片，就仿佛脚背上顶起了一个薄薄的胶皮撑起的水袋。难忍的疼痛和鼓起的水泡令她有些惊慌失措了。她咬紧了嘴唇，眼窝里还是扑簌簌掉下一串泪珠来。

谢冬梅打饭出来不见了苏晚晴，估计她是回了宿舍，便没着没落地追赶了回来。她一进门，看到苏晚晴正望着自己满脚烫起的水泡发愣。"你这是怎么啦？"她吃惊地问。

"刚才打饭被他们洒了汤烫的！"

谢冬梅放下饭盆，伸出一个手指，小心翼翼地触了触苏晚晴脚上凸起的水泡。"快让卫生员看看吧，我扶你去。"谢冬梅顾不上再吃饭，扶起苏晚晴去了卫生室。

卫生室不过是副指导员胡明涛家的住房，卫生员便是胡明涛的家属万淑英。万淑英在家乡原是个公社的赤脚医生，随丈夫来到边疆，在这个连队里当起了卫生员。

这套兼作卫生室的家属房看上去收拾得很干净，从灶间进到卧房里，迎面是一铺炕，炕和别家的一样，漆成了黄颜色，与别家不同的是屋里除了那两个板箱，还有一个白色的药柜和一张白色的条桌。桌子上铺着块白色的确良布，桌布上压着一个白搪瓷的器具盒，桌子上方的土墙上，还贴了几张印着黑色铅字的报纸。

谢冬梅扶着苏晚晴推开万淑英的门，见万淑英正在吃晚饭，两个人在门口迟疑了一下，万淑英急忙推开饭碗招呼两个人进屋。"怎么了?"她和气地问。

"您看看她这脚,烫的!"谢冬梅说着,扶苏晚晴坐到白长条桌前的一把椅子上。

"您先吃饭吧!"苏晚晴见万淑英正在吃饭,有些过意不去,朝椅子底下缩了缩脚。万淑英盯着她缩在椅子底下的脚说:"没关系,你伸出来,我看看!"苏晚晴只好伸出烫伤的脚来,举到炕沿上。"烫得真是不轻,不过没关系,打两针消消炎就好了。"

万淑英说着打开药柜,取出一支装着粉末状颗粒的青霉素小药瓶。她细心地用剪刀把药瓶的锌合金封盖挑开,从白搪瓷的器具盒里取出一支针管。桌子上方贴墙的报纸上一溜插着四支针头,她拔下一支,按在针管上,又很麻利地从一个小瓶子里捏出一小块酒精棉,擦了擦针头,然后顺手擦了擦苏晚晴扒出的胯部。她在青霉素里注进蒸馏水,摇了摇,吸进针管,最后,更加麻利地,一下子把针头刺进了她胯部的三角肌。

苏晚晴觉得那一针扎得比脚上的烫伤还要疼。她好不容易才忍住没流出眼泪。万淑英拔下针头又插回贴墙的报纸上。她亲热地、把握十足地拍了一下苏晚晴:"没关系,睡一觉就好了。"

苏晚晴一夜没睡,烫伤的地方疼得她无论如何也闭不上眼睛。烫起的水泡不小心蹭在被子上,更是一阵钻心的刺疼。第二天天将亮,她就着天光的薄冥看了看,不但水泡更鼓了,连小腿也肿胀起来,胀得沉甸甸地发木。挨到大家都起了床,她拉住要去替她打饭的谢冬梅:"你看看,我这小腿也肿了,疼得要死了!"

谢冬梅一手拿着两个饭盒,另一只手伸出食指又轻轻触了触苏晚晴脚上的大水泡。"真是的,"她纳闷地说,"怎么今天一点儿也不见好,反而连腿也肿了呢?"人们都忙着打饭去了,谢冬梅到门口看了看,正碰到霍晓菲。霍晓菲拿着饭盒从最后一个寝室出来,正路过谢冬梅的门口。谢冬梅朝霍晓菲招了招手把她叫了进来:"你来看看她这脚怎么了?"

霍晓菲进门俯身一看,惊讶得叫了起来:"哎呀,怎么烫得这么厉害?怎么烫的?"

"昨晚打饭时他们把汤洒在我脚上了。"苏晚晴含糊地告诉她。

"卫生员看了吗?"

"看了,只是打了一针。"

霍晓菲仔细看了看苏晚晴肿起的腿,肿胀的地方颜色有些发暗。她把她的小腿朝外侧推开一看,神色顿时紧张起来:"你们看,起红线了!"

"起红线是怎么回事?"谢冬梅俯下身虚眯起眼看,果然,在苏晚晴那烫伤的脚的内侧,有一条明显的红线。红线越过脚踝,漫上了小腿,已经爬过腿肚子,快要接近膝盖后的腿窝了。她看过那条红线,又看看霍晓菲,"起红线是不好吧?"

"我也不知道起红线是咋回事,反正不好。我听人家说过,这种红线一直往上走,走到心脏,人就完了。"霍晓菲咬着嘴唇想了想,"你们有没有红头绳什么的?"

"没有。干什么用?"苏晚晴也听说过受伤后起红线是危险的事,她禁不住有些紧张,但是疼痛又分散了她的注意力,她有些无可奈何。

"人家说,起红线用红带子扎上,红线就能走得慢些。"

霍晓菲话没说完,谢冬梅已经跑到走廊里打开她的衣箱翻腾起来。她的衣箱躺放着，顶盖变成了侧盖，她一拉开箱盖，一堆衣物呼噜噜挤出来掉在了地上。她顾不得管那些衣物，在箱子的深处找着，终于扒出来一个报纸包。她打开纸包，里边是一本塑料封皮的《毛泽东选集》四卷合订本，上边系着一条红丝带。她连报纸带书一齐捧进屋里，放在炕上，解下丝带递给霍晓菲："喏，这条红丝带行吧？"

"行！"霍晓菲接过红丝带，看好了苏晚晴腿上红线上升的尽头处，紧紧捆扎在了上边。"去卫生队看一看吧！"扎好红丝带，她对苏晚晴说，"我陪你去，我去过那儿一次。"

刚刚扎好腿，打饭的人们回来了。早饭简单，只是馒头和葱花汤，好多人坐在食堂的长条凳上很快就把饭吃完了。刘英姿从食堂回来一进走廊看到地上丢着好多衣物，大声喊起来："这是谁的？衣服太多了还是咋的！"她扭头看见霍晓菲和谢冬梅正围着坐在炕上的苏晚晴忙活些什么，便一脚跨了进去："你们几个这是干啥呢？"

"晚晴的脚烫伤了，都起红线了。"霍晓菲说。

刘英姿一眼看到了苏晚晴脚上的水泡："哟，烫得还挺厉害的，那你还不去看看？"

"昨天晚上让万大夫看了看，打了一针，一点儿也不管事。"谢冬梅接过话茬儿，她注意到刘英姿的目光在书和苏晚晴腿上的红丝带间游移，下意识地把那本《毛泽东选集》塞在了报纸底下。

"她看顶个屁用！"刘英姿不屑地说，"她就会擦点儿二百二。你上卫生队去看看得了，今天正好尤特去那边给食堂拉油。"她想了想又问："要不要谁跟你去？"说着瞟了一眼谢冬梅。

"我陪她去吧，"霍晓菲很快接下刘英姿的话茬儿，"我去过那儿，今天我们那边活儿也挪得开。"

刘英姿知道霍晓菲是嫌谢冬梅干什么事情都有些糊糊涂涂地不大牢靠，便同意地点了点头："行啊，你自己看着安排吧，能离得开你去也行。"

苏晚晴烫了脚腿上起红线的消息一下子传遍了几间女生寝室。谁也没见过那红线是什么样，临上工前都抓着锄头顺便到她跟前看一看。孟晓丽看过苏晚晴的腿走出宿舍时正看到站在道边上等着下地的哥哥孟满。她蹙着眉头朝哥哥走了过去。"你就不干一点儿好事儿！"她劈头埋怨哥哥说，"你不看看，苏晚晴烫得厉害极了，都起红线了呢！"

"她挨烫关我什么事儿！"孟满心里一动，但他的口气很硬，表示这事与己无关。

"你装什么啊！以为我不知道这是咋回事儿？"孟晓丽生气地瞥了一眼哥哥，"昨天我就在旁边看着，你是故意撞乔晨生来着！"

"胡说！"孟满脸红了，"我撞他干啥？"

"你是想让他烫了自己，没想到却烫着了晚晴！你当我看不透你心里想的啥？"

孟满听妹妹揭穿了他，有些恼羞成怒。他刚要朝妹妹发火，恰好看到乔晨生走到了跟前。他灵机一动，挂上一脸的嬉笑揶揄乔晨生说："嗨，看你干的好事儿，把人家苏晚晴烫得都走不了路了！"他见乔晨生站下来愣怔怔地看着他，似乎还没弄清出了什么事情，便又接着解释："昨天你那盆儿汤烫得人家够呛，腿上都起红线了，要送卫生队抢救去了呢！"

"真的么？"乔晨生半信半疑。

"我糊弄你干啥,不信你看看,尤特一会儿就送她去卫生队。"

乔晨生见孟满的模样并不是取笑,又见孟晓丽在旁边一脸严肃地点着头,心里有些不安起来:"我去看看。"说着就朝女生宿舍走。但是他从来没进过女宿舍,到了一一四宿舍跟前,踌躇着踱来踱去没敢进去。下地去的女生们一个接一个从门洞里出来,他急忙闪到一旁。最后出来的是苏晚晴。她被霍晓菲搀扶着,一步一步地走得极慢。

见苏晚晴出来,乔晨生急忙迎了上去。他一眼看见了苏晚晴脚上凸起的水泡,心里一颤。"没想到烫得这么厉害。"他想去搀扶她,伸出手又缩了回来,"是去卫生队么?"

苏晚晴没有想到乔晨生在门外等着她,现在见他迎上来和自己说话,很有些意外。"是……是去卫生队……"她不知怎么忽然觉得有些局促。

"我陪着去吧!"乔晨生满心歉疚,态度十分诚恳。

苏晚晴抬头望望他,又看到了那种沉沉的目光,心里被什么揪着似的抖动了两下。她真希望他陪自己去。她觉得自己那么向往着跟他单独呆在一起,就像那次在枕木旁边。她希望再有一次机会,让他重复一遍在火车站说过的话。那样她将一字一句地把它们印在脑子里,再也不让它们从自己的思想中溜掉。但是,她怀疑那个时刻再不会返回来了。过去的永远属于过去,难道不是么?"不用了。"她勉强笑了笑,心头掠过的是一丝悲凉,"晓菲说,她陪我去了,没什么要紧。"话说出口,她感觉心头悄然漫过一片暗淡的云。

食堂后门外边的水井是全连唯一吃水的井,西坡下小溪的水虽然好，离着住房到底太远了些，老战士家属和知青们平时用水，都是从井里打。从木板垒造的井台到井底，据说有三十二米深，水桶拴到绕着辘轳的钢丝绳的环扣上，撒下井去，咣当当响上好半天，才能听到扑通一声，水桶坠到水里边去。刘香云和卢玉霞两人一反一正摇着辘轳把往上汲水。食堂里的活儿，数打水最累，刘香云则天天抢着打水。这不仅因为她身为班长觉得自己应该抢重活儿干，更因为井台正对着男女两个宿舍，打水就像看风景，有说不出的乐趣。

刘香云摇着辘轳左观右望，她一眼看到乔晨生、孟满和孟晓丽、苏晚晴几个人站在一一四宿舍门口，心里很纳闷。"他们几个站在那儿干啥呢？"她问卢玉霞。

"那谁知道！"卢玉霞心不在焉地朝几个人站立的地方望了望，听到哗啦一声响，水桶脱开了水面，赶紧叫刘香云，"哎，水桶上来了！"

刘香云伸手揽过水桶，把一桶水倒进旁边一只空桶里边，咣当当又把打水的桶送下了井里。她又抬起头，看见围站在一起的几个人已经分了手，乔晨生、孟满、苏晚晴几个去了通向道口的方向，孟晓丽一个人朝着井台走来。

孟晓丽来到井台上，和卢玉霞挨到一起攥着辘轳把，帮她们一起把水桶摇上来："你们不是说今天包菜包子要个人帮厨么？刘英姿让我来了。"

"行呗！"刘香云朝她点了一下头，"昨天晚饭后我告诉刘英姿留一个人的。"她说着，心思仍在朝道口走的几个人身上。"你们几个在那儿干啥呢？"她朝一一四宿舍的方向摆了摆头。

孟晓丽看刘香云示意的方向，一下子想到刚刚站在那里的有哥哥孟满，还有乔晨生，她似乎隐隐约约地揣出了刘香云的心意。她心里有些不快起来。自从看到刘香云调进炊事班，不再和自己这一伙人下大田，她对她更有些不满起来。这种不满似乎并不仅仅因为哥哥孟满。她看着她就是不舒服，巴不得她事事都添点儿不顺。可是刘香云倒像是永远知足常乐，调进炊事班不挨晒了不说，几天工夫就好像汲足了油水，越发壮实越发满面红光了。这使孟晓丽看到她也就越发有气。但是她对她无法发泄，找不到机会发泄。刘香云从来没惹过她，甚至也没惹过别人。仔细想想，她的毛病也不过就是对男生比对女生们更亲热些罢了。孟晓丽抓不住刘香云明显的不是，心里更有些不平衡。她见刘香云的目光紧追着远去的几个人的背影，忽然想捉弄她一下："苏晚晴烫脚了你知道不？"

"知道。我和她睡在一个屋，昨天晚上就知道了。今天早上我上早班，也没顾上问问她怎么样了。"

"烫得挺厉害，今天起红线了，现在乔晨生要陪她去卫生队。"

"他陪她去？"刘香云脸上顿时腾起一片红晕。孟晓丽看出刘香云疑惑中还显出许多的醋意和失落，心里暗暗高兴，于是趁机又添油加醋地增加几分刺激：

"我也没想到他俩这样，不过这也不奇怪，我听好几个人背地议论他俩倒是挺般配呢……"孟晓丽说着这一番话，偷偷地观察着刘香云的表情。她看到她似乎一下子阴了脸，心里不觉有些得意。三个人默默地摇了一会儿辘轳，又提上了一桶水。刘香云闷闷不乐地解下井绳，和卢玉霞一前一后提着两桶水进食堂门里去了。孟晓丽望着刘香云的背影，先还是很高兴，在刘香云闪进门里的一刹那，她又忽然懊悔起来："坏了，我这么说，不是又给哥哥露出空来了么？"

15

好长时间没收到信了,一下子接到两封,苏晚晴心里十分高兴。从孟晓丽手里接过信的人都急急忙忙地丢下手里的活赶紧忙着拆信,苏晚晴把两封信的信封看了看,终于拿定主意,还是先拆家里的来信。

自从春天返回连队,两个月了,她还一次没有看到父亲或是母亲写来的一个字。这两个月的日子真是难熬。开始县里的邮递员一来,她也像大家一样,围上去在信堆里急着翻找自己的名字。几次失望,就好像让她心里长了茧。一个多月过去,她再不去翻信了,甚至有意躲开大家,告诫着自己要强硬些,可心的深处却又盼着有一个意外的惊喜。

其实,在责怪家里的同时,她也责怪自己。这两个月,她只是刚回到连队时给家里写过一封信,告知父母自己已经安全到达,以及有许多人调走了之类,后来,不知怎么,自己就和家里别上了劲。是因为父母接到她那封信后没有再及时给她写回几个字么?大概是的。以往,和家里通信从来都是一来一往,一时没什么事情,母亲也是要唠唠叨叨地写来一顿叮咛。那时候,自己也很平静,邮递员来了,有信则看,没有自己的信也不怎么懊丧。这一回可是不同了,她去过那一封信后，家里没有信来，她的心里天天都像长了草一样。她胡思乱想着，想象家已经搬到了一个陌生的农村。但她又知道果真如此，父母会提前通知她，于是气恼之余就下了个狠心，也不再给家里写信。她相信，这一来家里肯定就要慌了，父母的手书比她写信去催要来得更快些。

这一招果然奏效，她打开信一看，里边父亲母亲都亲自各写了一封信，开头的语气都是一样的担忧焦急："晴儿，不知怎么回事，总也没有收到你的来信……"晚晴捏着信暗暗笑了，她信手翻翻信纸，更添了好几分满足：父母的信加起来足足有好几页。

父亲的信没有什么，都是和往常一样的谈心、鼓励，信的结尾还说了两句笑话。母亲的信可是不同了，母亲在这信里详细说了关于往内地"疏散"的问题及家里所承受的几个方面的压力，最后又格外郑重地向女儿提出了"你的婚姻问题"。母亲希望女儿"考虑考虑"，并且还附了唯智的两页信纸。那肯定是唯智写给父母的信中的两页。唯智在那信页上写道：

> 爸爸妈妈，关于晚晴的婚姻问题，我和大哥这次回家，已经议论过。她从小身体比较娇弱，在北大荒长期生活，将来有可能吃不消。调回城市，按咱们家的现状一时又不大可能，所以我们考虑，不行的话就争取把她调来和我在一起。我这儿虽然也艰苦些，但还不属农业，将来对孩子可能有利些；而且，她离我近，也可以有些照顾……

晚晴看到这里闭上眼睛稍稍思忖了一下。她想不出家里将要给她安排一个怎样的命运。命运？这是个多么狡黠多么深奥的词汇啊！似乎人人都可以主宰它，上苍可以主宰，人间可以主宰，唯有自己不能主宰！人为什么不能主宰自己，不能安排自己的命运呢？这真是个谜！她这样想着，睁眼望望大家还都在埋头看信，自己也急忙接着读下去。

爸爸妈妈，不知你们是否还记得我高中时有一个叫于震的同学，他那会儿到咱家去过几次。他当初报考了水电学院，没想到分配后我俩又凑到一起来了。我们不在一个部门，但是离得很近……于震还没有结婚，他人很好，家庭和咱家也算是门当户对……但我没有和他正面谈过，我想最好还是先听听晚晴的意见……

没想到哥哥对自己也像父母一样操心。晚晴看到这里很有些感动。但是，若按这样的安排，难道自己真要离开这片土地吗？离开这里熟悉的一切？离开北大荒？离开这批已经相处多年的年轻的朋友们？既然唯智那里也是一个荒山僻岭，也是条件艰苦，那为什么还要抛弃眼前这一切呢？她有些想不通。她不知道那样做有什么意义。那里有什么啊？她朝着心灵深处一个未知的地方发问：那里有这山这树这清亮的溪水么？有这漫山遍野好看的花花草草么？有这里四季轮回的美丽的景色么？有这些朝夕相处的朋友们么？有能够拨动起自己心弦的那既苦涩又甜蜜的情感么？一个贫穷的荒野如果除去这些还能剩下什么？去到那里又为了什么？难道仅仅为了一个于震？一个不再能够唤起自己的幻想和热情的小伙子？

她在记忆中搜索了一下,记起了那个于震。她记起那是个细长眼睛的白面书生,黑管吹得特棒,几次来家里手里都提着一个装着黑管的窄长的皮盒儿。唯智说过那家伙属于真正的艺术气质,整天闷着头神神道道地异想天开。唯智说他的理想就是到大自然当中去对着幽深旷远的风景吹黑管,结果便怀着满心的浪漫报考了水电学院。

难道仅仅是为了那个于震?苏晚晴在心里给自己打了无数个问号。她无法得出答案。于震曾经是她崇拜过的一个偶像,但那不过是因为那支沉郁的黑管。那已然是一个飘散了的少女的梦。现在的于震仅仅是一个曾经见识过的人的符号,无血无肉,没有生命,没有温情,没有一丝可以与自己牵连起来的气息。她无法想象让自己倚靠在他的肩头,他的身边。这样想着,她感觉自己的心脏又在为一个熟悉的东西颤动起来。含含混混的一个东西,似风,似物,或者,是一个没有轮廓的影像。然而它给自己的感觉是那么温柔,那么亲近,那么贴切。这时她忽然清醒地意识到,自己已把心灵投向了那个含混的影像的怀抱,她愿意为他痛苦,为他欢乐。就在这一刻她也突然作出决定,要立刻写一封信告诉爸爸妈妈关于"个人问题",自己暂时还不想考虑。

朱虹的信很薄,苏晚晴捏着它望了一会儿,感觉这轻飘飘的信封仿佛带来了一个不大愉快的消息。朱虹并不经常写信来,尤其最近这两年里,好像一个字也没写来过。两个人刚分别时互相通过一阵信,那时候一封信总有一大沓信纸。

苏晚晴反反正正地把信封仔细看了看,才小心翼翼地启开信封。轻轻抽出里边惟一的一张信纸,展开一看,犹如一根大棒劈头砸下来，脑袋里一阵轰响，她一下子呆住了。

信上的字迹只有疏疏几行，写的是刻蜡版才用的规规整整的仿宋字：

晚晴：

  我熬不住了，我走了，到一个陌生的世界去。

  在那个地方，我永远会注视着你。

  但愿这人间还肯容纳我的灵魂！

爱你的朱虹

浑身的血液一下子凝固起来。她伸出一根手指，一个一个把这些字又用手指着念了一遍，她相信了。她甚至相信，在她接到这封信的时候，朱虹早已经离开了尘世。信上没有注明日期，她翻过信封看了看底面邮戳，果然，这封信走了那么久，从内蒙古朱虹插队的那个地方到自己连队，走了整整二十天。

苏晚晴面对着信上那几行字了，呆呆地望了好久。她很奇怪，此刻的自己，既不悲伤，也没有眼泪，她只是细细地品咂信上的那几句话，她觉得自己深深理解这里边每一个字的含义。"我走了……"这是朱虹在那个孤独的小土屋里咽下全部屈辱之后一个坚定的选择。不知怎么，她现在竟然能够平静地接受她这个选择。不过，为这个选择，她付出的代价太大了……她想。这需要付出多少东西呀？包括构成一个生命的一切：幸福、痛苦、期冀、幻想、肉体、清白……是啊，甚至包括清白。当她摆脱这一切之后，她的清白便也随之不存在了。她将再背上一个轻生的罪名。不过，当一切都消失以后，背一个罪名又能怎么样呢？只能留给别人罢了，留给自己的亲人，自己的朋友。这时候她记起了父亲在春节的那个晚上说过的一句话："……如果我死了能解除你们的包袱，我宁愿立刻就死！可是，死也不行，死了反而给你们又加一层罪孽……"想到这里，眼前浮现出了父亲淌下两行清泪的面容。心里开始潮湿了，一股辛酸朝着胸口间冲涌，不知是为父亲，还是为朱虹。她知道自己眼看就要控制不住，便假装若无其事地跳下炕，朝门外走去。

她不能让别人看见自己流泪。这眼泪是为背着罪名抛弃生命的朋友朱虹，或者是为抱着罪名苦苦求生的父亲。

她走在废弃的篮球场上，野草和黄色的野雏菊埋没了她的脚踝。脚上的烫伤还隐隐地有些疼。那天霍晓菲陪她乘尤特到达卫生队以后，并没有及时得到治疗。坐在尤特的车斗里颠颠簸簸翻滚着行了七十里地，到了卫生队一看，根本找不到医生的人影。好不容易在一个房间里找到一个护士，看上去她也是一个知青。但是她似乎已经丧失了对于自己的同类的同情心，她操着做作的傲慢说："大夫们夜间抢救了两个重伤员，现在都休息去了，有事你们下午再来吧！"

"下午？"霍晓菲抢上去说，"下午我们的车就该回去了，我们连离这儿挺远的，有七十里地呢，求求你能找个人给她看一下！"她往前推了推苏晚晴，"她烫伤了，挺厉害，腿上都起红线了呢！"

"起红线我也没办法呀！"说不上漂亮的女护士搓弄着手下一个小药瓶说，"不是告诉你们了嘛，现在这儿没有大夫，你们愿意等就等，不愿等拉倒！"说着，她不紧不慢地走出房间去了。

"他妈的，穿上件白大褂就没人味儿了！还不知她这白大褂是怎么穿上的呢!"霍晓菲一向文质彬彬,这时候骂出句脏话来实在是忍无可忍了。苏晚晴受伤的脚肿胀得难受。她们在椅子上坐下,苏晚晴把腿举到桌子上架着,让下肢的血流回流。一个小时一个小时过去了,始终没见一个医生的影子,甚至也没看见一个病人。她们对装好油的尤特打了招呼,让它先回连队。远远地来了,总不能就这么回去吧?况且回到连队更是没有办法,伤得再重也只能干挨着。

就这样挨过了一个下午又一个夜晚,没有一个人来理睬她们。霍晓菲气得想找谁去告状,状也没处告,团部机关搬到新建点去了,新建的团医院还没盖好,暂时把卫生队留在了这里。这里离团首长们的新驻地相距有四十多里地,与自己连队成个斜边三角形。

晚饭是霍晓菲到这块驻地的连队食堂里打来的。在那间小屋里熬了一夜,两个人困倦不堪。第二天一早,苏晚晴无论如何不肯等下去了。"我没有想到咱们的命在这儿这么不值钱。"她含着眼泪满心委屈地对霍晓菲说,"他们对咱,就像对一条野狗,根本不当人看。我受不了这个,愿意成什么样就成什么样吧,我不让他们治了!"说着,起身就朝外走。霍晓菲早已经不堪忍受,她只是为了苏晚晴,才强自按捺着,这时候见苏晚晴起身,便气恨地咬着牙咣当咣当踹倒她俩坐过的两把木椅,才跟在苏晚晴身后走了出去。"不能在这儿治了!"她恨恨地说,"照这种工作态度,他们还不知得治死多少人呢!"

那一天她俩趁团卫生队上班开诊之前就离开了那里。她们在公路上截住一辆过往的卡车,让卡车把她们捎到了营部卫生所。营部卫生所简陋得比连卫生室差不了多少,所好的只是它是一个专用的房间,里面还多了两个药柜。营卫生员比团卫生队的医生护士们低了一级,便少了许多官气。他是东北哪个城市卫生学校的毕业生,医术未必高明,但是极其认真。他蹙着眉仔细观察了一下苏晚晴的腿脚,埋怨地说:"你应该早些来的!"霍晓菲带着怨怒向他叙说了一番在卫生队遭到冷落的经过,营卫生员不置褒贬地笑了笑:"是呀,许多人一进那里就以为自己是老爷了……"他细心地挑破了苏晚晴脚上的水泡,亮澄澄的水泡一瘪,一摊黄水像敲碎了瓶子一样泻到踩着的木凳上,又从木凳上流淌下来,在地上积成了一个小小的水坑。卫生员用抹了药膏的纱布敷在伤口上,又小心翼翼地包扎好,最后拿出许多支粉末状青霉素针剂对苏晚晴说:"你回去打这针吧,一天两支,千万别拉下,不好的话过两天再来!"

他把两个姑娘送到公路口,亲自为她们拦下了一辆路经的卡车。临行前苏晚晴找他要了一支注射针头。她一想到万淑英插在墙上的那几根针头就脊背发冷。

这些日子是怎么熬过来的呀!苏晚晴心里想。伤口的隐痛引得她不由得又回溯了一下受伤后的情形。

从营卫生队回来以后,她只休息了三天。三天过去,连队已经挂锄了。夏锄过后接上就是打麦场,为秋收作准备。夏锄这么大的战役耽搁了好几天没能下地,苏晚晴心里十分不是滋味。见大家每天从地里回来就累得、晒得像抽去筋骨一样倒在炕上,她总是觉得歉疚。打麦场不用再走很远的路,她再也呆不住了,不顾大家劝慰,天天和大家守在麦场上。

打麦场时瓦匠冯常贵等几个人干的是技术活,只等着有人把和好的灰料倒进木板隔成的灰槽里用抹子抹平。其他人则不然,其他都是小工，专门卖力气。筛石子、拌水泥，挑水担灰地把石子灰拌匀了，再一铲一铲地送到瓦工们跟前的灰槽去。为了避免脚浸水。苏晚晴天天穿着雨靴到麦场去干活，伤脚捂进胶皮雨靴里，穿上去脱下来都好像生生拽下一层皮似的疼。干起活来还好些，一吃力，把疼就忘了；但是只要手一停，脚上的伤处就疼得她跷起脚来跳。麦场打了十天，她就这样跳跳地熬了十天。

苦累和伤痛也都能够忍受，她的"躺下来，搭成一架人梯，让千百万人从身上踏过去夺取胜利"的初衷丝毫没有改变。苏晚晴常想，如果革命需要，她一定会毫不犹豫地奉献自己，决不吝惜这卑微的生命。在文化大革命开始的时候，她和朱虹两个还相互表达过这样的心情，这样的意愿。那时候，这一对如影随形的小伙伴，怎么会想到其中的一个，竟会年纪轻轻地就在人生之路上转了弯，又如此凄凄惨惨地走到了生命的终点呢？苏晚晴内心里一点儿也不责怪朱虹。她太理解她了。她设想自己若是落在她那个处境，肯定也会像她一样去做的。她懊悔自己这个春天从家里到连队以后没有立刻找指导员晋香提一提让朱虹调到这里的事情。不管有没有希望，必须尽这个努力。她总想等待机会，寻找机会，看来，幸运是永远不会落到自己这一类人身上的。她奔跑了几步，从一丛茂密的灌木间穿到溪水旁，扶在歪斜到水边的一棵柞树上呜呜地哭了。这时候她内心里清醒地知道，自己的伤恸，是为了朱虹，是为自己这些人的不可挣脱的命运，也是为内心深处一个从此无可追悔的自责。

苏晚晴倚靠着那棵大树痛痛快快地哭了好久。上工的钟声从远处隐隐传来，眼泪就是控制不住。这个样子是不能回去的。许多人都要追问原因。怎么能把朱虹的事情告诉她们呢？怎么能把自己对于命运的认知告诉她们呢？不在同一个处境，谁也不会理解，反而要给自己戴上几顶"划不清界限、世界观有问题、小资产阶级意识"一类的帽子。也不能对谢冬梅讲，那简直就等于暗示给她一条毁灭的路。那么就埋在心里吧，永远埋在心里！让自己心中的伤痛和朱虹的死一样，变成世界上无人再知的秘密！

苏晚晴想着，眼泪渐渐干了。她揉了揉眼睛，对着溪水照了照，她看到溪水中自己的样子很难看，神情是颓丧的，鼻尖儿是深颜色，上下眼睑都显出一个软囊囊的肿泡。先不去上工了吧！她决定了。接着，她又决定，就沿着这条小溪逆流而上。

早就想追溯一下这溪水的源头，一直没有机会，也没有这个胆量。今天不同了，今天她被哀伤放逐到这里，惟一可做的，也就是围绕这溪水干些无论有意义还是没意义的事。她扒着灌木丛朝前行走了一段，脚下根本没有可行的路，不但树根缠缠绕绕地踏不下脚，就连野刺梅的枝杈也扯着衣服令人寸步难行。没有办法，只好下到溪水里。水底全是光溜溜的鹅卵石，踩上去凸凸凹凹，深深淌着的流水冲击着脚踝，于是全身便好像被一股轻缓的力托浮着，飘飘然地失去了重心，再被空间的幽深和静谧环绕着。此刻的苏晚晴，便觉得自己已经变得虚空了，不再是平日里被思想支配着的那个有血有肉的女孩儿，她变成了一缕隐含着忧伤的绿色的空气，和朱虹的血色的灵魂融糅在一起，在树丛夹裹着的这溪流中游走、飘荡。这时候，她似乎也并不仅仅在追溯那溪水的源头了，她仿佛又肩负着一个冥冥之间的使命，要追溯一下命运之源，如这潺潺的流水，看看造物主把一颗脆弱的生命放逐于世的时候，是不是也随之放置下了慈悲或是罪恶……

苏晚晴在树丛夹着的溪流中走了好远。头上两岸的树枝搭架着，遮蔽了阳光，使她感觉就像穿越一个长长的穹洞。天光渐渐地更加暗淡了，眼前突然现出一片宽阔的地带。这地方仿佛有谁把鹅卵石铺撒开来，铺成了一片浅浅的石滩。清亮的水流小心地从每一块圆溜溜的小石子旁绕过，悠悠荡动着的水面，于是便碎成了一块块闪光的玻璃，又碎成了一颗颗透明的珍珠。溪水两旁原先直溜溜的树干在这里也变了形，它们虬蜷着、歪斜着插在水中、石中，再使劲朝上空伸展出枝叶，把枝叶你拉我拽地交织在一起，遮盖在石滩上方，把这一方天地，装饰成了一座大自然筑造的宫殿。

苏晚晴被眼前这幅美妙的景象震得怔住了。她不知道自己来到了一个什么地方。以前连里还从来没有哪一个人说过溪水的上游有这么一块天国仙地。这里比前边走过来的地方更加幽静，静得她那似魂似气的轻袅的身躯，又被细柔的流水溶化了。她被这一片天地的美妙和幽静感动得鼻尖儿又有点儿发酸。假如有一天我也走到了头，我就要到这里来，坐在一棵树下，坐到永远……她这么想着，脑海里悠然闪过一个坐在树下的昏暗的人影。她的心一抖，意识猛然间苏醒过来。从看过朱虹的信后，她始终小心翼翼地回避着她可能想象到的朱虹结束自己的方式。她心头袭上一重恐惧感，对这幽静的恐惧，对这里离却人间的恐惧。她想到自己应该赶快回到连队里去，回到伙伴们中间去。

浅滩的侧旁有一块地方的灌木丛有些稀疏，她小心翼翼地走近那里一看，灌木丛的后面，隐约横着一条土道。她拨开繁杂的树枝草丛寻过去，辨出土道的两端，一头通向南山脚下，另一头连着的，便是隐约可见的连队。土道的那一边，和溪水隔道相望的，是一片广阔的田野。找到了回连队的路，恐惧感一下子消失了，连伤感的心境也有些明亮起来。她踏上土道,快步朝连队走去。

渐渐地,连队已经清晰可见,又红又大的太阳沉落在连队背后,连队上空,袅袅地飘荡着家属房升出的晚炊的轻烟。啊,这一切多么亲切,多么美好!"在那个地方,我永远会注视着你。""但愿这人间还肯容纳我的灵魂!"是啊,生命毁灭了,灵魂将不会死!朱虹希望看到自己走上一条希望之路,看到她们两人所共同企盼的、共同追求的美好愿望在自己身上实现。多么善良的朋友,多么纯洁的灵魂!苏晚晴展开手掌,她看到朱虹的信原来始终被自己紧紧抓在手里。她把它小心地展平、折好,放进衣兜里。她知道自己将秘密地把它保留一辈子,她想不出在今后的人生道路上,有什么东西还能比这信更沉重地撞击自己的心灵!

16

把摆好馒头的大笼屉放到蒸锅上,切了点儿土豆丝,又揉好一块面,刘香云就让一块儿打夜班的卢玉霞先回去睡觉。卢玉霞打了个哈欠,有点儿不好意思。"那下屉怎么办?"她问。

"嗨,让来吃饭的人跟我抬呗,不是经常都那么着!"

刘香云说着,把刚刚切得又细又长的面条儿挑起来,折叠着一层层地撒上些干面,又顺顺地码在面板上。卢玉霞见做夜饭的东西已经样样都准备齐全，便决定委屈刘香云这一个晚上，她提前一点儿回宿舍去睡觉。为了攒两个半天假去趟县城，她连打了两个夜班，白天也没有休息，真有点儿困得熬不住了。她又磨蹭了一会儿，给泡土豆丝的大盆里加了点水，这才上眼皮磕着下眼皮地离开了食堂。

远处响起了拖拉机的声音。这是个信号，表明夜间割麦子的拖拉机手和康拜因手们已经回来了。这个夏天老天爷总算给劲，从麦梢转黄就再没落半滴雨，小麦很快就晒熟了。不用谁再动员号召，人人都懂得趁晴天抢收的重要性，白天大田排给机车开道，夜间拿镰刀的人们不再下地了，机务排的人则借着机车的灯光连轴干。连长要求"歇人不歇车"，机务排人自己笑称是"歇驴不歇磨"。实际上不仅仅是机车不休息，马匹休息的时间也有限，连里三挂大车都装上了新厢板，和尤特轮换着接康拜因脱下的麦粒往麦场送。

刘香云听见拖拉机由远至近的隆响声，急忙跑到灶眼跟前捅开了压住火苗儿的一薄层湿煤。煤钎子几下捅进去，炉灶里立时腾起了红火苗儿，她又立刻跑回灶锅跟前，等早已经刷净的锅里水底儿炸干，便刺啦一下子把半勺油撒进锅里。噼里啪啦一阵翻炒，又利利索索地下好面汤，几个机务排的人刚好踏进食堂的门。

夜班吃饭和白天不同，白天人多，夜间则食堂操作间前后的门都打开着，不但允许人们进到里面打饭，还允许人们随便找个地方坐在锅边吃。相比之下，刘香云比别的炊事员更喜欢打夜班。别人打夜班是为了第二天上午能歇半天假，睡个懒觉，或是到西坡下的小溪里洗洗衣服被子，再或者第二天干脆不休息，攒上几个半天假抽空到县城去遛一趟。刘香云看重的并不是第二天的半天假，她喜欢的是趁人们进来吃饭时，能和那些人聊聊天儿，互通连里的新闻。

机务排战士大多是老转业兵，平时都在自家吃饭，只有打了夜班才偶尔进次食堂的门。几个人进到操作间里，见食堂值班的是刘香云，一个人有意抽着鼻子连声嚷着说："真香真香！啥好饭呢？"一边说着嚷着，一边自己便动手去掀锅舀菜。

刘香云任他们自己动手，她只守在锅灶跟前，帮他们一个个盛面汤。一边盛着，一边唠家常似的应着他们的话："有啥好吃呀，还不是炒土豆丝！"

"炒土豆丝就蛮不错哩，赶上别人值班，只能吃炒土豆片儿！"

"土豆丝土豆片儿还不是一样！"刘香云不紧不慢地盛满一个饭盒，又盛满一个饭盒，"唉，都爱吃土豆丝，多切几刀不就得了！"

"哎，你炒的，跟他们炒的味儿可不一样！"

"我也就是多放点儿油呗！不过这要是白天让周怀庆看见了可不行，他总嫌我炒菜搁油多。"刘香云说着，走到盛菜的大盆跟前，拿舀菜的勺翻了翻里边的菜，又用那勺把菜归到一堆，轻轻拍了拍，"你们吃吧，稀罕点儿土豆干啥！"

"后边还有人呢！"

"还有人啊？"刘香云口气没有变化，脸上的表情显出半信半疑，"每天不就是你们几个么？"

"今天上马车了，说不定麦场上也添人了呢！"

刘香云思忖了一下："那也没关系，菜还不少呢，面汤做少了点儿，一会儿来人我再做吧！"说着，她又回到锅灶跟前，舀进两勺水，温着备用。

机务排几个人吃饱喝足，稍稍休息一会儿，忙着起身打下半个夜班去了。拖拉机隆隆的声音刚刚走远，孟满从食堂后门走了进来。自从那天午睡后亲眼看见连长提着蛇皮锄杆站到女生宿舍的窗口以后，孟满便不知不觉地有些郁闷起来。他自己清楚地感觉到了这种郁闷，就好像做了点什么不大光明的事情懒于见人，又好像心脏变成了一块豆腐，时不时就悠悠颤动一阵。他的眼睛看东西也好像有些昏花，什么东西映进眼里，开始还有一个鲜明的轮廓，不一会儿就变得模糊了，再过一会儿，就会变成一片白光光的影子在眼前晃动。这时候如果没有别的干扰，那晃动着的白影又会一点儿一点儿清晰起来，直至再现出一个含含混混的轮廓，直至那个轮廓变成一个壮硕的放散着体温的人影。

这当然不是什么病症，这是一种渴念。孟满害怕这种渴念，它不是一个男孩对于钟情的姑娘那样的渴念，没有那样缠绵的温柔，它只是一种焦灼，恨不得把一件东西狠狠抓在手心里，用力量把它捏碎，搓成齑粉。但是，当这股体内暗藏的力量无处散泄出来时，它似乎就要腐坏了，凝成滞重的一团，坠得全身软塌塌地撑不起气力。

孟满就带着这种乏力的样子进到食堂里面。刘香云刚刚收拾好机务排几个人吃饭弄乱的条凳，她看见孟满似乎有气无力地打不起精神，便奇怪地问他："你怎么啦？病了？"

"没有。"孟满懒懒地摇摇头，"有啥吃的？"

"馒头，炒土豆丝。"

"没有面汤？"

"做得少了点儿，刚才机务排几个都喝没了，你要吃我再做点儿。还有人么？"

"麦场还有俩卸车的，我叫他们也没跟来，谁知道还吃不吃！"孟满说着，拽过刘香云刚刚靠到水缸旁边的条凳坐下，摸出香烟点燃了一支。刘香云见他坐下抽烟，知道他是想等面汤喝，端起一只搪瓷白盆到里间的小库房去舀面。

小库房里面专门贮藏食堂的粮食、盐和食油桶，几个炊事员有点儿换换衣服、系系裤带之类的秘密事，也偷偷关上门躲在里边进行。小库房里边原来有两个窗子，由于预防偷窃，不知从什么时候就用几块薄木板钉了起来。白天木板缝里勉强能挤进几缕阳光，真正要找点儿什么，就需要开灯。一到晚上，小库房就好像与世界完全隔离了，谁一进去，只看见两个黑漆漆的大铁油桶和两垛码得高高的白面袋。油桶和面袋垛的前前后后又有好几个黑窟窿似的空当，胆子再大的人进里面也要打一个冷战。平时打夜班的人差不多都是趁着晚饭刚过就把油、面舀出来，省得晚上做夜班饭再单独进去。有时油或者面粉不够用了，值班一般是两个人，若当班的炊事员是男生，他还无所谓，若是女生，就要找着借口让同伴一起进去。对此，炊事班的人从来没有人把小库房莫名的恐惧感言明过，可是彼此都心照不宣。

现在刘香云单独要进到小库房里去舀面，尽管外间有孟满在，她还是觉得心里发虚。她端着面盆在小库房门口站了片刻，伸手拧亮里边的电灯，伸头朝里边看看。灯光昏晕晕的，虽然能模模糊糊地看出里边的东西，但是光的昏暗倒像是给那些东西又罩上一层尘土，更添了几分凄凉似的。刘香云犹疑了一会儿，她觉得此刻自己并不是害怕什么，但是又下意识地期待有一个人能挨近她，陪着她。"孟满，"她于是回头叫孟满说，"你来帮我挪一挪这个面袋子行不行？"

孟满掐灭长长的烟蒂摔到地上，随在刘香云身后进了小库房。他看了看地上一只敞口的盐袋的旁边靠着一只敞开的面袋，里边的面粉还没用去多少，便问："这儿不是有面吗，还用挪哪个？"刘香云抿着嘴没有说话。孟满见她不再指使自己什么，奇怪地望了望她，他从她脸上看到一种莫测的神情。

她这是怎么啦？孟满问自己。猛然间，他有些昏眩了。无数的猜测在这一瞬一股脑儿涌到了面前：她为什么招呼我陪她进到这里面来呢？她为什么给我到家属们那儿要咸菜呢？她为什么和妹妹晓丽接近呢？她为什么愿意坐我的马车呢？为什么……为什么……一千一万个极其平俗的为什么，这时刻都显示了价值。孟满最终坚信，这一个个曾经虚无飘渺的"为什么"之中，原来都有它内在的含意。它们是诱惑，也是信赖！想到这里，他一把夺下了刘香云手中的面盆，丢在了一边。

刘香云没有想到自己的谎话出了破绽，当她看到盐袋旁边那袋敞开口的面粉时，一时不知说什么才好。孟满夺下她手中的面盆丢到一边，她突然意识到，一个魔鬼在他身上出现了。很长时间以来，她就感觉到了它的存在，那个火焰般炙热的魔鬼，她害怕它，躲避着它，又常常身不由己地向它凑近。自己身上捆绑着一条紧绷绷的缚带，周身上下总是紧缩着难受，现在，和孟满近近地站在一起，感受到他身上发散出的热腾腾的烘烤，浑身更加发紧了。尤其是小腹，就像有一只毛茸茸的手触摸着似的紧张。她想到这时候应该离开他，但是，双腿不听使唤，她也不愿意挪动。原来，心中又渴望着他身上那魔鬼使出超人的蛮力，把紧捆着自己肉体的那带子勒得更紧，直至勒断，那样自己或许就能在野性的痛楚之后获得放松……她这样期待着，没有让自己离开孟满，反而牵动嘴角，向他递过一个紧张的微笑。

孟满看清了这个微笑。他理解这是期待的微笑，鼓励的微笑，挑逗的微笑。这笑意在他灼烫的血液里悠忽弹进了一根火柴。血液燃烧了。身体上每一个毛孔都灼起了火焰。他燥热得再也无法自已,扑过去,一下子把刘香云按在高高的一摞面袋上,用自己的身体狠狠地挤住了她的身体……

刘香云有些害怕了。她扭动了一下身子,却一点儿也挣脱不得。孟满狂野地揉搓她、挤压她,她开始还有些惊慌,但是不一会儿,她就从身体的痛楚中获得了快感。她惊喜地发现,原来那魔鬼正在悄悄解除她肉体上的缚带。她有些舒适了。但是她没有满足,她体内一团更加炽烈的欲望之火蓦然间升腾起来。她伸出两条手臂揽在孟满的腰部,让他更紧地贴近自己……

正在这时,门外响起了脚步声,接着,一个尖细的声音叫喊起来:"哎呀,刘香云,你干啥呢?这锅都快冒烟啦!"

刘香云急忙推开孟满,从他身下跳开,靠到小库房的门口,她看见了回宿舍去又返回来的卢玉霞。

卢玉霞回到宿舍,想想把刘香云一个人留在食堂干活儿,心里总觉得过意不去。她躺在炕上歇息了一会儿,决定还是回食堂去。她回到食堂,先是闻到一股烧干锅的干铁味儿,又看不到刘香云的影子,便喊了她一声。当刘香云拽开小库房的门时,她一眼就看出来刘香云紧张的神情。同时还看到刘香云衣衫不整,头发蓬乱,脸上还布着一层红云。

"你怎么啦?"卢玉霞纳闷地问。她好奇地上前几步,从敞开的门口朝小库房里看了看,但是她并没有看出什么。

刘香云在卢玉霞朝小库房里张望的那一刻,突然意识到她一定看见了孟满,并且发现了他们的秘密,一时间一个人在坠落时求生的念头突然冒了出来。随着这个念头的闪现,她的眼窝里一下子涌满了泪水,紧接着,下意识地抽抽咽咽地哭泣起来。

孟满在小库房里听到刘香云哭咽的声音,如同从头到脚泼了一盆凉水,他意识到,这场祸事将要由自己独自承担责任了。他懊丧地垂着头从小库房里走出来。卢玉霞原本还闹不清刘香云发生了什么事情,现在看到孟满,疑疑惑惑地似乎明白了些什么,脸腾地红了。眼睁睁地看着孟满蔫溜溜地出了食堂,这才又关切地转向刘香云。她看到刘香云揪皱着的衣服里边掉出了一条胸罩的白色的吊带,想到问题确实有些严重了。她恨恨地朝着孟满离去的食堂的后门咬了咬嘴唇,安慰刘香云说:"你别哭了,不能饶了他!"

刘香云抹着眼泪,一副哀哀切切的样子。在女伴面前,她羞怯,内心深处又有几分得意。她要竭力让卢玉霞相信自己是委屈地遭受了污辱,又恨不得让她注意到,自己是真正夺得了一个男孩子的心。于是,她就更想表现出自己所受的污辱的深重。她没作任何解释,也忘记了对于小库房的恐惧,夸张地捂起脸跑进里面,又咣的一声拽上了门。

在麦场上等着卸麦粒的两个男知青到食堂来吃夜班饭,他们进到食堂屋里时,恰好看到刘香云跑进小库房时一个委屈的背影。待听过卢玉霞对孟满一顿气愤的咒骂,立刻明白是出了什么事情。第二天,孟满胁迫女生污辱女生的消息,就在全连传开了。

孟满的事情在连队里掀起了一场轩然大波,知青中议论纷纷地好像沸了一锅开水。当着孟满和刘香云的面个个若无其事,背地里则分成了好几个营垒。有的认为责任就在孟满:"那家伙平时就吊儿郎当没个正形,早晚还不得闹出事来!"有的认为责任是在刘香云:"她平常就爱跟男生凑合,又比孟满大,听说女的岁数大了,比男生想得还多……"也有的不偏不倚,各打五十大板:"谁也别赖谁,一个巴掌拍不响,连里好几对儿了,人家都是正儿八经地搞,怎么就他俩的事闹了出来?"

连干部们收集群众反映,收集的结果,反而弄得他们也没了准。一开会,几个干部也是围绕着这"三个方面"争论不休,原想把孟满抓个典型作个处理,意见不能统一,自然也就拿不出处理方案。连队党支部书记、指导员晋香在支部会上只好综合起所有人的意见和着稀泥说:"这样吧,怎么样处理再放一放,先分别找孟满和刘香云谈谈话。刘香云嘛,有必要给她解除一下思想负担;至于孟满,对他早晚是要处理的,这也要看看刘香云的态度再说……情况再摸一摸,让孟满先自我反省写检查吧……"

晋香决定自己找孟满,分派支部委员刘英姿找刘香云。刘英姿一听让自己找刘香云谈话,当时就把指导员顶撞了回去:"要不咱俩换个个儿,你找刘香云,我找孟满吧!"

晋香不解:"你们都是女同志,更好交流些,孟满可……孟满的工作并不好做呢!"

"算了吧!"刘英姿毫不客气地摇着手阻止指导员再说下去,"孟满是直肠子,再说,他自己也认定自己是死老虎,就等着挨打挨批了,还有啥工作可做的?刘香云?哼,谁知她心里整天都想啥?要交流,你们去交流吧,我可没啥跟她交流的!"

刘英姿本来对刘香云就有看法,现在问题出在孟满身上,让孟晓丽在耳边一吹风,她更认为这其中肯定是刘香云使了花招。但是这是桩没有把柄的官司,弄不好反而可能弄得她自己下不来台,于是她想干脆甩手不参与这档事里去。"你们要是谁也不愿意找她,那就算了，其实也没啥必要，有个啥压力，她自己心里知道！"

在会上，刘英姿用这话为自己摆脱了麻烦。果然，谁也不愿意出头去找刘香云谈话。无论谁的责任，这类事情总是谁也难以启口。要弄清责任，就不得不追究细节，在座的支委只有刘英姿一个女性，别的男人谁好意思去往这类事里钻？找刘香云谈话的事就搁置了下来。

晋香找孟满谈了谈。孟满除了闷声闷气地承认一声"我错了"，再也一言不发，写检查也是好几天没有写出一个字来。刘香云情绪一如既往地平静，她自己没反应，也没有谁再愿意多事，对孟满的处理也就稀里糊涂地拖下来了。

一连一部的电话，只有在描写三十年代战争生活电影中的八路军阵地上才出现过。一部笨重的带摇柄的话机，机身和话筒全由铜铁材料制成，机身上没有带数码的拨盘，打个电话，先要一手按稳了话机，另一手抓住摇柄嗡嗡嗡地摇上一阵，才能听到里边一个话音。传过这话音的还并不是你要找的人，那不过是团部总机的接线员。从连队到团部都是单线联系，连队与连队之间并不能通话，所以电话的功能，只是借团部下达指示、通知，或是连干部向团里汇报工作才派得上用场。个人的私事极少用电话沟通，能通得上的单位有限不说，每一句话还都要通过接线员耳朵上扣着的耳机，秘密只要一通过电话，也就成了公开的新闻。晋香守在电话旁踌躇了好一会儿，才决定还是要通个话才好。他抓住电话的手柄摇了摇，再拿起听筒，里边响起了接线员的话音："要哪儿？"晋香说出要接组织股，等了好一会儿，电话的那一头才传过来组织股长黄干的声音。

晋香听到终于找到了黄干，心里踏实了许多。他从团里刚刚开了两天会回来，团里宣布要开始整党，以两个连队做试点，其中就有他这个连队。晋香一向以为，他这个连各项工作在全团算不上先进，但也不算太落后，人员情绪比较平稳，总不至于被抓成什么典型。可是整党一开始就以他这里做试点，总有点蹊跷。试点，其实也就是重点，看上去不是什么好兆头。可是连里并没有出过什么大不了的事情呀！他心里有点儿敲鼓，想找黄干摸摸底。黄干和他原是一个部队的战友。在炮兵学校里，晋香是文化教员，黄干是教务处干事，转业到北大荒以后，两人的关系比在部队更加密切起来，有什么事情互相照应，彼此成了精神上的依靠。晋香在团里开会这两天，黄干恰恰到师部开会去了，否则的话，在团里开着会，晋香心里也就有了底。

黄干仿佛早就明白晋香要找他，一通上话，他开门见山就挑起话头说："哎，听说你们连是整党试点儿呀？"他用这种随随便便的口气淡化了通话的内容，任何人听起来也会认为不过是两个人聊聊天罢了。

"是呀，"晋香说，"谁知道怎么想起来拿我们当试点，我们连没什么可整的嘛！"晋香和黄干两个人说话一向一句话点到便相互心领神会，果然，黄干思忖了一下，就给晋香通过来了信息：

"说你有些右倾，你还总是认识不到。怎么没的可整？你们的司务长经济上不清、知青里出了乱子，你不及时处理嘛！"

晋香听黄干这样说，心里一沉。黄干点出的两桩事，他并没怎么看重。说新上任的司务长周怀庆"经济不清"，不过是有人无端猜测；"知青里出了乱子"，无非也就是指孟满。那能算是孟满的问题么？几次支委会他从没亮明过自己的看法，在他看来，一伙子二十几岁的姑娘小伙子们整天呆在一起，谁跟谁有了感情，有了点"过火儿"的行为，是人之常情。看上去刘香云比孟满成熟得多，他才不相信刘香云比孟满更纯洁。不过，到了这个年龄，纯洁不纯洁到底有多大意义？连里这些转业大兵们在他们这个年龄早就娶妻生子哩！他倒是害怕考虑这些年轻人的未来。他预测不出这些大城市来的嫩葱儿一样的姑娘小伙子们是不是就这样扛着锄头一直干到老干到死。有多少农民世世代代地就守在一块田地上走过了一生，没有人不在口头上歌颂他们的淳朴与伟大，可是这些歌颂中不是也赋予了同情么？那么何必又把这么多受过中等教育的年轻人推到一个被同情的地步？那些执掌这些年轻人命运的人们指望他们在广阔天地里大有作为，可又谈何容易！这片古老的荒原，它的深厚、它的神秘、它的冷酷、它的无穷变幻，已然吞噬了多少代人的梦想，最后不过是留下了一代又一代人深陷的脚印罢了，它怎么可能给这些城市里来的年轻人以厚爱啊？晋香一想到自己连队这些年轻人活生生的面孔，就产生一种十分复杂的心情。他当然愿意他们与自己为伴，可是，又觉得他们之中的一些，应该去干点儿比扛锄头更有价值的事情。

晋香这些思想当然是从来不敢披露的，他只是在自己心里翻来覆去地想。作为一个连队指导员，并没有多大能力改变这些知青的命运，只能暗暗惋惜他们在单调的劳作中一天天消耗着青春。现在要进行整党，他虽然对于以连队里这两桩不明不白的事情为重点有些想不通，但还是寄予了好大的希望。他希望通过整顿组织、整顿思想，给连队注入一些活力。现在的连队太死气沉沉了，连那些知青们也不再搞什么文体活动了呢！从孟满和刘香云的事情中晋香清醒地意识到：他们长大了，下一步，连队该考虑盖一些知青家属房了！

17

团干部股股长崔禾带领工作组下到晋香这个连队时，麦子已经收割下来进了场。麦子进场，大豆还有些时候才收割，这期间正好有些闲暇拿出来学习开会。崔禾的工作组一进连队先给连里的支部委员们办了个学习班，在学习班上批评了晋香的右倾思想。晋香开始时总有些问题认识不上去。他以为连里干部战士就这一百多号人，把家属小孩子加起来也凑不足五百，有什么阶级斗争可搞?！工作组长崔禾则认为，晋香这种思想，正是阶级斗争的反映。他引导工作组七个同志和连支部五个支委最后达成了统一认识：这个连队不是没有阶级斗争，相反，还很严重。周怀庆作为党员出现贪污问题自不必说了；就是孟满，虽然不是党员，但是他身上反映出的是资产阶级对年轻人思想的腐蚀，问题也是严重的。党支部对这种思想行为批判不够、打击不力，也正是阶级斗争熄灭论在党内的反映……一番上纲上线的分析，参加学习班的几个干部都觉得受了一场深刻的教育，于是，对崔禾也更增加了崇拜和信任。就是晋香，对这些绕来绕去的革命道理虽然有时还冒出几点疑问，但大势所趋，他也就不再提什么了，而且，他也不得不承认，崔禾确实是有点儿政治水平。

崔禾是现役军人，下到连队，他仍是戴着红领章红帽徽。全团像他这样戴领章帽徽直属兵团部管理的干部一共有十二个，十二个人都担任股长以上的领导工作。十二个现役军人当中，崔禾的资格最老，腿上有参加解放战争被子弹打的一个光荣疤，所以，团政委都要敬他几分。不过崔禾并不以老资格自居，他的家属没有带在身边，每天到团部食堂和知青干部们一起吃大锅饭，人人都觉得他极平易。

分析出连队的问题以后，崔禾并没有再给晋香出难题。在连干部学习班的总结会上，他只是笑呵呵地说了句："晋香啊，你这知识分子出身的大兵，到了地方上，思想可不能滑坡啊……"而后，便推开了第二阶段的工作计划：抓典型，开展革命大批判；同时，给周怀庆办个人学习班。崔禾还格外具体地指出，大批判要上挂下连：上挂资产阶级修正主义孔孟之道，下连的便是孟满。

孟满的问题究竟严重到什么程度，除了受害者刘香云，对全连的人都是一个谜。不把谜猜透，怎么定性？崔禾提醒大家：人民内部矛盾与敌我矛盾的界限一定要划清！于是他决定亲自找刘香云谈一次话，看看问题的严重性。"即使孟满本人还属于人民范畴，对人民内部反映的资产阶级意识，也是要批判么！"崔禾一再强调，对孟满的行为是不能姑息放过的。

第二天晚饭后，工作组对全连进行了开展革命大批判的动员。崔禾在会上讲了一番话之后，趁人们还在开会，让晋香派人把刘香云叫到了连部。

刘香云一听说工作组的崔股长要找她谈话，心里立刻明白了七八分。她知道，工作组要穷追的，肯定是孟满的事。刚才崔股长作动员没有点名已经露出了端倪：整党，不但要整顿党的组织和党员的思想，也要对连队进行整顿；结合连队里出现的问题，狠狠批判，打击歪风邪气，树革命正气……连队里有哪些事情？耳闻周怀庆在掌管食堂账目上有些不清，周怀庆是党员，要整顿他看来肯定无疑了；非党员里面，孟满和自己这桩事，可能是比较突出的了。刘香云猜测，虽然自那之后自己装作若无其事，别人也好像并不在意，但在她的背后议论肯定很多。

那次刘香云捂着脸哭着又钻回了小库房，当时，她的亢奋状态还没有过去。她听见卢玉霞气愤地对来打夜班饭的两个男生斥责孟满时，还在暗暗为自己获得追逐而自豪。但是，又听到那两个人并没表示什么态度就离去了，她一下子醒悟到自己做得有些过头了。她突然懂得了为什么人家说"有的女人吃了亏也不声张"的奥秘所在。是呀，如果"他"知道了这桩事情会怎么看呢？她想到的是乔晨生。她并不怕他把自己看成一个弱者，一个受了欺负的人，她只怕他对自己和孟满的关系上有误会。但是，她也并不恼恨孟满。他的炽烈、他的狂野，让自己尝受到了从未尝受过的快乐，她新奇又欢喜。但愿这种感觉再次降临才好！现在，她不但彻底清醒，而且有些懊悔了。眼看一批判孟满，那点儿可回味的快感说不定也就飘散而去，留下来的损失，又用什么才可以弥补啊？刘香云就带着这种"一切已经无可挽回"的懊丧，踏进了连部的门槛。

崔禾看见刘香云低垂着眼睛进了屋，上下打量了她一下。他看到这姑娘走路时身体有一种肉感的颤动。她是怎么一种类型的女孩子呢？他正揣测，刘香云很快地看了他一眼。"您要找我么？"她问。崔禾听出她尽量把语气放得轻柔，带着明显讨好的音调，于是他断定，这姑娘的稳重不过是年龄和形体所致。她的心可是轻飘飘的。她缺乏真正内在的深沉。

"你最近怎么样哇?"崔禾指指一张椅子让刘香云坐下,笑呵呵地问。他让气氛尽量显得轻松。

"还好吧。"刘香云坐下,轻轻叹了口气。

崔禾有些不解:她叹气干什么?是压抑还是沉重?他又打量了她一下,觉得沉重是有的,压抑却不存在。这么说她有负担,又有满足!崔禾认定自己已把情势拿稳了五六分,剩下来,就看她对那男孩子留不留情面了。这将决定那男孩子的命运,其实,也决定她自己的命运。崔禾想着,劈头问道:"你是团员么?"他想用突袭式的询问逼迫她讲出实话。

"是。"刘香云在椅子上动了动回答着。

崔禾清楚他的讲话方式初步奏效了,于是持续下刚才的表情,和悦地微笑着,口气却利落又生硬地发问:"那么不要再有顾虑,也不要有隐瞒,说说你和孟满的事情是怎么回事?"

刘香云本以为崔股长先要苦口婆心地给她讲一通道理,做一番思想工作,然后才会切入正题,没想到是这么单刀直入地提问。她有些惊惶了,不知回答什么才好。脑子转了转,没转出个思路来,便紧闭着嘴没有吱声。

崔禾等了一会儿,见刘香云没有反应,意识到自己把问题提得过于空泛了,便又调整了一下问话方式,尽量把话说得具体:"你说一说,出事儿是在什么地方?"

出事儿?刘香云没有把那桩事看得那么严重。她沉吟了一下,但还是依照崔禾的提问回答:"在食堂。食堂里边的小库房。"

崔禾盯了她一会儿,又问:"你们两个是在什么情况下进到小库房去的?"

"我进去吾面,他跟进去了。"刘香云平静地回答着。她本想说得更详细、更具体,讲明是因为自己害怕,想让孟满陪着自己进去吾面,但是话到嘴边,不知怎么一部分细节就阻塞住了。她稍稍有点儿心虚。心虚也没法让自己变得诚实,相反,越是心里发虚,她就越是想保护自己。语言上保护,心理上保护,堵塞住每一点儿漏洞,不让面前这个老头子有空可钻。在几次大会上刘香云已经仔细观察过了这个老头儿,他并不太老,也就五十来岁的模样,长相很丑,但是也有几分可爱;他的紫铜色的脸膛泛着年轻人才有的光泽,那双不大的眼睛极亮,讲话时忽而严峻忽而狡黠,沙哑的四川腔又幽默又亲切。

"啊,你讲话可是要负责任哟……"

刘香云觉得这狡猾的老头子似乎看出了什么破绽,心里不安起来。她下决心要把口气坚定起来,不然的话,自己可没法预料这谈话该怎么进行。"我说的都是真的。"她仰起头,看着崔禾回答。这时候她的目光很坦然,没有一点儿游移。这种目光只有在诚实、憨厚的人的脸上才能见到。崔禾哪里知道,再傻的女人也会演这点儿小把戏。

崔禾大概真的相信了刘香云,他不再强调真真假假一类,盯着她,开始深入地追问细节。

"他对你……到什么程度?"

刘香云的脸刷的红了。这怎么朝外讲呀!她迟疑了好一会儿,不知怎么开口。她也在想,他问得这么细,有这个必要么?

崔股长看出了她的顾虑,笑了笑:"不要不好意思嘛,你知道,你讲的情况对于孟满问题的性质是很关键的。如果你们两个人是恋爱关系,就没有必要多追究了嘛!年轻人,一时冲动,以后注意点儿影响就是了嘛!如果你和他没有这层关系,那么问题就有些严重了……对你没什么,你是受害者嘛,应该勇敢地站出来揭发他批判他才对!"崔股长又盯着刘香云看了一会儿,揣摸着她的心思。"嗯?——"他最后在鼻孔里又发出一声问讯。

刘香云心里已经掂出了轻重。孟满追求她,她并没有想和孟满发展什么关系,这是实际情况,但是难道现在这个时刻就要做出违心的选择么?"不!我跟他没有关系!"她坚决地说。她认为自己问心无愧。

崔股长垂下眼皮沉默了片刻:"这么说是他主动的了?"

"是。"刘香云主意已定。她不想出卖自己。

"他对你是胁迫?"

"是。"

"他对你都干了些什么?"

又是这个问题。刘香云不愿回答,有意无意地又叹了一口气。

两个人又沉默着僵持了一会儿。"好吧!"崔禾终于摆了一下手说,"你不好意思讲出来,也就别讲啦,看来,孟满这错误犯的是不轻呐!岂止是错误,上纲上线地认识,可以说是犯罪!"崔禾说到这里,观察了一下刘香云的脸色。他看到她的手颤动了一下,又坐稳了:"你回去吧,你不必有顾虑,到时候开批判会,不会涉及你的名字的……"

崔股长把刘香云送出房门,回来后在房间里来来回回地踱了好一会儿。他也有些弄不清刘香云是羞于启口还是隐瞒了一些实情,借以保护她自己。不管怎么样,大批判是要进行的哟!他想。那就只好由你孟满一个人兜着喽!在一般情况下,男人总比女人更沉不住气嘛!

他认为任何男人都能感受这一点。尽管他知道孟满还没有过什么生活阅历。

批判会按计划进行。会上,工作组长崔禾对孟满进行了严厉的点名批判。最后声明:"孟满的错误虽然是严重的,尚属于人民内部矛盾,所以再给他一个机会,让他接受教训、改正错误。"崔股长没有食言,他不但没点刘香云的名,还对她进行了保护,特意说明要对受到孟满伤害的同志应当理解同情关怀等。

散会以后,孟晓丽越想越窝火。回到宿舍,她噼里啪啦把自己的脸盆被子摔砸了一阵。"他妈的,明明是俩人的事,都推到我哥一个人头上!"她一边摔东西一边骂。刘香云在食堂干活听不见,其他人听见了也不劝阻、不吱声。正是星期天,农闲间的星期天开过会照常休息,同伴一个个抱起脸盆到小溪边洗衣服去了。

刘英姿被工作组留下又交代了一些任务才回宿舍。她进到寝室,见孟晓丽一个人在东抓一把西抓一把地撒火,知道她火在哪里。她本来对刘香云就没多少好感,开会又见把责任都推在孟满一个人身上,心里早有些不平。这时看孟晓丽撒火,她也有些忍不住了,只是作为排长,又不能不和工作组保持一致,不能不注意些分寸。"你在这儿撒啥疯呀!"她说孟晓丽,"有这早劝着点儿你哥,别惹出事来,比啥不强!"

"我劝他?我劝他还不够别人勾的!"孟晓丽气呼呼地坐在炕边上,"我早就告诉过他别当傻蛋,他就是不听我的!你说,这事儿能都赖他一个人么?"

"赖不赖的也这样儿了。"刘英姿到底比孟晓丽沉着,她想到了工作的下一步，觉得还是该给孟晓丽点点路子。两人到底不是一般的好朋友啊！"要是光开开会批判一下，算是便宜的，只怕后边还有个处理呢……"

"处理？咋处理？总不至于抓起来！"

"抓是不至于抓，要弄个处分啥的也够呛，放进档案里，这一辈子算是背上了。"

孟晓丽的确没有想到还有组织处理这一层，她有些无策了："那你说咋办？"

"咋办？我有啥办法？不行就让你哥找崔股长谈谈去呗，替自己也开脱开脱！趁着现在处分没下来，还有用，晚了可就来不及了。"

孟晓丽听刘英姿说完，怔着想了想，二话没说，出门找哥哥孟满去了。

孟满正躺在炕上把双臂枕在脑后，望着屋顶发呆。他没有想到那天一阵发昏，把事情闹得这么大。懊悔之余，心里也不由暗暗埋怨刘香云。他不理解她平时对自己那么含情脉脉的样子，这时候怎么又不出来共同承担点责任。不过，他虽然有点儿怨怪，还是不愿意把刘香云扯带得太苦。好汉做事好汉当么，干吗给她也弄一身不是！这么想着，心里宽敞了许多，再一想到全连人都明白了他和刘香云的关系，心里还暗暗有些自慰。他相信，谁都会跟他自己一样信奉"一个巴掌拍不响"的格言。

孟晓丽来到男生宿舍，在外边啪啪拍了两下门板，没有人吱声，她迈腿便进去了。进到寝室里，看见只有哥哥一个人躺在炕上。"敲门你咋也不吱声？"她嗔怪哥哥。

"谁爱进谁进呗！"孟满见妹妹进来，躺着并没动，只把身子转了个个儿,调换了一个方向。"你来干啥?"他问妹妹。

"看看你还作啥妖呗!"

"我有啥妖可作!"孟满不屑地撇了撇嘴,把一条腿架到另一条腿上,"管好你自己得了,少跟我多事!"

"我跟你多事?"孟晓丽冷笑着瘪了瘪嘴,"多事的人现在闲在着呢,哪像你一个人活受罪,挨了批,说不定还得来个处分。"

"处分?"孟满惊讶地抬起脑袋看了看妹妹。挨批判已经够让人难受的了。当时他虽然没被叫到前面去像文化大革命里的牛鬼蛇神那样低着头,可当时坐在长条板凳上,也如坐针毡。以往有谁为什么事情被连里点名挨批,别人都会递来个眼神窃笑,他这次挨批的情形可不一样,大家的表情都很严肃,开会时候没有一个人理睬他。他还从来没有忍受过这样的孤独。

"处分就处分吧,那也没啥了不起。"他重新倒在炕上,做出副满不在乎的神情。在乎又有什么办法?除了刘香云,现在怕是谁也不能救他。

孟晓丽见哥哥摆出副破罐子破摔的架势,又恼恨又心疼。"你找崔股长谈谈去呀!"她婉声地劝哥哥说,"跟他谈谈,说不定有点儿用。"

"谈啥?"

"谈啥?谈那不是你一个人的事!凭啥黑锅让你一个人背着?!"孟晓丽恨得鼻尖儿都有点红。孟满一见妹妹这神情,就知道她真的动心思了。他从心里深处对妹妹又是感激又是怜爱。是呀,自己干吗不找个妹妹这样又单纯又义气的姑娘?和妹妹比起来,那个刘香云简直显得又迟钝又蠢,真不知怎么为她昏了头。我图她点什么?他问自己。想到刘香云愚笨中竟还含着狡诈,害得自己这副模样,他简直仇恨她了。他决定从现在起,一定把她从脑子里清除出去,彻底清除出去!他可拿不出一副装模作样的温情。但是,他也决定决不去为自己求情。这类事嘛,做也就做了,还装啥孬包!

"我没啥可谈的!"他生硬地顶撞妹妹说,"你别逼我,让我干不愿意干的事!"

"我逼你干啥呀?"孟晓丽委屈地叫起来,"真是不识好歹!得,你愿意咋着咋着吧!"孟晓丽生气地扭头闯出屋去了。

孟晓丽一个人在公路上游荡。她来到一个山岗子坡上,这里两边都是高高大大的白桦树。白桦树林向两旁的荒野间伸展着,不知有多么深远。她撕扯下一块桦树皮在手心里搓弄。若是带个小刀子来,将桦树皮切割下整整齐齐的一块,连着里边的一层,可以当成好玩儿的艺术品收藏起来。她见过苏晚晴收藏的几块白桦树皮,上面用钢笔画了些风景,倒真是有点意思。自己撕下的这块什么用处也没有,只有薄薄的一层,像是一张破纸涂了层不均匀的白浆。她搓弄了一会儿,随手把它撕碎,扔在路边的草丛里。

独自乱走了一阵,离开连队足有三四里地远了。这么半天公路上没跑过一辆汽车,旷野里也真是寂寞得让人难受。躲开人们一会儿心里平静些,对哥哥的焦虑和对刘香云的怨恨似乎都被白桦林的穿堂风冲淡了。她这一阵子思索了好多,想事情想得脑子都有些发涨。她觉得自己一辈子都没这么动过脑子。她想的不外乎是哥哥的事。怎么能弄得对他的处罚减轻些呢?思来想去,只有自己出马了。不然的话,哥哥那犟脾气只能把事情越搅越糟。

她决定自己亲自去找崔股长。她不信自己一把鼻涕一把泪地打动不了那老头子的心。主意拿定,孟晓丽匆匆返回了连队。

五六里地晃荡出去又晃荡回来,没想到食堂早开过午饭了。连队安静得很,七月的太阳晒得正烈,大概所有人都睡午觉了。孟晓丽路经麦场时看看手表,还不到一点钟。心里又有些毛躁躁的,她巴不得现在就叫出崔股长来。要么假装去小卖店买东西,看看他睡没睡吧……她这样想着,拐进了去连部的小道。

小卖店的门挂着锁头,连部的门则敞开着。崔股长没有午睡,他正在忙来忙去地准备为自己沏一杯茶水。办公桌上放着两个暖瓶,瓶里的开水平时由隔壁的连长家属给烧好送过来。孟晓丽朝小卖店探了探头,假装要买东西的样子,而后又朝连部的屋里看了看。"小卖店没有人呀?"她问崔禾。

崔禾刚刚放好茶叶又倒上水,把暖瓶放回办公桌上,见一个女孩子朝他问话,和悦地龇开一口白牙笑了笑:"唉,人家中午也要休息休息嘛!要买东西呀?进来坐一会儿吧!"

"她一会儿就来么?"孟晓丽借机跨进屋里,假装不知地问。她指的是代销员。

"大概要三点多钟吧。"崔禾疑惑地看了看她,他大概奇怪这姑娘怎么连连队里最平常的事情也不清楚。

"你是哪儿来的知青呀?"他问孟晓丽,顺手指了指椅子,"来,坐下呆一会儿吧!"

孟晓丽大大方方地坐下。她很高兴这个头儿开得不怎么尴尬。

"哈尔滨的。"她话一出口,立刻想到要接着跟上去,不然的话一扯到别的自己就不好开口了。"我是孟满的妹妹,"她直视着崔禾,亮出一副十分坦诚十分单纯的样子说,"我叫孟晓丽。"

"呃。"崔禾稍稍顿了一下,他意识到这姑娘并不是为了买东西来的。"你这一说,我倒看出来,你们兄妹俩长得有点儿像呀!"他有意随便扯着话题,等待孟晓丽讲出什么。他看得出来,这姑娘和孟满一样聪明又简单,大概比她哥哥还要多出一些乖巧。

孟晓丽四处张望一下,解除了心里最后一点儿拘束。"工作组其他的人呢?"她有些纳闷,又有些高兴。这时候真巧,只有崔股长一个人。要是工作组的那几个人都在,她可太有点儿势单力薄了,那可怎么开口呀!现在正好,倒也省得动心眼儿怎么把崔股长和别人调开了。她想来想去只能单独找崔禾一个人谈,找别人不顶事,他们汇报时再添油加醋,说不定会弄得自己难堪。找崔股长么,豁出去了,他爱怎么办怎么办吧,顶事儿更好,不顶事他一个现役军人老头子,总不至于拿自己去讥讽嘲笑嚼舌头吧?她挪动了一下身子,坐得松弛些。她准备跟崔股长接触正题了。

崔禾揣摩出孟晓丽的动机了。他猜测她脑子里想的并不是工作组人们怎样,而是要找个话头扯出她自己的话题。她究竟有什么事情来呢?八成是为了孟满!他想着,便问她:"你找我们有什么事情吧?其他同志都回团里去了,明天一早回来。我没什么事儿,家也不在这里,懒得来回跑了。你说说吧,有什么事情?"

崔禾的态度极和蔼极可亲,使孟晓丽觉得哥哥的委屈一下子变成了她自己的委屈。她清醒地、悠然地想到正要引起崔股长的同情,于是顺水推舟地眼圈儿一下子红了。"我正是要找您,为我哥哥的事儿。"说着,竟然又滴下了几颗眼泪。

崔禾见孟晓丽没讲事情先掉眼泪,心想这孩子真是没点儿城府,不由得哈哈笑了。"嗨，为谁的事情也用不着掉眼泪嘛！"他摘下炕头上方拴的绳子上挂着的一条毛巾递给孟晓丽，"有什么心事说说嘛，工作组你还不信任吗？"

"当然信任，所以我才来找您。"孟晓丽把毛巾放在桌子上，用手背抹了抹眼泪，"我想跟您说，我哥哥太冤枉了。"

"怎么冤枉哇？"崔禾望着孟晓丽，像望着一个尚未懂事的小女孩。

"那根本不能怪他一个人。"孟晓丽鼓了鼓劲儿，才接着说下去，"我早就告诉过他，让他别理刘香云。"

"为什么呢？"崔禾仍是笑吟吟地望着孟晓丽问。

"反正……反正我觉得她那个人不怎么样！"

"有什么证据说人家不怎么样呢？"崔禾感觉出来，自己像是在哄一个小孩子。这孩子真有点儿可爱，竟然敢不管不顾地跑到他面前来给她的哥哥打抱不平。她倒真是不怕把她也批一通呢！当然，他并不打算批评她。最初他连孟满也没打算点名批判的。他还不理解吗？这寂寥的荒原，许多人聚在一起也驱遣不掉心头的孤独。这孤独感不是环境和人造成的，它来自荒原的深处，来自它古远的历史酿就的苍凉，来自它深厚的内力使人感受到软弱和无奈。在这荒原面前，人人都无法把握自己。虽然日出而作日落而息地生产劳动和工作，却不知置身于这无际的旷野上该何去何从。莫说一个二十多岁尚未涉世的男孩子，就是自己，一个过了知天命之年的老头子，又哪知道自己的命运在何方呢？又哪知道将来有什么东西可以慰藉由这荒原的苍凉传递给自己心灵的苍凉感呢？这心灵的苍凉感是可怕的，它就像一块冰石坠着自己朝水底拖拽，于是在心里又抗拒地生发出一股火焰焦灼地升腾。这是求生的火焰，欲望的火焰，只是谁也不清楚，这火焰将把自己焚毁还是重新锻造。

他在对孟满抱以一丝同情的同时，也并不想对刘香云有什么责难。在那女青年身上，他已经看出了成熟的影子。这种肉感的成熟，使人厌恶，又使人焦渴。在他看来一切都不是什么大不了的事，批判孟满和批判那个早就死去两千多年的孔老二一样，不过是形势需要罢了。形势需要歌颂谁就歌颂谁，形势需要批判谁就批判谁，歌颂与批判的对象不过都是人为确定的，就犹如团党委会上几个人议论议论就决定把这个连队作为整党试点，又犹如他磕磕手指关节就决定了批判孟满。

对孟满的处理可松可紧，他有这个权力，还有比这更大一些的权力。只是眼前怎么应付他这个妹妹呢？这姑娘刚才的一套有真也有假，有聪明也有愚蠢，这些都没有逃过他的眼睛。她这点儿小把戏怎么能哄得过我这老头子哟！崔禾心里得意地想着，他还想拿这姑娘再开开心。

"好啦，别再强调别人怎么样啦！"他拍了拍孟晓丽的肩膀，"他已经犯了错误，你说该怎么办呢？"

崔禾的手拍到孟晓丽肩上，她心里禁不住打了个寒战。她觉得这肩膀拍得实在多余，没有必要，令她从心里觉得不舒服。不过，她又从中得到一个信号，一个自己可以得寸进尺提出要求的信号。她紧紧抓住了这个信号，这个机会。"是不是还要给我哥哥处分呀？"她一脸天真地，带着几分娇嗔地问。

"处分不处分，这要看组织上研究的结果呀！"崔禾望着她，怀有一点儿隐隐的戏谑。

"要处分,应该俩人一块儿处分!"孟晓丽发现,现在,打动面前这老头子,娇嗲是比眼泪更有力的武器,她干脆连身子也摇动起来了。她摇动着身体,侧歪着头又说,"其实,批判就应该把他俩一块儿批判哩,要不,就也不应该批判我哥!"

崔禾望着面前这撒娇的女孩子,自觉着自己的心有些浮动起来了。天气真是燥热,体内的燥热没处排,周身都有些酥软软的。他想这女孩子呆的时间有些长了。"好啦,你的意见我可以考虑考虑,不过么……"他忽然生出一个模模糊糊的念头,想用什么东西牵制住这女孩子。或者就给她拴条没影儿的橡皮筋儿吧,远远近近地拽着,带着点儿弹性……于是他思索着说,"究竟怎么个处理结果,我还是要看大家的意见嘛!……"

他说着,明显地做了个送客的手势。孟晓丽知趣地站起身来。她走到门口时,感觉到崔股长一只温热的手抚在了她的背上。

18

苏晚晴靠在帆布帐篷门口,无所事事地望着门外的风景。脚下的草地一直向前铺展着,直伸到西坡下的小溪边上。看不见小溪,草地在滑下坡前,先顺势漫上了一道低冈。就在那冈上有一个白桦木杆圈起的牛栏,牛儿们悠闲地嗅着栏里边的青草,坠着缨梢的细尾巴在身后摇来摇去地哄赶着叮到身上的蚊蝇蝇虫。牛栏后边便是遮挡住溪水的灌木丛，从帐篷这里望去，草地、牛栏、树丛、蓝天和谐地搭配在一起，再亮进草地上点缀的几朵小红花，眼前真是一幅绝妙的油彩风景画。若是以往，苏晚晴的心必然要为这大自然的美景所动，但是现在却不然。眼看着大家忙着去干活，自己只是闷在这帐篷里看着周怀庆写检查，心里真是憋闷极了。她也奇怪，连里那么多家庭出身好又积极进步的年轻人，为什么偏偏挑中自己来"协助工作组工作"？再想想前一阵子父亲也是这么闷在一间小屋里写检查，直到现在家里的去向还没个着落，自己反被工作组交代着"帮助周怀庆"，总觉得这就像在演戏。不仅自己，整个生活都像在演戏。她哪里知道，把她挑出来这是指导员晋香的建议。

　　在晋香看来，混迹在知识青年中的毫不起眼的苏晚晴，其实很有些与众不同。他在好几种场合观察过她、留意过她，发现她文文弱弱的外表静得如一潭水，干活时候却显出了令人吃惊的耐力。他看过她的档案，知道她那个家庭给过她良好的文化教育，于是从中估计，在她清秀、忧郁的面容之下，肯定蕴藏了深厚的、不为人知的潜能。可是这样的姑娘从城市来到边疆，和所有的知识青年一样，所体现的全部价值就是扛锄头，这使他心里时常感到不平衡。难道就这么扛着锄头一直扛到老扛到死么？他为这些年轻人惋惜，更为苏晚晴惋惜。不但惋惜，甚至有几分怜悯。看着她不是像个老农一样弯腰弓背地在大田里劳作就是硬撑得像个壮汉子似的扛着半麻袋麦种走跳板，心里就隐隐地有些酸楚。他很想给她调换个工作，让她少做些体力活，可是连队里对于她合适的工作实在有限。会计、出纳、文书、卫生员、代销员、小孩子的复试班教师之类早早都有人占了位置，她的家庭出身成分高，父亲和社会关系又都有些问题，拿政治条件一比，她就要被比下来，换个工作谈何容易？再说，小小一个连队，也实在难得找到机会。工作组提出要找个连队知青帮忙，晋香决定为苏晚晴抓住这个机会。他向崔禾摆了苏晚晴除出身之外的种种合适条件，说得崔禾终于点了头。

苏晚晴当然不知道指导员晋香对她的这一片好心，相反，简直像有几分不领情，她时时都想回到大田里干活去。自从朱虹死后，她越来越害怕独处了，孤单单的气氛给心头总是罩上一层压抑的灰云。和大家在一起，听着别人说笑，哪怕是听着别人吵架斗嘴，也觉得稍稍充实一些。不知道连里为什么在离麦场不远的空地上搭了这么一个帆布帐篷，对周怀庆进行隔离反省，让他一天二十四小时不再出去。夜里有工作组一个叫华兵的男同志陪同他睡觉，白天工作组去开展别的活动，就由苏晚晴一个人陪着周怀庆写检查。每逢这时候，虽然还有个周怀庆，她仍是觉得孤独。她对周怀庆并没有戒心，觉得他大不了只是有一点儿狡猾，可决不像贪污犯的样子。周怀庆有了活思想也不避讳她，觉得跟这姑娘讲话，比跟工作组讲话轻松得多，于是有时候就东拉西扯地跟苏晚晴聊聊天儿。有一天他问苏晚晴："哎，你知道为啥给我办学习班？"

"谁让你犯错误了！"苏晚晴说。

"我犯了错误？"

"不是说你用了食堂二百块钱公款么？你自己还不知道？"

"我当然知道。"周怀庆使劲抿了抿嘴唇，"我知道我没沾过食堂一分钱。吃食堂别的炊事员交伙食费，我也照样交，一分钱没少过。"

"那你弄那钱干什么去了?"苏晚晴认真地问。

"我说了,我一分钱没沾!"周怀庆坚定地说,"我要钱有啥用?老婆没了,孩子死了,指不定哪天我自己也活够了呢,我还用得着贪污钱吗!"

"那你怎么不把这些跟工作组说呢?"

"说了,他们不信,说是食堂的账上有问题。那账还是从杨振玉那会儿接下来的呢!不过这也怪我,我接账时没仔细清算清算另立账。后来么,我也懒,觉得我也不会沾你的还用得着弄那么细吗,有的账就没认真记……"

周怀庆说这番话时大大咧咧的好像随便讲别人的故事,心头并不像有压力的样子。这使苏晚晴感到奇怪,她不知道这个人是对自己的名誉不在乎,还是对生命也已经不在乎。"老婆没了,孩子死了……"这话从他嘴里跳出来不带有一点儿痛苦感,倒更让苏晚晴觉得阴森。她想真说不定哪一天他"活够了"就没了影儿。一条生命在他看起来那么轻飘,如一阵过路的风,想来就来了,想走就走了。这荒原上的生命都是脱却了肉体的灵魂么?苏晚晴不知不觉地从周怀庆一番话又联想起了翠珠被扒光裸开的身子和萨满太太。于是她又认定生命在这荒原上存在着,也并不像周怀庆说的那般轻飘。它很沉重,格外沉重。假若让她搁置于朱虹那样一个境地里,她肯定没有力量把生命与灵魂分开。

"我要上趟厕所。"周怀庆在身后很随便地说。苏晚晴从远处牛栏的桦木杆上收回目光,转头看了看周怀庆。

"我要上趟厕所。"周怀庆见苏晚晴没有反应,站起身伸了个懒腰,又说了一遍。

"去吧。"苏晚晴尴尬地点了点头。整天和周怀庆呆在这帐篷里,别的都好说,令她难堪的就是这上厕所。工作组长崔禾当初对她交代过:请你给我们帮忙,眼下的任务么,就是帮助周怀庆写检查;跟他一起学习学习,另外就是看着他别出意外。写检查只能依靠周怀庆自己写,他脑袋里的事情,自己怎么能清楚?有不会写的字告诉告诉他罢了,至于他写了些什么,苏晚晴连看也不看。工作组的华兵和周怀庆每晚都睡在一起,写得是不是符合事实,深刻不深刻的,让他去看吧,自己没必要掺和那么多。一起学习么?毛泽东的著作,各看各的,互不干扰,情况不同,心得体会也用不着交流,苏晚晴从第一天就给自己规定了一条:只看着他别出事情就行了。其实么,意外的事故也不可能出,苏晚晴心里清楚,让周怀庆离开只有他一个人的家住进这帐篷里,为的就是隔离开出事故的环境条件,帐篷里很安全,四周的围墙都是软塌塌的。唯一的"意外"也就是跑了,而逃跑只有"上厕所"这一个机会。苏晚晴才不相信周怀庆会逃跑,她看不出他有那个心态,但是每次她又不得不提醒他:"你可别逃跑哇!"

"那怎么会!"周怀庆每次都是戏谑地朝她一笑。

几天下来,苏晚晴越来越觉得无聊,她借着"上厕所"为理由对华兵说:"你们换个男同志看着他吧,我看他不方便!"

华兵也是个知青,极踏实极认真,他愣怔着想了一会儿,大概觉得苏晚晴提得有道理,只好点了点头:"是有点儿不方便,我跟崔股长提一提吧。"

实际上,自从工作组一进连队,在全连面前一露面,苏晚晴立刻认出来了,那个率队的工作组长,正是她来边疆时在火车上找她谈话，通知她改变去向到边境地区来的那个现役军人。在那种情势下，一两个现役军人从大城市里接领来好几百个知青，就像是一两个演员面对着成百上千的观众，大家能认识崔禾，崔禾可记不住每一个知青，所以，直到晋香推荐苏晚晴直接与工作组打了交道，他也没认出苏晚晴来。苏晚晴呢，她知道兵团不过都是集体种地罢了，这里又风景独好，便从来也没记恨过崔禾，自然，尽管认出崔禾，她也没再和他提起过往事。那样做没有什么意义，她也不愿意和别人随便拉关系。

崔禾想不到苏晚晴与自己还有过一段结识的插曲。他只是不想立刻放走她。从第一次见到苏晚晴时，他就感觉出这姑娘和那个刘香云、孟晓丽属于截然不同的两类人。那两个心眼儿活络、有心计，不过是用眉眼的灵活掩盖了内心的无知。这一个不同，这一个看上去未谙人世似的纯洁，但这纯洁的背后似乎还有一些神秘的东西令人捉摸不透。崔禾觉得自己无形中被这神秘慑住了，他很想探知这姑娘的心灵，但又不知从何处下手。他想起还有一大套阶段工作的总结要写，这倒正是继续和她接触的机会。于是他同意了华兵的意见。

"好吧，那个小苏可以不去看着周怀庆了，周怀庆的学习班么，办到这里也就算了吧！"他对工作组员们提议说，"我看了他写的第三遍检查，和前两次写的没什么提高，还是躲躲闪闪地否认自己的问题。我看嘛，先停下来，做个阶段总结，听听群众反映，再开展下一步……下一步，可就该动真格的喽，盖子要彻底揭开，弄出来的问题，该批判的狠狠批判，有问题的人该处理的就处理，这是阶级斗争的反映嘛，不能心慈手软哟！"

依照崔股长的提议布置，周怀庆当晚就离开帐篷回了自己家去住。苏晚晴不再去看着周怀庆,从第二天开始,她将开始为工作组起草前一阶段的整党工作总结材料。

苏晚晴觉得让自己写整党工作的总结材料实在有些荒唐。自己不是党员,又不知道工作组一天到晚都忙了些什么,这可怎么写呀?上午崔股长详详细细地给她讲了半天,她仍是抓不着头绪。弄几块砖架块木板当小板凳趴在炕沿上,抬头望着窗外的蓝天发愣,就是落不下笔。坐得矮,窗子高,望着天空就像贴在窗口的一块湛蓝湛蓝的玻璃,又洁净又明亮。别人都下地去了,一个人呆在宿舍里,真难受,就好像有意偷懒似的。她最害怕别人忙着她一个人闲下来,没人盯着,自己心里就发毛。她等大家午睡了一会儿走后,赶紧给大家打好水晒在脸盆里。这几天有一群家属家的鸭子不知怎么认了路,天天摇摇摆摆地走好远的路到知青宿舍这边来观光,见了一个个花脸盆里盛满着水,伸着脖子就叭叭地喝,连脑袋也扎进脸盆里洗涮,涮完脑袋还高兴地甩甩,溅得亮晶晶的水珠满处飞,真让人气不得也笑不得。把脸盆盖上水就晒不热,不盖上鸭子们就来糟蹋,气得大家嗷嗷发了好几天疯。刘英姿甚至叉着腰对着那群鸭子叫骂:"他妈的,明天你们再来,我非把你们脖子拧断不可!"骂归骂,终究一只鸭子的脖子也没敢拧。倒是有一天不知谁踢了一只鸭子的鼓嗉子,那鸭子两天没吃食,惹得人家家属站在麦场边上骂了大半天。

这两天还好,鸭子们又发现了新大陆,都转移到男生宿舍那边去了,窗下总算清静了许多。

苏晚晴刚刚到房外看了看晒着的水,回到屋里,发现工作组长崔禾不知什么时候来了。"呃,崔股长,您来了!"她局促地笑了笑打了个招呼。这老头子大概第一次下到连队的女生宿舍来,看着什么都新鲜,捏捏漱口杯,从炕席上扯下一根苇席的毛刺,一点儿一点儿拆碎,磨蹭了好一会儿才在炕边坐下。

"材料写得怎么样呢?"

苏晚晴有点儿不好意思:"我还是不知道该怎么写。要不……换个人吧,华兵写倒更合适。"

"哎,他有他的工作嘛!"崔禾和悦地笑着说,"你就大胆动笔嘛,意思我已经跟你说过了,客观地摆一摆连队的问题,对这些问题提到一定高度来分析认识,然后嘛,还要适当提出点儿解决问题的意见。意见可以是商榷性的,问题还没有搞完嘛!具体的处理,一是要把问题弄清,再还要听听群众反映嘛!"

苏晚晴静听着崔禾指点,听崔禾说几句,她就温顺地点点头,其实她心里仍是懵懵懂懂一片,只想等崔禾走了自己好静下来想一想。崔禾一二三四地又将总结的内容交代了一通,苏晚晴坐在小板凳上,详详细细地做了记录。崔禾交代完,站起身来:"好了,你写吧,我不打扰你了,有问题到连部那屋去找我。"

到门外,苏晚晴用目光把他送出好远。崔禾受过伤的右腿稍稍有一点儿跛,但那跛腿屈张得十分自如,仿佛只是散步的人有意做出的潇洒。不知怎么,苏晚晴觉得这潇洒的姿态中隐蔽了一种蹊跷的东西。是什么?是一条似有似无的绳索吧?悄悄地抻拽着她束缚着她,温馨着她又拨弄着她。这是一条危险的绳索!她不由自主地警觉起来了。

刘香云自从被崔禾找去谈了一次话以后,心里就总有些不踏实。

她被列为了"受害者",没有受到任何冲击和批判,但是她感觉到,大家并不这样看。从那一天开始,除了卢玉霞当着她的面安慰了她一阵,又当着另外两个来打夜班饭的男生骂了孟满一通,再没有任何人对她做过任何表示。这真糟糕透了!她很想跟谁随便谈谈,哪怕不提这段事,只天南地北地扯扯别的也好,可是不知这一阵是大家真忙还是有意躲避开她,她竟然拉不住一个人。平时她已经不愿意在大宿舍里呆,孟晓丽出来进去地使劲哼鼻子,令她尴尬。连睡在她同屋的苏晚晴也抓不着了,那家伙一天到晚泡在麦场旁边的帆布帐篷里,好像已经与世隔绝了,除去睡觉,只有在打饭窗口还能看见她。刘香云憋闷得难受,有一天只有谢冬梅在屋里,她试探着对谢冬梅说:"你说我咋这么倒霉呢?"她想和谢冬梅说点什么,也想从她嘴里探出些大家对她的看法。她想,谢冬梅脑子决不会多出一根弦,把她的试探传给别人。哪知道,谢冬梅比她想得还少一根弦。

"有什么倒霉的呀,你不是挺好的吗!"谢冬梅根本不理解她的意思。

"唉,孟满挨了批,有人说怨我呢!"刘香云顺势编造着话。

"我没听说有人怨你呀!"谢冬梅认真地瞪大了眼睛,"我倒是听她们说,你挺美的。"

"有啥好美的?"刘香云做作地叹了口气,表示出心有重负的样子。她听这话有些不顺耳。

"她们说,俩人的事,孟满一个人担起来了,孟满够义气,你可是够美的……"

若是别人这样说,刘香云会以为是当面讽刺她;话出自谢冬梅口中,她只好吃不了也咽下去了。不过,这可真比吃个苍蝇还堵心,她们这话是啥意思呢？是认为自己推卸了责任，还是说自己和孟满早就绑在了一块儿？哪种意思都够呛！前者贬斥了自己的人格，后者将影响她心中的目标。她必须通过什么人传达一下自己的思想了。她仍选中了苏晚晴。苏晚晴不像别的女生那么爱惹是非，也不像谢冬梅那么傻，而且，她还必须排除这个障碍呢！

刘香云趁着下午一段时间里食堂没多少事情，便回了宿舍。进门看见苏晚晴正趴在炕沿上写着什么，她假装不知道她在屋里。

"哎，你还没写完那啥材料呀？"

"没有，早着呢！"苏晚晴转过头来。

"我以为你说写啥的是在工作组那屋呢！"

"我一直在咱屋写的，工作组那儿哪有地方？"苏晚晴放下笔，故意挺了挺身体。她一见有人进屋，就想到自己没有下地干活去，心里就老大的不自在，"你们休息了么？"

"食堂这会儿哪休息，我回来取点儿东西。"

刘香云假装这儿那儿翻腾了一阵，什么也没有拿出来。

"你找什么？"苏晚晴问。

"我……"刘香云一时想不出有什么可找，眨了眨眼睛才想出来说，"我想回来拿块肥皂的，食堂现在没使的了……"

"你把我这拿去吧！"苏晚晴站起身把火墙边台子上自己的一条肥皂拿下来递给刘香云。

"那你用啥？"

"我有。我从家里带来的还有呢！"苏晚晴真心诚意地把那肥皂塞进刘香云手里。

刘香云把肥皂接在手里，踟躅着没有离开。她在想怎样才能把话题扯起来。苏晚晴见她似乎还在疑疑惑惑地想着什么,以为她还有东西没有拿。"你还需要什么?"她问。

刘香云见她问,干脆一下子坐到炕沿上。她想绕来绕去倒不如开门见山了。"你跟工作组在一块儿,听没听说要把孟满咋着?"她想先端出孟满,再连上自己。

"没有。"苏晚晴平和地摇了摇头。她不想为工作组的工作泄密,也不想欺骗朋友,她开始斟酌起字眼儿。

"听说要给他处分?"刘香云不信任地盯着苏晚晴,又问。苏晚晴看出了她的不信任。其实,她也早就不信任刘香云。她看出刘香云在拒绝孟满的同时,又在时时引起他的注意。她看得出刘香云是这类女性。这类女人她在外国小说里看得多了。不过,何必又指责小说里那些人物,何必又指责刘香云,所有的人不都是这样么!谁在异性面前心不是都在波动!崇敬、喜爱、鄙视、厌恶,或好或坏的感觉都是心理和生理的反应。只不过人的好恶标准和敏感程度不同罢了。人的心理上的接纳范围也大有不同。她苏晚晴的心理接纳范围可是过于狭窄了。敏感的性格和唯美主义的艺术倾向使她几乎把人的外形和内在的品质合为一体来看待,她虽然表面上宽和温柔,内心里却很挑剔。她知道刘香云和自己不一样,刘香云狭隘的外表掩盖了她骨子里的东西;她心里盛得下所有的异性,只要他们对她好,只要他们在哪一个方面让她满足。为此当苏晚晴听同宿舍的伙伴们议论刘香云在食堂的小库房里和孟满如何如何时,她并不惊奇,只是对刘香云的作为从内心里有些鄙视。这也算爱情么?在她看来,小库房里的爱情和《静静的顿河》里的干草堆里的爱情一样,恋慕被欲望取代了。那里面不再有浪漫和神圣,没有留下任何令人向往的空间。相反,留给人的，只是撒在身上的面粉和粘在头上的草屑的萎缩的影子。

苏晚晴移开目光，躲避开刘香云的注视。她想了想，关于如何处理孟满的事情，还没有听工作组人员拿出个什么定论，这又怎么说给刘香云呢？她正迟疑着，刘香云又转了话题："听说孟满一个劲儿地怪我呢，也不知是真是假……"

"不，他从来没有说过你什么。"苏晚晴认真地告诉她。见刘香云扯到自己，话又说得轻飘飘的，苏晚晴有点儿摸不透她了。她慢悠悠地翻弄着纸页，静等着刘香云下边再说什么。刘香云见话头已经挑开，再也没有什么顾虑，一股脑儿把要说的话全都端了出来：

"孟满要是推到我身上，那他可就是更坏了。别人不知道，你还不知道吗？我怎么会跟他扯？说实在的，躲还躲不及呢！要不让乔晨生看见，该怎么想？"

苏晚晴的心咚的一沉。她只以为刘香云是要解释点什么，没想到在这个当口上她又扯出了乔晨生，这使她有些失措。自那次脚被烫伤后他为了表示歉意说过几句话，直到现在似乎都很少看到他的影子。是因为自己整天缩在帐篷里陪着周怀庆写检查与世隔绝了，还是因为这里面有了什么插曲呢？苏晚晴心里有些郁郁不快起来。她愣怔怔地看着刘香云，一时说不出话来。刘香云大概看出了她神情有些异常，眼球转动了一下，又紧紧地盯在她脸上："你看乔晨生这人怎么样？"

苏晚晴又没想到刘香云会直截了当地对她提出这么个问题，这里面是征询，是试探，还是挑衅？她觉出刘香云的问话中很带着一些锋芒，于是，她突然决定，自己该退却了，彻底退却。多么可耻呀，自己竟然暗暗恋慕着一个别人倾慕的人。而且，他，那个细长的影子，又是那么轮廓不清。他脑子里到底在想些什么？她等待着他再重复一遍坐在汤旺河车站枕木上的话,她期待的时刻至今没再出现。是一场误会么?是自己无端的臆想么?那不但可耻,而且可悲、无聊了。自己干吗搅进那样的争端里去呀!她在决定退却的同时,也暗暗下了决心,从此再也不理会他!无论他怎么想,无论刘香云怎么想,掺进沙子的友谊总是令人厌恶!她见刘香云还紧紧地盯着自己,等待自己拿出答案,于是努力提着气,故意淡淡地笑了一下,模棱两可地回答:"大概还可以吧。"

刘香云疑惑地慢慢眨动了两下眼皮,然后又像一下子提起了精气神,重新把目光盯到苏晚晴脸上。她一边死死地盯着,似乎观察着对方的神色,一边又慢慢悠悠地像叙家常一样说起来:

"其实,乔晨生的条件并不怎么样的。"她的目光在苏晚晴的脸上扫了扫,"你知道么,他爸的问题挺大,具体我也不清楚,反正他的思想包袱挺重。我倒是不怕啥,不说根红苗儿壮吧,也算差不多,要是别人,怕还不敢找他呢!"

苏晚晴静静地听刘香云讲着乔晨生,心里静极了,静得漾不起一点儿波纹。她什么也不想,脑子一点儿也不转动,只把刘香云的话一字一句地记下来,刻在心中。心里深处的一个地方告诉她:她在用家庭出身向自己施加压力,要夺走她心中深藏的最宝贵的一点儿东西。然而,心静得连一点儿自我护卫的意识也没有,只是任她搜刮,任她掠夺,直到自己的心已经被她掏空了,才看见她站起身来:

"哎,别耽误你写了,食堂也该干活儿了,我走了啊——"刘香云说着匆匆起身走了,连那条肥皂也忘了带。

苏晚晴静静地看着她走出门,身影消失了,一会儿,又在窗口晃动着出现了。她走得那么起劲儿,胳膊前前后后地甩着,甩得挺高,甩得和她不大灵便的身体有点儿不大相称，甩得像个刚从河边玩耍归来的心满意足的小孩子。看着刘香云的身躯就要掩进食堂后门里边的时刻，苏晚晴的心突然一下子膨胀起来了。一下子好像充盈进了许多的水，浸得心脏湿漉漉的、沉甸甸的。那水又悄悄漫上了胸口，浸上了喉咙，在嗓子眼儿堆积成了一个被薄胶皮包拢着的水泡儿，然后仍然继续上浸，直到浸湿了眼窝，然后便在那里停留住了。她揉了揉潮湿的眼窝，木然地抓起丢在炕上的钢笔，沉沉地呼出一口气。她叹息自己无力抗争的软弱。但是，在燃灭的火星消尽最后一点儿光亮之前，她又有些疑惑：难道他不会是也像自己一样，被一条沉重的枷锁捆住了心么？

19

崔禾走进苏晚晴住的寝室，脚步迈得很轻，直走到苏晚晴身后，她才发觉。

"呃，崔股长……"苏晚晴慌张地要站起来打招呼，被崔禾用手按下了。

"嗯，写得怎么样了啊？"

崔禾按下苏晚晴，把手背到身后，并没收起满面和悦的笑容，反而更加亲切地弯下身，将身体弯在她的头顶上方朝着炕上的纸面上查看。他身体的热气烘烤着苏晚晴,带着一股吸烟的男人特有的浓重的汗气味。苏晚晴感受到了他身体的热气的烘烤,周身觉出一阵惶促不安的燥热。她急忙缩下身体,从崔禾的身体的笼罩下钻了出来,站到一边,装作若无其事地把眼睛盯到自己写满了字迹的一沓纸上。崔禾直起腰身,转身坐在炕沿上。"哎,你写你的嘛,坐下,你接着写你的!"他说着指了指小板凳。

苏晚晴不知是坐下好还是站着好。她踌躇了一下,站着没有动。崔股长与她的距离太近了。而且,她不安地感觉出,崔股长又时时都在缩短这个距离。连续三天了,他天天到宿舍里来看她"写得怎么样",每次似乎又并不那么急迫地想看纸页上钢笔字迹落下的内容,更多的是注视着她的脸,她的眼睛,倒像是想从她的脸上读出些什么。刚才,她不但觉出了他的体温的烘烤,还从他按在自己脖颈的手上感觉出了他体内的躁动。她不懂躁动着的男人要干些什么和能干出些什么,但她意识到,这是一个危险的信号。她从这信号中生出了恐惧。就犹如刚来不久的那个初冬看到翠珠被许多个男人按在炕上又被扒光了衣服的那种对于羞耻的恐惧。她有些害怕了。

崔禾收上腿,盘腿坐在了炕上,拿起她写得密密麻麻的几页稿纸。"我先看看这些,你接着写吧。"他说着,真的聚精会神地看了起来。苏晚晴有些安下心来。她怀疑是自己多虑了,心里稍稍有点儿羞愧。不管怎么样,这份材料很快就可以收尾了,她会极快地把它弄出来,今天就写完,尽快摆脱眼前这一切!

有人坐在眼前,思想怎么也难以集中起来。苏晚晴捏着笔,久久落不下去。崔禾却很快地把那沓纸看了一遍。"嗯,不错,挺不错!"他把含着笑意的目光又盯在她脸上,只盯了片刻,又转到他手上的材料上去了。

苏晚晴迎合着浅笑一下,赶紧又在纸上写。精神仍然集中不起来,一丝隐隐的不安又滋生出来了。她脑子停滞着,眼睛的余光朝前探去。她看到崔禾捏着材料的手垂在膝盖上了,接着,有一股冷冷的光又投到自己的脸上。她看到他朝前挪了挪,与她的距离又近了。她又感觉到了他身体内的躁动。奇怪得很,这一次她丝毫没有被他身上散发过来的燥热所感染。她变得冷静极了。冷静得心像结成了一块冰板。她稳稳当当地站起身来,歉意地朝崔禾笑了笑:"哎呀,我忘了,我应该给大伙儿打水呢!"她到过道里,把两只铁皮水桶很响地晃了晃,挑在肩上朝井台走去。

崔禾浮动着的心绪一连几天都不能平静下来。那天苏晚晴挑着水桶去井台打水,一去就再不回返,他猜测她一定是看穿了自己难以按捺的躁动,为此他很懊丧,也有些羞愧。自从晋香向工作组推荐了她,崔禾第一次见到她,心就有些摇荡。平素他见到的接触到的那些女孩子,不管相貌俊丑,服饰如何,他从她们身上总能看出一种内在的艳俗。这个苏晚晴不同,在她身上找不到通常所说的那种细眉大眼的俊俏女孩子的特征,但是她通体柔和匀称的线条,舒展温雅的举止,素淡清秀的面容,却一下就搅动了他的心。他曾暗中思忖过自己被打动的原因,结果很奇怪,他只给她堆砌了一堆内容相似的字眼儿:纯洁、洁净、单纯、清纯……总之,就是干净吧!他后来给自己解释说:干净的身体、干净的内心、干净的思想!于是,这干净的姑娘在他眼前就成了一个晶亮的玻璃的屏障,透过她,他仍能看到一些艳丽的倩影在晃动,但那不过是些模模糊糊的彩色的影像,他已然不能跨越过她再去欣赏那些模糊的影子了。她阻隔开了他面前的一个世界。

但是,那道玻璃屏障他又实在难以穿越。他并不想伤害她,连一点儿那样污浊的念头也没有,他只想和她接近,想嗅一嗅她身体的素淡的香味,摸一摸她光滑干净的肌肤。可他哪里想到,连这个浅浅的梦想他也没法实现。那姑娘看上去温柔文静,没想到骨子里却鬼精得很,他连续几天到寝室里去,却一点儿也不能和她接近,这使他越发感到焦躁。

现在,材料写完了,作为他领导的前一段工作的总结,在全连大会上也讲过了,下一步工作可以照样推进,对那姑娘他却不知怎么安置才好。那姑娘看来确实蕴藏着才华,材料写得颇见光彩,根据他点拨的精神,把整体状况分析得头头是道,层层深入,而且政策性把握得比他口述的东西还有分寸。会后大家反应很强烈,都认为他讲得有水平,说服力强,连周怀庆和孟满都表示很受教育。崔禾表面上应承着大伙儿的称赞,内心里则对苏晚晴着实有几分感激。幸亏她考虑周到,对他的精神进行了充实和弥补,假若不是掺进她的一些想法,说不定还会弄出一大堆意见来呢!他在地上来回走着,一点儿也不能平息心中的渴望和急躁。他甚至想到,如果自己职务再高一点儿,足可以把这个苏晚晴调到身边,让她单独为自己服务。现在可不行,一个股长,尽管是干部股股长,也仅仅有建议使用的权儿。他想还是先让她再给工作组帮忙干段儿时间吧!可是,下一步的工作眼看用不着再让她参与什么,况且,听说晋香已经答应她这一阶段工作告一段落就放她回排里干活儿去了呢!

崔禾想了半天想不出个办法,越是想不出办法越是坐不下来,心里浮躁得快要着火一样了。又是个星期天的中午，工作组的几个同志都各自回自己原来的单位或是回家去了。外面下起了淅淅沥沥的小雨。北大荒的秋雨很有了一些凉意，但是仍然压不下他心头的焦灼。

隔壁的小卖店也没有人，窗外被旁边两户住家的样子墙和对面的篱笆挡住了视线，只看得见眼前巴掌大的一块小院落，让人更是烦闷、寂寞。他一连吸了三支烟，刚刚划亮火柴要点燃第四支，一个人转过门洞站到了屋门口。"崔股长！"听到喊声，崔禾一下子摇灭了刚刚划燃的火柴，堆起了一脸笑容。他看到来人是孟晓丽。

"进来吧！"他和悦地招呼孟晓丽进屋，示意她坐在一把椅子上。孟晓丽并没有立刻坐下，她站在屋子中心，东瞧瞧西看看，表示出对什么都挺有兴趣的样子。简陋的房间到底没什么可新奇，她很快也就熄了眼睛里的一点儿光芒，坐在了崔股长指给她的靠炕的一张椅子上。

为了哥哥孟满，孟晓丽已经找过崔禾好几次了，尽管进展缓慢，每次她还都能带着一点胜利的喜悦满意而归。她看出来那老头子并不厌烦她，甚至，有几分喜欢她。每次她讲什么，他都耐心地笑眯眯地听着，偶尔插进几句话来，也是委婉地表示一下态度而不是驳斥。最近的这次总结会，崔股长只是批判了连队里各种各样的资产阶级思想的表现，孟满的错误在其中，却连他的名字也没有提到。是不是崔股长被自己打动，同意放哥哥过关了呢？孟晓丽决定再探探虚实。

"崔股长，'孟晓丽漾出一脸的天真，"我哥哥的事儿，就算了结了吧？"

"哎，还没有结论嘛，怎么就算了结呢？"

"嗨，还没完没了呀！"孟晓丽有意嘟起了嘴。崔股长每次对她谈话总是含含糊糊，半真半假地带着几分戏谑，孟晓丽并不恼火，这是熟悉起来的表示，也是乐于接受她的要求的信号。有两次她都明确提出了要求："我哥哥那点儿事，批也批了，别给他定啥处分了！本来就够冤的了，再背个黑锅，以后可咋娶媳妇呀！"当时这话她都是半嗔半娇地提出来的，她摸透了，跟领导说话，尤其是跟男性的领导说话，用这种口吻，他们不但恼不得气不得，多半还会顺坡下滑，直至滑进自己的小圈套，满足自己的愿望为止。果然，她说这话时，崔禾哈哈地被逗笑了。

"噢喝，你倒比你哥哥还想得周到哇！"

现在，又进一步见了成效，已经不再点他的名了。孟晓丽看到了自己的威力，也看到了这老头子背后的脆弱。还有一桩她久思不得启口的事情，这时候决定试一试了。

在连队里干活的女孩子们，就像干傻了一样，对其他工种的工作，从来都没有一点儿奢望。偶尔有谁被调动脱离大田了，也像是天经地义老天的委派，别人从不多想些什么。孟晓丽却不那么傻。她刚来边疆的第一个秋天下大田割豆子，长长的豆垄一眼望不到头，她和大家从早晨下地割到太阳落山，腰都快要折了，手搭凉棚看看，一条垄才刚刚割了一半。她又累又委屈，膝盖一弯跪到沟垄里，呜呜地大声哭了起来。她心想自己永远也割不到头了，从此生活也就成了这条没头的豆垄，再也不能熬得出来，她觉得可怕极了。就从那次她擦干了眼泪停止哭泣之后，她就下了决心：不能在农田排里呆下去！她要找机会换个工作，哪怕喂猪也行，反正不能累死在大田里。有一次她把这心事说给刘英姿，本想能得到她点儿帮助，没想到刘英姿劈头盖脸把她训斥了一顿："在农田排咋的？你弯腰割豆子，别人又没坐着轿！怕累呀？怕累别在连队里呆！有本事你调团里去，团里才能当老爷！在连里，哼，你没看见，农忙时候连卫生员都得下地呢！"

刘英姿的一顿训斥当时真把孟晓丽的念头压了下去。她跟在刘英姿身旁，老老实实地干了三年。现在是第四个年头了，她的境遇丝毫没有改变。可是刘香云进了食堂，最近苏晚晴被派给工作组干什么也不下地去了……难道我就活该跟大田泡一辈子么？她委屈的情绪又升腾起来，曾经被压制的念头又复苏了。几次和崔禾接触，她清楚崔禾对她的态度，现在看到崔禾被她娇嗲的言语逗得哈哈大笑时，她知道，时机已经成熟了。

"崔股长，"她低垂下眉眼，带着几分忧郁的样子说，"我有点儿活思想，不知该不该跟你说……"

崔禾笑吟吟地望着她。他看出眼前这姑娘在动点儿什么小心眼儿，只是还没有猜出她要干什么。他对她的小手腕儿感到好笑，但是并不想戳穿她。寂寞无聊的时候逗个女孩子开开心，是乐不得的惬意。"还有什么该不该，说说听嘛，你有什么活思想哇？"他故意大大咧咧地引着她说出半吞半吐的话来。

孟晓丽微微蹙起眉头，显出几分愁样："我觉得，我跟我哥在一个连队，有点儿不大好，一个人有点儿啥事，别人就容易把俩人都扯上……我想……求您给帮帮忙，能不能给我换个地方……"

崔禾没有想到孟晓丽开口提出这么个要求。他刚刚还在想苏晚晴的调动，那姑娘似乎有意无意地躲避着他，令他不知怎么办才好。虽然他这个股长不能单独配备个秘书，给谁调动个单位总还不是难事，只要她张口，不管能不能调到自己身边他都会帮这个忙。可是那姑娘到底没有向他提出什么，反而提出还回去干活，他在心里责怪她傻，为她不会抓住自己利用一下子而惋惜。这一个呢，这一个可真会抓时机哟！可是，她到底会干点儿什么？他想着，随口就问孟晓丽："你希望换到什么地方去呢？"

"卫生队。团卫生队。"孟晓丽毫不含糊地说。

崔禾心里又有几分吃惊了。这女孩子可是真够泼辣！他心里想着，又问："到卫生队？你到卫生队能干什么？你又没有学过医！"

"没学过，没学过可以学嘛！"孟晓丽轻轻摇了摇身子，以往的娇嗔又显现出来了，"我知道，卫生队里好多人都是到兵团部的卫生学校还是双鸭山卫校学习的呢！他们行，我怎么不行？我又不傻不呆的！"

崔禾觉得有些好笑起来了。哈，这丫头，到底是精是傻呢？她以为撒撒娇就能把我灌迷魂汤了，提什么我都能答应她，哪有那么简单哟！不过，她到底真会抓机会，除去我，谁又能改变她的处境？

这样想着，他的心又为一股热情浮荡起来了。助人为乐的热情，充当救世主的热情，为一个女孩子改变地位摆脱劳苦的热情。这热情是为谁呀？是为那个苏晚晴还是为这个孟晓丽？他分辨不清。他只是被这股热情激励着，鼓舞着，浑身发出了一种膨胀着的力量。这力量先是如一注烧沸的水流，灼烫地在血管里游动，从下体到上体，再游进大脑。当大脑感觉到燃烧起来了，燃烧的血液令五脏六腑连同每一块肌肤都腾起了火焰。他被烧烤着，炙灼着，头昏脑涨，不能自已。他想抓住一点儿什么，他想撕裂一些什么破坏一些什么扼死一些什么，想把一点儿什么东西在手里扯碎撕烂或是压在身子底下碾成粉尘。他什么也不能做，什么也没有做。燃烧着的血液怂恿着他，推动着他，令他不知不觉地靠近到了孟晓丽跟前。他抓住了她的一只胳膊。他的眼睛喷着火,嘴角叼着一丝失控的笑意。

"哎,您这是干啥呀?"孟晓丽看出了崔禾失态的笑容。她感觉到了他的目光的灼热,被他抓住的胳膊也像捆绑着几根烧红的铁条似的火热。她有些不安起来,但是她并不想得罪他。他手里把握着她和哥哥两个人的命运呢!她无力地掰了掰他抓在自己胳膊上的手指,又忸怩着笑了笑。这忸怩的笑意中有拒绝也有诱惑。但是崔禾一动没动,他仿佛是一段就要烧至熔点的钢铁,静静地等待着,等待着熔化或是冷却。

时间悄悄地跳动过去。时间的跳动牵动了孟晓丽的心弦,她的心脏随着时间的指针均匀地摆动几下之后,突然甩开了时间的牵制,径自狂乱地跳荡起来。她无法再控制自己的心脏,心脏里的血液冲涌出来和对面那个人的血液融会在一起,血与血的冲撞令她也陷入了火海之中。她的意识昏迷了,四肢僵硬了。在烈火的煅烧中她也只是惊恐地等待,等待着被他熔化或是他自动冷却。她不知道熔化意味着什么,冷却又意味着什么。在她要追溯到那火焰的深处时眼前只是滑过一道雪亮的弧光,那弧光告知她熔化和冷却有痛苦也有快乐。

终于,时间的指针被欲望的火焰烧断了,曾经均匀地摆动着的钟锤沉甸甸地朝着一个黑洞洞的凹处坠落。那是一个罪恶的深渊,却没有人能够拯救。他和她都知道坠落下去便可能粉身碎骨,但是在坠落之间他们再也抓不到一条救命的绳索。两个人被各自的欲望驱使着,相互拉拽在一起,想分开却又无法割舍。雨仍在下着,北大荒的秋天的淫雨,浸湿了山林浸湿了田野,浸湿了每一寸黑土每一片草叶。天灰蒙蒙的,地灰蒙蒙的,只有地平线横亘的远处闪着一抹微弱的亮光。

　　当炽烈的火焰终于焚烧了最后一片焦土,又把这片焦土抛置于被雨水浸透的大地之间时,孟晓丽一下子清醒过来了。她感觉到了身体的湿润。这时候地平线那里横亘着的光亮悠然消失了。她真正恐惧起来。"啊——"她从胸腔里发出了歇斯底里的一声嚎叫。但是,只是一声,很短促的一声,她又立刻控制住了自己。她看到了崔禾严峻的脸色。他的手很坚决地朝她摆动了一下,她立刻被驯服了。她一声不吭地从炕上爬起来,整好衣服,把两条散乱的小辫子很快地重编了一下,看也没看崔禾一眼,很快地离开了连部。

　　当看到孟晓丽急急走出桦子墙朝女生宿舍的方向走过去时,连部隔壁那个听到她嘶喊的家属急忙隐回了自己的身影。

20

　　苏晚晴趴在炕上,专心致志地在研究她的《世界地图册》。她不时地在地图页上查找一番,又直目凝神地背诵"地理概况"中的一些段落。她研究这本地图册已经有好长一段时间了。开始时谢冬梅不理解,问她:"你整天看那个有什么用?"苏晚晴就回答她:"我不看这个还能看什么?"谢冬梅想想,倒也是的!以后,只要苏晚晴那本地图册一放手,她便也抓起来看。渐渐地,她好像也看出点儿味道来了，不时也用手指点着某个地方，嘟嘟哝哝地背下几个句子。

从小苏晚晴的脑子里就印上了父亲讲给她的古人的一句话："鱼离水则鳞枯，人离书则神索。"来到边疆以后，她算是深深理解了这句古语的含义。在文化大革命之前，她不但把家里感兴趣的书都看遍了，家的附近有个区级的图书馆，她把那整个图书馆可看的书也看了个遍。那时候看书看得入了迷，晚上不睡觉，吃饭的时候在饭碗前边也竖起一本书。她和唯智两个人都是这副模样，气得连好脾气的母亲也忍受不了，只得吓唬他们若再把饭"就着书吃"就把书撕掉。她来边疆除了《毛泽东著作》，其余什么书也没带。家里大部分书都被那些街道大娘们当"四旧"烧了，侥幸残留的一些虽是世界上号称有价值的东西，在国内也被批得一塌糊涂，她根本不敢带。同宿舍的女伴儿们一到晚上坐在炕上不是织毛衣就是缝补衣服，她把自己的毛衣也拆洗了重织，感觉和看书还是两回事。尤其毛衣一织完，她心里又像拴了个钓鱼的浮漂一样，没着没落地落不到实处。后来有一次去县城买回了这本《世界地图册》，总算捞着了一根救命的稻草，她就把全部心思都放在了上边。她一个洲一个洲地，背完了国家的名字背首都，背完首都背主要城市，然后再一部分一部分弄清它们的地理概貌和物产，折腾了几个月，竟然还没有对这本地图册厌烦。它成了她精神中的填充料，塞满了她心灵的空缺。

最近，自从刘香云把乔晨生的家庭问题向她抖了底，又不软不硬地丢下几句话之后，她觉得从此便有一堵结结实实的石头墙横在了面前。又高又厚的石头墙，她再也不可能逾越。这个家的灾难已经够深重的了，她怎么能再承受得起又一个重负啊！况且，还有个刘香云在中间阻梗着。这哪里是一堵墙？是两堵！除非插上翅膀才能飞过！她哪里有这个能力?那需要像外国童话里的一个王子那样,全身披遍荆棘才能变一只飞鸟。她拿不出那么大的勇气。王子披上荆棘忍受痛苦是求得再生,她的面前却没有明晰的路,那么还有什么必要再强鼓起勇气盲目地冲撞呢!她悄悄地隐起叹息,埋头在她唯一的慰藉里。一本《世界地图册》只能填满时间,可远远不能填补上她心灵的空缺。她常常是把地图册里的许多东西都背得滚瓜烂熟了,静下来想想,发现自己仍是一无所获。

苏晚晴刚刚背下一条所罗门群岛:"——位于新几内亚岛东面太平洋中。面积二万九千七百八十五平方公里,人口二十三万二千……由六个大岛和周围许多小岛组成,多为火山岛,属热带雨林气候……"这时,孟晓丽推门走了进来。屋子里的人有的已经睡下,有的还在挑着指头上的线绕来绕去,见孟晓丽进屋,谁也没有理会。谢冬梅正在拽开自己的被子,看见孟晓丽,漫不经心地问了一声"你还没睡"?接着便又顾及自己的被子去了。孟晓丽有点儿心事重重的样子,又带着几分诡秘地走到苏晚晴跟前,轻轻捅了捅她,见她从书上抬起头来,不出声地朝她招了招手。

苏晚晴迷迷瞪瞪地跟着孟晓丽来到宿舍外边。旷野很黑,圆月和星光把房屋从夜色中勾勒出来,透出一个个含混的轮廓。对面的男生宿舍还没有熄灯,亮出灯光的窗口在黑暗中映成一个个昏黄的方框。苏晚晴还没有从关于所罗门群岛的词句中清醒过来,站在暗夜中,被掺进了寒意的夜风吹着,禁不住打了个寒战。"有什么事儿么?"她机械地掀动着嘴唇问孟晓丽。

孟晓丽的两只手不停地捏搓着两条裤线,支支吾吾地好半天不说什么。苏晚晴静静地等着她,心里仍在翻腾着"多为火山岛,属热带雨林气候"的句子。

孟晓丽踟蹰着踢着脚下一小块碎石，好一会儿，终于抬起头来，在黑暗中把目光投到苏晚晴脸上："你懂不懂那个……是干什么……"

那一天孟晓丽从连部跑出来，感到又是恐惧又是新奇。她回到宿舍，见大家都在睡午觉，急忙也拉下被子，把自己从头到脚紧紧蒙了起来。被子里是一个黑暗又封闭的小天地，她缩在里面，将刚刚发生过的事情一幕一幕过着电影，又一点儿一点儿地品咂着那种奇异的感觉。狂乱过的心跳还没有完全过去，身体泛起过的燥热还没有平息，浑身酥软软的，一种快意弥漫在体内。她记得在狂烈的撕扯中自己有过一阵深彻的刺疼。那刺疼此时还残留着，但是它又掺进了一种在饥饿时才有的渴念，令她产生了一种恨不得再承受一次更加剧烈的刺疼的欲望。她毕竟还是个未曾涉世的姑娘，在浮想中重现出那些被抚摸被搓弄被蹂躏的情景时，欲望终于在羞耻面前退却了。可是后来，恐惧又盖过了新奇。她想弄清，发生过的事情对于一个姑娘来说究竟有多严重。连续许多天她都甩不掉这个念头。渐渐地，这个念头升发成一个渴望，极其强烈的渴望，假如不对一个人讲一讲并且得到答案，她简直就要被憋闷死了。对谁讲呢？刘英姿？她把她当成依靠，但是又对她实在畏怯。还有谁？像刘香云一样，她也选中了苏晚晴。她不指望苏晚晴能给她多少帮助，不过，她相信，至少她不会随便到处传播。

苏晚晴好不容易把自己的思想从所罗门群岛拉拽回来，黑暗中她看不清孟晓丽的脸色，但是从言语中听出来，似乎她向自己发问的是件有些严重的事情。"你说什么?"她开始把注意力认真地投注到孟晓丽的身上。

"他……他使劲抓我的乳房,还……还……"

苏晚晴脑袋里轰地一响。她被震动了。她凭直觉猜出,孟晓丽指的"他"是崔禾。想不到自己逃避开了,别人又陷了进去。她从内心朝外发冷。想到崔禾那双皱起黑皮的枯手碰触到青春的肌体上,她直恶心。"这是什么时候的事?"她用虚弱的声音问。

"星期日,三天了。就是星期日中午下雨那个时候。今天我在食堂碰见他,觉得他还盯着我……他那双眼睛盯着我贼亮贼亮的。"

苏晚晴呆愣着,她不知道说什么才好。她看出孟晓丽的失措显然大于痛苦。这是怎么回事呢?难道这类事情并不那么羞耻和严重?她有些怀疑自己了。不过,当脑子里掠过雨天的连部里那一幕阴暗的景象时,她仍是认为又龌龊又肮脏。她又有些奇怪:孟晓丽这三天里怎么能隐藏得下那么一件事情?她可不是能闷得住话的女孩儿呢!可是苏晚晴又有些不解:孟晓丽为什么不像自己一样,避开那老头子,或者,在被抓住的时候就拼命反抗?

许多个问号在脑子里连连闪现过去,她的目光重新投注到黑暗中的孟晓丽的脸上。那张脸在夜色下十分朦胧,但是由于离得近,仍能看出它布满着烦恼和惊惶。"你说我该怎么办呢?"她听到孟晓丽的声音有些颤抖。她同情起这个可怜的姑娘来了。是呀,现在可怎么办呢?她感觉自己和她一样软弱无力。

"要不,你先回家吧,回家躲一阵子,等工作组撤走了你再回来……"苏晚晴知道这办法很愚蠢,可是她拿不出更好的主意。

"可是,家里要是问我为啥在家里呆着不回来我说啥呀?我哥又在这儿,瞎话都编不了!"

"这倒是的……"苏晚晴把眼睛望到天上,又重新认真地思考。满天的星星一闪一闪,眨着和她一样天真无邪的眼睛,她们看得见人世间所有的善良和罪恶,可是,它们有力量救助沦落于罪恶魔沼中的人们么?苏晚晴知道自己再也拿不出办法来。

"要不,你把事情跟刘英姿说说吧,问问她该怎么办……"苏晚晴一瞬间想到只能这样,因为在她眼里刘英姿不但一直充当着孟晓丽保护人的角色,她还永远是强者。

见孟晓丽不大情愿地点了点头,苏晚晴让孟晓丽在原地等着别动,自己到寝室里把刘英姿叫了出来。

刘英姿刚刚睡下,见孟晓丽这么晚又不知跑到哪里去了,心里直冒干火。她被苏晚晴引出宿舍走廊,见孟晓丽在夜里垂头站着,直着嗓子朝她吼起来:"这么晚了你这是折腾啥呀!你不睡别人还睡呢!"孟晓丽瞥了她一眼没有吭声。

"哎,别怨她。"苏晚晴摇了摇刘英姿的胳膊,"是我说把你叫来的。我想,怎么办,还是你来出出主意的好……"

"啥事?"刘英姿口气和缓了些,目光还是狠狠地瞪着孟晓丽。苏晚晴见孟晓丽仍然不出声,又过去抓住她的胳膊温柔地摇了摇:"你快说吧,一块儿商量商量,想想办法。"等了片刻,见孟晓丽还不张口,她便转向刘英姿,认真地说道:"崔股长欺负她了。"

"咋回事儿?"刘英姿严厉地朝着孟晓丽逼问。孟晓丽憋闷不住了,但她终究还是有几分畏惧刘英姿,怯声怯语地把雨天里发生的事情讲给了刘英姿。这一次,她比对苏晚晴讲得更详细,描述得更具体。听她说完,三个人都被震住了,默默地垂着头站了好一会儿,谁也发不出一点儿声音。

一颗流星从西边天空划过去,坠在了黑龙江边丛林的后面。刘英姿静默了一会儿之后,满腔愤怒终于爆发出来了。

"他妈的,这个老混蛋,我早看他不是个东西!"她气恨得一巴掌拍在身边的泥巴墙上,回身又斥骂起了孟晓丽,"活该!你他妈的总往他跟前去蹭啥!抓不着别人怎么单抓着你?就赖你自己!咋办?活该!有本事自己扛着去!"

刘英姿找着解恨的字眼儿骂一顿崔禾骂一顿孟晓丽,孟晓丽又怕又羞,蹲下身把脸埋在了臂弯里。苏晚晴见刘英姿发泄了一通,瞅个安静的空子插问了一句:"她该怎么办呢?"她有些惧怕刘英姿发火,又清楚自己的意见并不高明,这时候又不能不引着刘英姿拿出个办法,只好怯声地把自己那愚蠢的办法又重复了一遍:"我是想,要不她就先回家躲一阵去,等工作组走了……"

"躲啥!"她的话没说完就被刘英姿撞了回来,"还想放过那老王八蛋呀?你们这俩孬包!明天我就上团里告他去!团里要是不管,我就上兵团部!"

第二天一早,刘英姿就乘大客车去了团部。

实际上,崔禾与孟晓丽的事情,出事的第二天就在老战士中间传播开了。连部隔壁住的一家男人叫尹长青,女人叫文秀,尹长青也是个转业的老坦克兵。那天吃过午饭,尹长青懒懒地歪在炕上抽烟,文秀在灶房里刷洗碗筷,突然一声尖叫,惊得文秀差点儿把一只碗掉在地上。她倾耳又细听了听,一切又恢复了原状,除了院子里的猪哼哼哼和鸡窝里老母鸡咯咯咯,再没有一点儿声音。雨天的星期天连队里本来就显得冷清,那一声女孩子的叫声冲荡着空气打破片刻的寂静,过后反而更加显得死寂。板柜上的闹钟咔嗒咔嗒的响声好像把空间浓缩了似的让人紧张。文秀丢下碗,甩着两只湿手跑进屋子里:"我咋觉着有点儿不对劲儿呢?"她对丈夫说。

尹长青也听到了那一声女孩子的叫喊,他已经意识到连部那个屋子里出了不该出的事情。饭前他到小卖店去买烟,知道工作组只剩下崔股长一个人;刚才躺下之前,他又看见孟晓丽从自家的篱笆外边闪进了连部。那时刻他心里还疑惑了一下:这丫头,大中午小卖店明明没人还往这儿钻!待听到那失声的叫喊,他立刻明白了其中的蹊跷。不过,男人毕竟沉得住气,而且,他也不愿意给妻子再增加气氛,于是有意淡漠地说:"咳,有啥不对劲儿的!"

文秀可稳不住了:"你没听见呀!那屋有人叫岔了声呢!我去看看!"说着她把两只手在裤腿上抹了抹就朝外走。

"别去!"尹长青厉声喝住了她,"你知道是啥事就去掺和?"

"啥事?"文秀仍是不解其意,瞪大了眼睛反问丈夫。

"告诉你别管闲事!那屋里就崔股长和孟晓丽俩人哩!"

"哟!"文秀惊得捂住嘴,她自然立刻明白了怎么回事,"那丫头,别是遭殃了⋯⋯"

"遭殃也是她自找的!"尹长青不屑地撇了撇嘴,揣着心事闷头抽烟去了。

文秀不相信孟晓丽会主动送到崔禾"门上"。她为孟晓丽担着心,又捺不住好奇,尽管丈夫阻拦着,还是踮着脚尖悄悄贴到自家样子墙根前去听动静。隔壁静得没有一点儿声音,过了好一会儿,她听到那边的门"吱呀"响了一下,便赶紧退回到门洞里边。当她忍不住转身又瞥了一眼时,恰恰看见孟晓丽从自家的篱笆外边匆匆闪了过去。那时刻她心里像丈夫一样也闪出一丝疑惑:"受了这么大的欺负,她咋不哭呢?"

女人憋不住话,她回屋跟丈夫议论总是受到丈夫呵斥,傍晚时到别家串门终于把话倒了出来。这类事情传起来比秋天的风跑得还快,第二天一早上工时,机务排好几个老战士偷偷问尹长青头天下雨时崔禾出了什么事。尹长青是共产党员,而且平素并不愿意和大家一起瞎议论什么,别人问,便含含糊糊地回答:"咳,这得问他自己,咱又没看见啥……"但是到了晚上工作组又组织学习时,大食堂已经空了半个场子。不但老战士们没有几个出席,连知青都少了好多。不过,知青们没出席的大半是男生,女生们除了苏晚晴,所有的人还都蒙在鼓里。

钟敲了好几遍,苏晚晴和谢冬梅两个人才晃晃悠悠地去了大食堂。晚饭过了这么久,刘英姿还没有从团里回来,苏晚晴的心里很是不安。她有些为刘英姿担心,告状若是不成,刘英姿肯定要去兵团部,她一个人去那么远,又什么都没带,到底能闯荡成什么样子呢?她早就听到敲钟的声音,大家都到大食堂去了,宿舍里只剩下了孟晓丽。谢冬梅一个劲儿地催她:"快走吧,人家把后边位子占满了,咱就得到前边去了……"她还是磨磨蹭蹭,她不愿意把孟晓丽一个人可怜巴巴地丢在宿舍里。不过,她更不想把这段没有结果的事情随便传播,哪怕是对谢冬梅。于是,她又到孟晓丽的寝室伸头看了看,见她正在佯装睡觉,自己只得跟着谢冬梅走了。

苏晚晴一进大食堂,忍不住便朝台前边一条长条凳上搜寻崔禾的影子。每次学习,崔禾都让人从炊事班拉出一条凳子,自己坐在前边，和大家面对着面。果然，她看到了崔禾。进门以前她还想象着崔禾可能是怎么一副局促不安的神情，这时候一看，他一如往常，甚至脸上都没有隐去平时的那种随和的微笑。一瞬间她觉得那老头子身上隐藏着过多的神秘。她无法理解：他怎么那么沉得住气呢？在她看来，他至少应该回团里去躲儿天才对。

晋香站在离门口不远的地方，蹙着眉查点着出席的人数。见苏晚晴两个进来，他用有几分严厉的口吻对苏晚晴说："小苏，你去八三宿舍把男生都叫来！今天怎么回事？敲了好几遍钟了还不出来？！"

苏晚晴走到食堂后门与八三宿舍之间横着的沙土路上，正碰见杭州知青吴群从家属房之间的小道上走出来。他一边走一边朝半空中抛着一盒纸烟，看样子是刚刚从小卖店买了回来。"喂！"苏晚晴迎上前叫住了他，"指导员让你们男生快点儿去学习呢！"

"去学习？"吴群龇出两颗小虎牙笑了。全连知青当中，左新华死后便数他的年龄最小了。他显得比左新华更单纯，刚刚变完音的嗓子又沙又细，似乎还没有完全脱尽奶气。他靠近苏晚晴跟前，做出一副懵懵懂懂的样子反问她："谁去学习？"

"都去学习嘛！指导员让我来叫你们男生去，你快去叫他们一下吧！"苏晚晴说完刚刚转身要回大食堂去，吴群在身后又叫住了她：

"喂，喂，你就跟指导员说一声，今天我们男生都罢学了！"

"什么？"苏晚晴转回身来，"你说什么？罢学？"

"对！就罢学！"

"为什么呢？"苏晚晴认真地追问。

"为什么？嘻嘻！"吴群又龇开两颗小虎牙笑了，"孟满不知道，你们女生还不知道？"

"知道什么？"苏晚晴意料到吴群所指的是什么了，但她奇怪事情怎么会传到男生那里去，女生中还没有谁知道呢！她想着，随口又问了吴群一句，"谁告诉你们什么了？"

"谁也没告诉我们什么，就是从机务排那边刮过来一阵风。"吴群嬉笑中又夹进了狡黠。

"什么风？"苏晚晴不动声色。

"什么风，嘻嘻，你去问崔股长吧！"吴群说着，把香烟朝高空又抛了一下，接到手后颠颠地跑走了。

苏晚晴心里思索着男生排和机务排不来学习的原因，又回到大食堂。她刚刚走到大食堂门口，正碰上许多人从里边拥出来。谢冬梅看见了苏晚晴，隔着好几个人便朝她大声说："还是你对！要是再多磨蹭会儿咱就不用白来这一趟了！"苏晚晴见指导员晋香和崔股长正走在大家身后，赶紧扭头挤在大家中间。她看出指导员似乎有些恼火，崔禾则还是像往常那样悠悠然然地微笑着。她想从他脸上捕捉到一些尴尬的影子，看到的却仍然是令她难解的神秘。她走到谢冬梅身边，问她："怎么又不学了？"

"好像是指导员征求了一下崔股长的意见，崔股长说不学习了。"

苏晚晴估计指导员还不知道崔禾在连队里惹下了事情。当晚，刘英姿从团里回来以后，盖子算是彻底揭开了。

21

刘英姿早上乘大客车到团部,进了机关大楼,直接就闯到了团政委的办公室。团干部们正在开会,干事们让她稍等,她没理会,直接闯进了会议室。

"哪位是最高的首长?"她神情严肃,迎着所有人投来的目光,毫无惧色。

团长在座位上仰起下颏对她说:"现在团首长们正在开会,有什么事儿一会儿再说吧!"

"不行,有跟你们这会一样重要的事要汇报!"刘英姿固执地站在原地,动也没动。

"你是哪个部门的,什么事?"团长显出几分不耐烦了。刘英姿看出他的不耐烦,没有理会,把目光转向了几个团干部围着的中心的空间上。

"是关系我们知青人身安全的大事!你们要是不管,那我就去兵团部了!"刘英姿的口气很强硬,她早就抱定了团里解决不了问题的想法,也抱定了要把崔禾"拉下马"的决心。临行前她咬着牙对孟晓丽说:"我就不信没人治不了那糟老头子!留着他再站在台前头给咱们指手画脚,看着也恶心死了!"

她的强硬态度果然引起了团领导的重视，团长身旁的一个军人和团长耳语了几句，站起身来说"好吧"。他对刘英姿打了个招呼："走吧，咱们到旁边那个屋去谈一谈！"这时有人补充了一句："这位是冀政委。"

刘英姿把孟晓丽讲给她的情况详详细细地向团政委作了汇报。当然她隐去了一个姑娘在男人面前羞于启齿的细节。她从政委的脸上看出来，这位领导被震动了。

果然，她叙述完事情的经过又激愤地表达了自己的看法之后，冀政委沉吟了好一会儿才慎重地表态说："你说的情况如果属实，那确实是个严重的问题，需要严肃处理的……你先休息一下，我先去开会，下午咱们再谈……"

刘英姿在团部耐心地等了一个中午又一个下午。她猜测政委在那个会后肯定又召开过一个会，专门研究她汇报的情况。不知她的猜测是不是准确，直到晚饭前，政委才又派人把她叫到自己的办公室，表扬了她将重要问题及时向团党委汇报的高度自觉的组织性和勇敢的斗争精神，又安慰她说："你先回连队吧，你可以相信组织马上会着手调查处理这个问题……"

刘英姿见团政委态度不错，心里顺畅了许多。她不肯再在团里呆下去，当天晚上就搭上一辆顺路的卡车回到了连队。她还没到连里，团里的电话就打了过来，通知工作组正副组长第二天一早到团里去开紧急会议。刘英姿在道口跳下车，径直就去了指导员晋香家里，把所有的情况又向他作了汇报。

晋香翻来覆去一夜都没有睡着。造物主在他的连队里真是开了个再荒唐不过的玩笑。"人们都是怎么啦？"他在心里向自己发问。对于工作组长崔禾，他从来没有在任何方面对他产生过疑问，包括他的才干、他的觉悟、他的品质和他的人格。他并不喜欢他，但是他尊敬他。若是别人带工作组下他这个连队，说不定他还有些轻蔑，配合起来也未必那么真心实意地乐于服从。对于崔禾可不一样，人家毕竟是老革命，他拿枪杆子打仗那会儿，自己还在家乡的小河边摔泥巴呢！于是崔禾在他的心目中成了党的代表、革命的代言人，对他的指示、意见，他从不多作考虑。服从就是了嘛，整党整党，还能把你的连队整坏了不成？

现在，他心中一个被尊重的人的形象彻底破碎了，他又失落又痛苦，甚至对自己选择转业到北大荒的这一举动的正确性也发生了怀疑。难道我所追求的目标，所为之奉献的后半生的事业都只不过是一场带着诱惑的梦么？这思想刚刚露头，他立刻把它驱赶走了。那是个危险的念头，他知道，如任其发展，那将要导致自己思想颓废，对于一个共产党员来说，这可是对革命事业最不忠诚的表现呢！那么对于崔禾又该怎么认识呢？他不肯否定他的本质，又无法把一个被尊敬的偶像和现实联系起来，他陷入了迷惘之中。

不管怎么说，那女孩子是可悲的！他在心里想。像对崔禾一样，他也不喜欢孟晓丽，他认为支撑着她外表精明的，实际是一种轻浮和不学无术。不过，这些年轻人各有各的脾性，除了一些重要工作的安置之外，他对任何人也不会求全责备。没那个必要！这些年轻人中断了学业到这荒原上来，名义上有个屯垦戍边的光荣使命，实际上不就是种地么？想想他们十几岁就远离父母，到这么遥远这么荒僻的地方来开荒种地，真是够难为他们的了！他们的前景都不知是什么样，还给他们添什么压力哟！所以平时不仅对孟晓丽，对其他人他也总是抱着宽宏的态度。他只希望如果这个连队就这样一年一年地存在下去，不要发生大的动荡大的事件，最后看着这些年轻人平平安安地都组成家庭，再像他们转业来的老兵们一样，一代一代地繁衍下去，他也就算完成了连队领导的任务。他从这种平和的劳动生活中看不出更多的意义，他认为，既然只能按照这种方式生活，也就不必再追求更多的意义。撷取食粮繁衍后代，延续着人类不会灭绝，大多数人生存的意义也不过如此吧……思想经过了震动和思索之后停留在这里，他有些平静下来了。天亮时，他困了，迷迷糊糊地睡了一小觉。

眼看快到上工时间了，晋香才离开家门朝连部走去。他故意去得晚些，为的是在崔禾面前少停留。他已经计算好，到连部和工作组的几个人只打个招呼就借口下地去。头天大豆刚刚试割了一下，再有三五天就又要开动员会搞秋收大会战了呢！一忙起来倒好，不必整天被崔禾牵着研究批判什么了。前几天批了孟满一顿，他现在想起来真有些后悔。

晋香来到连部附近，稍稍踌躇了一下。自从听到刘英姿汇报了情况，现在想想还要表面上保持着对崔禾的恭敬，心里就有些发憷。他正在进退两难，文秀从大道口的方向匆匆跑了过来，一见晋香，就急火火地奔到他跟前说："指导员呀，你快去看看吧，道口那儿乱套啦！"

"怎么回事儿？"晋香一惊，不知又出了什么事情。

"孟满把崔股长打啦！"

"怎么会在道口那儿？"

"说是昨晚团里来电话让崔股长回去开紧急会议,早上他去等大客车,孟满就去了……你去看看吧!"

晋香站在原地呆愣了片刻。一连串的麻烦真令他晕头转向。他想如果自己没有碰上文秀,这时候就不必到道口上去,装不知道好了。这时刻还分辨个什么谁是谁非呀?孟满要打崔禾,只要别打伤,打也就打了,还能怎么样?即使打伤了,受点儿小伤,也不能算是孟满的错。这兄妹两个虽然惹出了这么多事,可他们毕竟还是未谙人世的孩子啊!晋香想到孟晓丽遭受的污辱,心里很不是滋味,不知不觉地他把自己的立场已经移到孟满兄妹这一边了,但是此刻他不能不去道口看一看。

他脚步沉重地刚刚走出不远,连部里面响起了电话铃声。他迟疑了一下,急忙赶到屋子里面去接电话。

电话那面先是接线员的声音,问清接话的正是晋香,讲话的又转成了冀政委。"晋指导员呢?"冀政委的声音明显有点儿沉重,"这两天你们连里出了点儿事情,你已经知道了啵?"

"嗯,昨天晚上,我们连刘英姿从团里回来已经跟我讲了。"

"团党委研究了一下,决定让老崔先撤回团里,工作组其他同志还留在那里,把整党工作尽快收尾,同时把这个问题调查清楚。你们还要好好配合工作哟……"

"好的,好的。"

晋香应了两句"好的",那边的冀政委便放下了电话。两个人讲话都很简短。晋香想,团领导见派下的整党工作组弄出这么段事,一定也有些尴尬。

晋香放下电话,又重新踏上刚刚走过的路。他拐了弯,来到麦场前与公路相接的沙土道上,远远便看见几个人推拥着孟满朝自己这边走来。人群中没有崔禾。放眼望去,公路上扬起一道灰尘,灰尘中卷裹着远去的乳黄色的大客车。"崔股长已经走了。"他在心里说着,暗暗松了口气。他迎到孟满跟前,孟满挣脱了身边的人和晋香面对面站住了。他大概以为一定会受到一顿斥责,便气呼呼地对晋香怒目而视。晋香低头轻轻踢开了脚下一小块石子,然后仰起头来,望着孟满,尽量舒展开眉头,平静地对他说:"先回去干活吧!"他又扫视了一下周围的人,包括工作组的几个人,又说:"走吧,都先干活去吧!"

人们安静地散开了。没有一个人再说任何一句相干或不相干的话。

自从那一场风波后,孟满一下子蔫了许多。好在平时习惯了和牲畜单独相处,暂时躲避开人群,并不觉得孤独寂寞。那天,吃过晚饭听见敲钟,他跟谁也没打招呼,独自溜溜达达去了大食堂。大食堂里没有几个人,他没有进去,转了个方向到木工房附近转了一圈儿。他蹲在木工房后边望了会儿南山,嚼了会儿草根,又百无聊赖地折断了几根细木条,才慢悠悠又转回大食堂。钟已经敲过了好几遍,他朝大食堂里一望,里边的人仍然疏落得很,而且大半都是女生,机务排老兵和男宿舍来的人加起来也超不过三五个。连长站起来朝着窗外家属房那里张望,指导员蹙着眉在条凳间来回走动。倒是工作组几个人稳得住劲儿,不声不响地坐在前边几个条凳上耐心地等待,尤其是那个崔股长,不急不躁地微笑着,一条小腿架在另一条大腿上,一个手掌还有节奏地在架起的膝盖上轻轻打着拍子。这时候孟满当然不愿意进去当目标,他离开大食堂,又退回了宿舍。

宿舍里的人全是一副懒散样，外边敲钟，就好像掠过窗前的一阵风，人们只是随意地听一听，然后照旧歪着躺着抽烟聊天，没有一个人拿它当一回事。

"你们怎么不学习去呢？"孟满一屁股坐在自己的床位上，纳闷地问。他注意到大家都听见了他在问话，但是没有一个人回答。过了好一会儿，他身边躺着抽烟的一个伙伴才拽了拽他的衣服说："唉，别去啦！学个啥劲儿呀！你就躺下睡觉吧！"

孟满这下子更觉得有些奇怪，揣摩着一定有点儿什么事与自己有关。这时候恰好从窗口看到吴群跑过来的身影，他跳下床便迎了上去。

吴群买了烟又和苏晚晴耍笑了几句刚刚跑回宿舍，便被孟满迎面堵在了门外。孟满拦住他，扯着他的衣袖拉他离宿舍远了些，压低着声音问他："连里出啥事儿了？"

"没有哇！"吴群露出一副惊讶状，很快又躲开了孟满的目光，玩弄起手中的香烟。

孟满一把夺过了他的香烟，狠狠摔在地上："你告诉我实话，大伙儿有啥事背着我？"等了一会儿，他见吴群的嘴唇嚅动了几下没有出声，又一把抓住了他的胸襟，恶狠狠地威胁起来："你告不告诉我？要不告诉我明天我逮条蛇塞你被窝儿去！"

吴群被震住了，他把坦白的目光和孟满凶狠的目光接触在一起："我说，你可稳住劲儿！"

"有啥稳不住的，天塌下来不也得接着！你说吧——"

"你……你妹妹……被崔股长×了……"

孟满万万没有想到是这么一回事。他的脑袋轰的一声炸了。他那一只手仍然抓住吴群的衣襟，另一只手攥成个拳头用力擂在吴群的胸上。打了吴群这一拳以后,他突然又泄了劲儿,两臂软软地垂下来,呆愣着,好半天动也没动。吴群看着他失神的模样有些害怕了。他上前抓着他的肩膀摇了摇。"孟满,你怎么啦?"他怯声地问。

孟满仿佛被他唤醒过,眼珠动了动,恢复了神志,但是一瞬间他的脸上又布上了凶气。"妈的,我杀了他!"他从牙缝里挤出这一句话,撒腿就朝大食堂跑。吴群真的害怕了。他知道自己惹了祸。孟满如果闯进大食堂抓住崔股长,非出大事不可。他一把拉住了孟满的衣服,拖住了他:"不行!你不能去!"

孟满被他拖住不能跑,回过身来又给了他一拳。这一拳砸在鼻子上,吴群鼻子被打出了血,他腾出一只手抹了一把,立刻又紧紧抓住了孟满。他说什么也不能放他去闯大祸。

宿舍里的人们从窗口看见吴群和孟满揪在一起,以为他俩在打架,赶紧跑出来劝解。他们把两人撕扯开,孟满挣脱了揪扯,掉头仍要跑到大食堂去找崔禾拼命。吴群甩着胳膊朝大家急喊起来:"×!拽我干吗!快拦住他!要出事了!"人们一听立刻意识到了孟满要去干什么,一伙人围上去堵住了他,连拖带抬地把他弄回了宿舍。

进到屋里,孟满搡开了大家,一头扎到炕上,咚咚咚地擂打了一阵炕面,而后呜呜地哭了起来。他痛哭自己的委屈,痛哭妹妹遭受的欺辱,痛哭老天爷如此可恶,竟把这么多的痛苦一连串降临到自己身上。

孟满昏昏沉沉地挨过了一夜,宿舍里的伙伴们轮班看守了他一夜。第二天一早,孟满未发泄出来的怒火在胸腔里憋得撞上头,头又涨又疼,思维一片混乱。他只记得要找崔禾去拼命,再也记不清别的事情。别人给他打来了早饭,他一口没吃。早饭后,他借着上厕所的机会,终于闯进了连部。路过尹长青家门口时,正碰上文秀抓着个舀子从桦子墙后出来,两人撞在一起,舀子泼在地上,里面喂猪的汤汤水水洒了一地。

"你这是慌啥呀!差点儿泼了我一身!"文秀抱怨着定住神,才看出撞着她的是孟满。孟满两眼含着血丝,看也不看她,直愣着眼睛又撞进了连部。

文秀看出孟满的神色有点儿不大对头。她已经听说昨天大家都没去学习的事,估计孟晓丽的事情已经传进了孟满耳朵里,孟满是来找崔禾算账的。她心里暗暗庆幸连部里的人已经走了。她可不愿意有谁在自家门口闹出乱子。

孟满闯进连部,见连部里空空无人,他立刻闪出个念头,认为工作组的人可能都跑了。他昏昏蒙蒙疯狂地追到了大道口。一辆大客车恰好在道口停下来,崔禾踏上车去,站在车门口,乐呵呵地向送他上车的几个人挥手道别。孟满飞跑到车跟前,一把抓住了崔禾的军服。正在这时汽车徐徐开动了。华兵拦腰抱住孟满往后一闪,孟满被扯得一松手,车门刚好嘭的一声关上了。

大客车丢下孟满载着崔禾径自朝前驶去。孟满扭动着身子要挣脱华兵,另外几个人上来一起把他拥在了中间。"你们拽着我干啥!"孟满抡着胳膊朝着远去的汽车嘶喊,"我要揍他!我要杀了他呀!"

孟满哪里知道,直到这时,工作组这些同志还不清楚崔禾惹下了什么事情。他们见孟满近乎疯狂,都有些疑疑惑惑。几个人强推硬拽地把孟满扯回连里时,迎面恰好碰上了赶来的晋香。晋香当时什么也没问,什么也没对工作组的几个人解释,只是平静地叫大家先散开去干活。见孟满仍是瞪着自己不动,他便亲自把他送回了宿舍。

孟满一进寝室的门,便把自己重重地摔到炕上,僵僵地躺着不动了。晋香燃上支烟在屋里来来回回地走了好几遭。他想到冀政委既然是把工作组的正副组长都叫到团里去，肯定是对自己连里的整党工作要重新做出安排，眼下，自己能做的事只是稳住孟满。看来孟晓丽还没有什么异常，这个孟满若不按住可是会闹出大事情来的。

"你冷静冷静，先休息休息吧，别去干活儿了……"他安抚了孟满几句，不放心地离开。他要派个人来陪伴一下孟满。让他一个人单独呆在宿舍里，他不放心。

22

发生了一堆乱糟糟的事情，还没有等理出点儿头绪，豆收就开始了。节气不等人，抢收迟一天，大豆就可能像过去那个冬天一样，统统被埋在早降的雪里。连长王振山带着一个女生班下地试割了一天，大豆已经成熟，站在太阳底下的豆秆变硬了，被太阳晒得发脆，镰刀从横里割下去咔巴咔巴地响。这预示着，大收的战役可以全面开始了。

当天晚上连里就开了个动员会，号召各排抽调人马统统下到地里去。其实不用动员人们也懂得抢天时的重要性。农工们种地为什么？不就为了多打粮食么？不管收成好坏是不是直接影响自己，关心农时已经变成了这些新北大荒人的天性。第二天一早天麻麻亮，连长就带领全连人马到近处的地里割了一晌。

　　早晨起床到附近的地里干上一两个钟头，回连里吃过早饭后再开到远处去，中午饭送到地里吃，整整干上一天，太阳落山再往回返，这已经成了几年的惯例。只要豆收开始，天大的事情也要先放下。于是，孟满的郁闷、孟晓丽的屈辱、晋香的忧虑，全连人被一系列乱糟糟的事搅得不宁的心绪一下都冲淡了。整党工作也没见再有个什么结局，工作组做了个总结，便撤走了。工作组最后的总结没给人们留下任何印象。秋收结束以后，当连长又利用农忙的空闲批判什么时，大家似乎已经忘记了工作组曾经在这个连队里存在过。

　　一切都一如既往地运转下去。周怀庆贪污的案子不了了之，既没有结论，也没有人再追究。周怀庆继续又当了司务长，在食堂和大家嘻嘻哈哈相处，也没人对他有什么猜忌和戒心。孟晓丽和孟满在大收期间也没做出任何举动。他们和过去一样劳动、吃饭、休息，只是兄妹两人的话语都比平素少了许多，就好像过去的几个月让这兄妹改变了性格。谁也没有想到，这大豆收获季节过度的疲惫所制造的平静只是一个假象，那之后，令晋香更加难以招架的事情接踵发生了。

　　北大荒的气候变幻莫测。刚刚开始收割时是个大好晴天，看着太阳黄灿灿地当空悬着，满以为它能照耀到大秋结束，没想到，刚刚过去两天，天就阴上来了。从南山酝酿而起的灰云被风推着弥散到大田的上空，云刚刚布满，便落起雨来。这一时的南山好奇怪，不知道它汲进了几条江河，灰云落下一层又漫上一层，层层都含着洒不尽的天水。

　　人们吃过早饭下地，天只是阴得沉甸甸的。每人都沿着一条豆垄不直腰地朝前割,刚刚割出一百多米远,天就下起雨来了。先是噼噼啪啪地落了几个大雨点儿,又停歇了片刻,紧接着,雨水便突然在大田上空悬成了一大挂交织起来的蛛网,把万物都笼罩在其中了。

落雨点时,大家直起身迟疑了片刻,还没等连长王振山发出个明确的命令,大雨就降了下来,不一会儿人人都成了落汤鸡。"刘英姿哇,"连长在雨水融成的雾帘中朝刘英姿大声叫喊,"让大伙儿先回去吧,雨太大啦!"

没等刘英姿再发一道令,大家便转回身朝来时的地头走去。地还没有浇透,踩上去只从脚边挤出些泥水。虽然没有打滑,但是人人走得都很慢,人人镇定得似乎并不把这突如其来的大雨放在眼里。这广阔无边的田野,无遮无掩,地头上一片灌木丛还没有人高,又能躲到哪里去呢?老天要下雨,那就让它淋吧!只要你把自己暴露在天幕之下,你就只能任它主宰。你不再有任何抗争的能力,你必须听凭它把你融成大自然中的一景,就如同泥土和花草树木。

回到连队,换上干爽的衣服没有多久,雨就小下来了。到了吃午饭的时候,阴云仍然低垂着,雨却停了下来。刚刚吃过午饭,刘英姿站在宿舍走廊里大声喊起来:"中午别休息啦,趁着不下雨,赶紧到地里去!"没有一个人表示异议,大家一声不吭地全都换上了雨靴,有几个人还从衣箱里翻出了塑料雨衣。

不过,老天并不肯迁就谁。下午人们干了不大一会儿活儿,雨又重新下起来了。谁能想到,这场背时的雨,从此便一连下了十多天。十多天的雨水把大田泡得稀烂,雨衣不管用了,雨靴也不管用了。割一趟豆子下来雨衣就撕扯成了碎片,雨靴踩在田垄上,一步一打滑,摔两个跟头,泥水顺势就钻进了鞋窠里。

苏晚晴进了宿舍走廊,丢下镰刀,正赶上谢冬梅端着一脸盆花卷从食堂回来。谢冬梅穿着件塑料雨衣,使劲抻开雨衣的两个衣襟,把盛花卷的脸盆窝在怀里,低低地弯着身子,让身体罩在脸盆上方。

"看你这模样!"苏晚晴笑她说,"也不怕倒栽下来种在地里!"

"那怎么办呀?"谢冬梅认真地扬起眉毛,"不这样,花卷就淋雨啦!"

两人进到屋里,苏晚晴见炕上放着两个刷得干干净净的空脸盆,抓起一个转身又朝外走:"我去打菜。"

"今天还有汤。"

谢冬梅放下花卷,抓起另一只盆跟在苏晚晴身后又出了门。雨还在淅淅沥沥地下着,路滑得很。两人一前一后,谢冬梅仍然穿着雨衣,苏晚晴从里到外已经透湿,谁也没在意。这十几个雨天使人们对任何琐事都已经麻木了。雨从下起来就再也没有停,总不能让已经成熟的大豆再烂在地里。人们真是要跟老天拼了,每天天刚亮吃两个馒头就下地,直干到中午,一刻也不歇。歇也没法儿歇的,放眼遍地一片泥水,能站稳脚就算不错了。中午回连队吃饭,人人都成了泥水人儿。

每天一个寝室留一个人值班:打水、烧炕,中午再给大家打饭。炕要烧得热,中午人们回来要驱赶身上的寒湿气,还要烙衣服。水要从井台挑回来,还要用砖头架在炕洞口一盆盆地加热。柴是湿的,从井台到宿舍要挑着水桶在泥路上一步一打滑地跋涉,值班的人虽然不必下地,滋味儿也并不好受。不过,留在寝室值班,毕竟不必从早到晚漯着湿衣服。下地去的人们早上穿一身干衣服出门,中午回连队吃饭时早已经里外透湿。吃饭时候把衣服脱下来铺在热炕板上烘热,下午下地时,仍是把这身湿衣穿上,直到傍晚再回到连队,才能享受一下穿干衣服的舒适。

苏晚晴帮助谢冬梅打回菜来,同寝室的人们早已经换上一身干燥的裤衩背心,把湿衣服摊了一炕。见饭菜来了,大家又急忙从湿衣服堆里扒出点儿空当,围坐在三个脸盆周遭吃起来。苏晚晴站在炕边,也急忙扒下身上的衣裤。

在地里割着豆子,脚下蹚着泥水,因需要花费气力,倒不觉得冷。回到连队穿湿衣服到食堂打一趟饭,身上的一点儿热气立刻都散光了。浑身上下从里到外紧缩得难受,上下牙哒哒哒地磕叩着打战,使劲咬着牙关也不能阻止。她换上内衣裤,灌下几口热汤,又下地用炕洞口温着的热水擦了擦身体,这才觉得肌肉有些放松下来。她重新爬到炕上,找了块空当仰躺下伸了个懒腰。

"太舒服了!"

她抓起个花卷,还没吃进嘴里,就觉得已经长了不少力气。

"还不把你的湿衣服快摊开!"谢冬梅提醒她。

"这倒是的!"苏晚晴丢下饭菜,急忙又翻腾开自己刚刚扒下身的湿衣服。湿衣服不趁吃饭的这会儿工夫烘热,一会儿下地就凉得再也没法往身上套了。

饭刚刚下肚,刘英姿就在走廊里喊起来:"动作快点儿,吃完快下地啦!"

没吃完饭的人急忙再吞咽几口,便重新换衣服。

苏晚晴抓着镰刀,和孟晓丽恰恰一起挤在了自己寝室的门口。自从和崔股长的事情闹开以后,孟晓丽明显地消瘦了。她时时有意地避开大家,在一起干活,也再不叽叽喳喳地说个不停,倘若不是她的身影还在大家面前晃动,简直就像没有了这个人一样。大家也不再主动和她说笑聊天,谁和她在一起,一小片不愉快的阴影就会悄悄袭上来,心里有些尴尬。苏晚晴更是如此。她仍然同情孟晓丽,也为她对自己的信任抱有几分责任感,但是她也不愿意单独和孟晓丽呆在一起。和她在一块儿,她无话可说,在尴尬之外不知怎么还会夹进一些莫名其妙的羞涩。

这时候和孟晓丽挤到一起,她牵起嘴角朝她笑了笑。如今她总是把这种温谦的微笑投给孟晓丽,表示对她的同情、关心和友善,不过,这微笑也不知不觉地拉远了两个人的距离。

孟晓丽并没有理会苏晚晴的微笑,她低沉着脸,看了看苏晚晴,用一种发黏的声音一本正经地对她说:"我受不了了!"

"怎么?"苏晚晴不解其意。

"天天从早到晚地溻着这湿衣服撅在地里,我实在是受不了了……"

"大家不都是这样嘛!"苏晚晴又笑了笑,安慰她。她并不为孟晓丽的坦白看轻她,相反,从内心里却感觉自己的劝慰有些虚伪。自己也早就觉得有些"受不了了",只是每天硬撑着不表现出来,也不说出口来而已。而且,说出来有什么用呢?这大豆总要割下来的。下雨要割,不下雨也要割,不然当初种它干什么呀!她就用这个简单的道理给自己鼓着劲儿。她觉得这么想,倒是比秋收动员会上那些"苦干实干加巧干"式的口号舒服多了。

孟晓丽并不理会她的劝慰:"我不知道别人怎么样,反正我是受不了了,早晚我得走。"

"走?到哪儿去?"苏晚晴大惑不解,"卫生队你是去不了了吧?"

话一出口,苏晚晴暗暗有些懊悔。唉,提什么卫生队,这简直是把崔股长扯进来了!孟晓丽似乎并没在意她说什么。

苏晚晴没有再多追问孟晓丽,孟晓丽也没有再多说。当一个多月孟晓丽失踪时,苏晚晴想起这事就懊悔不迭。她想,若是当时追问一下孟晓丽打算去哪儿,说不定就能察觉出危险的苗头了……

老天总算托出了太阳。天晴了,大田班的人全都转到了麦场上。

这个秋收麦场的活也格外累人。收下的大豆比以往难晾晒,往麦场上涌来的鸡鸭猪鹅也比往年多几倍。不光是鸡鸭猪鹅,小孩子们也都往麦场跑。三四岁七八岁的小孩晴天也穿上父母的大雨靴,在麦场上溜一遭,离开时哪一个都摇摇晃晃地拖不动腿。这景象让刘英姿终于忍无可忍了。她轰赶走几只鸡猪之后,抓住了一个小孩子,厉声地斥问他:"你们总往麦场上跑啥?谁让你来的?"

小孩子惊吓得想跑没有跑动,两只大鞋拖得他扑通一下子墩坐在地上。两只小脚顺势从鞋窠里滑出来,暴露出了满满两雨靴黄豆。

"噢,怪不得都往这儿跑!"刘英姿狠狠踹倒了两只雨靴,里边的黄豆滚出来撒在地上。她见黄豆撒了一地,更是怒火万丈:"你给我把豆子倒回大垛上去!把地上这些也捡干净!妈的,收点儿大豆还不够你们偷的!"

小孩子一点儿也不惧怕。他眨巴着黑溜溜的小圆眼睛望着刘英姿。听说让他把大豆倒回去,骨碌爬起身,胡乱抓起几把地上的豆子塞进鞋窠里,然后拎起两只沉甸甸的大雨靴又朝豆堆那边跑,两只肮脏的光脚丫踏在地上,吧唧吧唧地响。他倒出大豆,又把两只小脏脚伸进大雨靴里,跑出麦场去了。

麦场外还站着一群穿大雨靴的小孩子,见自己的小伙伴儿逃出来,他们把他迎接进自己的队伍,隔着木条栅栏齐声朝刘英姿喊起来:

抓,抓,抓不着,
气,气,气死你。
抓,抓,抓不着,
气,气,气死你。

刘英姿抓起一块木条朝栅栏外扔去。小孩子们哄的一声跑散了。一个小家伙停下脚步转回身朝刘英姿做了个鬼脸,奶声奶气拖长声音朝她喊道:"你就是抓不着——我们家里多着哩——"

这一句话提醒了刘英姿。是呀,这些天,不知那些人们往自家捣腾了多少大豆呢!她一想到大家溻着湿衣服拼死拼活地干了半个多月,好不容易收回的大豆却被这么鬼鬼祟祟地偷进了各家各户,心中更加不平衡起来。"妈的,小兔崽子,你们等着!"她指着栅栏外的小孩子们喊起来,"今天我挨门挨户上你们家搜去!"

小孩子们听她喊得凶,一个个脱下大雨靴提在手里,光着脚丫飞跑回家报信去了。

刘英姿并不是喊两声撒撒气而已。头一天正听指导员说过,场里的豆子堆越晒越小,连缝好口的麻包都少了好几袋。不用说,这是那些有家的老兵的毛病了。当然,也少不了几家老佛山的坐地户。这类事用不着找知青。知青要这干啥?大不了装一套袖回去找个地方炒一炒,再撒上点儿白糖当糖豆解解馋。不过大家吃上几天炒黄豆就吃腻了。炒黄豆的时节大食堂的菜就是盐水、酱油煮黄豆,吃得天天肚子发胀。

自然,全连人的心里都有数,知青们也照例是收什么偷什么的。但是在所有的人看来,知青的偷和老兵家属们的偷又有本质的不同。老兵们着眼点在粮食上,夏收秋收,眼睛盯的就是小麦和大豆。北大荒的粮仓饿不着人,他们缺的是猪饲料。小麦除了磨面粉,剩下来猪就有了口粮;黄豆呢,除去人吃猪吃,冬天到知青们回城探亲的时候还可以卖给他们带回家去。灾荒年刚刚过去,城里人对大豆比白面还亲呢!知青们都是单身,没有谁自找麻烦搞那点儿小积累,他们的目光盯在所有拿来就吃、直接进口的东西上。从春到秋,哪样作物熟了也不放过,瓜熟了偷瓜,豆熟了偷豆;苞米熟了,下田掰苞米时偷着带些回来,在宿舍门口架起几块砖,上下两个脸盆一扣当锅使,一会儿就泛出了煮苞米的香味儿。北大荒的苞米大多当喂牲口的饲料,只是不知为什么不让知青们痛痛快快地吃。所以,知青们在千亩大田里偷回几穗苞米煮,连长不亲眼看见便罢,一旦看见,少不得就要在全连大会上批一通。至于下瓜田里偷瓜,那更是多出许多的胆量和机智。

不管怎么说,知青们偷个瓜偷点儿苞米也都是大家公开地一起吃,显不出卑劣倒显出几分豪迈。家属们偷麦场上的大豆可是不一样,这明显就是资本主义私有观念的大泛滥,一堆大豆偷偷摸摸地捣腾回自己家,这行为想想让人就厌恶。刘英姿骂跑了那一帮小孩子,怒气仍难消,她回转身走到正在攒豆堆的一伙女生面前,胳膊一挥朝大伙说:"走,挨户搜他们去!"

一个女生排分成了六个小组,从临近麦场这一排家属房一步步向南推进,这一来可是惊得鸡飞狗跳。小孩子们四散开跑着喊着:"搜大豆啦!搜大豆啦!"家属们则急急忙忙把炕上烘着的大豆扫进麻袋里,再把麻袋拖着拽着东塞西藏。这一天正赶上营供销社到连队来收生猪,一边要搜大豆,一边要抓猪;家属们一边要藏大豆,一边还趁着没临到抓自己家的猪时匆匆给肥猪灌盐食。一时间连里乱了套,鸡声猪声人声闹成一片,气氛真好像是日本鬼子进了村一样。

文秀把一小铝盆盐水泡黄豆刚刚倒进猪食槽,苏晚晴、谢冬梅和两个女生恰好进门来。几个姑娘看到一头大肥猪肚子撑得圆鼓鼓的还在吞食黄豆,几个人禁不住互相使了个眼色。"你忙什么呢?"苏晚晴问文秀。她的声音挺温和,她无论如何也长不出刘英姿那股子冲动。

"唉,喂猪呀!"文秀见猪从食槽跟前偏开头,急忙又用舀子使劲地敲着木槽把猪朝汤水里引。

"这猪的肚子都快撑爆啦!"谢冬梅惊得张大了眼睛望着那猪滚圆圆的肚子,"别让它吃啦!"

"哎呀你小声点,别让供销社人听见!他们走到这儿了没?"

"没有呢!"谢冬梅朝桦子墙外探了探头,"那不,他们在那儿呢!"

文秀急忙挤到谢冬梅身边,伸长着脖子朝谢冬梅手指的一条土道上看。那土道与她家门前的这窄窄的小道相交叉,两个汉子正抬着一头大猪从道口上走过。那头黑猪肥大得很,四个猪蹄两两扣在一起,吊在一根粗大的木杠子上,身子悬在半空挣扎着摇晃。它那肚子鼓胀得似乎就要撑破了,一挣扎,忽地泻出一大泡稀屎。

"哎呀,这一下子亏了足有二斤!"文秀惋惜地缩回头,见她的猪掉头又要离开食槽,赶上前用舀子拍了它两下,"你可吃呀!你可吃呀！"她着急得近乎哀求。

"它吃饱啦！"谢冬梅提醒着文秀，"你看它那肚子！"

"就是得让它撑呀！"文秀的样子十分认真，"赶在上秤前多喂进点盐水食，一下子能长出三四斤呢！"

苏晚晴一听笑起来，指着门外："刚才那猪不是白撑啦！"

"那可不是咋的！"文秀仍是认真地说，"那一泡屎拉出去亏二斤都打不住呢！一斤收价是八毛五，二斤亏了近两块钱哩！"

几个姑娘听了，也有些惋惜。但是她们并没有忘记自己的任务，装作不经意地用眼溜着屋里屋外一切鼓囊囊的麻包布袋，见有嫌疑的，还装出副随意的模样上前摸一摸。

文秀看出了她们并不是来看她喂猪，一下子记起刚刚不久前还看到刘英姿和前排那一家正吵着什么，便也猜出了这几个姑娘的意图："你们是来搜黄豆的吧？"她直率地问着，脸红了红，忍不住还朝猪食槽里溜了一眼。"嗨，我家可不敢上麦场上弄那东西，这不，"她指着猪食槽，"这是头冬从地里拾回的，不信，你们就搜吧！"说着，她拽开房子旁边一个木板钉的小仓房的门，从里边拽出一个破灰布口袋。"这儿还有小袋子，也是从地里拾的，就这点儿，可不是麦场上的！"几个姑娘看出她的诚实，屋里屋外也再没看出痕迹，使个眼色，互相招呼着走了。她们刚刚走出桦子院墙，"哎，"文秀又招招手把她们唤回了院子，"咱连里还真是有人整麻包的往家扛呢！"

"是谁？"几个姑娘一听，觉出问题真有些严重。

"是谁我可说不准了，反正有人看见！"

几个姑娘待要再追究点儿下文，远处一片粗野的叫骂声传了过来，几个人急忙朝喧闹的地方跑了过去。

自从出了事情以后，孟晓丽很少再在家属区露面，只要上工下工一走过家属们面前，或是到井台打水赶上人多需要等候，她觉得就有好多根手指头在戳点她的后背。刘英姿吆喝大家到家属区搜黄豆，孟晓丽十分憷头。她对刘英姿说："算了，我不去啦！我就留在麦场上吧！"

"咋的？"刘英姿的目光扫到她脸上，看出了她的畏缩。崔禾的处理被秋收耽搁下了，团里至今还没个说法，为此她在心里憋了一口恶气没有出来，就时常把怒火迁移到孟晓丽身上。她清楚地看出了孟晓丽身上的轻浮、娇气、好高骛远和缺乏自知之明的毛病，但是，旷日持久的友谊已经把两个人拴到了一块儿，她讨厌她，却又离不开她；她时不时轻蔑地训斥她，却又决不允许别人慢怠她这个不争气的朋友。有半天不见孟晓丽，她就如丢了魂儿似的难受。见孟晓丽提不起精神的样子，刘英姿的火气不由得又蹿上来了。"怕啥？！"她大着嗓门儿说给大家听，"谁的错儿谁承担，用得着你兜着还是咋的？你不敢去？不敢去活该人家背后嚼舌头！"

有刘英姿仗胆撑腰，孟晓丽卸去了不少心理负担。她跟刘英姿一组，还带着另外一个女知青，一伙人来到了机务排长武中定居住的那一排家属房。

武中定的妻子范彩云是家属当中最活跃的人物，她家住的这一带总是显得比别处热闹。当初文秀忍不住把崔禾与孟晓丽的事情告知了另一个家属，那家属到武中定家串了个门，于是整个家属区几乎在当天晚上就传遍了，只剩下了大食堂南边的那几户。指导员晋香知道得晚，大概就与他住在最西南角上有关。小孩子们飞跑着在家属区喊，范彩云立刻明白了是怎么回事。她家的猪崽抱得晚，这时候还不能卖，她在家里忙活了一阵，锁上栅栏就站在道上看热闹。

不知谁家那头大肥猪刚被抬着走过来，不一会儿刘英姿几个人又来到了她跟前。刘英姿沉着脸，理也没理她，径直进了最靠土道边的一家，范彩云注意着那家的动静，听见那家嘈杂了一阵，接着刘英姿的大嗓门就高声嚷了出来。

"捡？都他妈的说是地里捡的！上哪儿能捡这么个大便宜？满满一麻包，看这，这麻袋还是麦场上统一缝的呢！"

"你们能缝，我们就不会缝？"那个家属显然心虚，嘟嘟哝哝地反驳。

"缝？先缝上你们自己的嘴罢！看，这麻袋也是麦场上的新麻袋！走，把这袋子拖走！"说着，她动手就往外拖麻包。一整袋黄豆二百来斤，她拖不动，孟晓丽两个人急忙上前来帮忙。三个人把麻包拖到土道口上，戳在土道口当中。刘英姿又吆喝着两个伙伴去搜这一排房的第二家。这一家住的便是武中定。

平时排长们开会经常互相传信儿，武中定的家刘英姿自然是熟悉的。刘英姿在武中定门口撞了个大锁头，便朝土道口上站立的范彩云摆了一下头，吆喝孟晓丽说："去，把她叫来开门！"

范彩云故意扭动着腰肢慢慢腾腾地回到自己家门前。她捏着钥匙，并不开门，慢悠悠地问刘英姿："刘排长，一大早怎么有空来串门呀？"

刘英姿沉着脸不回答她，只是催促："快开门吧！"说着还用脚踢了踢薄薄的门板。

范彩云见刘英姿不和她搭腔，自觉有些没趣，于是便随着生出几分恼怒。她把眉毛一挑，撇着嘴自言自语般地数叨起来："哼，你们要查就查要翻就翻吧，翻不出啥来倒是不知谁的面子上不好看！"说着，咣当咣当使劲摇撼着门扉将锁打开,又狠狠瞥了跟在刘英姿身后的孟晓丽一眼。刘英姿仍是不理睬她,等范彩云打开锁,径直就进了屋子。她在屋子里扫了一遭,见炕上堆着一堆脏衣服被子,乱糟糟地搅在一起,灰乎乎地令人辨不出花色,她厌恶地转身出来又进了灶间。灶间里除了几个瓶瓶罐罐和半袋子面粉,并没有什么多余的东西。她又到院子的小仓房跟前拽开门朝里看了看。小仓房除了几把斧头、锄头等工具和农具,地上只散乱着一地引火的豆荚。刘英姿上前踏了踏豆荚,松松软软的,里边肯定没有什么,而且,这散乱的柴草遍地铺着,肯定也藏不住鼓囊囊的麻袋包。她退出身来,范彩云迎到她跟前挤出几声干笑。

"啥也没有吧?"她动了动脑袋说,"我们老武那人你也不是不知道,懒得油瓶子倒了都不扶,咋会想着往家捣腾点儿黄豆来?!再说,你多会儿看见他有私心,有了东西往自己家里扒拉过?"

刘英姿知道武中定的老婆既泼辣又精明,武中定在家中的地位,也不过和只猫儿差不多,这时候见她凑到自己跟前多言多语,猜测着其中必有蹊跷。她一言不发地想了想,返身又大步朝屋子里奔过去。范彩云见刘英姿又奔向屋中,愣了愣,急忙随着跟进去。刘英姿几步跨到墙山下的两只板箱跟前,见板箱上着锁,便严肃着脸色对范彩云说:"把这俩箱子的锁打开!"

范彩云见刘英姿要检查箱子,立刻沉下了脸来。"哟,刘排长,"她不软不硬地说,"你里出外进地折腾这半天我可没说啥!这随便搜谁家可是犯法的呀,你知道不知道?"

刘英姿见她强辩着道理不开锁,觉得心里更有了底:"没东西你怕看啥!打开!"

"开，开你也没权力看呀！凭啥随便挨门挨户地查！你这犯法！"

"犯法你找地儿告我去！"刘英姿又蹿上了火，趁范彩云不注意，一把抓过了她手中的一串钥匙。范彩云要上前争夺，刘英姿用胳膊肘顶架着她，试了两把钥匙，咔嗒一下子把上边的黑铁锁头打开了。刘英姿掀开半折的箱盖，几个人都屏气站在一旁不吱声，连范彩云也斜起眼睛不再出声，只是静静地瞟着她。

刘英姿见箱子里十分凌乱，也是堆放着一堆灰不溜秋的脏衣服。但是这堆衣服好像是浮驾在那里，她便下手去抓了一把。秘密泄露了，脏衣服底下是满满当当的半箱子黄豆。黄豆没有烘干，插进手来，能感觉到暖暖的炕温。刘英姿气得把从箱子里抓出的衣服一下摔在地上。她觉得不解气，还一脚把衣服踢到炕下："谁犯法？哼！偷东西的不犯法，倒是揭你们盖子的犯法了！"说着，转身就朝外走，"我把全连都叫来上你这儿参观参观"！

范彩云不知道刘英姿下边还要做出什么羞辱她的事情，恼羞成怒，跳到院子里，朝着离去的三个女知青的背影叫起来："偷，偷，我就偷了几个豆子，没偷到人家工作组的炕上去！"

这话像根鞭子把三个姑娘都抽住了。孟晓丽羞得脸色通红，心里一缩，哗地涌出了眼泪。

刘英姿也被震住了，她没想到范彩云敢如此不留情面。那件事情这么多天来在连里只是在悄悄传着，所有的人在轻蔑孟晓丽的同时也对她抱有几分怜惜，这善意酿成了一小片宽厚的土壤，支撑着一个绝望的人的信念；又聚成一支点燃着的蜡烛，用小小的光芒，给落难的失足者一线升腾的希望。可是现在，人们尽量用善良和宽宏维护着的这个氛围被眼前这个利欲熏心的女人破坏了。刘英姿很快地看了一眼身边的孟晓丽,看到她流下了眼泪,知道一道支撑她的堤防已经开始溃坍了。她心里一阵抽缩。她感觉到了孟晓丽的痛苦。她大步地走回去,用仇视的目光盯着范彩云,然后又举起手,照着那女人的脸狠狠地抽了一个耳光。

23

下雪了。刘英姿和范彩云的较量,引起了知青和家属之间的一场对立。指导员晋香和连长王振山给双方做了许多调解工作,总算把矛盾平息了下来。矛盾刚刚平息,天就落起了雪。那是这个冬天的第一场雪。这场雪落得很急,天气还没有变冷,不知怎么雪就落下来了。夜间悄悄地飘了一夜雪花,早上起来一看,房屋白了,田野白了,遍地都成了一片白色。南山却还是绿的。它没有被落雪的寒气推远,站在连队里,能看出洁白的雪花只是把绿郁的山坡铺染得斑斑驳驳。

每年一到落雪的时节,连队立刻就变得格外安静。老兵和家属们不再站在自家院子里隔着篱笆和别人很响地调笑聊天,知青们不再到远处的山林树丛去采榛子找野果,不到近处的小溪边去洗衣服,连平素喧叫着的鸡鸭猪鹅们也老实了许多。似乎一落雪,荒原上的一切生物就都被无声的、白色的肃穆笼罩了,融成了一个安详、静谧的世界。

就在落雪之后的第二个夜晚，那时候雪还在飘飘扬扬地下着，孟晓丽失踪了。

孟晓丽失踪似乎与她近来染上酒瘾有关。这之前连里谁也不知道，沉默下来的孟晓丽时常跑到酒房里去喝一点儿酒。"何以解忧，唯有杜康"，这可怜巴巴的一点儿关于酒的知识是她从自己的酒鬼父亲那里得知来的。酒是那个穷困的铸造工人的生命的一部分，在他的每一个儿女尚未出生之前，他就已经把酒精的毒素输进了他们的血液。所以，孟晓丽喝酒从来不会醉，小半搪瓷杯的白酒灌下肚去，对于她不过是刚刚引起一点儿睡意而已。这朦胧的睡意恰到好处地限制住她的思维，使她不再回忆，也不再思考，使她只是沉溺于品咂那一点儿辣滋滋的液体的灼热的快乐。

她第一次到酒房要酒喝是在孟满追赶着崔禾直到大客车开走的那个晚上。那几天她再也没见到哥哥，哥哥也没有找她。她只是隐约听说哥哥孟满要去找崔禾拼命而崔禾跑了。反正现在一切都完蛋了！她当时想。她带着那个破碎的梦迷迷怔怔地走进了酒房。霍晓菲正在打夜班。"给我点儿酒喝行吧？"她问霍晓菲。霍晓菲用奇怪的目光望望她。

"你说什么？"她不相信孟晓丽是在要酒喝。

"给我点儿酒。"

"你干啥学那一套？"

"不是学的，是遗传。我爸爸一遇上麻烦事就喝酒。"

"你又不是老头子。"

"可是我想喝一点儿。真的。我心里别扭极了。我知道，谁也帮不了我，也许酒还能帮点儿忙。"

她说着，不再等待霍晓菲答允，自己走到烧锅旁边的酒缸跟前，抓起缸盖上的搪瓷杯，掀开缸盖就舀了半杯。她先抿进一点儿，咂了咂滋味。"嗯，怪不得人家说咱连的酒烧得不错，果然是。一点儿憨辣劲也没有，柔柔和和的，还有点儿甜味。"

"你别真喝。这是头锅酒，劲儿太大。"

"我知道。我尝得出来，这酒可以当酒精使了，足有九十来度。"

"连里没让你来干酒房真是浪费人才。"霍晓菲说。

"那可不。不过你别跟别人说。我在这儿已经够难的了。"孟晓丽说着，倚靠着一堆装酒料的麻包滑坐到酒窖的地板上。那只装着酒的搪瓷杯仍在她手里，她又喝了一大口。"那个事儿你知道了吧？"她问霍晓菲。

霍晓菲点了点头。她不知道表示点儿什么样的态度才好。她和别人一样，对孟晓丽又是鄙夷又是同情。

"我不知道下边该怎么办。我想我得离开这儿了，可是一时又没法离开。"

孟晓丽像是说给自己听又像是说给霍晓菲听。她连着喝了几大口酒，杯子终于被霍晓菲夺下了。

那是第一次。在第一次之后，霍晓菲值夜班时孟晓丽就经常到酒房来要酒喝。霍晓菲见她从没有醉过也就不再劝阻。她真正见识了有人曾说过的"酒能够撂倒酒鬼却撂不倒酒鬼的儿孙"这样的一种人。

孟晓丽最后一次到酒房来便是在落雪的第二个夜晚。那天晚上，霍晓菲巴不得孟晓丽来陪伴她。因为酒房里一件奇怪的事情，正搅得她坐立不安。

那晚又是霍晓菲单独值班。酒房外间屋里的灯泡断丝了，好在烧锅通向外间屋的灶坑里的木桦子燃得通明通亮,她便凑在灶口跟前,捧着一本《粉彩画绘画技法》翻看。这本书,她平时藏在一个地方,只有当自己一个人值班的时候才找出来看。这是苏晚晴的书,去年冬天回家探亲在火车上两人随意谈起了各自的兴趣,苏晚晴得知她也爱画画,特地从家给她把这本书带来了。"这种书是不能在公开场合看的,"她当时高兴地又有些畏怯地说,"在这儿翻看这个,人家看见了会说我们不安心扎根边疆!"

"这跟扎根边疆有什么关系?"苏晚晴不解。

"我也说不清,反正人家会这样看,咱们少惹事为好。"

"倒也是的。"苏晚晴当时轻轻叹了口气,"我真恨不得让木工给我做个油画架子,再做两幅油画框子,学学画油画,就是不敢。这么好的风景,不画画真是白浪费了。其实时间也不是没有,星期日满可以的,主要还是不敢吧。大概就是你说的怕人家看着不安心扎根边疆。"

霍晓菲不和苏晚晴在一个排干活,也不住在一个寝室,平时接触并不多,但是她觉得自己挺愿意和她接近。那姑娘身上从里到外有一种十分纯净的东西,令她喜欢,也令她向往。"在咱们这儿,最可能的还是画点儿水粉画,别的没有条件。"苏晚晴把这本书交到她手里时还对她这样说,她觉得苏晚晴对朋友也很真诚。在身边发现了这样一位朋友,她的心都踏实多了。

这是一本外国的绘画技法书,里边有许多好看的彩色风景插页,自然也有人物,有男人,也有女人。男人大多是戴着十八世纪的帽子,女人大多是半裸体,那些粉白色的肉体个个都坦然地凸显着一对美丽的乳房。虽然同是女性,霍晓菲看到这些插图还是有些耳热心跳。她试想苏晚晴看这些图画时会有什么感觉。她大概只是欣赏,就像欣赏一朵花或是一幅风景画。在她看来,苏晚晴几乎是不食人间烟火的那一类人,不会把任何人间世俗的东西掺进灵魂。她正一边看着书一边随意想着什么,忽然,她感觉到跟前站立了一个小小的身影。她心里咚地沉了一下,随即把目光移开书,移到小小的身影上。当她就着灶口的火光看清了站在眼前的东西时立刻紧张得连气都屏住了。她看见眼前站立的是一只黄鼠狼。黄鼠狼两条后腿站得和人一样平稳。它两只前爪交叠着搭在一起,见到霍晓菲抬起眼睛,便点着脑袋朝她连连作了三个揖。

　　霍晓菲被震住了。以前耳闻过黄鼠狼会模仿人的动作,想不到亲眼所见竟是这样真切,她不知如何是好。她只是惊惧地、呆呆地坐着,魂魄似乎已经离身而去。这时,只见那只黄鼠狼刺溜溜朝着里间的酒房跑去。它跑到那门口,又停了下来,回转头望了望仍然呆坐着的霍晓菲。霍晓菲看出这只黄鼠狼并不会伤害她,胆子大了些,她有些回过神来,注意地看着那黄鼠狼要干些什么。黄鼠狼大约是见霍晓菲没有动弹,它朝霍晓菲跑近几步,又跑到酒房的门口停下来,扭过头来望着霍晓菲。它大概是要我跟它进到那里边去吧?霍晓菲这样想着,试探着放下书,站起了身。果然,那黄鼠狼见霍晓菲跟在它身后,便朝着酒房里跑了进去。霍晓菲走近酒房门口,用眼扫了扫,里边一只灯泡悬在高处,昏暗得很,烧锅、酒料包又在地上投影着几片阴影,看不见黄鼠狼在何处干什么。她壮着胆子轻手轻脚地进去,等到熟悉了灯光的昏晕,她看见那只黄鼠狼正猫在烧锅的阴影里,它见她来了,看了看她,接着围着烧锅转了三圈,又站到霍晓菲面前,支着两条后腿,把两只前爪搭在一起,又朝她作了个揖。

霍晓菲迷惑不解了。"它到底要干什么呢？"她不再理睬那只野物，径自回到了外间屋的灶坑旁边。

木桦子的火光暗淡了，灶坑里的木块已经烧成了深红色。她添进两块细小些的桦子，桦子在火中噼里啪啦地响了一阵，响声过后，腾起了几簇淡黄色的火苗。淡黄色的火苗开始时有如风吹着一般，轻轻摇荡着，过了一会儿，火苗儿强壮了，直立了起来，火中发出了呼呼的声响。又过了一会儿，桦子烧红了，连灶膛都染成了红色，燃旺的桦子重新把灶坑前照得一片通亮。

直到火重新烧旺起来，霍晓菲的注意力才从火焰上转开，就在这时，哗啦一声响，里间似乎有什么东西被撞翻了。"这该死的黄鼠狼！"她气恼地站起身来，抓起一根木条，在灶坑旁一只铁桶上咚咚地敲打了几下。"滚！滚！"她一边敲打，一边吼着轰赶那只黄鼠狼。黄鼠狼受了惊吓，噌地从里屋跳出来，一直逃出门外去了。

霍晓菲赶走了黄鼠狼，到里间屋看了看，除了酒缸盖上舀酒的铝质水舀子掉在地上，屋里没有任何变化。她拾起水舀子，放回酒缸盖上，而后回到灶坑跟前，又捧起那本绘画书来。再也没有什么干扰，屋里静极了，静得听得见隔壁牲口咀嚼草料的声音，听得见自己的呼吸。霍晓菲再也看不下书去。想起刚才自己就是在这样一个静寂的黑夜中很响地敲着水桶，还发出很响的吼斥，她突然觉得十分可怕。她把背朝向火光，两只眼睛骨碌骨碌地盯视着门口。她害怕有什么再在那里出现，又希望那里出现一个伙伴的身影。她想起了孟晓丽，她多希望她这时候来喝酒呀！

孟晓丽在门口出现了。霍晓菲高兴地起身迎上前去："哎呀你可来了，我早就盼着你来！"这时候的孟晓丽似乎并不怎么兴奋，她并没在意霍晓菲盼望她的样子。她手里提着四只长方形的铁皮酒桶，站在门口，脸上挂着一种淡然的笑意。

"给我打四桶酒吧，该多少钱，我交。"

"你打这么多酒干啥？"霍晓菲又是一副不解的神色。

"我有用。"

霍晓菲看了看她："头锅的酒都拉团里去了，这儿只有二锅的。"

"二锅头？正好！"

孟晓丽并没有要待下来和霍晓菲多聊一会儿的意思，她径直朝里间放着酒缸的地方走去。霍晓菲跟在她身后进了里间屋，她看见孟晓丽身上一层薄薄的雪花化了，她的绿大衣的肩头留下了一层浅淡的水印。

"还在下雪吧？"她问孟晓丽。

"还下着。"孟晓丽随口应着望了望霍晓菲一眼。她的目光和她的口气一样淡然。霍晓菲从来没见孟晓丽有过这样一副淡漠的神情，她疑惑地看了孟晓丽一眼，没有说出什么。

四桶酒很快打满了，孟晓丽把一沓伍元的票子放在烧锅旁边一只木凳子上："这是四十块钱，不用找了。"

"不找不合适，"霍晓菲说，"一桶五斤，一块八毛五一斤，一桶十块钱找七毛五，七毛五乘四……"她正算着，孟晓丽一手拎着两只酒桶已经走到了外屋，酒桶太沉了，坠得她两腿绷得挺直，肩背则微微有些弯曲下来，那样子显得有几分老态。

"哎，你等着我呀！"霍晓菲说着赶上前抓住孟晓丽手中的两只酒桶，"回头我给你带两桶回宿舍，你何必一下子非要拿走。"

"我这是给别人买的,你别管了,外边有人接。"

霍晓菲迟疑一下站住了脚:"那零钱呢?回宿舍再找你,或是明天我跟会计交了账……"

"你就别管了!"

孟晓丽头也没回,很快出了门。她一走,酒房里立刻又空落下来。霍晓菲东摸摸西蹭蹭,一时不知该怎么排遣心中的寂寞。她打开门,朝门外探了探头,雪还在下着,门口的雪地被踩踏上的脚印压实了,显出了一条亮闪闪的路迹。她用目光顺着路迹搜寻了一段,"咦?"她有些奇怪起来。路迹在前方稀疏了,变成了一行脚印,奇怪的是那脚印并不是伸向宿舍,而是朝北拐向了公路口的方向,远处晃动着一高一矮两个人的身影,那矮的便是孟晓丽。这么晚她去哪儿呢?哦,是去道口送那买酒的人吧?一股寒风夹着雪花扬过来,灌得她憋住了片刻,她没有再多想什么,关上门,又去拨弄她那暗淡下来的灶坑去了。

第二天一早,霍晓菲等别人接替了她的班,又交代好当天的工作,已经是开早饭的时候了。她见接班来的人已经打好饭,自己便拿着饭盒直接去了大食堂。在食堂门口,一出一进,她和端着疙瘩汤盆的苏晚晴差点儿撞在一起。两人互相打了个招呼,霍晓菲刚刚拐进大食堂门里,苏晚晴想起什么,又把她叫了回来。

"你别惯着孟晓丽再喝酒了!"苏晚晴婉声地说,"她是常上你那儿喝酒去吧?"

"是呀。"霍晓菲嗫着嘴呼了口雾气,雾气很白,天很冷了。小雪花仍在轻轻地飘着,比前两天小了些,但是地上的雪已经铺了寸把厚,不知道还能不能化掉。望着地上的白雪,霍晓菲又想起了昨晚酒房跟前杂沓的脚印。"不过可不是我惯的,是她自己要喝。我看她挺可怜……"

"她醉在你那儿了?"

"没有。她从来没醉过。她好像对酒精没有反应似的。"

"那她这一夜怎么没回来睡觉?跟你打夜班瞎扯了一夜?"

"没有——"霍晓菲忽然意识到有些什么不大对头,"怎么,她夜里没回去睡觉?"

"没有。要不我怎么问你呢。半夜里刘英姿就吼起来了,骂孟晓丽肯定喝醉了。我们都以为她在酒房住了一夜呢。"

"不,肯定没有。"霍晓菲头脑里浮现出头天晚上孟晓丽和一个男人提着酒桶朝公路道口走去的影子,心里禁不住打了个寒战,"昨天晚上她倒是来打过酒,提着四个铁皮酒桶,买了二十斤。我看出她脸色有点儿跟平常不一样的,只是没大在意。后来我看见她跟一个男人朝公路那边走了。"

"朝公路那边?"苏晚晴有些震惊。

"反正从酒房出去以后走的是那个方向,谁知道是上了公路还是进了哪个家属房了……她……是说不准的事儿……"

苏晚晴懂得她暗喻的意思。"这倒是的。"她咬了咬嘴唇,"你说这情况要不要告诉刘英姿?她挺发火,可是万一孟晓丽真是去了公路,就麻烦了……"

"我去告诉刘英姿!"霍晓菲不再迟疑,"咱连的人哪还用她替着来买酒?!"霍晓菲看着苏晚晴,她看到苏晚晴似乎也打了个冷战。

半夜,刘英姿被尿憋醒了。她翻了个身,拽了拽被子,被子拽不动。她爬起身来，用手摸了摸土墙，墙山上有一道两指宽的裂缝。这个冬天来得急，光忙着从雨水下抢豆子，还没喘过气来用泥抹抹宿舍墙，这场雪就落下来了。一落雪这墙裂从外到里都上冻，把挨着炕根的毯子被子冻粘在墙上。在冬天，这是常事。她借着窗口冰花的反光看了看，那道墙缝上顶着白花花的一道霜。她凑近炕根，把霜呵化了，把和墙冻在一起的棉毯揪下来，这才下地去撒尿。那时她就着夜光看了看身边孟晓丽的铺位，此时仍然空着。"这死丫头，又去灌那猫尿喝去了！"她已经发觉孟晓丽常常趁着酒班打夜班时去喝酒，只是还没戳穿她。

她下了炕，揪起了棉袄披在肩上，轻轻推开门钻出身去。

初来边疆的时候，女知青们个个都像带嫁妆一样带来了尿盆。人人的尿盆都挺讲究，白的、花的，一码的新搪瓷，还都带着个盖儿。大家管那些尿盆统称"罐儿"。有一天，在刘英姿的一声号令下，大家来了个彻底革命，把所有的"罐儿"扔到外边冰冻的雪地上，一股脑儿用石块砸瘪了。那是因为不知谁天良丧尽在别人的"罐儿"里偷偷装下了污秽物，弄得宿舍一走廊都是赶不尽的腥臊气。为了避免再发生类似可恶的事件，大家砸毁自己的"罐儿"时毫不惋惜。不过操作上还是有些疏忽，那些搪瓷盖儿大部分并没砸毁。后来有人发现它们不知怎么进入了老战士们的家里，盖上了家属们盛酱盛盐的坛坛罐罐，而且每个盖都被擦得锃光瓦亮。从此以后女生宿舍外边和男生宿舍一样，随着季节时时换着新的气象。夏天，宿舍四周的花花草草总是比别处长得更茁壮，冬天，门外拢起的雪堆就被染成了橘子水儿一样的大冰坨。

现在刚刚入冬，刚刚下了一场雪，门外还没有堆出雪堆，也还没有积出那种橘子水儿一样颜色的大冰坨。刘英姿披着棉袄光着腿，嗞嗞哈哈地走到月光下。月光洒在地上，映得每一颗雪粒都闪闪烁烁地发出亮光。刘英姿打着寒战望了会儿耀耀闪亮的小雪粒，又望了会儿远处隐在朦胧夜色中的马号和酒房，她看不清那里是否亮着灯，只在心里又骂了一阵孟晓丽。回到寝室，她不小心碰翻了一只洗脸盆，咣当一声震响，把一屋子人全惊醒了。有谁拉亮了电灯："怎么啦？"

"没事儿，幸亏是只空盆！"刘英姿气恼地踢了那盆一脚，一时火气又转向了孟晓丽，"这家伙也不知死哪儿去了？！大半夜还不回来。"

"到酒房去了吧？最近她常往酒房跑。"有谁应声说。

"大概就是在酒房。昨晚我看见她拎着几只老战士家装油的那种小铁皮桶回来，翻腾一阵什么又出去了。"

"她拿的桶要是装油呢？"

"我想是装酒！"

大家越是议论，刘英姿觉得她这不争气的伙伴越是可恨，接二连三地给她添事，还能再用什么来替她掩盖？"她妈的，不管她！丢人现眼，让她自己现去！"她吼着，跳上炕，气哼哼地一下子拽灭了电灯，"睡觉！都快接着睡！谁也别管她！"

她的吼声，把大宿舍里许多人都吵醒了。人们都拉亮电灯，混混沌沌地议论几句，才又睡去。

听霍晓菲说孟晓丽这一夜并没有在酒房，刘英姿怔住了。她虚眯起眼睛想了想，她能藏哪儿呢？她试想了几个老兵家，都觉得不大可能。"你看不出那个男的是谁？"她再三追问霍晓菲，霍晓菲只是摇头。

"看不出来。那人后影我看着挺生。再说，如果是咱连的人，何必让孟晓丽替他找我呢？四桶酒挺沉的……"

井台边三角铁撞击出的钟声响了，是"天天读"的钟声。农忙过去，"天天读"的制度又恢复起来，或是早上或是晚上，全连集中起来学习一个小时的《毛泽东著作》，有时则改为学习报纸的文章或者开批判会，也有时候分小组讨论。刘英姿听见钟声，对霍晓菲说："你先学习去吧。这事先别跟别人说！"霍晓菲走了，刘英姿想了想，吩咐大伙快去大食堂学习，她自己则朝家属区走去。

霍晓菲来到苏晚晴的寝室，苏晚晴抓起一本《毛主席语录》正要出门。见霍晓菲进来，她指了指炕上的馒头和饭盆儿。"喏，给你留着呢！我先去食堂了！"她刚要出门，又转回来，"刘英姿怎么说？"

"她没说出啥来，看意思，她可能会去家属区那边先找找。她让我先别跟别人说，你别告诉别人啦！"

"好的。"宿舍里的人已经走光了，苏晚晴急忙指了指炕上，"你吃吧，我快走啦！"她出了门，听见霍晓菲又在身后喊住了她。

"有人问说一声，我上夜班，今早不学习去啦！"

苏晚晴到大食堂时，学习已经开始了。今天是开批判会。前一阵批判了一阵苏修，形势又有新发展，根据形势需要，上级安排这一阶段全批孔子。按照民间贬义的说法，把孔子称作孔老二。机务排长武中定带领大家喊口号，他把孔老二喊成"孔袄二"。

武中定领着大家喊"打倒孔袄二"，男知青和机务排的老兵们便也故意像含着块热豆腐一般直着舌头跟着喊"打倒孔袄二"。喊了一阵口号，指导员晋香捏着一份团宣传股下达的文件宣读了一阵搞革命大批判的意义,连长王振山又上去讲了几句"抓革命、促生产"的意义。连长刚刚讲了几句话,刘英姿急慌慌地闯了进来。苏晚晴从她脸上的神情看出来,情况有点儿不大妙。果然,她看到刘英姿奔到指导员跟前,嘴巴一张一合地嘀咕几句什么,指导员的脸色刷地变白了。接着,指导员上前去捅了捅连长王振山,低声跟他说了几句什么,又跟武中定简单交代了几句,三个人匆匆出门去了。

副指导员外出开会,副连长还是缺额,指导员连长一走,群龙无首,武中定又领着大家呼了一通打倒谁,会就算散了。人们见指导员、连长被刘英姿叫着匆匆离开,估计又有什么大事,散会以后磨磨蹭蹭,迟疑着没去干活。果然,刚刚回到各自的宿舍,正要议论猜测,井台边的钟声又响了起来。这一回是连长亲自敲的钟,响声格外急。人们见猜测得未出所料,都恨不得尽快解开心中一个谜,很快就又重新集合在了大食堂里。

指导员晋香已经在大食堂里等待着全连人马。他蹙着眉,搓着手,目光盯视在地上,来来回回地走着,本来就是黑瘦的脸庞这一会儿工夫似乎又削下去了许多。他见人来得差不多了,连长敲完钟也回到跟前,开始向全连交了底。他明确地讲到了孟晓丽的失踪。刚刚刘英姿到家属区找了一大圈,哪家也没有见到孟晓丽的影子。她又回宿舍翻了一通孟晓丽的东西,什么也没有少,不过可以肯定的是,她走时穿着棉大衣,这不是个好迹象。指导员、连长听完她汇报的情况,当机立断:立刻发动全连寻找!

"本来不想惊动大家的,怕引起思想混乱。"指导员说话的声音很低,"可是人命关天呐!这不是小事情!所以还是集合大家,一起议一议线索,找一找。我们刚刚研究一下,先找,不行立刻报告团里,请求支援!"

指导员简短介绍了情况,连长接着布置任务。他布置任务一向明确,只是语句上有时经不住琢磨:"阶级兄弟嘛,都是女孩子!早上除去必要的岗位,其他人都别去干活了,中午嘛,找回来再开饭!"连长拉下长眼皮,浑厚的嗓音吊得有点儿高,显出了几分威严。他的话立刻引起了反响。他话音一落,人们就嗡嗡地议论得开了锅。但是,一场议论就像一挂散了串的珠子,很难拢出一条像样的线索,于是孟晓丽也就成了一个无形的影子,飘飘忽忽地在空气间悠来荡去。议论半天,只有开尤特的司机小曲和代销员的话似乎还有点儿价值。

"看来昨晚我看见的就是孟晓丽了。"小曲大声对全连说,"昨天下午我上县里拉机车配件,回来时候天挺晚了,大概有十点来钟了吧,你们早就猫在屋里不动弹了。车开到咱连道口,车灯扫见一高一矮俩人,他们裹得严严实实,溜溜达达地好像在那儿等啥。我心想指不定是哪一对儿在那儿匿着说悄悄话,就没敢去打搅。车拐进车队,过麦场那儿的时候,我还从后车窗望了望,刚好看见从县那边开来的一辆'大解放'停下来,那两个人上去,车就又朝前开走了。当时我还想,这么晚了,这两个家伙上哪儿去呢?"

"那四只酒桶不知是不是我见过的那四只。"代销员是个大嗓门,说话全连都能听得见,"提起四只酒桶我想起来——去年刚入冬那会儿,大伙儿该记得,那时连部那趟房翻顶子,小卖部临时搬到紧南边木工房那边的一间房呆了几天。就是那几天里,有一个下晌我刚锁上门要走,一个不认识的人披着一身雪花咣咣进了小卖部。他的鼻头不知是冻的还是本来就糟红,说话嘴里哈着一股酒气,短茬儿的络腮胡子上嘀里嘟噜地挂着一小串一小串的冰凌珠。他进了门,咚的一声把四只白铁焊的小方桶——就是咱们打油盛酒的那种小方桶,一齐放到柜台上,让我把四只桶都装满。他说话挺横气。我本想找个茬儿不卖给他。我想咱连的酒又不是卖不出去,干啥非得卖给这号人?可是不行,他摸出烟叶一舔一舔慢条斯理地卷起来。我斜眼瞟瞟他,发现他也正斜眼瞟着我,而且瞟得大模大样,侧身倚着柜台,一只胳膊肘还挂在柜台上。我心里挺害怕,恨不得有人来。可那会儿正是做饭吃饭的工夫,那地方又偏僻,连个人影儿也看不见。我朝窗外看了看,除了地上一片雪白外,还有一群狗。狗都是一码的黑,身子光溜溜的长,你追我咬,团团围着我的门口转。好不容易灌完酒,把他打发出了门。他人走了,留下了一屋子酒气和烟味儿……"

代销员一连气讲了好半天,人们并没从这话里找出更多的线索来。

"那人长得什么样儿?"连长问。

"如今我忘了他的脸了,只记得他那一脸短茬儿的络腮胡子和那一群黑狗。当然还记得那四只小铁桶。他出了门,我又从窗户口朝外看了看。我看见他一出门,那些狗们立刻把他围上了。他打了个嘡哨,狗们就忽地拉成了一长队,颠颠儿地跑在前头为他开路。那四只桶不知他用啥办法挂在腰间,一边挎两个,一走道儿,屁股后边还呼嗒呼嗒地拍打着几块麂子皮……"

代销员讲的那个人虽然没踪没影,倒是也有几分吸引人。她一讲完,人们便跟着是鄂伦春人还是达斡尔人热热闹闹猜测了一番。然而猜测归猜测,谁也无法判定孟晓丽究竟在哪里。议论了一会儿不见头绪,指导员便下令让大家分头出去寻找。

眼下大雪铺地,江南江北都铺上了一层白色。黑龙江还没有封冻，但是它的岸边水浅的地方，已经浮住了一层冰。一连人从上午搜索到黄昏，一无所获。太阳落山了，武中定带领着机务排已经搜索到了江边，正返身朝回走，看见一个灰色的人影摇摇曳曳地走在他们前边，显然，那人也是从江边回来的。

"谁？"几个人同时大喝了一声。他们已经看出那是个女人。

听到有人喝，那个人转头望了望，蹲下身，哀哀哭起来。哭声颤颤巍巍摇动着暮色，十分吓人。大家壮着胆子，拢成一个半圆形围过去，就着暮色定睛看了看，原来是连队的小猪倌。小猪倌也是个知青。她一把鼻涕一把泪，两手轮番揪着鼻涕眼泪朝裤腿上抹。武中定见又是一个女孩子单独在旷地里跑，好不气恼。他憋住火，尽力把声音捏得柔和些："你在这儿干啥呀？"

"在这儿哭……呜呜呜……"小猪倌的声音当然比他更柔。

"为啥哭？"

"我要去跳江！呜呜呜！"

"那咋又没跳？"

"江边尽冰碴儿，我嫌冷，呜呜呜！"

"为啥跳？"武中定看这姑娘可笑又可怜，乐得龇出一口大板牙。

"你家丢了一只鸡，你家属非赖是我偷的，呜呜呜！"

武中定一听尴尬地闭上嘴，其他人看着他轰地都乐起来。

但是，孟晓丽终究没有找回来。她不见了！她就是不见了！谁也不知道她去了哪里。苏晚晴想起了孟晓丽说过的话，她猜测，她是受不了了。受不了这里的贫穷，受不了这里的劳累，受不了这荒原的沉重的压抑和寂寥。她是逃走了。霍晓菲猜测，孟晓丽大概是难以再承受那一次蒙受的羞辱，她是躲开了。而炊事班长的刘香云的另一种观点是:"像她这样在这儿呆下去,以后怕是连个婆家也难找,那她还不赶紧给自己找着落?"

不管怎么样,孟晓丽确实失踪了!

在全连人的焦虑、惶惑、猜度和议论纷纷之中,只有一个人对孟晓丽的失踪一言不发,那就是孟满。当刘英姿在批判孔老二的那个会上急急火火地向指导员和连长报告了情况以后,三个人出了大食堂,第一个想到的就是该问一下孟满。孟满连续遭受打击,精神总是萎靡,大家对他都抱有几分同情和理解,他离群索居地逃避开大伙儿,甚至逃避开许多连里的学习和开会,人们也就睁一只眼闭一只眼,并不过多责备。指导员三个人在马号找到孟满时,他正一个人慢慢悠悠地铡草料。铡刀大,通常铡草料必须得一个人把铡刀,另一个人往刀底下添草。他独自一个人自然没法干,一把草塞进刀底下,一按刀,那草就两头翘翘地撅起来。他连连按着刀,每一下都是徒劳无效。指导员告诉他孟晓丽的情况,他脸色一下子变得煞白。他呆愣了好一会儿,轮番看着指导员、连长和刘英姿的脸色,一句话也没有说。连长问他,你能不能估摸出晓丽去了哪儿?他缓慢地摇了摇头。刘英姿又问他,她这两天跟没跟你说过啥?他又是缓慢地摇了摇头。看这样子,他是被这意外的消息震呆了。

第二天一早,孟满的身影也从连里失踪了。就在中午时分,当指导员晋香和连长王振山焦虑地商议着怎样把这一连串的情况向团里汇报时,团部组织股长黄干给晋香来了个电话,告知他:"你们连有一个哈尔滨知青叫孟满的,用刀子刺伤了崔禾,然后就跑走了,不知去了哪里……"

24

倘若翠珠中邪、平光志和左新华暴亡、孟满兄妹失踪,这一连串的灾难过后,连队的日子从此便能像钟摆一样平稳地、不慌不忙地推动着时间的指针向前行进,晋香肯定仍然相信"人定胜天"的豪言壮语,相信以他的真诚和才干,能够带领他的连队一步步地过渡到一种良好的状态,人人安居乐业,家家和美富足,让在这块土地上生活着的人们永远不气馁,永远充满希望。但是,在那个多事的冬天,当连长王振山两岁的小女儿小玲花被一头比她还小的猪吃掉,司务长周怀庆又莫名其妙地猝死之后,他的信念有些动摇了。他真正感觉到了荒原的神秘和恐惧,没有什么力量可以与它相抗衡。在它面前,在这个古老沉默的荒原面前,人不过如同妄图铺张在荒原腹地的泥沼上的一小方薄纸,那么脆弱,那么不堪一击。他真正地感觉到了荒原的恐怖,但这恐怖他是不能说出口来的。他是一个连队的主心骨,他必须永远以最坚强的面目出现。然而,他又无论如何也推不开荒原上一些神秘现象给他心头蒙上的一层不可思议的阴影。尤其是连长的小玲花被猪吞食下手脚的那个时候,他还曾亲身经历过一桩事情。这事情令他迷惑不解,也就使荒原的面目在他面前又增添了几分朦胧的色彩。

小玲花被用一种古老的仪式抛进公路边的那一片白桦林之后,晋香的心理上有些难以独立支撑荒原的压力了。他隐藏起了心头恐惧的部分，只把一些疑惑当作讲故事一样讲给苏晚晴和会计齐俞芹听。那时候由于原来的代销员被发现"手脚不干净"，小卖店出现亏损，代销员的职务已经由苏晚晴接替。晋香讲过他在那个时辰的经历之后，曾经情不自禁地发出了一声低沉的叹息："……我怎么觉得自己对共产主义有些失去信心了呢？……"当时，苏晚晴和齐俞芹相互看了一眼，她们心头掠过了一丝恐惧。但那不是对大自然的力量的恐惧，而是对政治的惧怕。她们庆幸指导员这句无奈的叹息只有她们两人听到。

"指导员，您可别再这样说了呀，"苏晚晴对这类话更为敏感，她婉声地提醒晋香，"有人听到，您肯定会挨批的呀！"

经她这一提醒，晋香像是从一场难缠的梦境中被推醒过来了。他感激地对两个人笑了笑："是呀，我是不能放弃信念的。你们也不应该，永远不应该……"

可是，尽管重新坚定起信念，尽管他极力撇开头脑中一切含有宿命色彩的杂念，他仍然无法解释那天早上他遇到的一系列的反常事物。

那天早上，他比往常从家出门稍稍晚了些。原因是那天他的家属和其他家属结伴到山里打松子去了，九岁的儿子去了连里的复式班上学，而他出门时，他家的小狗黑子缠在他的腿边，令他无论如何也摆脱不开。

黑子只有半岁，才有一只猫大，毛茸茸的，浑身像披着一身油亮亮的黑缎子一样俊俏可爱。全家都把它看成了宝贝。黑子还太小，整天被关在屋里，从来没出过五十步之外的远门。那小东西也乖巧得很，平时人们出出入入，它从不随谁溜出门去。可是这天一早，晋香从家出来，刚刚拽上门，发现黑子也随他出来了。他只好推开门，把它轰赶回房里去。黑子进屋去了，他又把门拽紧，重走自己的路。听说昨晚马号里接生下一匹小马驹，他决定先到马号去看一看。他走了几百步，经过大食堂跟前，觉得身后有什么悄悄地跟着他，回头一看，又是他家的黑子。他想了想，门似乎是被自己拽严了的，家里没有猫道，它是从哪儿钻出来的呢？他只好引着黑子又回家去。

就这么反反复复地折腾了不知多少次。他回家检查了门窗和墙根，哪里也没有可以钻得过一只小狗的漏洞，可只要他一出门，过不多久，黑子就又不远不近地追在了他的身后。时间已经不早了，他有些纳闷，也有些恼火。摆不脱这只小狗，就像摆不脱连里层出不穷的麻烦一样让人不安。他没有办法，最后只得等黑子又一次出现在身后时，站下来等着它，等它靠近身边了，抓住它，抱回了家。

他继续朝马号走去。

拐过大食堂，走在知青的宿舍区和家属区之间的土道上，他感觉到了雪后的寒冷。还没有到深冬，呼吸已然在脸前拢成了一团浓浓的雾气。他袖起手，一边走，一边低头想着心事。连队的学习、生产和各种各样的矛盾，永远塞给他一些解决不完的问题。他只能不焦不躁地一件件把它们理顺，像对待他家的那只黑子一样，一而再再而三地施以耐心。他总不能任凭着那只可爱的小生灵被比它强大的野物们抓过去厮咬丧命吧，他总不能任凭着人性中的邪恶之念吞噬掉善良吧！可是他一点儿也不能急躁。他清楚，一个连队里，政治指导员是最中坚的核心，他必须以比连长更稳重的姿态出现在人们面前。

大家都上工去了。冬闲已经开始，许多知青已经请了假，回他们的城市过冬去了。走了一些知青，即使上工时间也能感觉出连队的冷清。他沉思着走过井台，走过八三宿舍，当走在从一一四宿舍伸延过来的那条直线上时，他又感觉到了身后那个小小的黑影。他有些惊诧了。他慢慢地转身、回头，果然，那小黑影又是他家的小狗黑子。黑子摇着上翘的小尾巴，颠颠地跑到他跟前。它从没跑过这么远的路，有点儿气喘吁吁。但是它并不歇息，挨近晋香，它一口叼住了他的裤脚，拼命往横里拉拽。这小家伙今天是怎么啦？晋香被它拉拽得朝前跟跄了一步，顺势抬头看了看，那方向越过许多排家属房便是连部。他轻轻踢了碍事的黑子一脚，把它从脚边拨开，继续朝马号走。黑子并不放松，始终缠绕着他，在他脚边磕磕绊绊。被他踢开了，就汪汪叫两声，得到机会，便又咬住他的裤脚朝连部那方向拽。

晋香无可奈何，只好就那么一路被黑子纠缠着往马号走。越过从公路经麦场直伸向西边坡下的溪水的那条土道，眼看快到马号了，他又被一桩难缠的事情挡住了去路。

有两头牛横在他面前，正抵着犄角顶架。只见那两头牛你进我退我进你退拉锯似的扯来扯去，令他怎么也无法超越过去。

他见两头牛顶得越来越起劲，生怕哪一头受了伤害，便拾起一根树枝条，要把两头牛轰赶开。牛们不再对立了，一齐转过身子朝向了他。但是它们并不朝他进攻，只是直直地挡着他的去路。"今天到底是怎么啦？"晋香低头看了看仍在脚下纠缠着、拉拽着的黑子，正在纳闷，一个人惊慌失措地从麦场那方向跑过来，老远便失声地呼喊："指导员！指导员，你快来看看连长家吧……"

晋香脑袋里嗡的一声响。他意识到一定是又出了大事。他像被钉在了地上一样一步也挪动不得。等到叫喊他的会计齐俞芹跑近了，他才稍稍回过神来。"怎么了？"他仍有几分木然地问。

"连……连长家的小玲花……手脚都被他家的小猪吞吃啦！……"本来跑得上气不接下气的齐俞芹，好不容易找到了指导员，这时候把这惊人的消息一吐出来，鼓着的一口气仿佛立刻散泄了，脸色变得煞白，血液像凝固了一般再也说不出一句话，眼窝里涌出了两行由惊吓而生的泪水。

晋香脑袋里又是一声轰响，眼前瞬间蒙过一层黑雾。等待黑雾过去，他终于惊醒了。"走，快看看去！"他强自振作，急急地走在了齐俞芹的前面。

靠山吃山，连队靠近南山，一年四季都能得到大山的馈赠。春天是鲜花，秋天是野果，夏天和冬天更实惠，除去喂猪的橡籽烧火的木柴，更有从夏至冬捡不尽的干鲜山货。那些夏天里湿湿的木耳曾经被雨水泡发得晶晶亮，从放倒的树干上摘下来，托在手心里，就像透明的肉皮冻一样哆哆嗦嗦地抖动。到了冬天，未被采摘的木耳干缩成了皱巴巴的黑色的花朵，躲在雪底下，失去了光彩。这时节，耀眼的便是松树枝头的松塔了。说是打松子，其实用不着怎样特意采摘，那些被风摇落的、被雪打落的、被松鼠和鸟儿撞落的松塔，半截钻进雪里，半截露在雪上，在山林里走一遭，捡一堆松塔剥去壳壳，一天定能捎回大半面袋松子。其实，连队里有家的人们吃山并不靠山，人们靠的还是地里的粮食和发下的一点儿工资。只是离山住得近，耳朵里总能听得到南山的呼唤罢了。哪一家人一年不到山里去采摘点儿什么，心里就有点儿空落落的。采摘来的松子、木耳、猴头、蘑菇、榛子之类，除去自家吃用，有的拿作礼物送人，也有的卖给回城探亲的知青或是供销社,也能换出一年的油盐钱,或是买下不少的穿衣布呢!只是进山一定得付出辛苦。只要进趟山,回来时夏天从里到外的衣服便是透湿,冬天,里边的衣服被汗浸湿了,外面的衣服粘上一层薄雪还要结成冰。

拿做家务和进山采山货比起来,连长的家属王巧云更愿意进山。进山多惬意!摆脱开了缠身的孩子,也摆脱开了家里家外的所有杂活,南山里的几道梁梁冈冈任自己游走,只在那时候,她才记起自己曾有过当姑娘的轻松。

这天一早,连长随尤特到团里去了,两个儿子都去了复式班上课,她把两岁多的小女儿小玲花哄睡了觉,就和另两个家属一起去了南山。

小玲花四仰八叉地睡在炕上,睡着的孩子觉不出孤单。她头上用红头绳扎着两根朝天的丫角辫,胖乎乎粘着一朵泥巴的小脸上又粘了一层大粥碗里的面糊糊。一只脏兮兮的小手抓着块泛着青绿颜色的饼干,她红嘟嘟的小嘴一咕嘟一咕嘟地吸吮着空气,透明的小鼻翼一忽闪一忽闪地打出呼噜呼噜的小酣。

小玲花身下是她家漆成天蓝色的石板炕,炕上一半堆着从来没有叠起过的棉被褥,另一半散摊着秋天里烘干的黄豆和木耳。炕的这一半儿和那一半儿之间没有明显的界限,棉被苫盖着黄豆和木耳,木耳和黄豆又钻进被窝里,被头和木耳是一个颜色,于是满炕无论什么东西就都混杂在一起了,连小女孩都与被褥黄豆木耳们混杂在一起了。

连长家春天时抱了三头猪崽,两头是白色,一头是黑色。那头小黑猪贪吃不贪长,养了快一年了,还不到一揽长。模样也难看得很,一身油光锃亮的黑皮,只长皮,没有毛。它浑身上下光溜溜的,尾巴短秃秃的，尾巴直直地戳在屁股后头，像根小棍子朝天挺立着。

王巧云走了没多久，那小黑猪不知怎么拱开了猪圈。它寻着吃朝前走，嘴巴一路没有离开地面。它吐噜吐噜地拱开门，吐噜吐噜地爬上炕，吐噜吐噜地吞吃了半炕黄豆，吐噜吐噜地嚼了半床棉被，吐噜吐噜地吃进了小玲花的一只小手和半只小脚，又吐噜吐噜地舔去了她的半边小腮帮……

当了代销员的苏晚晴和连长同坐一辆车到营部百货店上货去了，连部那幢房里只有齐俞芹一个人。她正聚精会神地盘着账，听见了隔壁小玲花的哭声。起先她没在意，小孩子哭闹是常事。况且，她以为连长的家属还在家。但是小玲花哭得越来越响，哇的一下子好像哭岔了声，紧接着，那声音又有些微弱下来了。齐俞芹蓦然意识到有点儿不对劲儿，腾地起身朝隔壁的连长家奔了过去。

她一撞进连长家屋里，立时被眼前的景象骇住了。她看见那头肮脏的小黑猪正吐噜吐噜地嚼动着嘴巴在拱小玲花的脸。那孩子已然被鲜红的血和乌黑的泥土糊住了。

齐俞芹急着抓起墙角里的一把铁锹拍打起那只小黑猪。小黑猪大概是被血腥味刺激得上了劲，身上挨了好几下，仍是团团围着小玲花拱来拱去，不肯离开。齐俞芹狠了狠心，咬着牙竖起铁锹刃朝那可恶的猪劈去。猪被砍疼了，终于刺溜一下子跳下炕逃走了。

齐俞芹靠近炕前看了看小玲花，血和着猪带上的泥土糊在她几处伤口上，已经看不出伤处是什么样子。那孩子的小身体一跳一跳地抽搐着，起伏着的小胸脯吸气多、呼气少，她已经发不出哭声。齐俞芹吓坏了，她站在炕边愣怔怔地看了那小女孩儿一会儿，才猛然想起应该赶紧去找个人想想办法。人们出工的出工、进山的进山，附近看不到一个可以帮忙的人,她只好紧紧地拽上门,疯跑着四处去找指导员晋香。

晋香赶到连长家里,可怜的小玲花小脸儿通红,她不再抽搐,呼吸已经很微弱了。连长和小玲花的母亲都不在家,连队尤特出了车,晋香想了想,让齐俞芹守着小玲花,自己赶忙到隔壁连部屋里要了两个电话,一个打给团里的黄干,让他到公路口拦截去团部的王振山立即往回返;一个打给十里地外那个相距最近的连队,请他们火速派车支援,把小玲花送到县医院……

当连长的妻子赶到医院时,一切已经结束了。小玲花被大人们送进医院的当晚就死了。她没有见到太阳落山时才挎着篮子喜笑颜开地从山里回来,又蓬头垢面地赶到医院的母亲,也再没有回过她的肮脏的却永远是暖烘烘的家。医生们把小玲花血肉模糊的伤处用消毒药水冲洗后才看清楚,那孩子被猪吃掉了一只小手和半只小脚,她的腮帮上还被掏空了一个好大的洞。

按照荒原上不知从什么时候遗留下来的习俗,暴死的小孩子不能运回家,也不能埋葬,只能丢进树林里,让野兽和禽鸟分食。这其中的寓意谁也难以说清,是把那娇小的身躯还归自然?还是把那羼弱的灵魂交付给大地母亲?大概都是,大概都不是。没有谁刻意追究这其中的含意。大人们只是在清冷的月光下把小玲花的尸体送到了公路旁的那一片白桦林的边上。那是一片多么漂亮的白桦林哪!只是谁也没有进到过它的深处。它的深处一片漆黑,就像是鬼魅的洞穴,日光月光一点儿也泻不进,公路上的汽车掠过时,只看到路边站着一排齐刷刷的小白桦,像一队狡黠的白色妖女,唱着谁也听不懂的歌儿。

两个大人把包着小玲花的被子打开,平展在公路上。小女孩直挺挺地躺在上边,像一只冻僵了的大猫。几个大人揪起兜着孩子的被角,被子被小尸体坠成了一个兜儿。那个拢着小玲花的尸体的兜儿在白刺刺的雪光中悠荡了好几下,然后突然一下子被甩进了那片桦树林,很远,很深。

周怀庆死得极其突然,又极其平静。他没有经历他的妻子所经历的那些痛苦,死前也没有给晋香留有任何征兆。如果说小玲花死后给晋香留下了许多扑朔迷离的追忆,让他品咂让他回味的话,周怀庆的死则只是给他留下了一堆麻烦。

周怀庆死于那个冬天里的一个下午。那天天气很晴,太阳西斜的时候,人和树木在白雪铺就的大地上拓下一个个很长的剪影。

由于没有查出周怀庆什么实实在在的问题,工作组走后,周怀庆重新当起他的司务长。被"解放"了的周怀庆卸去负担,浑身轻松起来。他没有家庭的拖累,在家孤单,炊事班便成了他的慰藉,食堂的工作也成了他的乐趣。除了每月给连队家属们分粮油,再到团加工厂加工两次油和面,平时没有多少事情可干,他就完全成了炊事班的一员,顶了炊事班一个整劳动力。炊事班最重最累的活儿是打水和擞面。炊事班一天需用五六十桶水,炊事班女生多,这活儿便由唯一的男性、杭州知青倪大尼专门包下了。

有大尼打水,周怀庆就揽下了面案上的活儿。面案活儿最累的是发面和擞碱。食堂一顿饭得用六七十斤面粉,这六七十斤面粉倒在和乒乓球台子差不多大小的面案子上,堆得像座小山。把面山中间扒个窝窝儿舀上几舀水,待要把面和好、揉匀,必要累出一身汗。面发好后擞碱时候更累。兑了碱,面就变得韧韧的,再擞进干面,便又加进了硬度,没点儿力气,还真是干不动。有了大尼打水,刘香云成了面案子上的主力,周怀庆重当司务长,又主动接替了刘香云。除去连队里其他与司务长有关的活儿他不得不去完成,其余时间都交给了面案子,一边干活一边和炊事班的姑娘们说说笑笑,早把老坦克兵的技术都丢到爪哇国去了。

那一天周怀庆午饭后发好了一案板面,回家去美美地睡了一觉,下午三点多钟又来到食堂里。炊事班每天下午这个时间便开始做晚饭了。这季节已经没菜可吃,周怀庆动了好大的脑筋建议连队里开了间豆腐房。大豆有的是,安上盘电机带动的石磨,让木工打了两只淋浆的大木桶,又让瓦工砌了一台大烧锅,豆腐房就算落成了。可是一盘磨磨出的豆腐不但要供知青食堂,还要供全连几百口人,大食堂一星期能轮上两回,其余时间还得靠吃馒头和喝面疙瘩汤,知青吃饭的重担,也就自然而然落在了面案子上。

周怀庆用水舀子在发面的盖布上洒了些水,拍了拍,把布浸湿,下一道工序就是揭开盖布兑碱揉面了。他捋了捋袖子,又打着呵欠伸了个懒腰,松懈一下,刚刚伸手要去揭盖布,突然,他呆在那里不动了。别人还没注意到他的神态出现了变化,他就瘫软着堆缩下来,扑通一下子挺躺在地上。

刘香云、卢玉霞几个人正说笑着往身上扎围裙。听到响声,再看周怀庆的模样,不禁大吃一惊。她们急忙奔到周怀庆身边,见他紧闭着眼睛,脸上失去了血色,摇摇他的胳膊,觉得他的身体又凉又僵。几个姑娘吓坏了。还是刘香云沉着些,她急忙分派卢玉霞去八三宿舍喊还没来上工的大尼,让另一个人去喊卫生员。

卫生员万淑英回老家探亲去了,来的是兽医刘宝泉。实际上,人们对刘宝泉比对万淑英还多几分信任。大尼比刘宝泉早到一会儿,他见到直挺挺地躺在地上的周怀庆,比几个姑娘显得还要胆小。"哎呀,这可怎么办?"他惊慌地看看这个又看看那个,很想能为抢救周怀庆做点儿什么,可又做不出来。他一下子想到地的冰冷:"他总躺在凉地上怎么行?应该……应该把他抬到哪儿……"

"是呀!"几个姑娘想了想,刘香云有了主意,"把面往里推一推,把他抬到面案子上吧!"

这是唯一的办法。卢玉霞随着刘香云的吆喝撩下盖面布,两个人一二三喊着号子一齐使劲把庞大的面团朝案板里边翻了个个儿,又把盖布苦在面上,然后帮着大尼把周怀庆抬上了面板。

刘宝泉赶到时,周怀庆刚刚被抬到面板上放好。刘宝泉急忙把住他的脉搏摸了摸,那脉搏已经极微弱了。兽医又翻开周怀庆的眼皮看了看,没动声色地说:"解开他的衣服,做做人工呼吸吧。"

大尼和刘香云忙碌着解开周怀庆的上衣,松开他的裤带,刘宝泉跳上案板,一条腿跪下来,一只手掌按在周怀庆的心脏部位,有节奏地按压他,按得肋骨咔吧咔吧地响。周围几个人担心地看看他一下比一下加重按压,生怕他把那几根肋条压碎,嘴里随着他的动作又发出一声又一声"啊呀啊呀"的叹息。

就那样连续地按压了几十下,刘宝泉满头大汗。他停下来又把了把周怀庆的脉搏,静静地看了他一会儿,终于跳下地,低沉着声音说:"快去告诉指导员吧……他不行了……"

周怀庆就那样平静地死了。

但是当周怀庆被抬走之后,几个人继续做晚饭时,他们对眼前那堆被白色的屉布苫盖着的大面团犯了难。

面团呈个长形,浸湿过的盖布裹在上边,摸上去又柔软又富弹性。这堆看上去就令人产生联想的面团只要翻过来,翻到人们够得着揉搓的位置,就恰恰重合在刚刚停放过周怀庆的尸体的位置上。这堆面在周怀庆的身体边放过、躺过,沾染过他临终时呼出的最后一丝浊气,感受过他生命离却时的抽搐。这是一块接触过死亡的面团,它,还能做成馒头让大家吞咽吗?

"这面还能要吗?"大尼指了指案板上的那一大块面,"我觉得不应该要了。"

"不要咋办?"刘香云有些迟疑,"这么大一团,七八十斤面呢!还能都让它浪费了?"

"反正拿它做的馒头我是不吃的!"大尼直率地又说,"中午蒸的冷馒头你们给我留几个,要不我可不管打水了!"

"行,"刘香云当机立断,"中午蒸的馒头在里屋笤箩里,先别动了,留着咱们自己吃……大伙赶快做饭吧,离开饭的时间不长了……"

不知从哪儿透出去的风,一小时以后开饭的时候,"周怀庆死在案板上"、"跟他躺在一起的面团做成了今晚的馒头"的消息传遍了连里所有的知青。男生们一向打饭早,每天争着抢着巴不得抢到第一份饭,这一天虽然都堆在打饭窗口,却你推我让地个个往后退。乔晨生去地里拉豆秸回来得晚了些,大概风还没有来得及吹到他的耳朵里,进食堂没注意人们堆在窗口等待什么,挤上去很快领了两个馒头出来,和平时一样,没挪地方就咬了一口。"哎呀!"见乔晨生吃下馒头,挤在窗口跟前的吴群忍不住叫起来,"这做馒头的面是和周怀庆一块儿躺在面板上的!"

乔晨生在外边隐隐约约听说周怀庆死了,并没联想到食堂的事,听到吴群喊,他愣怔了一会儿,也没有品出其中有什么含义。他抓着咬下一口的馒头,鼓着嘴巴咀嚼着,凑近吴群懵懂地问:"你说什么?什么躺哪儿?"

"周怀庆是死在这里边的面板上,躺在做馒头的这堆面旁边,你没看大伙都不愿意领这馒头吗?"

乔晨生抬眼看了看周围,果然,大家拿着饭盆,谁也没领饭。他什么话也没说,走到操作间的小门旁的泔水缸跟前,唾出了嘴里的东西,随着把手里的两个馒头也扔进了泔水缸里。而后,他仍是什么也没说,转身走出大食堂,回宿舍去了。

吴群看着被乔晨生丢进泔水缸的馒头咕咚沉下了泔水,又慢慢地浮上来,停留在水面上,忽然想起了什么。他跑回人群,重新挤回窗口跟前:"有冷馒头吗?我要冷的!"

他这句话提醒了所有的人。"对,给我们冷馒头,我们不吃刚蒸的!"递饭窗口浮动起来,有几个人转向了小门,用脚踹那小木板门,要闯进去。刘香云从窗口看见了乔晨生的举动。刚才的两个馒头正好是她递到乔晨生手中的。把这两个馒头递出窗口时她的心动了一动,她很想回身去拿两个冷馒头给他,无奈窗外窗内有那么多双眼睛盯着,她不敢。见他听别人说了几句什么便毫不迟疑地把馒头丢进了泔水缸,她觉得他肯定掩饰起了对自己特别的轻蔑,一时有些惭愧,更有些羞恼。见乔晨生的身影消失在了大食堂门口,她嘭的一声拉下了小窗口的玻璃窗。"就这馒头,爱吃不吃!都不吃关门儿!"她阴沉着脸朝窗外甩了几句话，扭头站到屋子深处的锅台旁边去了。

见炊事班长的态度如此生硬，窗外的男知青们起火了："你们凭什么不吃这个?!""冷馒头给谁留着？给你们自己？""拿这面还蒸馒头，你们开黑店呀!"

"孙二娘!"不知谁大声喊出一句。这一句引起一阵哄笑，接着许多人一齐有节奏地朝着食堂的小窗口里喊起了孙二娘。这嬉笑哄闹冲淡了一个老兵去世罩下的悲凉气氛，涌起了一股躁动，一股不安分的暗潮。这躁动、这暗潮携着巨大的压力冲击着炊事班的小天地，令刘香云感到十分不安。"快，快去叫指导员来一下!"她轻声吩咐身边的卢玉霞。

卢玉霞倒退几步移到后边灶间的过道处，估计没有谁看得清她了，立刻飞快地朝连队东南角指导员家的房子跑去。

25

冬天的寒气终于滤尽了。公路边的树林间鸣起了鸟儿的欢叫，被公路切割开的山岗子坡上站满了野花野草，连滚子沟底下的小溪也化去了最后一丝浮冰，叮叮咚咚地唱起了欢乐的歌儿。春天，总算又归来了。这一冬真是让人烦闷。小玲花死了，周怀庆死了，周怀庆死后由馒头事件引发的辩论会更给苏晚晴心头留下了一大片阴影。

冬天时候那一堆在死人身边放着的面团蒸成的馒头成了晋香的一个大难题。那天他被卢玉霞叫到食堂以后，绕着那堆馒头搓着手踱了好半天步子，也拿不出一个合适的解决办法。他理解这样的馒头，不要说这些城市里来的知青们，就是自己吞咽下去心里也不舒服。可是真正都送去喂猪么？浪费粮食，无异于犯罪，这个犯罪，他又实在担当不起。怎么办才好呢？

他正为难，连长闻讯赶来了。王振山可没有他身上那条知识分子一辈子也摆脱不掉的小资产阶级尾巴，凭着一股子贫下中农朴素的阶级感情，问题迎刃而解。"怎么啦？这馒头怎么啦？"王振山一进食堂抓起一个馒头掰下一块嚼了嚼吞了进去，"集合！所有在食堂吃饭的人现在都集合到大食堂来！大伙辩论辩论，这馒头到底能吃不能吃！"

王振山并不与晋香商量什么，晋香也不多言。他知道自己刚才迟迟疑疑的举动肯定遭到了王振山的轻蔑，而自己也并不想在没有拿定主意的事情上跟着别人去冲锋陷阵，只能看着连长处理罢了。王振山进门时见晋香正绕着装馒头的大笸箩转圈儿踱步，便猜透了他的心思，这时也正好是扬自己的长处亮对方的短处的好时机，于是他就有意地气壮起来。待人们一排排在长条凳上坐定了，他的声音也更加浑厚洪亮起来："这馒头怎么啦？"他当着全连的面又咬下一口馒头吞咽下去，扬着手中的馒头朝人们发问。"不就是在周怀庆的尸体旁边发的面吗？"他有意把问题揭示得赤裸裸。"不就是在他死时候躺过的面案子上揉的馒头吗？那又怎么啦？这馒头变没变色儿？怎么办？都扔了？喂猪？我看是你们的脑袋瓜儿里有问题！思想变色！资产阶级思想！地主老财的思想！有人竟然把这白花花的馒头顺手就扔到沿水缸里,哼!乔晨生!"

王振山似乎越数叨越气愤,冲口叫起了乔晨生:"你到前边来!"他又指着前排坐着的一个人:"你进食堂里去拿个馒头来,我倒要看看这馒头你能不能咽下去!"

那天的辩论会实则成了批判会,发言的只有连长一个,被批判的代表就是乔晨生。当时的苏晚晴始终没敢抬头。她没看见乔晨生一声不吭,当着全连的面把那一个馒头咽了下去。她不敢看他,害怕和他的目光接触。她知道一旦和他这时候受辱的目光碰触到一起,那么一切就都完了。女性的屈辱往往靠别人的慰藉才能解脱,男性不一样,他们要把它埋在心里,等待它自行消化或是转变成仇恨。他们的心尖上覆盖着一层乳白色的薄膜,遮掩着他们的自尊和虚荣。一旦这薄膜被揭去了,尤其是被他崇敬、爱慕着的女性窥见了底下的东西——他们的虚弱和自卑,那么他就彻底倒下了。

面对面地眼看着乔晨生吃下了那一个馒头,王振山又命令炊事班把新蒸的两笸箩馒头全都搬出来,一人发两个,命令人们就坐在原地吃下去。从来不吃食堂饭的他,这一回也陪着大家吃了两个,谁还能再说些什么呢?谁还敢再说些什么呢?既然这一次连指导员晋香也服了王振山,也跟着大家吧嗒吧嗒地咀嚼那带有革命色彩的馒头,所有的人更要老老实实地服从了。

苏晚晴什么也不敢多想,绷紧着神经把两个馒头吞咽了下去。临出门的时候,她忍不住还是回头望了一眼乔晨生。那时候他正走在她的身后。夜色迷蒙中,两个人闪亮的目光恰恰碰触在一起。她心头微微一颤。她看到他的目光此刻是那么淡然,那么冷漠,含着拒人于千里之外的冰霜。如同他从食堂窗口接过那个馒头咬了一口又丢进泔水缸里的时候一样，他被连长数落着祖宗三代骂了个狗血淋头，又站在前边面对着全连吃下了一个馒头，这全过程他始终沉默着，面无表情，只字不语。她感觉得出，他的自尊心被狠狠地挫伤了。她为他难过。可是，又有什么办法？他的出身加重了他的错误，祖先的罪孽如同家族病一样遗传给一代代子孙，谁能拂去遗传的阴影啊！

　　她懊恨自己这个时候出现在他面前。然而，她知道又无可躲避。她无法不让自己看到所受的这个伤害。她也没有胆量当众为他说上一句宽释的话。她感受到了他的心像他的面孔一样冰冷，这种冰冷将持久地维持下去。那么，自己有一天能够融化它温暖它使它重新焕发出热情么？她无法想象。一颗受了伤的男人心再也难以愈合。她记得过去在哪一本小说上看过这样一句话。那是一本世界名著，是一本男作家写出的书，他暴露的是男人的灵魂。

　　死亡并不可怕。死亡意味着消失，于是死去的人就比留存下的物件更容易被人遗忘。难道不是这样么？小玲花的尸体被丢进了公路边的那片神秘的白桦林。从来没有人进入过那片白桦林的深处。过去人们总是说，一到夜间，那桦树林里就响起一个女人哀哀的哭声，哭声十分瘆人，谁也不敢去探个究竟。小玲花死了，那只吃掉她的手脚的光溜溜的小黑猪被赶进了连队的猪圈，不久因为咬人也被知青们打死了。连长王振山家很快重新建立起了新的生活秩序，由那孩子引起的悲伤很快就被别的欢乐冲淡了。那片桦树林却仍然幽深仍然诡秘，仍然没有人愿意踏进一步。周怀庆死了，他的一家三人陆续着都从这荒原的连队中消失了，那块躺过他的尸体的案板却留存了下来。馒头事件之后，为了"去去疑心病"，经晋香和王振山同意，让连里的木工给那案板刨去了一层皮，从此炊事班也就安宁了。

两年前打石头出事故死去的平光志和左新华的坟头上长起了一片很高的荒草，他们的坟隐没在荒草间，原先从连队里就能望见的坟包经风吹雨蚀，只剩了小小的两堆黑土……"难道有一天我也会被这荒原吞噬，会埋在荒草之间迅速被人们遗忘么？"苏晚晴走在春天的公路上，走过两个伙伴的坟地旁边，走到滚子沟的木桥跟前，眼前禁不住浮现出了自己冬天在这个地方死里逃生的影子。

滚子沟恰在连队到营部的中间，距连队十华里，距营部也是十华里。它夹在两道山冈之中，就像夹在两座驼峰之间的凹背。从佛山县城到汤旺河二百多里长的沙砾公路，穿过一林又一林，越过一冈又一冈，唯数滚子沟这两道山冈最高，也数它落下沟底的坡道最陡。坡道两旁无遮无拦，开着车一不小心，就可能翻到公路侧旁的深涧里。

那天苏晚晴到营部商店去上货。尤特只坐得下一个司机，天虽冷，她和一个出门办事的老兵也只得坐在拖斗里。沙砾公路覆盖着厚厚的一层雪，几夜寒风把雪又冻成了冰，车行在上面印不下车辙，只是一步一打滑。张玉友开着尤特驶到滚子沟，慢吞吞地爬上冈，小心翼翼地滑行，在加足油门好不容易刚刚爬上第二道山岗子的坡顶时，牵着车斗的拉杆突然断开了。车头不知不觉地朝前开，车斗脱离开车头，刺溜溜倒退着朝坡下滑去。它开始滑行得很慢，待滑下缓坡顶的一小段路后，便咣当当蹦跳着狂奔起来。车斗上的那老兵见势不好，纵身跳下车去。苏晚晴不知发生了什么事情，见那老兵纵身跳下车时她还在想：跳车干什么呢？它一会儿就会停下来的。当她意识到车斗如脱缰的野马时，她朝前看了看，看见站在坡顶的张玉友和刚刚跳下车去的那老兵正张大了嘴巴呆怔怔地望着她，两人的脸色就像两张白纸。"难道会出事吗?"她又向后看了看,她看见车轮打了斜,车斗的一只边角已经到了公路的边缘。"我该跳车了。"她安静地想。她抓起车中一个箩筐里装着货款的军用挎包,在车斗剧烈的颠簸中支撑起身子抓住厢板,一只脚踏上去,腿一撑,纵身跳了下去。

就在她落地的同时,尤特车斗咕咚一声翻下了沟里。她看见那车斗翻滚了几个个儿,被一块好大的石头卡住了。两只箩筐随着翻下了沟,被车斗甩出好远好远。

她站起身来,徒步走上了坡顶,来到张玉友和那老兵跟前。"你怎么啦?"她问张玉友。她看见张玉友蹲在地上,双手捂着脸,脸色仍像一张白纸。

"我,我怕你跳不下来……"过了好一会儿,张玉友才松开手,用颤抖的声音说。这时刻那一旁的老兵仍是煞白着脸,没有回过神来。苏晚晴的心里忽的一热,被面前这两个人对自己的担忧深深感动了。

死亡真的并不可怕。面对着死亡说不定比面对着屈辱和孤独还要好受一些。那次翻车并没有给她留下什么阴影,倒是乔晨生在馒头事件中所受的侮辱让她很久都不能平静下来。直到深冬,她为乔晨生产生的刺心疼痛才被无可排遣的孤独感替代了。

这一个冬天,苏晚晴没有回家。指导员和连长都对她说:"今冬的人走得太多了,你等春天,大伙儿都回来再走吧!"她一句话也没有多说,便留了下来。

这个冬天连队里走的人确实太多了。以往养猪的喂马的和连部还要留几个人,这次几乎所有的活儿都留给了有家属的老兵。人心越来越浮动。苏晚晴已经感觉到了人心浮动的节律。她知道这个冬天,许多人都是回家"挖门路"去了，连谢冬梅也回去进行离开荒原的"活动"。谢冬梅家里已经没有人了，她不可能回到原来的家乡。她的父亲正给她往自己工作的内蒙古活动。那也是片荒蛮之地，未必比北大荒强多少。但是人们似乎不挪动一个地方就不得安生似的。一些知青挪来挪去只不过挪到了离他们家乡近一些的乡村，那又有什么意义呢？苏晚晴对此不能理解。不过，她倒希望谢冬梅能够尽快离开荒原，离开这片广漠寒冷的土地。那姑娘不知得了什么病，浑身浮肿起来了。她陪她到卫生队去检查过，什么毛病也未查出来。谢冬梅自己倒不大在乎，经常一个手指按在脑门上或是按在腿骨上问她："看，今天这窝儿比昨天还深吧？"看着她按出浮肿的深窝还一脸天真的样子，苏晚晴心里就有些酸楚，觉得她怪可怜的。

自从接任了代销员，连长和指导员就要求她搬到连部去住，为了看守着小卖店，也为了处理连部的一部分杂务。刚开始时还有会计兼文书的齐俞芹陪伴着她，新年时齐俞芹和司机张玉友结了婚，住到家属房去了，连部只剩了她一个人。电话要有人接，报纸要有人管理，兼作会计室的连部和小卖店不能没人看守，她无法搬回大宿舍去住。她想找个人来陪伴自己，可又有谁肯来呢？不要说这一阵大家都回城去了，大宿舍四个房间已经空了三个半，就是没走的人也不肯住到连部里来。连部一整天人来人往，比县里的大车店还热闹。住在这个屋，每天不得不全连第一个起床，最后一个睡觉；要洗洗涮涮，不得不等全连的人都歇息了，不再有人往这地方跑了，插紧门拉严窗帘才敢进行。一天耗下来，真把人累死了。何况连白天也没有片刻的休息，尤其是作为代销员，似乎人们只记得她是个单身的知青，吃的是大食堂的现成饭，又没有鸡鸭猪鹅等着她喂，于是逢到下工时就不再计时间地找她，巴掌大的小卖店总共那一点点儿货物，天天倒比集市还热闹。但是热闹的又只是下工后上工前和中午的那点儿时间，上工时候却冷冷清清没有人来光顾了。她比不得原先那家属代销员，人家逢到大家上工时间就匿回家里去休息，她往哪儿匿呢？没处可匿，又总不能一连几个钟头只是傻呆呆地闷在那六七平米的小屋子里，只有跟着别人去干活儿，她愿意去干活儿，她不愿意让人们看着她坐在个小天地里"养尊处优"。别人干活儿她坐着，她便觉得心里不平衡。

一进深冬，她不必再匿到哪里去，连里也没有多少活儿可干，她陷入了孤独。孤独使她又背下了一大沓《世界地图册》的说明页，孤独使她一天天在心里翻腾着无法言说的渴念。她想家，想那至今去向未定、在达摩克利斯之剑下生活的父亲母亲，她一想到父母心里就隐隐地有些抽痛；她也想乔晨生，她希望他望着自己的时候目光中多一些热忱。这两个小小的愿望都在落空。她不能回家过年，只能任凭家里冷冷清清；而乔晨生带着他的冰冷走了，他也回去活动着返城么……

幸亏春天终于又归来了。春天唤起了公路边树枝上鸟儿的鸣叫，春天在被公路切割开的岗子坡上栽满了花花草草。春天驱走了滚子沟木桥下溪水中的最后一块浮冰，春天拂去了公路上的每一片雪花，让它又恢复了鲜黄的底色。天空是蓝蓝的，树木是青青的，山道边姹紫嫣红，黄绸带似的公路弯来弯去地向远处伸展，偶尔，在白桦、柞木、橡子树和云松交叠的背后，还可以看到一小片镜子样亮闪闪的黑龙江的身影。苏晚晴背着冬天里险些和她一起遭难的那只军用挎包走在公路上，心中装满了春光，一冬的阴霾都被蓬勃的春意逐尽了。

她走到滚子沟的木桥跟前,冬天里的那一段险情只在脑海中淡淡地现了现踪影,便飞快地掠了过去。她听见了桥底下小溪的歌唱。

"喂,这姑娘,你到啥地儿去呀?"

一句沙哑的问询把她从春天的幻梦中惊醒过来,她这才注意到,木桥的栏杆上坐着一个老太婆。老太婆满脸皱褶,瘪瘪的嘴巴衬得宽大的下巴十分突出,灰白的头发上箍着一道窄窄的缠头布。老太婆见她看见了自己,招了招手,让她靠近自己身旁,把一只小小的四方铁桶朝她递了过去。"哎,人老了走路就是费劲,嗓子眼儿都冒烟了。你帮我到桥底下弄点儿水来吧,这沟子里的水是甜的……"苏晚晴点了点头,笑吟吟地接过老人手中的小铁皮桶,高高兴兴地朝桥下走去。

她最喜欢这样优哉游哉地徒步走到营部上货去。一个人独自走来走去,一路上难得见到一两个人影。碰到有来往卡车经过,她可以伸手拦下它坐上去,也可以任凭它从身边掠过。几十里地的风光任她浏览欣赏,或奔跑,或漫步,或思索点什么或任想象插上翅膀在大自然中云游,一切任自己主宰。这时候的她快乐得如同一个林中仙子,自由自在,无拘无束。不过,她还从来没有想过下到滚子沟下的溪水边去站一站。她曾经站在木桥上仔细地看过那条小溪,它虽然美,但是似乎隐藏着和连队那一边的白桦林一样的神秘。神秘就是障碍。现在,既然有一位干渴的老人相求,她还犹豫什么?她什么也没多想,挑拣着踏脚的石子,很快就溜到了坡下。

坡下是一个玄妙的世界,放眼望去,在桥上被树林遮挡住视线的小溪的转弯处原来异常开阔,开阔得无边无际。那大概是一片无亘无底的泥沼,人头样的塔头墩子披着幽绿的长发,发丝牵连,编织成了一大块连接到天边的绿毯。这里一切都绿得出奇,荒草、树木仿佛都被涂了一层深绿颜色的油脂,连站在桥上看去泛着金色光芒的溪水在这里也变成了幽幽的绿色。溪底的鹅卵石不知怎么不见了,小溪变得深不可测。

这铺天盖地苍老的绿色过于沉郁了,沉郁得失去了大自然内藏着的生机,它把绿色推向了一种静止状态,给它投下了静止终极的死亡的影子。对于雪野中的车祸都没感受到恐惧的苏晚晴,这时候被这片静止的绿色骇住了。桥底下凉阴阴吹过一阵风,吹得她禁不住有些打颤。她抬头看看桥上,那老太婆向她投来的目光,也夹带着静止的绿色。她有些害怕了。她伸出胳膊把那方形的小铁桶的颈口按下水里,咕嘟嘟灌满了水,急忙从原路爬回了坡上。

老太婆从她手中接过灌满了溪水的小铁桶,没有喝,也没有向她道谢,她直视着她的眼睛,脸上的皱褶显得有些生硬。"这姑娘,你到啥地儿去呀?"她的口气也变得和她脸上的皱褶一样生硬,不过她仍然直板板地坐在桥栏杆上。

"我,我就到前面的连队去,离着不远了呢!"说着,苏晚晴悄悄地倒退了几步离远那老太婆,然后转过身飞快朝连队的方向走去了。

"哎,这姑娘,捎上我跟你搭伴儿走吧!"

苏晚晴走出好远,听见那沙哑的声音仍在身后清晰地吆唤她。她回头看看,老太婆只是吆唤,并没有挪动地方,她仍然稳稳地坐在桥栏杆上。苏晚晴这时刻蓦然想到,谁能够那么稳稳当当地坐在那窄窄的木栏杆上呀?她自己做不到,大概年轻小伙子们照着样子心里也会打战的呀!她到底是个什么人呢?一个疑惑的念头冒上来,头皮有些发麻。她加快了脚步。加快步伐又有什么用呢？苏晚晴不敢回头，她觉得那老太婆化成了一片能够投下灰影的阴云，浮悬在头顶上，不紧不慢地追随着她的移动而移动。"天呀！难道我不能摆脱她了吗？"苏晚晴担心她会伸出一双鹰爪把自己抓到一个不为人知的地方去。

远处有嘚嘚的马蹄声，声音来自身后，渐渐地由远而近。这地方虽然和内蒙古大草原一样地旷人稀，大概由于多山的缘故，却很少有人骑马。这嘚嘚的声响分明是马儿的蹄铁自由自在地敲击沙砾地面的声音。这轻快的马蹄声牵开了苏晚晴的注意力，使她不知不觉地感到几分轻松。她站下来，转身看了看。果然，一匹栗色的马上潇潇洒洒地坐着一个年轻人，他身着合体的绿军装，腰间束着一条宽皮带。他一副军人打扮，只是没有佩带领章和帽徽。不用问，从装束上看，就知道他也是个知青。苏晚晴的心松弛下来了，她只奇怪这位骑手从哪里来又到哪里去。

骑马人来到苏晚晴跟前，本来已经越到她前面去了，忽然，他又勒住马。他等她走到身边，便打招呼问她："你怎么不搭辆车走呀？"

苏晚晴随着声音仰起头来，她看见骑马人正对她微微笑着，那神情仿佛早就认识她似的。她看见了他有一双目光沉沉的眼睛。

"……唔，是你……"苏晚晴把惊讶吞咽下去。她的脑海里很快闪过火车上的一幕。她似乎又隐隐地感觉到了他的体温。

"是呀，是我。"小伙子跳下马来，站到她面前。他的脸上泛起了兴奋的红光，但是他按抑着，没有让快活完全浮现出来。

"你……你怎么到我们这儿来了？真想不到……"苏晚晴觉得面孔有些发热，她想到两个人已经有些熟悉，但还不知彼此是谁。

"我调到这儿来了。"他望着她的眼睛说,"从铁力那边调这儿来了。"

"调过来?"苏晚晴有些惊奇,"兵团之间也可以调动工作?"

"事在人为。"小伙子淡然地笑了笑,"我妹妹在这儿的。"

"你妹妹?她在这儿?"

"是呀,是在团卫生队。我是借这个关系调的,不过,不是为了她。"

"那为什么呢?为了黑龙江?为了这儿是边境?当初我就是为了这个。这儿的景色真好。铁力那里不如这儿吧?你不会后悔吧?"

"当然不会。"小伙子笑了笑,他又沉吟了一会儿,垂下头望了望自己的脚尖。"我就是要到这儿来。为了我自己!"说着,他一下子开朗起来了,"走吧,我正要到你们连队去!"

"到我们连?"

"是呀,离佛山县城最近的一个连队,你在火车上说过的。"

"……我大概说过的……"苏晚晴的脸又有些红了,她开始猜测和他的邂逅是不是个偶然。

小伙子伸手很响地拍了拍马鞍子:"走吧,我带你!"

苏晚晴没有应声也没有动,她在迟疑着,准备让自己在同意和拒绝之间做出选择。这一切真有些离奇,两个人熟悉又陌生,离别又相聚,她被这奇异的重逢弄得有点儿不知如何是好。

小伙子见状,坦然地朝她伸出一只手去:"是应该自我通报一下吧?我叫顾天成,现在在团警通排,今天到你们连执行任务,顺便来看你!"

"看我?"苏晚晴笑了,"可是你并不认识我呀!"

"我认识，"顾天成认真地说，"我知道我一定能找到……"

苏晚晴感觉到他的话中还有点儿弦外之音，她看到他还在伸着手等待着，脸又红了红，怯生生地把自己的手伸了过去："我叫苏晚晴。"

"苏晚晴？"顾天成松开他的手哈哈笑了，"你就是苏晚晴？"

"是呀！"苏晚晴对他的神情大惑不解，"你好像知道……"

"我当然知道！"顾天成抛却最后一点儿生疏，口气十分随意起来，"我知道你的名字，我还知道，你去年冬天回家探亲时，在哈尔滨丢了钱包和证件，自己又把它们喊回来了，对不对？"

"你，你怎么知道？"苏晚晴更有些惊异，两只眼睛惊得都瞪圆了。

顾天成望着苏晚晴，脸上虽挂着笑意，但是表情却变得郑重起来了。"我是听你们连的霍晓菲说的，她和我妹妹是同学，去年春节到我家玩，我听她们聊天儿时说的……"顾天成搭在马鞍上的手轻轻拍了拍，仰头看着天上的一朵白云，吁了一口气，"……那时候我就猜，这一定是你……那个被掏了包儿又喊回包儿来的女孩儿一定是你……"

顾天成说着，仿佛被天上的云朵带进了一个梦境。过了一会儿，他的神思才从那飘浮的云朵上收拢回来，他又拍了拍马鞍，口气又重新开朗了："来呀，上吧，我带你，还有不少路呢！"

苏晚晴知道自己不能再拒绝。这个时刻，她必须对他表示尊重和信任。她对他笑了笑，绕到马的另一侧，小心地靠在马的身旁。顾天成抓紧了马缰绳。她提住一口气，把左脚插进脚镫里，一纵身，右脚一跨，便轻轻巧巧地上了马背。当她感觉出坐在身后的顾天成的体温时，胯下的栗色马已经不慌不忙地颠跑起来了。

苏晚晴还是第一次坐上马背,骑马的感觉真是新奇。路边的树木跳跃着朝身后倒退,树木、山石和电线杆子在视野中变成了一个个彩色的点,模糊的点,黄的像大漠,红的像火苗,绿树绿草则变成了一条条宽宽的绿色绸带。

"你怎么一个人在这公路上走?"

"我去营部办货。"

"办货?"

"是的。我是连里的代销员。"

"噢,怪不得。"顾天成轻松地笑了,"小卖店经理呢!"

"算什么经理呀?!"苏晚晴自嘲地笑了笑,"巴掌大的一间小屋,里边一共才有十盒香烟,两支牙膏……"

"哈哈……你把自己贬斥得真够可以……"

听得出顾天成很是快乐,苏晚晴又一次明显地感觉到了他的体温。她这才刚刚意识到,自己原来离他这么近。她有些羞怯了,不由沉默下来。顾天成大概也意识到了什么,也不再说话,他放松着缰绳,任马自如地踏着碎步。

崖缝里有一蓬野花,蓝莹莹的,像连缀在一起的蓝宝石一样闪闪发亮。山道边到处都有这种花儿,这一簇开得最旺。顾天成轻捷地跳下马背,采下那把野花,又跳回到马背上,把花交到苏晚晴手里。

"喜欢么?"他问他。

"当然喜欢,我说过的,这地方美极了!"

"在这千种万种的花里,我最喜欢这一种,它那蓝幽幽的颜色就像清水似的,让人心里……怎么说呢,柔柔和和地宁静……"

一辆卡车从背后驶来,卡车司机按了两下喇叭,顾天成朝一旁牵了牵马缰绳，让马靠到路边给汽车让路。汽车从马旁驶了过去。汽车驶过时，司机从车窗里探出头来朝着马背上的两个人开心地笑了。"别把马压趴了呃!"他戏谑地喊了一声，缩回脑袋，踩足油门把汽车驶跑了。

苏晚晴有些尴尬。"这马……不要紧吧?……"她觉出自己的脸有些发热。

"别担心。"

顾天成简短地吐出三个字，两个人又陷入了沉默。沉默使苏晚晴更觉得尴尬，她的眼前又浮现出刚刚在滚子沟桥头上遇见的那个白头发老太婆的影子。是呀，那么大年纪的人了，拐着一双小脚，她是从哪里来又到哪里去呢？这个疑团久久地驱散不开。"你看见桥头上坐着的那个老太婆么？"她问顾天成。她希望从他那里得出一个答案，或者，仅仅是希望引他说些什么，以打破眼前的沉默。

"什么老太婆？"顾天成仿佛刚刚从睡梦中被惊醒。

"桥栏杆上坐着的那个呀！怎么，你没看见？"苏晚晴有些诧异。顾天成骑马停到自己身边的地方距离滚子沟并没多远，她想那老太婆还来不及离开那里。

"没有。"顾天成肯定地摇了摇头，"我过那儿的时候什么人也没看见，我从团部出来，一路上只看见你一个人在步行，所以我觉得奇怪。"

"这可怪了。桥下呢？桥下没有人么？"她想那老太婆或许又到桥下去取水了。

"没有。过那桥的时候，我还有意朝桥下看了看。我想看看滚子沟到底有多深。"

这么快，她能到哪儿去呢？苏晚晴蓦然打了个寒战。她一下子想到了萨满太太，想到了小莲英、小玲花，想到了失踪的翠珠和孟晓丽，那么多的不解之谜，如今忽然间由一条无形的绳子连接到了一块儿，又和桥头上那个神经兮兮的老太婆连到了一起。她想："这荒原，它藏匿着那么深厚的内力，它总有一天要把我也吞噬的……"

苏晚晴又一次感到了荒原的神秘和恐怖，感到了自己的怯弱和渺小，虽然有顾天成在身边，心头那片忧郁的灰云仍然驱散不开。

两个人沉默着信马由缰地向前行进，路旁灌木丛的后面，隐约现出了连队彩色棋盘似的屋顶的影子。已经进入了连队大田的地界，从北边传来拖拉机开垦新荒地的轰鸣。苏晚晴动了动身体："到了，让我下来吧！"顾天成挺直身体朝前方那片彩色屋顶的方向望了望。

"还挺远呢，再往前走走！"顾天成没有吆喝马停下来，马儿踏着细碎的步子又走了一程。连队清晰可见了，麦场边角上跑食的鸡已清晰可见。

"让我下来吧！"苏晚晴转过身，望着顾天成，她希望顾天成不再拦阻。这一次顾天成没再阻拦，他吆喝马停下来，自己先跳下马背，然后伸手接苏晚晴。

"以后你不要独自走这么远的路。"顾天成关切地叮嘱说。他的口气俨然已经是个熟悉的朋友了，这使苏晚晴感到很是温暖。她顺从地点了点头，决定以后再不独自走这条路。桥栏杆上坐着的老太婆的影子遮盖了一路的风景，她心有余悸。

顾天成翻身跨上了马背。他放松缰绳跑开几步，又转回头来高兴地说："你们连，我的朋友还真不少呢！乔晨生是我的同学！"

26

谁也没有想到,顾天成到连队来,传递的是关于孟满的消息。初冬的那一天,孟满从指导员、连长和刘英姿的谈话中得知妹妹孟晓丽失踪以后,当时他一言未发。他被震呆了。他没有多想什么,昏昏沉沉地睡了一个下午又睡了一夜,第二天一大早揣上自己一把大号的多用刀就乘大客车去了团部。在团部他毫不费力便找到了崔禾。崔禾出事后被调回团里,在党委会上受了一顿批评,而后说是停职检查,从此便再没有人对他多加过问。这一来崔禾除了不再具体抓什么工作,并没受到其他限制和约束。他比原来有了更多的时间游游荡荡,下棋聊天,反而更加自由自在起来。

孟满在团部二楼的一间屋子里找到崔禾的时候,他正在这间"检查室"兼宿舍里翻着报纸。他靠在被子上,摇动着一只脚,一边看报一边用火柴棍儿剔着牙缝。报纸遮挡着他的视线,他只听见门响,并没有看到进来的是谁。每天这个时候,或是比这时稍早些,会有一个知青勤务兵来给他打水收拾房间。他停职检查,待遇依旧。他以为不过是勤务兵进来了,只把身体动了动,扭了一个方向,把报纸举向了靠墙的一边。

崔禾一侧身,孟满看清了他的脸。他看出这个前工作组长比在自己连队时胖了些,脸色更加黑亮红润。孟满的心平静得很,他也不知道自己要干什么。他稳稳地走到床边,从衣兜里捏出了那把多功能小刀。那小刀类似一把精致的藏刀,刀柄上有三颗小小的按钮。他用拇指按动其中一颗按钮,一把单刃小刀便从里边弹了出来。他捏着小刀,居高临下地看着躺在床上的崔禾。

崔禾听见咔嗒一个小小的声响,目光从报纸上移开,转到了孟满脸上。他没有看到孟满捏着的小刀,那只握刀的手正垂在孟满的腿旁。他也没有认出孟满。养尊处优的生活方式已经令他把很多人和事都忘记了。"你找我吗?"他问孟满。

孟满点了点头,又古怪地笑了一下。他纳闷这老头子怎么这么快就把他忘记了。那么他把晓丽也忘记了么?孟满被眼前崔禾的镇定和健忘激怒了。他把握着小刀子的手移到胸前,亮给崔禾看。"我就是找你。"他阴沉地低声说,"你忘了吧?我是孟满!"

崔禾腾地翻身跳了起来。他醒悟了,意识到了自己陷进了怎样的境地。但是他并没惊慌,也没有叫喊。"你要干啥子?"他操着川音尽量平静地问。

"晓丽失踪了,是你这个老王八蛋把她弄到这个地步的!"孟满平平稳稳地说着,举刀便朝崔禾刺了过去。

孟满将小刀刺向崔禾的时候不由自主地将手偏了偏,而且手到半截又泄下了一些气力。他也不知道自己为什么这样做,或许是因为胆怯,或许是因为并没有想把这老头子一下置于死地。总之他只是朝他的胳膊上扎下去,又将刀狠狠地朝下划了一下。血从崔禾被划破的袖管里流淌出来,滴滴答答掉落在水泥地面上。

见到鲜血,孟满愣住了。崔禾感到一阵强烈的刺疼之后赶紧用另一只手掐住了受伤的胳膊的臂弯。"你想干什么?!"他威严地朝孟满吼了一声。

"我想报仇。"孟满不知道这几个字只是令他的嘴唇嚅动了一下,并没有发出声来。他仍然愣愣地瞅着地面上的血滴。血滴越来越多,渐渐浸湿成小小的一片,渐渐由鲜红转成了暗紫。崔禾低头看了看自己的血,又抬起眼睛望了望孟满,他看见孟满脸色煞白,握刀的手臂软软地垂在腿边,大概再不想举起来。他忽然有些可怜他了。"老子经历过枪林弹雨,你这样子,差得远呢!"他抬起受伤的手臂指了指门口又说,"现在我不打算叫人来抓你,你跑吧,再过一会儿我可就叫人了!"

刀子当啷一声丢在地上。孟满明白,自己又一次失败了。他颓丧地朝身边的一张办公桌踹了一脚,拉开门走了。他没有带上房门,他心想这时候如果有人看见他不慌不忙地离开淌血的崔禾,心里大概多少还能得到一点儿平衡。但是走廊里没有一个人影。

崔禾果真没有叫人来围捕孟满。他估计孟满已经离开了团部驻地,才掐着仍在淌血的胳膊走出房门。他在门口恰好撞见了来给他收拾房间的勤务兵。那个小个子杭州知青看见受了伤的崔禾和地上的血吃惊地叫起来。崔禾摆摆手制止了他的喧嚷。他自己掐着受伤的胳膊走进团政委的办公室,迎着冀政委惊诧的目光不无懊丧地汇报说:"是孟满干的……就是那个孟晓丽的哥哥……"冀政委没有显露多少感情色彩,他只是立即下令:一定要把孟满抓获!

孟满无处可去。他从崔禾的房间里出来便上了公路。他抬手截下了一辆从汤旺河开来的汽车。这正是团里汽车队的车,拉着一些货物匆忙地要赶回车队去。孟满并不在意它要开向哪里,任凭它把自己捎向了车队。车队驻扎在团部的旧址,和留下的团卫生队相距不过几百米。这里和他的连队一样,同样坐落在一片宽阔的高地平原上,同样紧邻着黑龙江。孟满在江边游荡了大半天,天黑以后,他终于下了决心:从覆盖着一层薄冰的江面上小心翼翼地蹭过去,蹭到对岸,站到另一个国家的土地上。

孟满过江时大概没有想到那里同样是一片有人管辖的国土,也没有想到那块土地尽管和江这边同样荒凉,却也同样不愿收容一个越境者。四个月之后,当黑龙江水融化了之后,他被几个蓝眼睛黄头发的"老毛子"押解着,乘船送回了江的这岸。作为叛逃者,经过全团各连队的巡回批斗,孟满最终又被送回了他原先的连队。他被连里又安排住在了原来的八三宿舍,安排和原先的伙伴们一起劳动。一切还是老样子,只不过这时候他的身份变了,这时候的他成了一个放到连队"监外服刑"的罪犯,他的罪名是"投敌叛国",外加"故意伤害"。

孟满落得的罪名很是不轻,但是,旧日的伙伴们并没有真正把他当作罪犯来看待。连队里人人都了解事情的底细,也都体谅他的不幸和痛苦,于是,在大家明里暗里的保护下,孟满又像从前一样地生活下来了。只是这次重新回到连队之后,他的性情更显沉郁了。他和过去判若两人,那个活泼爱嬉笑饶舌的孟满在连队里彻底消失了。他变成了一条灰色的影子,走到哪里,无声无息,人人从他身边都能裁剪到一小片暗淡的云。

有一天孟满到小卖店去买烟,他一次要买一条。苏晚晴感到有点儿为难。香烟和肥皂一样,供销社也是按数严格配给,按照规定,半个月供应一次,一次一个人只供应两盒。苏晚晴耐心地把上边的定额情况向孟满解释，孟满同样耐心地听完她的话以后，怔怔的神色一点儿没有改变，他仍然固执地坚持：我要买一条烟。

"那真是不好办的，"苏晚晴说，"一条烟需要写五个购货本呢！"

"那又有啥，"孟满望着她身后封闭起来的那个小窗口，"刘香云的给我，还有我妹妹晓丽的那份当然也给我，这不，我已经有三个本好使呢！"

苏晚晴当然知道，刘香云和孟晓丽都不属香烟的供应对象，况且，孟晓丽的去向至今还是个谜，她们怎么可能为他提供香烟呢？她禁不住又仔细观察了一下眼前的孟满，她看到他的眼睛里似乎蒙着一层雾翳，后方那小窗口投进的微弱的亮光射到他的眼球上，落下了一颗小小的昏暗的星星。那昏暗的小星星此刻正一明一暗地闪烁，就像是一颗仪器上的光标，点示出了他的内心活动。"他的心里有一个从未泯灭的希望啊！"苏晚晴心里一阵酸楚。凭她的感觉，她能够看到他心里对生活还留存着一线光亮，但那光亮又是如此微弱，只能照耀他进入一个不可实现的幻梦。

苏晚晴被感动了，她不再顾及什么配额规定，慷慨地把一条香烟递给了孟满。孟满心满意足地走了，苏晚晴看着孟满的身影消失在尹长青家的垛子垛后边，心里久久不能平静。她想了想，锁上小卖店的门去了大食堂。

炊事班一伙人正安安静静地围在面案子四周揉馒头。周怀庆死了，许多知青走门路返城了，动荡的形势冲走了炊事班曾经欢乐过的气氛，使它变得有些清冷。苏晚晴从打饭的小窗口招了招手，叫出了刘香云。

刘香云问："找我有啥事儿？"

"没什么。"苏晚晴踌躇了片刻,才鼓起勇气坦率地说,"我是想,咱们对孟满好一点儿吧……"

"你这是啥意思呀?"刘香云不解。

"刚才孟满去我那儿买烟,我看他怪可怜的……"

刘香云也踌躇了一会儿。"那好吧,"她说,"以后我多给他做着点儿病号饭……"

好不容易送走了几个买东西的人,苏晚晴趁这个空隙,急忙锁上门躲到大宿舍去。这几天她总是感到特别乏力。上工时间跟着农工班一起抬水泥打麦场,工余时间再卖货,一刻休息时间也没有。她有点儿懊悔自己打下了这个基础,现在自己套上的车卸不下来,想再像前几届代销员那样偷点儿懒也不行了。她心里清楚,所有的人都习惯了她一天不拉地参加农工排的劳动,也习惯了她利用工余时间卖东西,于是即使有时候她晚上到大宿舍去,也有人把她从大宿舍叫回小卖店。

不过,终归还是躲到大宿舍好些,哪怕只在那温乎乎的石板炕上躺上短短的一小会儿,浑身也能觉出松弛了不少,尤其是来例假的时候,真是懒得动弹。

苏晚晴躺在谢冬梅的铺位上,无聊地翻看着《世界地图册》。各国的首都都背下来了,地理概况也背得差不多了,下一步她打算专门记各国的人口数字。难道别的国家的人口不会像中国这样不断爆炸增长么?她对地图册上这一类数字总是抱着怀疑。眼皮有些滞涩,其他的人还在起劲地编织什么。她看了看手表,已经九点多了,她决定回连部去。她不得不在那里"坚守岗位"。她刚刚爬起身,霍晓菲进门走到她跟前，轻声对她说："晚晴，你出来一下，我跟你说个事儿……"

"什么事儿？"

"好事儿！出来再跟你说。"

苏晚晴跟着霍晓菲走出宿舍。这是最好的季节里的最晴美的夜晚，春风轻拂，夜空如洗，一切景物都透出纯净和新鲜，呼吸一下，还能嗅到荒野上的花草发散出的甜腻腻的香味。霍晓菲站下来，苏晚晴也站下来，两人不约而同地抬头望了望天空。满天星斗烘托着弯弯的月亮，天穹宁静得叫人感动。两人在夜色中静默了片刻，霍晓菲直率地说道："有人托我问问你，想跟你交个朋友。"

苏晚晴没有吱声。这话来得太突然了，令她没有思想准备。

"是顾天成。"霍晓菲见她没有出声，直截了当地又补充了一句。

"这怎么会？"苏晚晴嘴上挂着疑问，心却突突地跳起来。浪漫的结识，她感觉出他对自己有些好感，但是却没有想到这个，而且来得这么急迫。

"怎么不会？你们不是早就认识了么？"

苏晚晴一下子联想到骑在马上的情景，她想象不出顾天成是不是把这些讲给了霍晓菲，脸上禁不住有些发热。幸亏是夜晚，沉默就是掩饰，她又不出声了。

"他这人挺不错的，各方面条件都挺好，也挺能干，要不怎么刚调来就能当警通排长。他对你的印象特别好……"

"他并不了解我。"苏晚晴觉得自己紧张得胸口有些憋闷，她只能说出几句硬生生的简短的话来应付这突如其来的局面。

"我想，那你就不必管他了。看样子他可是真的动了心思，他让他妹妹找了我。"

　　苏晚晴感觉到了一股无可阻挡的冲力。这力量好像直接由顾天成那里袭来，冲得她晕头转向。她又隐隐地感觉到自己原来喜欢这样被冲击，被摇撼。身体里一股隐藏着的力量被冲击得勃发出来，给月光下的肉体一下子注入了活力。身体有些舒展了，心脏里的血液轻滑、柔和地向每一根最细小的血管流淌过去。血液流经之处那地方就软酥酥地有些颤抖。细碎的颤抖唤醒了她的每一根神经，令她兴奋，令她心情舒畅。这时候的她真想听听他对自己的夸赞，听听他在自己耳边亲自吐露渴念的絮语。这是她从幼小的时候就充盈起来的一个梦想。一个关于红帆船和白马王子的梦想。这是每一个从童话中成长起来的少女的梦。那些小姑娘梦想着自己被俊美的白马王子带上一艘红帆船，驶向一个不可言喻的美丽的远方。小姑娘们的这个梦永远不会破碎，它在虚幻中陪伴她们长大，陪伴她们直到永远。

　　虚幻毕竟是虚幻，没过多久，少女之梦便被现实遮盖了。这时候苏晚晴又发现，在自己心的深处，并没有把顾天成和白马王子联系到一起。虚幻和现实不过咫尺之遥，虚幻和现实又相距甚远。她相信在身边的小伙子们之中，他已经算得上出类拔萃，但是，霍晓菲传递给她的消息，只不过给了她一种愉悦，这愉悦的感觉太轻松了，太轻飘了，它猛然间拨弄了她的心，却并没有引起她期待着的剧烈的悸动。心的悸动沉重又真实，它应该使她感觉到痛苦，而不是幸福。

　　她发现，自己期待的原来是承受痛苦，品咂痛苦。她像受虐狂一样，期待自己的心被痛苦撕裂、撕碎。

　　她预感到，顾天成不能给她这种感觉。永远不可能。她的目光不由自主地穿过黑夜投向了八三宿舍。冥冥之中她又预感到，那里的一条绳索越抽越紧了，它已经牵动得她的心脏隐隐作痛，它总有一天会把她拽进痛苦的深渊的。那时候她的灵魂就会飞升起来，拖着这条绳索，飞向冥冥之中幸福的天国。

"我……我不知道怎么才好……"她含含混混地对霍晓菲说，"我……从来没有想到过……"

"说实在的，我也没有想到……因为他跟你过去确实没有过多少接触……"霍晓菲的口气很认真，也很坦率，"他妹妹说，她也对他提出过，说他应该对你多了解了解再决定。可是他说，这用不着你管，你就托晓菲把我的意思传递过去就行了……我从上辈子就认识她……"

霍晓菲说到这里望了望苏晚晴，夜色中看不清她的神色，只见她在安安静静地倾听着。霍晓菲轻轻叹了口气，又接着说下去："人有时候挺奇怪的，是吧？过去只见小说上写着，人的心灵能碰撞出火花，总以为那是小布尔乔亚的描写，现在看来，说不定他就是被你碰撞得冒出火花了……"霍晓菲说着，垂头望了望自己被月光照映的脚尖，浅浅地笑了笑。苏晚晴捕捉到了她这一点儿笑意，觉出那里边有一丝惨淡。她的心微微抽动了一下。

"你呢？你有男朋友了么？"她脱口问道。

"我？"霍晓菲抬起头来，她的神情立刻恢复了原先的坦率，"我没有。你是不是想我跟他怎么样？"她又笑了笑，这一次她的笑意也格外坦率："那不可能。我跟他太熟悉了。那会儿我天天去他家找他妹妹一块儿上学，把他家的门槛都快踢平了。太熟了就想不到别的，尤其在这方面。我们可以互相帮忙，可是不可能陷进去，连想法……也许太熟悉了，就没法产生那种'碰撞'了吧？我劝你好好考虑考虑,他那人真是挺不错的。他妹妹说这事儿也怪,兵团里那么多女同胞,他都没动过心思呢……"

苏晚晴轻轻点了点头。实际上,她并不知道自己点头应允的是什么。她的思想正陷在一片混沌之中不可自拔。直到霍晓菲说了声:"不早了,睡觉去吧!"又见她转身朝宿舍门口走去时,她才仿佛惊醒过来。"不!"她叫住了霍晓菲,霍晓菲的一丝惨淡的笑容刚刚在眼前闪现了一下,很快又被一个细长的身影取代了。这时候她才突然清醒自己是要忠于一些什么。是什么呢?是友谊?是爱情?是一个虚幻飘渺的等待?是哪一项似乎并不明晰,只是认定有一颗忠诚之心自己尚不愿放弃,不肯放弃。她期待那忠诚换来一派光明和幸福。"不,你转告他吧,我……还不大想考虑……"话一出口,她又稍稍有几分沉重和失落,不过,心还是坚定的。

"怎么?"霍晓菲回转身来。"你还拿自己当小姑娘呀?"她的口气变得像个年长的大姐,"你也不看看,连里、团里,走的走了,留下的比咱们年龄还小的都搭了伴儿,你非要等着……"

霍晓菲把下半句话咽了下去。苏晚晴知道她咽下的话里隐匿的是一个残酷的现实:全团男女知青综合条件失调,严重的后果已经现出了端倪。人人都已经看出了苗头,只是谁也无法把这说出口来罢了。苏晚晴心里真的感激霍晓菲的真挚,但是真挚的友情还远远不足以排除掉深植于灵魂之中的信念。她顿了顿,又有些迟滞地说:"……就这样吧……我不知道该怎么办……就这样吧……"

"就怎么样呢?"霍晓菲听她说得含糊其辞,不得不再追问。

"你就说,我还不大想考虑这事……"

话说到这里,苏晚晴隐约看到有一个人影闪回了门洞里。

27

一场难得的春雨滋润了刚刚播下的麦种,却也冲坏了刚刚抹好的麦场。抹上的水泥没有干,被雨水一冲,泥水沙石混成了一片,麦场还要重抹。

抬着装水泥的荆条筐来来回回走了几遭,肩头的扁担就像嵌进肉里一样疼。刘英姿倒像是没有感觉,她直对往筐里铲水泥的谢冬梅嚷叫:"你装呀!再铲几锹!干啥呀跟吓着似的!"

"这不,已经装得不少了,我怕你们抬不动⋯⋯"

谢冬梅说着抬起眼皮看了看苏晚晴,她怕跟刘英姿合抬一个筐的苏晚晴吃不消。刘英姿丝毫没有理会谢冬梅的言语和神色,她一把抓过谢冬梅手里的铁锹,哐哐哐又铲上几满锹,还结结实实地拍了拍。

苏晚晴弓下腿鼓着气挺直上身,而后两腿吃力地一绷,挺起身来。她被刘英姿拖拽着刚要迈步,身体晃了晃,腰间一软,身体又缩下来,装满水泥的筐咚的一下子又蹾在地上。刘英姿被落地的重筐拽住了,打了个趔趄,扁担从肩头滑落下来。"咋的啦?"她蹙着眉头把扁担上的绳套朝自己这方移了移,朝苏晚晴示意了一下,"一二三——"呼着号子挺身又站了起来。

这一次苏晚晴随着她也挺直了腰身。满满的一筐水泥坠着扁担,扁担弯成了一个弯弯的弧形。她觉得两腿发颤。刘英姿迈出了一步,她被朝前拉拽着,却没有力气迈出一条腿。"走呀!"随着刘英姿一声催促,她的气力突然一下子散泄了,不但再也支持不住挺直的身体,连体内的五脏六腑也拉拽不住。体腔里所有的器官都忽地朝下坠落,坠落到体腔的底部,压挤着一股体液从下身突涌出来。水泥筐重又咚地落在地上。

不知怎么,一股泪水也从眼窝里涌了出来。"我……我大概来那个了……"苏晚晴只觉得十分委屈。她真想痛痛快快地哭出声来。

"你怎么不早说!"刘英姿焦躁地丢给她一个眼色,"换个人来!"

"好像……好像是刚来的……"苏晚晴连自己也弄不清自己为什么感到这样委屈,她抹了一把眼泪,仍控制不住。

"算啦,你回去'武装武装'吧!其实你不跟我们干活儿也没人强迫你!"刘英姿不冷不热地丢下几句话,吆喝来另一个人抬筐走了。

苏晚晴在原地站了一会儿。她觉出内裤已经被浸湿了。她有些奇怪:会是真的么?自己可是刚刚"来过"。感觉是出不了差错的,她勉强蹭着步子离开了麦场。

真冷呀。这冷是从身体的最内里发出来的,引得周身一阵阵发抖。齐俞芹已经往炕洞里添了好几次木桦子,炕板有些发烫,苏晚晴仍然觉不出多少暖意。这些天张玉友天天出车去团部的江岸给食堂拉煤,一去一返就是一整天,齐俞芹便让苏晚晴躲到她家休息。她见苏晚晴脸色苍白,浑身乏力,以为她是得了感冒,苏晚晴自己也没有说出实情。避开大家偷偷躺了两天,精神一松懈,越发没有力气,苏晚晴想到自己不该再这样支撑下去了。她开始想家。她想躺到母亲跟前，躺到自己的床上。

第三天，在办公室，她轻轻推开了齐俞芹递给她的房门钥匙，说："我想，我该回家治一治去了……"

"怎么？"齐俞芹不解地看着她问，"你是不是有了什么毛病？我看你这些天脸色特别不好……"

"嗯。"苏晚晴忽然觉得鼻子有些发酸，一股眼泪直要朝外涌，"我……我来例假，总也不停……"

"几天了？"齐俞芹的目光中满含着关切。

"今天……是第四十天了……"

"啊？！"齐俞芹惊得蹙起了眉头，"那怎么行呀！你赶紧请假回家吧，这可不是小事！你怎么拖到这时候才说呀？！"

"我……我以为不要紧……"苏晚晴暗暗忍回了快要涌出的眼泪，"再说，这事情怎么跟指导员、连长说得出口……"

"我帮你说！"齐俞芹又严肃又认真，"你一天也不能再拖了……你真傻，现在还不懂……"

齐俞芹说话刚落音，指导员晋香从门外走了进来。齐俞芹待指导员坐到椅子上，便开口说道："指导员，准小苏的假吧，她需要回家去看看病了……"

"唔，怎么了？"晋香没大在意，随手从简易报架上摘下了一沓报纸。

"她的情况挺不好……是女孩子的病……"

晋香听齐俞芹这样说，目光凝视在报纸的一条消息上。看来，他意识到那姑娘出了什么问题。他沉吟了好一会儿，眼睛始终没离开报纸的那一条消息,脸上也没有显露出任何表情。最后,声音有些沉重地说:"你收拾一下,把小卖店的东西清点清点,今天下午就让人接替你……报告不用打了,有什么事情回来再说吧……抓紧点儿时间,明天你就可以走了。"

苏晚晴没有想到这次请假如此顺利。她猜想,指导员好像已经意识到自己的问题比较严重似的。果真如此吗?她不懂。她只从自己一天天乏软的感觉上联想:自己身体里的血大概快要淌光了……

又是遮天蔽日的松树林、柞树林和桦树林。又是依傍着铁路线弯弯转转的汤旺河。又是无边无际的庄稼地和荒草滩。又是一个旅程上孤独且枯燥的三天三夜。这次回家,除了以往的期盼和焦灼,伤感占了最大的成分,心绪始终沉郁郁地高兴不起来。回家探亲总能带给父母一份欣喜,这一次能带给他们一些什么呢?

果然,苏晚晴一进家门,母亲刚刚接过她的手提包,看了看她,立刻就显出几分忧虑:"怎么,你有病了吧?"

苏晚晴淡淡地笑了笑,有什么好隐瞒的呢?明天就应该去医院。这一路,她疲软得真想躺在那里再不起来。"好像是有点儿毛病。"她装作不大在意地说,"也没什么大不了的,春节没回来,最近不太忙,我就趁这机会回来了。"

"你觉得哪儿不好?"母亲不大相信她的解释,仔细地观察她的脸色。她已经看出了女儿一副病态,揣测她这时候连个招呼也没打就回来探亲,一定是病的原因。

"就是……"苏晚晴迟疑了一会儿。她不懂得自己这毛病是不是严重,她不愿意让母亲过于担心。

"怎么？"母亲始终盯着女儿的脸，平静地等待她的回答。

苏晚晴朝屋子深处走了几步，有意躲避开母亲的注视。母亲的目光还像对待小时候的她一样温柔又热切，她觉得有点儿难为情："就是……我来例假好多天了，怎么不停了呢？"

苏晚晴有意把语调放得挺轻松。

"几天了？"

"四十五天了。"迎着母亲的目光，苏晚晴觉出了自己的虚弱，显出了小姑娘似的无可奈何。

慕容静直直地望着女儿，好半天没再说话。房间里只有那个小闹钟在咔嗒咔嗒地响动。那是苏晚晴上中学时用的一个小闹钟，有一个方形的粉红色的带盖儿的外壳，叫起来的声音像一只秋末的蟋蟀，又细弱，却又特别起劲儿。下乡的时候犹豫了好半天，晚晴还是把它留在了自己的床头，有它占领着这个位置，就好像自己不会被排斥出这城市似的，心里多了许多慰藉和踏实。

苏晚晴走近自己的床前，抓起小闹钟反反正正地看着，借以掩饰心头的不安。这不安不是为了自己，而是为母亲。见母亲好半天沉默不语，她知道是又有什么沉重的东西压住了母亲的心。

母女两个还没顾上多说些什么，父亲就下班回来了。苏涤尘仿佛已预感到女儿这次回来不同以前，并不多问什么，只是光向女儿报喜，说自己又被调回了原单位，虽然没有恢复工作和职务，却也不必再去那个工地看水泵了。而且，迁往内地的事情再也没有人提起，不知是单位改变了态度，还是不了了之……

苏涤尘的话语比妻子和女儿都要多，苏晚晴从中更窥见了父亲和母亲同样有一种忧虑的心态。果然，睡觉熄灯以后，她听到隔壁房间里父亲问起母亲:"她是不是有什么事情回来的?我怎么觉得她脸色有点儿不对头呢?"说着,两个人夹杂着叹息,议论起了给女儿找医生的事情。

苏晚晴只觉得自己对身边的一切都有些漠然了。每天生活的主要内容就是去医院看病,回家来熬汤药喝汤药。给她看病的老医生是个刚刚"解放"的"牛鬼蛇神",在苏晚晴看来,他对每一个病人,也像现实的自己一样,一派漠然。病人来了,他一言不发,只是手指敲敲桌面,示意病人把手腕搭在脉枕上。就连父亲第一次带她去见他时,那老医生也没有多表现出一丝热情。父亲告诉晚晴,这老医生与自家该算是世交了,过去他开私诊,爷爷有病都请他看,新中国成立后他进了市里这所数一数二的大医院,当了中医科主任。他最拿手的还是治妇科病,像他这样高明的专家,全国也没有几个了……

可是,老医生似乎与现实与历史全都脱了节,而且把自己与世界隔离了起来。他诊病时,连必要的话也极简短。要诊脉只敲敲桌子,要望舌苔了就启开嘴唇生涩地说一句:"张嘴!"除此之外,他只把全部的注意力倾注到写药方上,连苏涤尘对他提起自己的父亲时他也只是默默地点点头。或许是由于老知交的面子吧,老先生给苏晚晴号脉号得比别人更加仔细,最后,还慷慨地多吐了几个字:"吃药吧,少劳累。"

第一次看病为了能和老先生接上头,苏涤尘亲自把女儿带到医院,并且向老医生作了拜托。第二次,为了听听老医生有什么说法,慕容静又跟着女儿去见了老医生。结果令她失望而归,她问什么,老医生只是点点头或者摇摇头。他对苏晚晴比别的病人多出的交流语言只有三个字：

"停了吗？"

"没有。"这是苏晚晴应答回去的。

第三次，没有再让父母跟随，苏晚晴自己去了医院。这已经是治疗的第十天了。苏晚晴没等老医生敲桌子，主动把手腕搭在了脉枕上。老医生把着她的脉搏眯起眼睛号了好一会儿，把过了右脉又把左脉，然后轻轻推开她的手又照样问道："停了吗？"

"没有。"

老医生半眯的眼睛张大了。他把目光投到他的病人的脸上，失神似的凝望着。望了好一会儿，而后轻轻叹了口气，垂下眼睛说："吃药吧……别间断……"

那时候苏晚晴似乎看到，老先生垂下的眼皮遮盖住了几分潮湿。

回到家里，一想到老医生的神情，苏晚晴心里就也有些湿漉漉的。一个人的身体里有多少血呀？她开始为自己焦虑起来了。不过，在父母面前，她仍然只能装作若无其事。隔三天去一次医院，隔三天回答一声"没有停"，隔三天老医生轻轻发出一声叹息。老医生的法力近乎失灵，大概他也和自己一样快要失望了吧？苏晚晴听到老医生的叹息声，脑子里时常闪出这样一个念头。

回家快半个月了，有一天晚上对门的邻居王麒麟推门走了进来。他穿着黑布鞋，一支半截的香烟悬捏在手心里，一边推门一边吐出一口烟雾。他被自己喷出的烟雾遮挡了视线，在门边站了片刻，待烟飘散后，第一眼看见的就是苏晚晴。

"你又回来啦？"他拖着浊重的长音问着，眼睛里还甩出一道不屑的光来。苏晚晴被他这劈头一句震住了。本来知道王麒麟出差去搞什么外调,自己回家多日没撞见他,感到多少有些轻松,没想到见面第一句话不但没有丝毫暖意,反而倒像是隐含着几分厌弃。苏晚晴觉得自己的自尊心一下子被挫伤了。她马上联想到了自己是这个城市里多余的人,自己这个群体的伙伴都被这座城市所鄙视所嫌弃,一股遭受到屈辱而生出的眼泪从心里冲涌上来,一直顶到了眼窝。她没有说话。只要发出一点儿声音她就会流下泪来。她隐忍着,直视着王麒麟。她一时想不出该怎样反击面前这个趾高气扬的人。

慕容静看到女儿僵在那里,赶忙上前来解围。"她病了,"她迁就地笑着对王麒麟说,"这次她是回来治病的!"

"哎嗨,他们都这么说!"王麒麟指的是苏晚晴的那个知青群体,"想回来嘛,就编个理由。"他的嘴角牵起一条不屑的笑纹,转头又问苏晚晴:"怎么着,多会儿走哇?"

苏晚晴简直愤怒了。如果自己得的不是这种女孩子羞于提起的毛病,她肯定要找出最尖刻最刷情面的话来回击他。可是眼下,她连这个回击的勇气也没有。女孩子的病,能喊出来跟这个老头子斗嘴么?她只有缄口不言,把愤怒、把委屈、把由病引起的虚弱一股脑朝肚子里吞。她没有回答王麒麟半是询问半是戏谑的话,转头朝里屋走去。她倒在父母的床上闭着眼睛,直到王麒麟天南地北地和苏涤尘扯了一通走了之后,才又出来。

回到自己的床前,她看着那个粉红色的小闹钟呆愣着站了一会儿,然后便开始收拾自己的衣物。她把手提包找出来,把码好的衣服一件件朝里边塞。母亲发现她的举动有些异样,问她:"你这是干什么呀?"苏晚晴终于控制不住自己了。

"我明天就走。"

"上哪儿去?"

"回我的北大荒!"苏晚晴发狠地吐出这几个字,憋了偌长时间的泪水终于夺眶而出。"这儿搁不下我,北大荒可大着呢,我干吗往这儿挤!我不是回来吃闲饭的!要不是我自己都觉出病不轻了,我根本不会回来……"她仍是不停地把东西塞进提包里,无声的落泪转成了抽咽,眼泪不管不顾地朝外涌。她再也不管它们,任它们淌下面颊浸湿了衣襟。

慕容静上前拦住女儿,把她塞进提包的衣物一把一把抓出来丢在床上:"你听他的干什么呀!他说什么就让他说去,你这样,可是对养病没有好处!"

"养病?养什么病!早知这样我就不该回来!随便怎么样,死在那儿也比听他这些闲话痛快!他也真好意思说我……他家的孩子一个都没下乡,还占着咱的房子!……"

"你冷静点儿!"苏涤尘上前来轻声地制止女儿,"你这么瞎说可不好!"

"是呀,你这么大声音,别让人家听见!"慕容静也应和着丈夫,劝阻女儿别惹出是非。

"我就是要让他听见!"苏晚晴难以平抑自己的情绪,"接受工农兵再教育,我们接受着什么了?"此时,知青到家属家搜豆子的场面从脑海中一掠而过。

"晚晴!"苏涤尘的口吻有些严厉了。听到父亲呵斥,苏晚晴似乎有些清醒了,她意识到自己说了不该说的话,立刻沉默了下来,不过泪水还是悄悄地淌。

母亲把手提包掏空,丢到地上,又把一床散乱的衣物推到床里边，拽女儿躺在床上。苏晚晴倒在床上，一只胳膊遮上自己的眼睛，再也不打算理睬任何人。她只是暗中转动着脑子，反反复复地在走与不走之间选择。自己的病还没治出个眉目，不可能走，不走，在王麒麟面前晃来晃去，又实在没有意思。眼前这局面对精神上的打击比那病的名字还要可怕。有一天老医生听到她说"还没停"之后，轻轻叹息了一声又轻轻摇了摇头，安慰她说："耐心治吧，三剂两剂药管不了事。"

"我这是什么毛病呢？"那时她纳闷地问。

"用中医的话说，你这就是血崩……"

那一天老医生的目光极温和、极慈祥，他用看着自己亲孙女才有的疼爱目光注视了她好一会儿。他已经听她叙述过发病的原因是抬了过重的水泥。

"血崩"两个字真如崩溃的雪山一般震动了苏晚晴。她理解，人身的"血崩"和自然界的"雪崩"意义相同，它们的内涵就是毁灭。但是苏晚晴在被震动之后并没有特别悲哀，相反，不知怎么回事，她内心里反而有些坚强起来了。她想到了北大荒那片土地的荒蛮和深邃。在那片土地上，什么都可怕，什么又都不可怕。它可以用自己深厚的内力制造灾难，它又可以用宽广的怀抱掩饰灾难、包容灾难。作为个体的人与它相比，渺小得不能再渺小。那么安心地躺到它的怀抱里去吧，它能用黑色的土地遮盖所有人的创伤——甚至连心灵的创伤也能遮盖……苏晚晴心里翻腾了半夜，渐渐平静下来了。与北大荒那片土地的宽厚率直相比，他王麒麟算个什么呀！她决定，还是先留下来治病，一旦好了，立刻就回去，回到那片肯于接受她、容纳她的土地上去。

28

　　苏晚晴回到连队时已经到了秋天,麦收过去,连秋收也到了尾声。血淌了七十二天,就连老医生也快要陷入绝望的时候,淌血的症状竟然出现了转机,一天天少了,渐渐停了下来。七十二天,在许多年后苏晚晴和母亲议论起那一段往事时,对那数字还抱有几分神秘和敬畏。尤其是苏晚晴自己,若干年后当她远离了那片土地,又进一步探知了大自然的奥秘之后,她对那数字加深了一层理解和记忆。她认为,那或许是自己生命里注定的一次劫难,也或许是一个契机的暗示。那数字在以后带给她的,是一个生活历程上的大跌宕:一方面跌入深渊,一方面又步上了一条希望之路。

　　当时她当然还没有认识到那么多。从大客车上跳下来,站到连队的地界上时,她只觉得又高兴又新奇。几个月的养息使她唤回了青春的生机,她变得又和学生时代一样朝气蓬勃,弹性十足。她跳下车站到那片黑色的大地上,顿时觉得有一股鲜活的地气从脚底注入了自己的身体里,和体内新近滋生的鲜血相融合,给她又增添了许多活力。

　　经历了一场由平和到绝望,又由绝望到再生的生理上的波折,心理上也随之经历了一段由生到死、由死到生的路程。回到连队,摆脱开王麒麟的笼罩,摆脱开父母的呵护,浑身都觉得轻松舒展起来。在轻松的同时，苏晚晴暗中感到自己体内的最深处，还生成了一股从未觉察过的坚忍的力量。那力量仿佛物化成了一块坚硬的石头，藏在她柔软的身体的什么地方，随时准备帮助她对付外界的一切。

离开几个月，除了季节在变化，连队山水依旧，人情依旧，人们生息劳作，推动着岁月就如同推动着一只大车轱辘，每步都在前进，每步又不过覆压着往日的车辙。苏晚晴回到连队以后，连领导又让她重新接管了小卖店。憋闷在那六七平方米的小屋子没有多久，她觉得身上刚刚生成的新鲜的精力便又滞钝了，渐渐消散了，接着袭来的初冬的风雪，把整个连队又变成了一颗埋进冻土之下的种子，不知来年可能生根发芽还是会窒息腐烂。

入冬前一个叫磨盘山的地方着了一场山火。北大荒着场山火是常事。年年秋末烧荒的时候总会发生好几次。如果不酿成灾难，扑灭一场小山火简直就像一伙人围起来扑灭一口锅灶的火那般轻易平常。知青们都爱去干点荒的活儿。逢上天气好，康拜因拖着草车边收割边脱粒，在长长的垄沟里走一趟就吐出一车脱完粒的豆秸。一垛垛从草车里推出的豆秸被随车的农工压得实实着着方方正正，散在收割后的田地里，远远望去，就像是星罗棋布的一座座黄色草城。点荒一般都选在没风的日子里，用火柴点燃第一堆豆秸接着就成了一场接力赛。从第一堆火上抓起一把燃着火的豆秸跑去点燃第二堆，换一把新火再跑去点燃另外一堆，一堆一堆连接着点下去，直到把一堆堆豆秸都接上火种。如果是夜间，那么在夜色朦胧的天幕上，很快就能绘出一幅烽火连城的美妙景观。为了看到这壮观的夜景，知青们都愿意挨到夜班再点火，那时候被火光照映的夜幕又增添上一个个串连起火堆的小小人影，自己便也汇进了图画。虽然天明时人人都成了一个个炭人儿，浑身又累又脏,那惬意的滋味可非平常能比。只是不能跑荒,一旦让火连上山脚边的草木,麻烦事可就接踵而来了。即使让几颗火星进到不该见火的地方,也要至少再劳累上半天。

苏晚晴这连队也着过山火,那自然也是由点荒引起的。一绺没有闷灭的豆秸子灰不知什么时候被风带到了南山脚下,在还遗着秋绿的花丛里酿起一股烟来。烟中渐渐又蹿出几颗火苗,被轻风煽煽点点地播开,后来,烧成了一簇簇荒火。那一次幸亏发现得早,吆喝起全连人赶到南山脚下,折下没落尽叶子的树枝条扑打了一阵,没费太大力气就把火扑灭了。

磨盘山的那场山火不同平常,调集了全团干部战士出动,一连气扑打了四天四夜,大火才被扑灭。苏晚晴作为代销员担负的是后勤任务,没有被调上火场。但是大火的无情给她留下了比别人更深刻的印象。那大概是因为,她在火圈外协助卫生员救护被火烧伤的伤员时,第一个认出了从火场里抬出的一个烧得焦糊的人儿是霍晓菲。

霍晓菲被两个不认识的男知青半拖半抬地救出火场,又被停在火场边缘等待抢救伤员的汽车送到了一块场地上。那时候救护场地上已经送来许多伤员,每一张被烟火熏黑的脸衬得白色绷带都耀出格外醒目的光亮。

霍晓菲被送到救护场地时已经昏迷不醒,她全身上下的衣服都燃成了焦糊的碎片,一只小臂蜷缩起来,扭曲成了一支变形的炭棒。

有晕血症的苏晚晴那时候忘记了害怕,她轻轻抚摸着朋友的伤臂,噙着泪水,把它深深刻进了自己的脑海里。若干年后,当她们各自返回了自己出生的城市之后,霍晓菲借单位里一个出差的机会去看望苏晚晴时,那只炭棒样的胳膊的影子仍然没有从苏晚晴的记忆中褪去。那时候,她抚摸着霍晓菲截肢后安装上的假肢,把为朋友而流的行行热泪悄悄咽进了心里。她还鼓起勇气帮助霍晓菲卸下那只假肢,用自己的被单包上,装在母亲买东西用的一只大草篮里,亲自把它送到假肢厂去修理。在那里她看到了一条条被肢解开的人的假体。当她把霍晓菲那只假臂从草篮中取出来交给修理工人时,紧绷着的神经差点没有扯断。霍晓菲住在自己家中的几天,苏晚晴始终没有敢让母亲看到她睡觉时卸下的假肢,也没有敢让母亲看到她那断臂的伤口。过去的时代留下了太多的痛苦,她们把它隐藏给自己,只让母亲看到她们今天的笑容。

秋天的故事经常令人伤感,秋天背后的冬天,伤感的故事蒙上荒原的苍凉和荒原的冰冷,更涂抹了一层令人惶恐的颜色。当看到孟晓丽突然写来的一封信时,指导员晋香的脸色也一下子变了颜色。

那是在孟晓丽失踪一年零几天的一个晴日里,指导员晋香接到了一封没有地址、没有日期、没有署名的信。信纸是绵软的黄色,纹丝中疙疙瘩瘩夹着一些草屑,不知那纸是用什么东西捣鼓成的。那信上歪歪斜斜地写着:

  指导员,孟满,快来救我!我在大兴安岭山里!快!!!

字一个比一个大,看口气,是孟晓丽的。一年都没有孟晓丽的一点儿消息,谁也不知她是死是活,从来没有人发现过她在世或是离世的一丁点儿蛛丝马迹。当初把孟晓丽失踪的消息报给团里,团里束手无策;连里后来写信告知她家里,孟家父母也无可奈何。那位酒鬼父亲过了许多天才提笔写下了几个字寄给晋香说：你们想法找找我闺女吧，她妈的眼都快哭瞎了……可晋香到哪儿去找孟晓丽呢？当时连孟满也失踪了。那时候他已经带了一把小刀到团部刺伤了崔禾，而后便越过了黑龙江……

接到孟晓丽的信时，指导员和连长商量了一下，决定把那封信交给孟满看一看。孟满一看，一眼就认出了是妹妹的笔迹。尽管信的字迹潦草、内容含混，孟满还是十分高兴。他当即对指导员和连长要求说："这笔迹是晓丽的，没错儿！让我去找她吧！这不，她还活着，活着就一准能找到！"

指导员和连长都没有表态，看来这要求也确实令他们为难：不要说大兴安岭里藏一个人就像藏一只野狗子一样地难寻，放孟满一个人去瞎闯撞，他们也无法承担这份责任——他还是个服刑未满的犯人呢！

孟满想到了自己的处境。他也想到指导员、连长当然不会放他出连队。如果他们把他的想法汇报给团里，说不定会把他收监服刑，弄到什么地方去关起来，那一来，可就一切都完了。然而，孟满也不肯放弃去寻找妹妹。他决定自己闯出去。

一个初步的计划想成了，他想把它告诉一个人。他要给自己再留条后路。万一找不到妹妹，他还想回来。连队是唯一肯容纳他的地方。这里的山水这里的人已经和他的命运他的全部生活交织在一起了，他再也无处可去。

他要把自己的想法自己的决定说给一个人。说给谁呢？他第一个想到的是刘香云。在他的心目中，她总是比别的人更亲近。

挨到傍晚，开过晚饭了，估计炊事员们还没离开食堂，孟满想着心事朝食堂走去。

几个炊事员正在吃饭,一边吃饭,一边挑逗着。孟满在小窗口外边看到了灯光下几个人高兴的景象,一种不悦的情绪顿时笼罩住他,他垂下头走开了。大饭厅里的灯早熄了,没有人看到他在黑暗中默然而来默然而去。

他绕到食堂后边,停立在井台旁边望着八三宿舍思索了片刻。他考虑到了吴群。那小子虽然有些肤浅,但是单纯又讲义气,告诉他,再叮嘱他一番怎么做,短时间里大概还不会坏事。思索定了,他又径直朝宿舍走去。

吴群正双臂枕在脑后,望着屋顶哼唱一支低沉的小曲。连队里知青们一天天消沉,宿舍里经常有人哼唱一些无聊乏味的歌儿。孟满走到吴群的铺位跟前,伸手揪了揪他的耳朵:"你出来一下,跟你说个事儿……"

吴群随孟满出屋,两人站到夜色里。漫山遍野已经铺了一层雪,这雪一冬是不会化去了。孟满望着脚下亮光光的雪地,对吴群说:"我想求你个事儿。"

"什么事?你说吧!"吴群抽抽鼻子看着孟满。除去履行公务,连里谁也没有把孟满看成是服刑的犯人,尤其是住在一起的男生,还把他和从前一样看待,看成是自己当中的一员,有什么事情,从来也不避讳他。见孟满一本正经地要求自己,吴群反而有点儿不自在了。

"你知道了吧?我妹妹来信了。"

"知道了。大伙儿都知道了。"吴群说。

"她在大兴安岭山里,我要去找她,把她弄回来。"

"你知道她待的具体地方吗?"

"不知道……不过我想我肯定能找着。指导员、连长他们不会放我去的,我必须自己溜走……"

"溜走?"

"嗯。"孟满抬头望了一眼月亮,又垂下头望着脚下,嗓音有些梗咽,"……我这个人就是属耗子的命,没个敢光明正大的时候……我给指导员留个条子,等到后天,你交给他,行不行?"

"行。"吴群懵懵懂懂地点了点头,"为什么后天才给?"

"我明天一早离开,后天就走远了……你千万别提前把条子交给他们,也千万别把信儿透给任何人……"

孟满想到临走自己应该带上几盒烟,让吴群回屋,自己又去了小卖店。苏晚晴刚好在小卖店里,见孟满来,便温和地问他:"你要什么?要买烟么?"自从孟满被送回连队以后,她总觉得他很可怜,买烟的事上尽量迁就他,连她自己也弄不清该怎么对付供销社那一边。

孟满点了点头,从衣兜里掏出钱来,放在小卖店门口的挡板上。屋子太小,除去货物,只能站得下苏晚晴一个人,门口架块挡板,买货人只能站在门外。敞开门卖货冷得厉害,关上门也顶不了太大的事,店里的酱油都上了冻。谁来买东西,苏晚晴打发走顾客赶紧缩进隔壁办公室里去。办公室稍稍改造了一下,石板炕拆除了,搭了个木板床,床边用苇席挡住,床里就被间壁出了一块小小的天地。床下盘了条"火龙"地炉,灶口探在床外,办公室一天不断人,谁来见灶要灭火了,就朝里填块柈子,只要门能安安静静地关上一会儿,屋子里就暖和些。床里有了块退身的地方,总比原先暴露着好多了,苏晚晴拉了谢冬梅来做伴,谢冬梅不愿放弃大宿舍,就两边轮流着睡。清静时陪伴苏晚晴,喧闹了就躲到大宿舍去,两人互相迁就着,倒也形成了规律。

孟满从苏晚晴手中接过烟来,心里忽然有些懊悔。他懊悔刚才过于着急,竟要写个条子交代给吴群。见到苏晚晴,他一下子想到这才应该是个合适的人选。这姑娘从不多说话,不掺和任何闲事,自己和她虽不算太熟悉,但经常买东西交往,比起连里别的女孩子来,倒也不算陌生,如果给指导员写封信托她代转,肯定万无一失。他相信,即使信不封口,她也绝不会私自打开看的。脑子里转了转,他又有了新的念头,迟疑了一会儿,考虑如何再对付吴群那边。

苏晚晴见孟满没有立刻离去的意思,猜想他说不定也像别人那样想进办公室看看报纸,于是和悦地说:"你要看报吗?进办公室坐一会儿吧!"她对孟满总是比对别人更有耐心,她不愿意再因为什么挫伤他。

孟满随势进到办公室。他并没有伸手取报纸来看,稍稍沉寂了片刻,他做出一副十分随意的样子说:"你有信纸信封吗?给我来一张!"

"有!"苏晚晴转进床里的小天地,很快翻出一沓信纸和几个信封递给孟满,"你用吧,我还有呢!"

"一张就够了。"孟满说着撕下一张信纸,铺在办公桌上。他翻了翻齐俞芹桌上的一只铁丝文件筐,找出一支圆珠笔,埋头思忖起来。他写一点儿,涂抹一阵,涂涂改改地写了好一阵,又撕下一张纸眷写清楚,最后装进一只信封,在信封上写道:指导员亲收。而后,他把写好的信交给苏晚晴说:"你帮我把这信交给指导员吧……"

"好的。"

"不过,明天先别交,后天再交。"

"后天？"苏晚晴纳闷地看了看孟满，想了想，没想出个中的原因，也没有多问什么，只应了声："好吧！"回身把信放在了床上。

"明天别给！一定得是后天！"

"我知道了，一定后天再给！"苏晚晴肯定地点了点头。孟满从办公室回到宿舍，想想总害怕吴群泄了密，坏了自己的大事。他悄悄跟吴群又解释叮嘱了一通，才算安了点心。第二天一早，孟满从食堂里多买出了四个馒头，他怕买多了惹眼，让吴群替他又买了四个馒头。他把八个馒头装在吴群家里寄东西来的一只小布袋里，避开大家的注意，便上了公路。

孟满走了，吴群越想心里越是不安。孟满是服刑的人，这一下子算不算个逃犯？他已经挨了一次游斗，穿着件破衣裳站在卡车上，被个警通排拿枪的几个战士押着到各连队去丢人现眼，听人家喊打倒他的口号，那景象和文化大革命里批斗牛鬼蛇神没什么区别。若不是分回连队来执行"监外劳改"，放在别的连队，怕是不被人家踩扁也被看扁了。这一次若再弄上个"逃犯"，不是一辈子都不得翻身了么？他想想都替孟满害怕，心里七上八下的，不知怎么办才好。眼看到了出工的时间，他碰了碰乔晨生的胳膊。他平素和乔晨生接触不多，仅仅是由于年龄上的原因，他对他极其信任，在心目中把他看成是自己的老大哥。现在他认定，有这么重大的事，还是应该和他商量商量。尽管孟满和他打过架，毕竟还没见他对孟满有什么不好，那该怪罪于孟满的劣性子罢了。

"喂，你知道孟满到哪儿去了么？"他悄悄地问乔晨生。

"不知道。"乔晨生以为吴群又要搞什么小孩子的恶作剧，态度有些淡漠。

"他溜走了。"吴群凑到乔晨生耳边告诉他。

"溜走?"乔晨生显出惊讶,"溜哪儿去?"

"大兴安岭。去找他妹妹!"

"他知道孟晓丽在哪儿了?"

"不知道。他就是去找。今天早上他带了八个馒头,就走了……"吴群看了看乔晨生沉下的脸色,"你可千万谁也别告诉,他不让我告诉任何人,我挺替他担心的……"

"指导员他们知道么?"

"不知道,谁也不知道。哦,除了苏晚晴。他给指导员留了一封信,让苏晚晴明天转给指导员……他本来想让我给指导员的,后来又说让她转更合适,她在连部……"

"为什么明天再交指导员?"

"嗨,你真发木!今天交了,指导员到汤旺河火车站去把他抓回来,不就走不成了吗!"

乔晨生思忖了一会儿,神情愈发严肃:"……还是应该尽早告诉指导员才好,不然只怕对他更加不利……他算是在连里服刑……而且,冰天雪地的,去大兴安岭,怎么可能找到……"

"我也是嘀咕这个……就怕,他事先没跟连里说好,找回他来,就算抓回来的了……"

"不会。指导员那人不错,能理解他……连长么……"乔晨生想了想,"……连长也不至于太难为他。连长那人有些毛病,可是心眼儿也不坏……时间长了,只怕事情就不好办了……"乔晨生分析了一下情况,突然又想起什么:"你不是说他留给指导员一封信吗?他写了些什么?"

"那谁知道！信在苏晚晴那儿。"

"她要是一会儿能把信交给指导员就好了……"

"我想不会。要是刘英姿还差不多。"

"信要是交到刘英姿手里，那就连今天早晨也等不到了……"乔晨生对吴群苦笑了一下，"我想他也就是对指导员说说出走的原因，不会有什么不好的……应该让指导员尽快看到……"

"我去找苏晚晴！"吴群说着，不等乔晨生再思考，抬腿朝小卖店跑去了。

刚刚到上工时间，办公室里还只有苏晚晴一个人。她每天早上起床后自己整理一下，就再里里外外把连部打扫干净。等齐俞芹来了，她就整理整理小卖店，待没人来买货，再去干别的事情。见吴群急急忙忙来了，以为他又是买烟糖之类，从衣兜里拽出钥匙就要去开小卖店的门。吴群拦住了她。"我不买东西！"他还有几分气喘吁吁，"昨晚孟满交给你一封信了是吧？"

"是呀，他让我明天交给指导员。你怎么知道？"苏晚晴诧异地问。

"他自己告诉我的。他走了，你知道了吧？"

"走了？"苏晚晴睁大了眼睛，"去哪儿？"

"去大兴安岭，找孟晓丽！"

"哎呀，他没说呀！"苏晚晴有些惊慌失措的样子，"那怎么能找到呢？他是怕指导员追他才让我明天再交信的吧？"她问吴群，也在自言自语。

"你怎么现在才聪明起来？"吴群戏谑地朝她笑了笑，"信呢？那里边写的什么？"

"不知道，我没看。"

"你也真乖,要叫我捂着半只眼也得偷着看看,拿来吧!"

"这……"

"这什么呀,都到这份儿上了,还顾得了那么多穷规矩!乔晨生也说,应该早点儿交指导员才好。拿来咱先看看写的什么!要写的是骂指导员,那可就更添乱了!"

苏晚晴取出孟满留下的信,迟疑着,吴群已经一把抓在了手里。"哎——"苏晚晴刚要再说什么,指导员晋香出现了。

"你们这是干什么?"晋香见吴群正在抢夺苏晚晴手中的什么东西,以为是两个年轻人在开玩笑,漫不经心地问了一句。无意间又一侧头,他恰恰看到了吴群手中那信封上自己的姓名。"唔,是我的信,谁写来的?"他伸手去接信,吴群和苏晚晴相对着使了个眼色,只好把孟满的信交给晋香。

晋香接过信,看了看信封,大概没看出任何名堂,信没有封口,随着探进两根手指就把里边的信纸捏了出来。他一看信上潦潦草草的几个字,立刻愣住了。孟满在那信上写道:

指导员、连长:

  我走了,到大兴安岭去找晓丽。找到找不到我都回来,那时候你们再处罚我。如果我回不来,你们就把这封信交给团里,证明我的走跟连里没有任何关系。

  不要派人去追我,我不会去坐火车的,那样太慢,我也不会让人追上。

孟满留笔
1975 年 10 月

"他什么时候走的?"晋香很快看完了信,神情严峻又紧张。

"今天早晨。他是截车走的,没坐大客车。"吴群回答。

"他穿什么了?带什么了?"

"好像穿了棉大衣,带了八个馒头……"

晋香沉默了好一会儿,从胸腔里吁出一口气。"他太幼稚了呀!"说着,他沉重地摇了摇头。两个年轻人似乎看到他的眼窝里有些潮湿了。

苏晚晴脑子里时时转着吴群的那一句话:"乔晨生也说,应该早点儿交指导员才好……"虽然不是好事,她也暗暗为能和他一起分享这一点儿未公开的秘密而高兴。她真希望他这个时候能到小卖店来买点儿什么,那么她就可以自然而然地和他交谈,也就可以自然而然地接近。自从那个晚上拒绝了霍晓菲传达过来的顾天成的追求,她心中的一个想法也就此清晰起来了。尤其是经历了一场近于绝望的痛苦,又从黑暗的深渊中跋涉出来之后,她更加明确了眼前自己的路该怎样走。她不再悲哀,不再无由地伤感,随着身体的复苏,精神也全然复苏了。她开始憧憬一个未来,在荒原上生活下去的未来。她甚至相信,在这块土地上生活,自己有能力比别人过得更美好。她开始暗暗等待着一个小家庭的建立,那将是一个幸福的小家,温暖的小家,她将全心全意地为它付出,为它贡献。她也暗暗设定,那个小家的主宰,便是那个细长的身影……此时她还无法把自己和那个影子叠在一起,但是她相信:总有那么一天!这是命中注定。无论有多少波折多少障碍,无论有多少次心的相撞相斥,这都是命中注定的。

天渐渐黑下来了,又到了吃晚饭的时间。连里没有听到有谁议论孟满。也许因为她没有到大宿舍去,也许是指导员、连长有意封锁消息,以免招致过大的麻烦。整个连队平静得很,随着深灰色夜幕的沉降,平静得有些让人寂寞了。

苏晚晴锁上办公室和小卖店的门,准备买了饭端到大宿舍去吃。

不知什么时候食堂早就敲过了吃饭的钟声,苏晚晴走到食堂一看,食堂已经关上了卖饭窗口,几个炊事员正每人端着个饭盆,准备找地方坐下来吃。她推开侧旁的小门进去,看见乔晨生刚走出食堂后门的身影,她心里一阵冲动:"哎——"她把饭盆放在食堂的火墙上,想叫住他,和他说说孟满的事情,不管连队里现在有什么反应,毕竟只有他两个人和吴群最先接近事件的中心。她不喜欢说短论长,但是这时候不和他通一次话,她会感到失落。

苏晚晴随着乔晨生的影子追到食堂后门,天寒风硬,食堂后门半掩着,她刚要伸手推开后门,不由得收住了脚步。她没有想到,刘香云不知从哪里出来,在门外的井台边拦住了乔晨生。

苏晚晴心里一下子跌落了,她想走开,腿又突然变得沉沉的,有些拖不动。"你有啥要整的活儿么,缝缝补补的,织毛衣啥的,拿来我给你弄!"她听见刘香云在黑暗中对乔晨生说。刘香云声音放得十分柔和,满含着温暖和关切。苏晚晴的心一下子紧缩了,头有些昏憒憒的,腿下也有些发软,但是她很想听到乔晨生的回答。她紧张地等待着。心中的一个地方告诉她,他的回答,就是她自己的命运。乔晨生似乎并没怎么迟疑。

"不必了。我自己会。也没啥可弄。"

苏晚晴听到了乔晨生的回答，心里如开化的小河，一下子又畅快起来。我干吗要借孟满的事情去和他搭话呀？她想，何必这么卑怯，这么无聊？我应该站到他面前，伸出手去，告诉他——来吧，我们永远做朋友！她想着，全身被幻想的快意充盈着，轻松又愉快。她刚刚要转身离开，又听到刘香云轻轻咳了咳，用一种试探的口吻说："你知道么？苏晚晴是和警通排那个顾天成……顾天成前一阵托霍晓菲和她提过了呢……"

苏晚晴眼前一瞬间闪过那个晚上霍晓菲和她谈话时，闪回了门洞里边的身影。没想到那影子在这时出来阻挡起她来了。她很气愤，也很无奈。她虚弱地喘息着，昏昏沉沉地静听着门外。门外静悄悄的，夜色中传来远处树林中一两声夜鸟的啼叫。不知那是什么耐寒的鸟儿，啼叫的声音嘶哑又尖厉，钻进耳鼓，刺得人更有些昏沉。过了好一会儿，她才听到一个平淡的男声问："怎么样了？"

那声音很平淡，但是也很低沉。

"嗯……我还不大知道结果……"刘香云说着忽然又扬高了音调，"哎，人家都说你跟苏晚晴咋样咋样的呢，是真的么？你也真是的，怪不得扯得她总拿不定主意呢！"

苏晚晴的身子晃了晃，她使劲抓住门框才没有让自己跌倒。她想象，门外的刘香云说最后这句话的时候，一定在黑暗中眨了眨眼睛。

29

  不知换过多少车，遭了多少罪，孟满终于来到了大兴安岭山里。大兴安岭穿上银白的雪衣，和小兴安岭更成了一对相辅相成的姐妹，只有熟悉大山的人才能分辨得出，两岭相比，大兴安岭的山冈更高些，雪坡更长些，人的踪迹，也或许比小兴安岭稍稍稠密些。
  孟满虽然在小兴安岭的连队里已经生活了五个年头，他仍然辨不出大小兴安岭有什么区别。漫天洁白，遍地洁白，皑皑白雪中涂抹着针叶树幽暗的绿，他只能感觉出，自己累坏了，饿坏了。八个馒头吃了四个，其他四个冻得硬成了石头，早就不知扔在了什么地方。一路上见车就坐，见屋就进，购买过，乞求过，也偷窃过，都是为了安稳下饥饿和劳顿，以及无可抗拒的寒冷。进入大兴安岭山里，他才似乎从混沌中稍稍清醒了一些：茫茫林海，茫茫雪原，到哪儿去找妹妹的身影呢？不过，心里被一种烈焰冲击着，他仍是不肯就此放弃。"指导员，孟满，快来救我！我在大兴安岭山里！快！！！"妹妹晓丽的那封信在他胸腔里激起了一团火，有愤恨，有怜悯，也有揭开秘密的欲望。他要找到妹妹，看看她无声无息地离开连队，离开自己，究竟是去了什么地方，究竟是为了什么？
  记不清离开连队有多少天了，衣兜里带出的钱已经没有多少。一路上偷吃讨喝,唯独不敢拿别人的钱。人饿得狠了,偷吃不为偷,若把别人的钱拈进自己衣兜,那可就成了真贼,那个字眼他可不愿意沾。幸亏大山里的人都慷慨又豪爽,他讨点儿吃喝或是请求借宿一夜,还从没有遭过拒绝。不过,孟晓丽这个兵团里的知青女孩子,打听了多少人也没有人知道,在大兴安岭游荡了好几天,孟满心里燃着的火,有些冷却了。

这一天,不知什么引领着他来到了一家小客店跟前。大兴安岭山里有许多这样的小客店,坐落在偏僻的山坳里,周围没有几户人家。可是这些小客店都傍着一条进山的路,拉货的卡车司机们在这里住宿歇息,偶尔也有个把远离了自己森林小屋的猎手,到里边喝上几杯酒解解闷,所以这种小客店虽然处在荒僻之地,车来人往的,倒也不冷寂。

这个小客店的房屋和大山里其他的客店一模一样,房山也是由拉合辫泥巴垒起的,油毡铺顶,油毡上勒着一道道宽宽窄窄的小木条。朝南的大门口矗起个L形的门斗,门斗上镶着一块脏兮兮的玻璃,就像有谁拿把大扫帚在上边胡乱划拉了一层油。

孟满撑起厚重的蓝色棉门帘走进小客店。门帘油光光滑腻腻的,其实早已看不出本来的蓝色。小店里面一溜三间屋,中间的大,摆着几张粗糙的桌椅板凳,那些桌凳被油污沾染得早已失却了原来的颜色。右手一间是灶间,左手一间严严实实挂着一个乌紫发黑的夹门帘。小店里弥漫着一种说不出的气味儿,孟满掀帘进去,直觉着酸涩、辛辣、焦糊,劣质大烟叶和着炝锅的膻腥一股脑刺进了鼻孔。他感到一下子吸进了过多的龌龊空气,呕也呕不出,只得半憋着气,硬着头皮进到屋子的深处。

屋子深处一张桌子边坐着几个袒胸露肚的大汉，他们一边喝着酒，一边喧嚷着，油噜噜的光脑顶上冒着热气。见孟满进屋，一个人斜眼瞟了瞟他，转头便又加入酒伴们的嘈杂。再也没人理会，孟满只得在一张空桌边坐了下来。

窗子上滴滴答答掉着水珠，投进屋里的微弱的太阳光没有射入多远，便被屋里的烟雾阻断了，屋子里阴暗得很。孟满坐等了一会儿，没有一个人来招呼他，他觉得无聊，想要起身离去，可是不知为什么，似乎冥冥之中有一条奇怪的绳子拉拽着他，令他又不肯轻易就走。另一张空桌上放着一个套着油腻的蓝棉套的大瓷壶和几个倒扣着的粗瓷蓝边碗，他上去，摸了摸壶套，壶套有点儿温，抓起一个碗，倒出一杯马尿样的黄茶水。他倒满一杯茶水，又回到自己的座位上，等待着店主人出现。

没滋没味地喝下几口茶，过了一会儿，左边挂着门帘的屋子里忽然懒懒地传出了一个女人的歌声：

> 没有星星，
> 搭不起银河；
> 没有眼泪，
> 织不出我的歌。
> 哪里有通往山外的路哟？
> 梦里荡来一只木船，
> 载来了哥哥的忧郁，
> 载来了母亲的思念……

歌声凄凄哀哀，清纯柔曼，咬字十分清晰，夹带着十分随意的拖腔。孟满惊呆了。"这是晓丽的声音呀！"他腾地站起身，一步闯上去，挑开了乌紫发黑的门帘。

屋里有一条铺着半截花褥子的土炕，炕的上方的房梁上吊着一个婴儿的摇篮。一个姑娘盘腿坐在炕上，背对着门，正轻轻摇动着摇篮，哼出那支歌。她身穿一件紫红底黄花儿的小棉袄，头上梳着两条细溜溜的小辫子。

孟满又惊又喜，嘴张了张，也没有喊出声来。他又兴奋又激动，攥起两只拳头，在门框上咚咚咚疯狂地擂了两下。

那个姑娘稳住摇篮，慢慢转过身。

孟满一下子呆愣了。不，这不是晓丽！怎么可能呢？这竟然不是晓丽！孟满仔细地瞧了瞧眼前这个女人，他肯定这不是自己的妹妹，甚至，那也不是什么姑娘，那是个如树妖一样满面皱纹丑陋无比，干巴巴的筋骨已然失去了水分的老女人。

孟满一阵昏眩，一下子跌坐在地上。屋里没有人注意他，几个大汉仍旧喝着酒，光脑顶上腾腾冒着热气。

老女人掀起门帘走出来，她走路一跃一跃的，确确实实又像是过去总像是兴高采烈的晓丽。她来到孟满身边，蹲下身，伸手摇了摇他的肩膀。"你怎么了？"她爽声地问，那声音明明又是晓丽的声音。

孟满从昏沉中苏醒过来，但是他不敢睁开眼睛。他从心底产生了恐惧。那只按在他肩膀上的手仿佛携带着一种吸力，使一股凉气从尾骨直袭上脖梗，浑身骨头都在瑟瑟地颤抖。那个老女人见他不吭声，又问了一句："你是谁？你从啥地方来？"孟满仍然没有出声。但是他的眼皮在微微地颤动。老女人肯定看到了他颤动着的眼皮，便伸出手去，扒开他的眼皮看了看他的眸子。孟满无法再回避了，他只得睁开眼，和老女人对视起来。

迎到他的目光，老女人颤抖了一下，挺直腰身离开他远些。"你是谁？你到这儿来干啥？"老女人又问。

孟满爬起身，一只手撑起身体歪坐起来："我是佛山那边兵团的，到这儿来找我妹妹。"

"你妹妹？佛山？"老女人的目光萎缩了，仿佛在探索一个遥远的记忆。但是她什么也没有想起来。当她重新盯视着孟满时，她目光里刚才的那一点儿温和也消退了，她露出一脸的不屑，撇了撇嘴，龇出一口焦糊的黄牙。"佛山？那么远的地儿，你妹妹怎么会到这儿来?!"说着，她站起身，丢下孟满，走到那堆喝酒的大汉们身边去了。

孟满目送着老女人的身影混进了那一堆热气腾腾的光脑顶里，朦朦胧胧地，他仍然看到是晓丽的身影在人堆里轻轻盈盈地晃来晃去，还不时发出一阵咯咯咯的少女的笑声。

耳朵里嗡的一阵鸣响，接着好像是脑顶砸下一个闷雷，孟满觉得自己的灵魂从那压下的闷雷之中跳了出去。小店里一切声响变得遥远了，眼前屋子里的人和物件也搅成了含含混混的一片，他摇摇晃晃地站起身来，朝门口走去。

没有人理睬他，那个女人也没有再看他一眼或是说出句温暖的话给他送行。她在那堆热气腾腾的光脑顶里咯咯地笑着，模样很无耻也很满足。走过那堆人旁边，孟满忍不住又看了看那个女人，他肯定那真的不是晓丽，不是自己的妹妹。老女人树皮一样粗糙干燥的脸上布满一条一道黑褐色的皱纹，她的两颗焦黄的牙很长，乐滋滋地龇在嘴唇的外边。

30

霍晓菲没有把苏晚晴的回答原原本本地端给顾天成,她只对他说:"晚晴说她考虑考虑……"

三个温暖的季节都过去了,先是苏晚晴回家去探亲,不知为什么一探探了好几个月,而后又是霍晓菲救山火造成了伤残,到哈尔滨的兵团总医院治疗再没回来,一晃,冬天便来了。一入冬,人和所有的生物都在寒冷面前退缩了,日子过得无聊极了。尽管身为被人们戏称为团首长的"宠儿排"的排长,顾天成同样感到孤独。有时候他对自己也感到奇怪:过去和现在,身边过来往去的有那么多姑娘,为什么心单单朝那个叫苏晚晴的姑娘倾斜呢?妹妹说得对,自己对她并不了解,然而,自己的魂魄就是被她吸住了,拉也拉不开。

他没有想到世界上真有这么一种情感,能够一触即发,一发而不可收。而且,这感觉就在自己身上被激发出来了。自从那次在火车上看到她的第一眼,不知怎么回事,他的心就被缠住了,她的影子从此就印在了脑子里。当听说她和自己的妹妹在一个团,而且是在距离佛山县最近的一个连队里时,他认定自己肯定还能找到她。火车带着她驶离铁力车站的那个时刻,他又认定,自己早晚有一天要追赶到她身边去。当从霍晓菲和妹妹聊天中得知一个叫苏晚晴的姑娘从大街上唤回了丢失的证件时,他立即把这个名字和自己心中的影像重叠在了一块儿。也就是从那个时刻他做出了决定:一定要调到妹妹的那个团里去!

调动出乎意料地顺利,而且又出乎意料的是,根据他的情况,同意接收他的直接原因是因为那里需要一个合适的警通排长。他一办理调动关系,警通排长的椅子就已经给他留出来了。

待到春天时候又在公路上巧遇到苏晚晴时,他已经快要被自己的顺利冲昏头脑了。更令他感到幸福的是,真实的苏晚晴比他想象中的还要清纯。是呀,难怪大街上的小偷也能被她打动……于是他更加认定:自己的生命,就要和她连在一起了!

时间、空间和寒冷都没有消退他的热情,他决定到那个连队里去看一看,他要亲口对她说:"还考虑什么呀?还耽搁什么呀!你要把我们青春的时光都耗没了呀!"好在有个乔晨生作借口,他假装又去执行公务,骑上马挎上枪便朝佛山县的方向奔去了。

正是星期天。如今的冬季,知青们不再像候鸟一般在家乡和荒原之间飞来飞去。他们不得不承认家乡早已没有他们的位置,城市不再留给他们希望,没有谁再打算敞开城市的大门迎接他们回去。他们看到,这两年除去上大学的,通过各种门路、各种手段回到城市去的知青真正成了城市的累赘,成了城市里一块虽还没有恶化,却已经令人惧怕令人厌恶的病瘤,赘在城市的肌体上——失业、贫困、婚姻、住房……一桩桩无法解决的人生之路上的大事都明明白白地告知他们:必须留在荒原,在那里繁衍生息。城市不再需要他们以真实的生命价值出现,城市只需要他们牺牲。牺牲青春,牺牲理想,牺牲才华,牺牲健康，牺牲欲望，牺牲梦幻……不管是不是需要，他们必须把城市抛弃的这一切转奉给荒原。那片无边的旷野，它乐于接受一切，它什么也不畏惧，它不在乎人类是睿智还是愚昧，因为，任何美好的东西和丑陋的东西，它都有能力吞噬。

连队里还有许多这个冬季不愿意再回家去"探亲"的人。虽然是冬天了，倒也没有比其他季节清冷更多。顾天成骑马跑过麦场进入连队，第一个碰到的是孟满。

孟满在大兴安岭没有找到妹妹，那个小客店的老女人留给他的感觉却从此不肯再离他而去。他总是觉得时不时便有一股凉气从尾骨直袭上脖梗，令他浑身的骨头都抑制不住地瑟瑟颤抖。这也就使得他时不时干着活儿就停下来思索，揣摩那个树妖样的老女人到底是不是妹妹晓丽。在他认真地揣摩思索时，他就整个儿陷入了一种静止状态，任谁呼唤，也无法把他从那深深的思索中吆喝回来。伙伴们当然看不到他脑子里有些什么活动，人们只是时常看到他在颤抖，一颤抖起来，便双手抱臂，脸色灰白，有时牙齿还叩得嗒嗒作响，像是重感冒久治不愈的样子。大伙儿都很同情他可怜他，见他发抖，就通知食堂给他做病号饭。于是刘香云也就硬硬地和出一块面，擀成条儿，还要多淋点儿豆油，多浇点儿酱油，给他做一顿有滋有味的面汤吃。

全连里只有刘香云一个人知道孟满在大兴安岭山里闯荡的情景。孟满从那里回来，见谁也没有说话，一头扎在炕上睡了两天两夜。第三天醒来，两眼直愣愣地望着一个空间，只顾追溯他脑子里的一个幻影，谁问他什么也不答话。晋香和王振山商量后，并没有立刻把孟满出走的消息向团保卫股汇报，他们相信他肯定能够回来。除去自己这连队，还有谁肯相信、肯收容这么一个人呢？他的身体还算健壮，但是心已经残废了。孟满回连以后没有遭到任何责备,只是指导员晋香和连长王振山也希望从他嘴里听出点儿关于孟晓丽的消息。孟满回来以后,他们往宿舍里跑了好几趟,但是孟满不是睡觉就是望着什么地方发愣,谁也没有听到一点儿关于大兴安岭山里的情况。

孟满回连的第五天,刘香云给他去送病号饭。他醒来后一直是同屋的人们替他打饭,他自己连食堂还没有进过。刘香云只是听说孟满从大兴安岭两手空空地回来,天天给他做面汤,还没有见过他。她很想去看看他。开过早饭,她又专门做了一碗飘着油花的面汤,去了孟满住的宿舍。

大家都坐爬犁进山打桦子去了,男生宿舍里只有孟满一个人。孟满一直呆呆地发愣,连里没有给他分派活儿。见刘香云端着面汤进屋,原先仰躺在炕上望房顶的孟满骨碌爬身坐了起来。他先是愣怔了片刻,死死地盯了会儿刘香云,而后不知怎么回事,眼窝竟有些潮湿了。他把被子朝炕里卷了卷。"你坐吧!"他拍了拍炕席,有几分尴尬地说。

刘香云把面汤碗放在炕上,嗔怪地问他:"你还没洗漱呀?"

"唔,还没有。"孟满不好意思地抓了抓后脑勺。"我,醒晚了……"他不再发愣,神态完全正常起来,"你看……还让你把饭送到宿舍来……"

"我早该来看看你的,听说你从回来就有了病……"

"也……也没啥大毛病……就是脑袋一天到晚总有点儿昏昏沉沉的。"

"人家说你连话都不会说了呢!"刘香云含着笑瞥了孟满一眼。孟满看清了她的神态,觉得心里堵塞的地方被她疏通了。他也笑了笑。

"唉,有啥可说,又没寻回晓丽。"

"你没找着她?"

"我……"恍忽一闪,孟满眼前又现出了小客店里那个树妖一样的老女人的影子。

刘香云看到他的表情瞬间有点儿异样,心头漫上一丝疑惑。"你见着她了?"她盯着孟满问。

"我……见着了?……"孟满的目光又变得含混起来,在一个没有阻碍的空间游游移移,"不,那不是她!我肯定,那不是她……可是那声音是她的,衣服是她的,连走路的样子也是她的……"孟满说着,大概那种凉气又从背后袭击了他,他身体抖动了一下,抱住了自己的双臂。

"你怎么啦?"刘香云看着孟满骤然间的变化,禁不住有点儿害怕,她也觉得背后袭上了一股凉气,"你到底儿看她是啥样儿啦?"她知道孟满遇见些什么离奇的事儿,追着想问出个底细。

"我听见她唱歌来着。那歌儿就是唱给我的,你听——"孟满不知怎么一下子抓住了许多天来一直飘忽在脑海中的曲调,颤着嗓音,轻声地唱了出来:

  没有星星,
  搭不起银河;
  没有眼泪,
  织不出我的歌。
  哪里有通往山外的路哟?

梦里荡来一只木船，
载来了哥哥的忧郁，
载来了母亲的思念……

他的嗓音并不怎么动听，又沙哑又沉闷，唱的曲调也不准确，但是，这歌还是被刘香云听懂了。"哎呀，这是晓丽那会儿常唱的一支歌儿呢，天天哼在嘴里，也不知她是从哪儿学来的还是自己编的，哼得好多女生都跟着会唱了呢……刘英姿还总斥责她，说啥哥呀妈呀的，是靡靡之音哩！"

孟满愣愣怔怔地看了看刘香云好一会儿，他眼前又出现了关于那个小客店的一幅阴惨的图画。"你说啥？"后来他启动着嘴唇艰涩地问，"你说这歌儿是晓丽唱的？……"

"没错儿！"刘香云肯定地点了点头，"连我都能哼几句调儿呢，就是不会唱词儿。"

孟满又愣怔了一会儿，再没有说一句话。他的眼神始终在眼前的一个空间里游动，脸上带着一种思索的表情。

刘香云看出孟满已经完全陷进他自己的思索中，不再顾及她的存在，觉得再呆下去已经没有什么意思，便站起身来，指了指她送来的面条。"快吃吧，面条都挤到一堆儿了！"她想了想，又问，"你的饭盆呢？我给你倒下，把碗捎回去吧……"

待刘香云倒下面条走出门外，孟满从窗口看见她直视着前方径直朝食堂走去的身影时，才被现实惊醒。他懊悔不迭："唉，我怎么没多跟她说会儿话就让她走了呢！"他觉得自己还有一肚子的话没有倾倒出来，自己对她的渴念，对妹妹的疑虑，对荒原的失落和无可奈何，这些话哪条都掺着股"娘们儿"味，不能说给男生们听，只能说给她。她把他伤害了，这种伤害反而更激起了他的欲望，他决定去找她。

孟满穿上棉大衣便出了门。外面雪地里虽然阳光普照，但终究遮不住寒冷。他刚刚钻出被窝，浑身的热气还没有散尽，被冷风一抽打，禁不住打了个寒战。寒战过去，他更清醒几分。"我现在找她去干啥呢？就把那些'娘们儿话'说给她听么？"孟满踌躇着不敢上前了。但是满心膨胀着的渴望并不能消退。他便走至井台边，从井台边又走至木工房前的土道。又从那土道回转，从知青宿舍旁的道路直插到底，直抵距离马号不远的两路的交叉口，然后又拐向与溪水相反的方向，顺那条麦场前的道路一直溜达到公路跟前。他一路垂头想着自己的心事，在卑怯与勇气之间反反复复地选择，即使遇上人，也只漫不经心地瞄上一眼，不吭一声。

渐渐地这成了他的一个习惯。他天天在这条无意间划定的路线上来回行走，满腹心事又头脑空空。

顾天成来到连队，在麦场附近碰到孟满，正是孟满昏昏沉沉地沿着他自己的路线溜达的时候。经历几番抓捕、关押、监改的折腾，警通排没有人不认识孟满，只是由于他的案件的特殊性，大家谁也没有真正把他看成一个坏蛋。顾天成见到他，便很高兴地打招呼问："喂，孟满，干什么呢？"

孟满停下脚，他认出面前是个熟人。"我？……啊，我干什么呢？"他脑子没有转过弯儿来，机械地重复着顾天成的问话，那副愣呆呆的样子一下子把顾天成逗笑了。"嗨，怎么这么副傻样儿，怕我是怎么的？我是顾天成呀！警通排的顾天成！"

"呃……顾天成！……"孟满仍然含含混混地叨念着顾天成三个字，不知道他大脑里是否记起了这个名字。

顾天成隐约感觉出面前的孟满有些地方不大对头，是什么，他一时也搞不清。有苏晚晴的影子在脑子里搅扰着，他不打算多跟孟满浪费时间，他决定按自己心中的计划，先找乔晨生，已经到了这个连队，还怕找不着苏晚晴么？况且，说不定乔晨生还可以从中起点儿作用。是好朋友又是老同学，他本不必避讳他，倒还应该请他参谋参谋，帮帮忙呢！他想着，又问孟满："看见乔晨生在哪儿了？"

"乔……乔晨生？"

这又是个熟悉的名字，它肯定在脑子里反反复复地出现过，而且，他似乎对这个名字抱有几分敌意。那张面孔是什么样他可记不清了。现在的脑子真是不好使，所有的人所有的事都搅成了一片，除了刘香云，其他的面孔上的部件统统掺和起来又重新组合，再也难以分清这一个和那一个。难道不是么？就连妹妹晓丽和那个大兴安岭小客店的树妖一样的老女人也缠绕在了一起，摘也摘不开，以至于他无法分清作为人的每一个个体。他为自己不管用的脑袋悄悄叹了口气："乔……乔晨生，他应该在他的地方吧……"

他分不清顾天成要找的那个人是住在大宿舍，还是住在一幢二层楼上的一个有单人床的小房间里。

顾天成疑惑地看了他一会儿，牵起嘴角苦笑了一下，拽了拽马缰绳，朝着男生宿舍的方向走去。

31

自从听刘香云说过顾天成和苏晚晴如何如何的一番话，乔晨生便开始被一种烦乱的心绪困扰着。他想把苏晚晴的影子从心中驱开，但是无论如何也驱不掉，那是一块有魔力的磁石，和他的灵魂他的肉体紧紧吸在一起了。自从那姑娘到边疆，第一眼看到她时起，他的心灵就被撞击出了火花。而且，也就是从那一刻起，他的灵魂就再也没有安宁过，尽管偶尔也有短暂的转移，但那不过是被她搅扰得疲乏之后的歇息。

那一次给连队调走的人们送行时，在汤旺河火车站，他鼓着勇气，试探着跟她聊了会儿。他相信那些话已经表达得足以够一个姑娘思考会儿的了，可奇怪的是，那姑娘却毫无反应。她没有听懂么？不会！他选择了含蓄谨慎的字眼，那些字眼儿并不重要，重要的是方式。谁也不可能不理解那些表达情感的方式吧？

他怎么能想到那姑娘真的单纯到了没有理解他的话呢？他更想不到，当那姑娘把幻想拉回到现实之后，又希望得到一个重复那些语言那个场景的机会。如果他知道这些，如果他知道这姑娘的心原来简单得并不需要琢磨，那么他肯定就会再按那姑娘的希望去做了，他就不会将到手的幸福失却，并一直让那幸福之后的痛苦和懊悔一直跟随了一生。

当时他只知道等待。所有有自尊的人都是这么做的：做出表示，再等待一个回答。这期间自己则没完没了地在升腾与跌落之间经受折磨。他暗中观察着她，想着自己一番表达在她心中是否激起了涟漪。然而，什么迹象也没有显露出来。那姑娘平静得如小溪的流水。

他不敢再去试探了。自己对她毕竟不了解，而且，在这个时候他清醒地想到，在自己炽热的心的背后，实在没有什么能显示自己实力的可能。难道自己能动员她嫁给一个一辈子或许都不可能有太大作为的农工么？他怕委屈了她，更怕她从来没想过选择自己。他不再设法接近她了，甚至抑制着自己不去想她。然而那又如何可能做到呢？当两颗心脏搏动成同一个节律的时候，影子如果不能重叠，灵魂就会吸附在一起。世上没有人知道，这是造物主将人放逐于大地时，为这有感情的动物特别输入的一个密码。让它区别于野兽，区别于飞鸟，区别于花草树木，区别于其他一切一切有生命的东西。

那天在井台边听刘香云讲过顾天成和苏晚晴的事情后，他被震动了。他一夜未眠。"……怪不得扯得她总拿不定主意呢……"想到这句话，他又幸福又痛苦。他不会想到这其中也有刘香云对自己的询问和试探。他对刘香云并没有恶感，他也看出了她对自己倾入了过多的关注，但是，那个安静的姑娘的身影把其他姑娘的影子全都遮住了，他怎么会再去注意别人的目光呢？一个长久的等待长久的期盼得到了证实：她在他的心里，正如同他也在她的心中一样，她与他心心相印。

如果说这意外的证实使乔晨生感到欣慰和些许的幸福的话，那么接下来他便又品咂到了最痛苦的滋味。他决定：自己要真正退缩了。

他把顾天成和自己一起放在一架天平的两端，他清清楚楚地看到了顾天成的分量。不管人的意愿如何，现实往往是未来的先知。在这荒僻的土地上，在这困苦的环境里，在以后漫长的岁月中，他，那个集优秀与优越于一身的顾天成肯定可以给她更多的幸福，这些他大概没有力量达到……家庭的命运，早已经昭示给了他一个暗淡的前程。那也注定是他的后代的前程……如果他将在这荒原上繁衍下自己的后代……

那天夜里，他把自己蒙在被子里，用眼泪告别了自己最珍贵的幻梦。

顾天成牵着马走到知青宿舍旁边的土道上，恰好看见苏晚晴挑着两只铁皮水桶，到井台去打水。他暗暗欣喜，不转眼地看着她到了井边，把水桶挽在井绳上，又把桶哐当哐当地放下井去，他便溜溜达达地牵马走到了井台跟前。"我的马得饮点儿水了。"他笑吟吟地说。

苏晚晴听到有人说话，抬起头来，一看是顾天成，脸腾地一下子红了。"拿……拿什么饮呢？"她局促地应答着，看了看井台上自己从尹长青家借来的水桶，另一只桶还没在井水里，没有摇上来。

"用你的桶不行么？"

"不行。这是给人喝水的桶呢！"

顾天成见她认真的样子，心里酥软软的，仿佛有一股柔软的水流从那里滑过去。他把马缰绳拴到旁边的木架子上，自己走到辘轳的另一边。"我帮你摇上来。"他一手抓住辘轳把，和苏晚晴一反一正地用力，很快把水桶摇了上来。等苏晚晴拎起水桶将水倒进旁边的空桶，又哐当哐当重新撒开井绳，咕咚一声把水桶沉进水里后，他便绕过辘轳把,朝刚刚装满水的铁桶走过去。

"人用马用都一样,马只吃草,人还不如马干净呢!"说着,他拎起水桶朝他的栗色马走过去。

"哎,那桶是我借家属的呢!"苏晚晴要过去阻止,顾天成回头朝她笑了笑,不等她来到跟前,有意尽快把水桶放在了马鼻子底下。

栗色马果然有些渴了,它伸下脖子把嘴浸进了水里。待它刚刚浸湿了嘴唇,顾天成急忙又把水桶从它鼻子下边拽了出来。"哎呀,我忘了,马刚跑了一身汗,喝这冰凉的井水可不好,得让它先歇歇!"说着,他又把水桶拎回了井台上,"喏,这水还给你吧!"

"你看你!"苏晚晴气不得恼不得,蹙起眉头也只好带着笑意,"你看你,这水还怎么要……"她刚刚要转动辘轳把摇上另一桶水,想对顾天成说着话,手又松下了。

"这又怎么啦?"顾天成嘴角抿着笑。

"马喝过了,人还怎么喝?"

"照样能喝呀!你看!"说着,顾天成把挎着的步枪朝身后甩了甩,伏到水桶边,两手抓住桶沿,咕咚咕咚一连灌进了好几口水。然后他又直起身来,用衣袖抹着嘴对苏晚晴说,"你看,没事儿!你们女的呀,就是毛病多!"他一边说着,一边又提起水桶来,不等苏晚晴看清怎么回事,很快地走到井口跟前,提起桶底把一桶水又倒回了井里。

"你——"苏晚晴顿了一下脚,不知说什么才好,憋了好一会儿才迸出一句:"你故意捣乱!"

"你不要,我就给你重打嘛!"他还像先前那样笑吟吟的,一边说着,一边把水桶放回原先的位置上,然后又绕到苏晚晴对面,伸手去抓辘轳把。这时候他的声音十分柔和，动作也很慢，站到苏晚晴对面，就把目光投在了她的脸上。他的目光炽热，炙烤得苏晚晴的脸上又腾起了一层红云。他为这红云有些眩晕了。抓向辘轳把的手在空间停顿了一下，一下子落在了她的手背上。他抓住她的手，温柔地、轻声地说："我帮你打……"

他的喷了火的目光始终没有离开她的眼睛。

苏晚晴有些慌乱了。"别……别这样……"她觉得浑身有些发软，有气无力，只能挤出一点儿声音在口中轻声地呢喃，"别……别这样……"

顾天成有一肚子的话要跟她谈，要问她，但是此时已经什么也说不出来，他只是默默地把她的手握在自己的手心里，靠着手的温暖，传递自己的心声。苏晚晴动了动嘴唇，她想告诉他："不……我已经让晓菲跟你说过，我不想……"但是此时头脑有些发滞，动了动嘴唇，还是没有发出声来。心里有些什么令她感到不安，她不由自主地把目光转向了八三宿舍，她看到乔晨生正从那里出来。她仿佛骤然清醒了过来，身上也注入了一种抗拒的力量。"你看——"她使自己从慌乱、腼腆和尴尬中挣脱出来，漾起笑容，有意提高声调，用下颏朝乔晨生那里示意了一下，"你看，你那搭档来了！"

"搭档？"

顾天成转头看到了正朝这方向走来的乔晨生，一时也变得清醒了。"咳——"他扬起手臂朝乔晨生招了招，"我正要去找你！"

乔晨生一只手里端着个脸盆，脸盆里放着两件刚刚用肥皂搓洗过的衣服。冬天洗衣服真是不方便，小溪的水结了冰，大概厚厚的冰层底下还有流淌的水，要去那里洗衣是不可能了。一个冬天，全连人的用水就指望着这三十二米深的一口井。知青们洗衣服都是借炕洞烧温的洗脸水用肥皂搓上第一遍，然后再用井水清洗。井水凉得像刀子一样扎手，洗一次衣服，手指就要开一次裂。若把井水挑回宿舍放在炕沿口温一温还好些，男生宿舍混乱，水桶不知被谁拿到哪里去了，听到井台上哐咚哐咚地有人打水，乔晨生想借机把衣服清一清。听见有人呼唤，他抬头朝井台一望，一眼看到了正朝他招手的顾天成，接着，他又看到了苏晚晴。

他心里重重地沉了一下，停住脚步镇定了一会儿，才装作若无其事的样子朝井台走去。

"什么风把你吹来了？"他强作笑容地问顾天成。他的目光有意避开了苏晚晴，表示毫不在意她的存在。

"没事儿可干，想出来打只狍子。"顾天成回过手去拍了拍他的步枪的枪托。"一枪没发，子弹还在里边，哪儿有傻狍子等着我打呀！这不，信马由缰地跑这儿来了！"他说着，禁不住含笑看了看苏晚晴。

乔晨生看到了他滑向苏晚晴的目光，苏晚晴也看到了，她觉得夹在两个人中间真不是滋味，便摇起辘轳，恨不得尽快离开这里。

汲满了水的铁桶好沉。苏晚晴两手紧攥着辘轳把，每摇一周都要使出全身的气力。她咬着嘴唇摇了几圈，脸由于吃力已经憋得通红。乔晨生看到苏晚晴吃力的模样，身子不由自主地朝前倾了倾。但是他还是克制住了，脚步终于没有挪动。顾天成和辘轳离得很近，见到她开始吃力地朝上摇桶，便伸手抓住辘轳把，自自然然地一边和乔晨生搭着话，一边帮苏晚晴把水桶摇了上来。

苏晚晴拽上水桶，抓起扁担，刚刚要挑水上肩，顾天成按了按手指示意她放下。"一会儿我给你挑吧!"他毫无做作的样子,转头又随意地和乔晨生扯起什么,那种平和与自然在乔晨生看来,仿佛他与她之间的关系,已经完全可以由他来掌握了。这时候乔晨生也注意到了苏晚晴的神态。他看出她对接受顾天成的关切有几分踌躇。她的目光从顾天成转向了自己,目光中隐含着无奈、忧郁和问询。他读懂了这道目光,故意淡漠地移开了自己的视线。

他的目光有意无意地落到了顾天成背着的步枪上。

孟满迷迷怔怔地沿着知青宿舍前的土道走到井台附近。几个似乎听过、见过的人名完全把他的思维搅乱了。他的头脑里一下子涌上了太多的东西。南山的石头坡,受伤的大白马,倚靠在食堂里间的小仓库里的面粉口袋上的刘香云,大客车上被他揪住衣襟的崔禾,黑龙江镜子一样的冰层,江对岸一队持枪穿军装的"老毛子",解放牌绿卡车载着他游斗时见到的一个连队又一个连队的低矮简陋的拉合辫土房,大兴安岭山中一个坐着许多秃脑顶喝酒汉子的小客店,以及妹妹孟晓丽和一个树妖样的老女人……所有这些人与物的自然景象全都成了一块块轻薄薄的碎片,这些碎片旋转着飞舞着又以不知什么规则胡乱地拼凑在一起,拼成了另一些物体另一些影像另一些环境的图画。他在这图画里漫步行走,没有悲哀也没有快乐,没有追忆也没有幻想,他只是一小块一小块地翻弄那些碎片,把它们放在心里一块一块地掂一掂,估量它们的价值和分量。他看到了井台旁边的三个人和一匹马,信步朝那几个碎片拼凑的影子走了过去。

他觉得这些新拼凑的影像似乎都很熟悉。他又看到一个熟悉的影像的身后,还戛着一支好长好长的枪。

乔晨生看到顾天成背后的枪时心脏剧烈地抖动了一下。乌黑的枪口朝地指着，入眼的是那支铁质的枪管。本来铁灰色的枪管被太阳光照射着，泛起一缕蓝色的寒光。他的目光凝注到枪管上时，和枪管映出的蓝色的寒光交汇在一起，心脏又是一阵颤抖。那枪管的蓝光中透出了苏晚晴无奈、忧郁和问询的面容，还响起了一个记忆中的声音："人家都说她是为了你才不答应他的呢……你干啥还总扯着人家……"

眼前的景象印证了那句话的真实性。是啊，他相信自己的选择是正确的。自己必须远离开她，忘记她，让她把幸福及时揽到怀抱里……不，应该让她忘记自己，让自己在她眼前消失。那时，彼此都解除了痛苦，她从此便可以从一个沉重的感情羁绊中彻底解脱出来，轻松地走上她本该走的路……

他这样想着，许多天来在头脑中思考过的一切很快地闪现了一下，很快便悠然而过，一个念头立刻更加坚定了。他毫不畏惧地走上前去。他决意在一瞬间结束自己。"子弹还在里边……"这是一个不可多得的机会。自己"走火"结束自己，不必追究任何人的责任，却可以换来她永久的解脱……心灵的解脱……他已经看到了她解脱后的微笑，成熟而又宁静的微笑……

孟满出人意料地快步奔跑起来。好久没有这样奔跑了，多日慢慢吞吞的行动阻滞了他脑筋的转动，这一奔跑，全身的血液一下子流得畅通起来，记忆中的碎片开始急遽地旋转着搅动起来。聚合、散开；聚合、又散开；最后终于又聚合在一起，聚合成了一支闪着蓝色光辉的长杆步枪。现在它就直立立地矗在井台边那个熟悉的影像的背后。

他兴奋起来了。他奔跑到顾天成跟前，没等别人看清是怎么回事，他已经从顾天成的肩头上将下了枪背带，把枪抓在了手里。他眯起眼睛，望着闪着蓝光的枪管，嘻嘻地笑了。这是多少年前自己的心愿啊——威威武武地背着一支枪，像个真正的战士一样，一边开荒种地，一边守卫着边境。这才是他心目中的兵团战士啊！这个愿望，今天才算实现了！他高兴地原地跳了跳，左右环视了一下。

身后有马咴咴的叫声。他回过头，看到一匹栗色马。马的影像又在头脑中爆裂开来。哦，这不是我的马。我的马呢？我的那匹结结实实的白马呢？他扭头朝南山的方向看了看，他看见了披着一身红霞的白马的身影。

他飞快地朝着白马出现的地方跑去。

"孟满！"顾天成的枪一从肩上滑走，他惊得呆住了。这时候见孟满抓着枪朝南山的方向跑，才蓦然清醒过来。他急急地朝孟满追赶过去。

乔晨生见顾天成的枪被孟满抢走，也怔住了。他见顾天成追赶过去，脸色一下子变白了。"枪里有子弹！"他对惊住了的苏晚晴说，飞身也向孟满追去。

孟满听见了背后有人叫喊他的名字，他站住了。

南山下的白马披着一身红色一步一步向他走来。

他笑了。他转回身。他看见了两个正在追赶他的人。

"他们是谁呢？"他觉得那两个人的身影似熟悉，又陌生。"站住！"他用枪口对准他们，嘻嘻地笑着。他喜欢开这样的玩笑。喜欢看到别人被他捉弄得哭笑不得，最后再向他求饶。多长时间没有这样开心地笑一笑了呀！从什么时候？从他失去了他亲爱的白马？还是从失去妹妹晓丽时开始？

思维转动到这里，他又纳闷起来。"咦，我的白马呢？"他回头望了一眼，白马不见了。南山那个方向白的是雪，红的是太阳，失落感顿时从心底泛起。他又转回头来，追赶他的两个人并排着在距他不远的地方站住了。他看清了他们。两张面孔陌生而又熟悉。他们是谁？他努力地从记忆中搜索。记忆一片空白。

食堂里的几个炊事员听见了外面的喧哗，纷纷跑出门来观看。他们拥挤在食堂门口，站在太阳底下，站成了一堆。刘香云壮实的身躯在那堆人里有些显眼。

孟满斜眼扫见了刘香云。他的记忆中的一小部分开始复苏了。他记起他从来没有得到过的幸福，也记起了他遭受过的太多太多的痛苦。他不笑了。他的脸色一下子变得格外严肃。记忆的碎片碰撞着在眼前纷飞，恍惚中一些碎片拼成了面前乔晨生这张陌生又熟悉的面孔。他分辨不出这是不是那个被他用小刀刺伤过的人的面孔，他只依稀记得，他给他制造过痛苦，那痛苦如此深重，他深陷其中至今未能解脱出来。不，他不想再见到这张面孔。他希望看到它消失，那样，一个遥远的幸福说不定就会接着降临。他渴望着。他希望眼前纷飞着的碎片重新拼接。那么，他就必须把面前这些曾给予他痛苦的现实击成齑粉……

孟满想着，一层一层地剥蚀着记忆。当他斜扫了一眼，又一次看到食堂门口的刘香云时，他抬起枪管，把枪口指向了乔晨生。

所有的人都紧张得忘记了叫喊，大家望着这可怕的场面，甚至也忘记了呼吸。

"孟满！放下！"顾天成不再有丝毫的迟疑，他纵身跳起来朝孟满扑过去。

枪响了。

顾天成像一只被击中的大鸟，从半空扑跌下来。他的血溅在苍白的大地上，星星点点，就仿佛铺撒在皑皑雪原上的映山红的花瓣，红得绚丽，红得耀眼……

溅在雪地上的鲜血怎么这样红啊？苏晚晴走到倒卧在地的顾天成跟前，小心翼翼地掬起一捧含着血珠的白雪，托在手心上，凝滞着眼神细细地观看。鲜血的红色慢慢浸开了，渐渐浸红了整个雪团。红色的雪团被她的手掌焐化了，从她的指缝间掉落到地上，又浸润了地上更大的一片白雪。这时候的苏晚晴再没有被晕血症击垮，她已经感觉不出眩晕，感觉不出瘫软，她像冰雕一样僵在那里，只是望着从顾天成身体下浸出的红色的雪水发呆。

乔晨生走上前轻轻地将顾天成的身体翻转过来，他坐在雪地上，把顾天成抱在怀里，用自己的身体隔开地上的寒冰。他呆愣地望着无际的荒原，任顾天成的血染红了自己破旧的绿军衣……

连队里的人们从四面八方跑过来，默默地用人墙为顾天成围出了一道避风的屏障。

溅了血的太阳当空照耀着，从人们头顶上又射下一团温暖。远处耐寒的鸟儿已经不再啼叫。

太静了。被枪声震撼的荒原静得没有一丁点儿声音。

顾天成虚弱地睁开了眼睛。他看到了冰雕一样单腿跪在面前的苏晚晴，看到她这么洁净，这么清秀，这么美丽。他牵动了一下嘴唇，对她微微笑了。

"春天花开的时候,你给我摘一朵吧……要那种……蓝色的……小野花……"

他看见苏晚晴安静地、真诚地点了点头。他满足了。他脸上漾出一丝疲倦的笑意,头一歪,沉睡在乔晨生的怀抱里……

追悼会就在连队里召开。仍然是给平光志和"小不点儿"左新华打制棺木的那两位木工,又给顾天成打制了棺木。团里许多人赶到临近佛山县城的这个连队参加了顾天成的追悼会。主持大会的现任干部股股长黄干照例带领大家宣读了《毛泽东著作》的名篇《为人民服务》:"……人总是要死的,或重于泰山,或轻于鸿毛……"这个死于伙伴枪口下的年轻人,属于哪一种呢?他是为爱情而死的。

顾天成的父母从哈尔滨赶来参加了儿子的葬礼。两位可怜的老人几乎被突发的事件摧垮了,尤其是那位母亲,她的目光始终没有离开儿子被放大了的照片。苏晚晴的目光也始终没有离开那位可怜的老人,她在那母亲身上看到了自己母亲的影子。在感应到那母亲内心痛苦的同时,她知道,自己的心也被摧毁了。这摧毁并非因为爱情,而是为了一个自己从没应承过的爱情誓约……

在顾天成的遗体即将运走下葬之前,两个持枪的警通排战士押来了戴着手铐的孟满。那天孟满在混沌中扣动了扳机之后,当看到面前的雪地上迸溅了许多红色的斑迹时,他突然被震醒了过来。他明白自己犯下了不可饶恕的罪过。他把枪丢在地上,身体就软塌了。他面对顾天成的躯体远远地跪到地上,直跪到晋香向团里打了电话,团保卫股的两个人赶来给他卡上了一副冰冷的手铐。

孟满拖着沉重的步子，从人群中穿过，来到了顾天成的父母跟前。他抬起头，两位老人也抬起了头。几双目光相对在一起时，孟满扑通一下给两个老人跪下了。他眼窝里涌出了极度哀伤的泪水。他又将戴着手铐的双手握在一起，擎过头顶，匍匐至地给两位老人磕了一个头。他用颤抖着的声音哽咽地对两位老人说："……以后，如果我还活着，你们就是我的父母……由我来给您二老养老送终……"

听到孟满的话，两位老人上前伸出四只手一齐握住了孟满被铐住的双手。"孩子这不怪你……你不是故意的……"那位母亲流着眼泪，忍着悲恸劝慰孟满，"……我知道你不是故意的……我听说了，孩子……你吃的苦，够多的了……"

"放了他吧！"那位父亲一把抹去淌过鼻尖的眼泪，突然转向黄干，摇着孟满的手铐向他央求，"求求你们，放了他吧……都是孩子……我们不怪他……不能再看着一个孩子……送命……"

整个连队的知青不约而同一齐跪了下来。他们垂着头，含着泪，默默无声。说不清是为了孟满，还是替孟满一齐向两位老人谢罪……

晋香、黄干和所有在场的人们都被这场景感动得流下眼泪。黄干弯身一边扶起第一排的吴群和苏晚晴，一边用被眼泪阻塞的鼻音对大家说："大家请起吧……请起，我一定立即把情况向团党委汇报……"

但是孟满没有被当场释放。追悼会结束，他还是像来时一样戴着手铐，又被保卫股的两个人带上了押送他来的那辆吉普车。临上车前，孟满最后留恋地看了看远处的南山，又转头看了看那些朝夕相处的伙伴。他看到了人群之中的刘香云。

刘香云的目光和孟满的目光接触在一起时，心中禁不住卷过一道波澜。她迟疑了一下,抽身跑出人群,站到了孟满跟前。

"没事儿……"她把声音放得极体贴极温和地对孟满说,"有大伙儿请求,用不了多少时间……有啥事儿,需要啥东西,你就托人捎个信儿来……"

有了刘香云的安慰,孟满心里漾上了一道别人看不见的笑纹。

32

要走了。站在汤旺河橘黄色的铁路站房的石阶上朝前望去,冰封着的汤旺河水宛若一条静止的银带,蜿蜒着向远处伸开,渐渐隐到一个看不见的地方。河对岸高冈上的那一片松林也暗淡了,尽管有雪地的托衬有天光的照映,它还是失却了太阳下的七色光彩,变得阴森沉寂,神秘莫测。火车要到夜间才来。苏晚晴独自看着太阳落下山去,心中复述着一个个荒原上古老的、新鲜的、幸福的和忧伤的故事。她不能相信,这一切都即将从身边掠过,今晚的离去,就是与荒原的永别。她也不能相信,这个感觉中最漫长的一年,竟然是以这样的结局作为结束。对于自己来说,它无疑是最光明的结局,这给予了她希望;也无疑是最伤感的结局,它留给她的,还有永远不可慰藉的悲伤。

春天的时候,她没有忘记为顾天成采上一捧蓝色的小花。那种蓝莹莹的野花儿开放得漫山遍野。追悼会后,顾天成的灵柩被运到团部附近一片旷野的深处安葬了,她不能把那蓝色的小花献到他的墓前,便虔诚地把它们一朵一朵投进了连队西坡下的溪水里。清亮的溪水绕过石子绕过树根托载着蓝色的小花淙淙流淌,就宛若纯净的天河中漂荡着一盏盏祭奠的蓝色花灯。

到了夏天,指导员晋香带给了她一个出乎意料的消息。

那是个晴朗的早晨。像每一个早晨一样,她打扫完办公室,又打开小卖店的门,平静地给出工的人们拿好每一件他们要买的东西。这时候,指导员晋香捏着一个纸卷来到了办公室。等到最后一个买东西的人走了,他说:"锁上门,你来一下吧。"

苏晚晴锁上小卖店的门走进办公室,她见晋香像往常一样,一手插在裤兜里,另一只手捏着燃了半截的香烟,正在狭小的办公室里踱来踱去。

"指导员,有事儿么?"苏晚晴望了一眼桌上的纸卷,她想不出指导员要跟她谈什么事情。

"你……对自己的将来有什么想法么?或者……你是不是已经有了什么考虑和准备?"

"没有。"苏晚晴摇了摇头。她忍不住又将目光从纸卷上掠过。她意识到指导员的谈话大概和自己的工作安排有什么关系。去干什么呢?调到团部里去当教师?到团宣传股去当干事?她知道自己哪一样都能胜任,但是哪一样又都不能奢望。这里和全国一样,所有好的工作岗位都是与家庭出身联系在一起的。出身不可改变,她也就不再幻想着改变自己。

"……没有……"

她吐出这两个字时,觉得自己有几分可怜巴巴的。

"那么……"晋香上前展开了桌面上的那张表格,将它朝苏晚晴站立的地方挪了挪,他的声音忽然变得有几分嘶哑,"你去上大学吧……"

"我……上大学?"苏晚晴在心里惊呼了一声,嘴唇翕动了一下,但没有发出声来。

"是呀……这次团里有四个名额,只招收你们本地的知青,干部股长黄干负责分配名额,我要求他分给咱们连里一个。"

苏晚晴觉得自己的脑子里忽然一下子被什么掏空了,一时失去了思维。

"……我从来没有向上级提过任何要求,这是第一次……"晋香踩灭烟蒂,吁了一口气,扬起脸来,显出稍许的轻松,似乎也卸掉了最后一点儿自责,"走吧,上上学,深造一下,将来干点儿适合你的工作……我想过了,我这样做,是为国家送出一个人才,这没有什么不好!"

苏晚晴的眼睛湿润了。她深深理解,指导员为她争取来的,是一个再生的机会。这是她走出荒原的唯一的机会,最后的机会。以前没有过,以后也不会再有了。明年她就二十五岁,那是招生的最宽年限,而家里目前也没有帮助她的条件……她对晋香更深深感激。她知道自己表面看上去安静、羸弱的身体内部,其实深埋着一股别人所不知的活力。它是智慧、才华与耐力的聚合。它的宝贵,它的价值,只有在一定的条件,一定的环境中才能得到发挥。许久以来,她都按捺着它们,不让它们活跃,不让它们露头。她不是坚强的人,她害怕它们招惹是非,她没有胆量抗拒,没有力量负载更多的压力。她只像帷幕后面等待表演舞蹈的羞怯的小姑娘一样，希望自己的光华得到展现，又害怕台下一双双盯视着自己的目光……她默默地等待了许多年，时光就在人们的漠视中悄悄溜走了，体内那一束跳跃着的火焰，眼看快要熄灭了……没想到这一刻，面前这个深谙人的内心的炮兵教员，竟然捧来了一颗助燃的火种……

苏晚晴觉得心脏剧烈地抽动了一下，她难过地闭了闭眼睛，走上前去，用两手轻轻抚平了那张卷曲着的表格，两串泪珠从脸颊上滚落下来，无声地滴落在纸页上……

不知道几个一起升学走的老乡都在什么地方。在连队里已经听说，团里另几个上学走的人也要乘这趟火车回去。苏晚晴四下看看，她并不希望真正找到他们。她宁愿这一路独行，在寂寞的旅途中好好整理一下自己的心绪。

那一张表格来得太突然了，在那之前，她没有一点儿离开荒原的思想准备；那张表格批准下来又太迟了，一直到过完了夏天，过完了秋天，又进入了再一个冬天为止。晋香给黄干打过好几个电话，向他询问消息，黄干也一无所知，他只是说："再等等吧，再等等……这次是计划外招生，说不定就是要迟一些的……"

那段等待真是让人难熬啊。对于苏晚晴要去上学，连队里人们由关切渐渐转向了淡漠，她自己呢，一颗心就那么不上不下地悬着，落不到实处，也不知道前方的路再该朝哪里走。

有一天她在井台附近碰到了乔晨生。自从顾天成出事以后，她很少看见他了，偶尔遇见，两个人也只淡淡地对视一下便侧身而过，两个人的心里，都压上了太沉重的东西。这一次，他走到她的对面，站住了。

"你什么时候走啊?"他好像随意似的问。

"谁知道呀。"苏晚晴没想到他还在关注着自己,冰冻起来的心又有些苏缓了,"哎,那事儿也许黄了!"她发现,此刻的自己,竟然希望这话成为现实。

"那怎么会。"他淡淡地笑了笑,"可是,你为什么非要报考你们那里的学校呢?"

苏晚晴看到他说这话时脸上布上了一层红晕。她看到了那红晕背后的期望和留恋,心不禁被震动了。"哎,想回老家嘛!"她言不由衷地说着,心里却朝他呼喊起来,"天哪,你为什么不劝我留下来呢!"

她等待他说出自己等待的东西,可是,他却沉默了。他低下头去,用鞋尖踢出了浮雪下的一块小石子,再也不出声了。她的心里失望极了。

这能怪谁呢?本来,人在等待之中,除去等待的目标,一切都成了没有意义的东西。他只知道她等待着欢天喜地地去上大学,回到父母身边,他怎么能想到,她所等待的又是什么样的命运呢?她的心又被他拨动了,在走与留之间,她没有勇气做出选择。那么就等待命运的指令吧!她害怕命运之神给她安排下任何一种结局。她心里乱极了。

在一个好天气的日子,她独自走上了去往南山的那条田间路。那条土路被冰雪覆盖着,上边印下了好多深深的车辙。

顺着记忆中的岔口走下坡去,那片鹅卵石的浅滩不见了,眼前只是一个冰天雪地。溪水冻结的冰层像镜子一样光滑,冰层上的浮雪大概是被风拂去了,太阳光又从无叶的树顶上直投下来,于是晶莹透亮的裸冰反射出了闪耀着的七色光彩。而那雪又成了一条条洁白的绸带,柔软地搭挂在倾斜着腰身的树干上,搭挂在落叶后只剩下荆条的树丛上,搭挂在攀架成穹隆的虬枝上,搭挂在溪水两岸错落着的坡地、沟沿和土地上。玉树的枝杈纠纠缠缠地交织起来,配上透明的冰板,配上蓝宝石似的天空,再衬上两旁向无垠的远处伸展而去的莽莽雪原,这一切冰雪的景物,便造成了一座天然的水晶宫殿,世上难以见到的冰清玉洁玲珑剔透的宫殿。任何言辞,都无法再形容它的美丽。

苏晚晴站在这冰雪的宫殿当中,被它的美丽骇住了。她仰头细瞅着编成穹顶的树挂,低头滑动脚步从冰板上寻找着自己的身影。她忘记了一切。当她无法再承受这美丽对于灵魂的摇荡时,她便轻轻地俯下身体,轻轻地趴下来,轻轻地展卧在了结成冰的小溪上……冰层下的溪水仍然淙淙地流淌,唱出银质的歌声……她听到了……她以为这是天国传来的仙乐……

苏晚晴在溪水结成的冰板上趴卧了好一会儿,直到冰凉的寒气沁入身体,她才站立起来。沁入身体的凉气滤去了她头脑中一切杂乱的思绪,她让头脑停止转动,心里享受着宁静,直到看见一只乌鸦远远地飞来。

从远处飞来的乌鸦停落在坡上的一棵树丫上。乌鸦身上总是跟随着一些不祥的传说。这么美好的地方美好的时刻,它的到来意味着什么呢?冰雪的宫殿似乎有些暗淡了。苏晚晴的心有些沉重起来。她迷惑地望着这片美妙的境地,忽然不知道自己为什么要到这里来,在这里要寻找什么。她不安地四下看了看,慢步朝坡上走去。

乌鸦的眼睛清晰可见，它环着一个黄色的圆圈，里边黑亮的小圆眼珠盯着她骨碌碌地转动。乌鸦原来也能投出视线的呢，它的视线可以与人交流。苏晚晴的视线和它的视线接触在一起，她感觉它盯视着自己的眼睛里隐藏着什么不可言说的秘密。它就是命运之神吗？她惊恐地问自己。她下意识地回头看了看，身后那美丽的冰宫已经被灌木丛的荆条遮掩了。

眼前只是寂寞的雪原，没有一点儿声息。苏晚晴感到了寂寞中的恐惧。好吧，她在心中虚弱地对乌鸦说，你就占卜我的命运吧，让我得知过去，也得知未来……她面对着高处树枝上的乌鸦，在心中设下了要祈知的内容：我从你的身下走过去，你不飞走，就是告知我会永远驻留在原地，留在他的身边；你飞走了，那就是命运暗喻我，肯定会失去这荒原上我最留恋的东西……

她目不转睛地看着树枝头的乌鸦，小心翼翼地抬腿迈步。离乌鸦越来越近了，她的心也越绷越紧。她害怕它飞走，又不情愿它留下。她已经失去了自己的意识自己的选择，她把命运交给了这只预示不祥的鸟儿去决断。走与留之间已然没有明确的界限，幸福与悲伤之间也再没有界限，她只盯着那只乌鸦，等待它飞走或是留在树枝上。

乌鸦大概看出了她的心思，始终居高临下地观察着她。它神情严肃，胸有成竹。它懂得一个姑娘在前程与爱情之间最终舍弃的只能是自己，只能听天由命，靠冥冥之中那种未知的力量把她推上随便哪一条路。它用先知的目光看看她，但是它并不急于表露。它还想看看一个姑娘在进行命运的决断时刻究竟具有多么大的力量。

苏晚晴没有力量再朝前走了。离乌鸦站立的大树只有七八步远了。其他的鸟儿这个时候都会被惊飞的，可是那乌鸦还是用人一样严峻的脸色面对着她。苏晚晴停下脚步：这么说我是肯定要在他的身边留下来了……她有些释然。但释然的感觉只停留了片刻，她立刻被更大的悲哀击中了。她眼前一瞬间划过了现实中所有生活片断的掠影。她看到了在土炕上被许多双粗糙的大手按压着赤裸的翠珠的身体和注视着那身体的一双双漠然的目光；她看到了烈日下割豆子时孟晓丽跪在大田中绝望的哭泣；她感觉到了一筐远远超过自己体力极限的水泥压上肩头压挤出体内的鲜血时的虚弱……她还看到了一个个肮脏的拖着鼻涕的小孩子穿着大人的雨靴和鸡鸭们一起被赶出麦场……这一切，和背后的美丽的仙境相去甚远，这一切与他能给予她的幸福肯定也相去甚远。然而这些都在这荒原上并存着，幸福与不幸并存着。荒原以它的宽厚承纳着一切，以它深厚的内力把所有的善良与邪恶、睿智与愚昧、美丽与丑陋、欢乐与痛苦搅拌在一起，融合在一起，捏弄出一个令人外表宁静，而心脏却无时不在相对的两极间来回冲撞、上下跌宕的怪异的世界来，让人在其中经受永世的考验和磨炼。而且，这世界任谁也难以改变。苏晚晴深知自己没有力量和荒原的力量抗衡，留下来就意味着被吞噬。望着树顶上纹丝不动的乌鸦，她有些恐惧。她想退到什么地方去，又感觉这无际的荒野似乎无处可以退身。

她只得振作着自己，鼓起勇气再朝前走。大概是这一生就该这么鼓着勇气朝前走吧？那么就这么鼓着勇气走到他面前，告诉他：我不能走啦！是命里注定的！然后，就请求他为她搭造一个安宁的窝……她这样想着，心里渐渐地有些坚实了。她不再看那乌鸦，径直朝连队通往南山的那条被雪覆盖着的田间土路走去。这时候她心里还只晃动着乔晨生的影子。

就在她走到树下的那一刻，就在她在命运的十字路口已经选定了其中一条路的那一刻，头顶上那只乌鸦忽然扑闪起了翅膀，它抖落了树枝上好多的雪。冰凉的雪散落在她头上、身上，钻进她藏着温热的脖颈里，接着，那乌鸦就一下子弹向了天空，发出呱呱呱的叫声，头也不回地飞走了。

苏晚晴惊愕了。她感觉心脏在胸腔里剧烈地摇晃了几下，然后骤然间跌碎了……

天色越来越暗淡。苏晚晴望着悄悄落下的灰色的天幕，想到汤旺河的景物很快就要沉浸于夜色之中，她便不再做别的畅想。此刻，她的心绪十分平静。早上离开连队时全连的人都到大道口为她送行，唯独乔晨生没有露面。他对她的离去毫无反应，这让她感到失落，却也让她从中找到几分平衡。她猜想几年的揣测、等待或许单单只是自己的错觉，是自己判断上的错误，为此，她又隐隐地为自己感到几分羞惭。

好在这一切都结束了。她不必再挂恋什么。对荒原的眷念将与生命长存，她却丝毫不必再有愧疚和懊悔。眼前只摆着一条路，一条崭新的路，她将再不迟疑地朝前走，再不必撕心裂肺地在走与留之间颠三倒四地折磨自己。前方肯定洒满阳光，如她自己所想，如果挣脱了这地方荒蛮的捆绑，她有力量再塑造一个自己。她最后静静地望了望已经沉浸于灰暗之中的冰封着的汤旺河和远处高冈上的那一片松林，便平静地朝路轨那一边的兵团转运站走去。她想去那里暖和暖和，歇一歇，安心地等待半夜时火车的到来。她想象着跨过路轨时她将再扭头看看堆放在那里的一堆枕木。那堆枕木隐约还在。它毕竟给了她一个青春的梦和一段温暖心间的美好的话语。她想着,拎起提包,迈步跨下站房前的石阶。

面前出现了一个人影。当她猛然间意识到了那挡住去路的人是谁时,身体晃了晃,好不容易控制住自己才没有晕倒。

"把提包给我吧。"乔晨生伸出一只手说。苏晚晴还在愣怔着,拎着提包的手臂沉沉地垂着,动也没动。乔晨生看了她一会儿。他看出她眼前飘荡着一片暮霭。暮霭飘荡在两人之间,飘飘渺渺,虚虚幻幻。它是一道脆弱的薄纱,伸手便可以撩开。他伸出手去,用自己宽大温热的手掌包在了她冰凉纤弱的手背上,攥得紧紧的,攥得她抓着提包带的手心有点儿疼。她顺从地让他攥着手,把提包的重量从自己手中传到他的手上。他就这么攥着她拎着提包的手,两人默默无语,一直走下坡,一直走进了转运站。

转运站一溜简陋的木板房全都亮着灯。灯光有些暗淡,一些嗡嗡的说话声从房间传出来。乔晨生把苏晚晴带进一间空房里,房里只有一条铺着苇席的木板大通铺和一个条凳。他松开手,她从他的掌心里脱出自己的手,看着他把提包放在铺上。

"坐下歇会儿吧。"他指了指板铺,自己坐在铺前的条凳上。

苏晚晴打量了一下房间,她记起当初许多伙伴调到别的团里去的时候,谢冬梅就在这条铺上躺过。后来她睡着了,自己正听着他在外边的枕木上讲那些始终未能得知内容的话,于是谢冬梅误了火车,又留了下来。她希望他此时此刻将那些话再重复一遍。她感觉出自己此刻虚弱无比,只要他流露出一点儿感情,她就会扑进他的怀里痛哭起来,然后,她可能就会跟随着他,重新返回连队。她不知道自己的动摇会产生什么样的结果,她只知道那样自己肯定不会跳上今夜的火车。

然而他什么也不说,他只把自己随身带着的一个军用挎包拢到腿上,默默地坐着。她也默默地坐着。她听得见屋外高压线在夜风中发出尖锐的鸣响。

没涂油漆的白碴门板吱呀响了一声,门被推开了,一个姑娘随着门外的冷风钻进门来,旁若无人地径直走到板铺跟前,把一个黑色的手提包放到铺上,然后自己在板铺的另一边坐下来。她坐上板铺便收上两脚,像当地人那样盘起了腿。她的一只眼睛有点儿斜视,她盘腿坐稳以后就把斜视的目光投在地砖的一条缝隙上,再也不转动。那表情也沉沉的,不知是怀着满腔的离愁,还是有什么事情惹得她不愉快。苏晚晴看出她是自己的老乡,是这次全团升学的"四分之一",说不定将来还是同学呢,但是她一点儿也不想理睬她。她的心整个儿被坐在条凳上的乔晨生占据着。

时间一点儿一点儿溜过去了,那姑娘就像一把巫婆的扫帚,气愤愤恶狠狠地戳在那里,好长好长时间,动也不动一下。

假如那一幕推移到二十年之后,推移到现在这个坦率得无所顾忌的时代,那一对年轻的男女说不定就不会再用那样的力量克制自己。说不定他们那离别的最后一点儿时间反而会成为一种新的生活的开始。他们会把那一点儿时间用心中埋藏着的全部爱恋填满,直到历史改变,再从那新的历史中共同寻求他们的再生。

可那是个拘谨的年代,他们只能无奈地默坐着,忍受着一个斜视的目光的监视。

火车从远远的地方奔来了，鸣着汽笛，汽笛声在寂静的夜中十分刺耳。路轨震颤着，震颤传进大地，又传到苏晚晴心里。苏晚晴惊慌地跳到地上。"火车来了！"她忽然感到一阵绝望。

"不，它要开到乌伊岭，然后再掉头回来……"

是呀，它是要开到列车的终点，然后再转回来。苏晚晴让臆想中的列车终点那圆形的山包在头脑中闪现了一下，很快就把它推开了。她要抓住这一点儿时间。这是离别的时刻，或许，便是永别的时刻。她不知道怎样才能抓住它，让它变成永恒，至少，让这一刻永远留在自己身边，留在他的身边。

"给我一点儿粮票吧。"她信口说。她并不真的需要粮票，她只想留下一点儿他的东西。随便什么，只要是属于他的，可是她知道他身上除了一点儿钱和粮票，肯定一无所有。"我在哈尔滨换车的时候需要买点儿饭吃。我的粮票忘记放在外边了……"这是真的，也是假的。她需要一点儿连接起他们的东西。

他也好像一个溺水的人终于抓住了岸上抛来的一根绳子，这绳子将给予他生命。他急忙翻着衣兜，抓出了一沓粮票。他把一沓粮票整个儿交给她。

"哪会需要这么多？"她捏出一张，把其余的还给他。她知道这一沓粮票肯定是连队发给他的这一个月的口粮。她的粮票已经全都留给了别人，连同许多别的东西。

"不，你都拿去！"他的口气不容推辞。他当然知道这些粮票一出这个省份就成了一沓废纸。

苏晚晴不再推让，她小心地把这一沓粮票塞进贴身的衣兜。粮票还带着他的体温，她的肉体感觉到这体温时心里颤抖了一下。她想哭,但是她忍住了。她装出了一丝轻松的笑容。"都给了我,你该挨饿了……"她说。

他的身体动了动,什么也没说。苏晚晴看出他控制着自己不再开口。她脑子里飞快地转动了一下。她瞬间搜索了一下身上身外所有的东西,她想留给他一点儿什么,但是,什么也没有。铺上放着的手提包里,只放了一点儿回家后就要换洗的衣物。她踌躇着,站在他面前,不知怎么办才好。"你回去以后,帮我办一点儿事情吧……"他不动声色地说。

"好的!"她抑制着自己,也没有动声色。反正帮他办什么事情她都高兴,都心甘情愿。任何一点儿事情都可以成为继续牵连起她和他的绳子。她真害怕这绳子一会儿就会被扯断,两只风筝各自飘荡,永远不再汇合……

"你帮我买一个收音机的布面儿来吧,就是蒙在收音机前面的那块布,我在攒一台收音机……"

"好的。"她的心又跃动起来了。她心想他当然不会指望什么收音机那块布,他要的是她的地址。天啊,他真有点儿心眼儿!她真想扑进他怀里,抱住他,告诉他:好的好的,我当然乐意办,我到家就把地址给你寄回来!不过苏晚晴暗自兴奋了片刻,心里又有些黯淡了。你应该告诉我,让我等你,等你也设法走出这块荒凉的土地……只要有你一句话,那么,当我不愿再等下去的时候,我就会回来……回到你身边……

她在心里对他倾进了一切缠绵,但是,她自恃着,什么也没有表露。她是个矜持的姑娘。屋里还有那个斜视的女孩儿。

那个一只眼斜视的女孩儿始终盘腿坐在木板铺上,瞅着地上的那条砖缝,像一只讨厌的泥胎。

夜空中又鸣起了火车的长笛。

"火车回来了!"房间里的三个人都有些惊惶。他站起身来,和她面对着面。她等待着。她期望此刻他拥抱一下自己或是做出一点儿别的表示。可是他没有。

那个斜眼的姑娘拎起手提包,身体挪到炕沿上,无声地望着他俩。

"走吧!"他凝视了她片刻,大步跨到铺前,拎起她的手提包。

苏晚晴站在列车的踏梯上,抬起头来,最后望了望夜色中的汤旺河。结了冰的汤旺河被橘黄色的铁路的小站房挡住了,远处的墨色的松林也被小站房挡住了,眼前只是一片寒冷的夜。夜的幽蓝的天空缀满闪烁的星星,夜的无垠的大地铺满皑皑的白雪,夜的荒原的小站上只站着乔晨生一个孤独的人影。他的身体在寒夜中僵住了,一动也不动。

列车的门很响地关上了。所有的车门大概都关上了,只剩下了苏晚晴站立的这一个。列车员推了推她,放下了她脚旁的踏板。苏晚晴身体朝车下倾了倾。她想他肯定要伸出手,握一握她的手。但是他没有,他只是用沉沉的目光望着她,那目光一直望到她的心底。

"你走了,这我就放心了……"

她忽然听见他说。她要再听,可是,车门砰的一声关上了,关得好粗暴。

她没有看见他伸出手来,也再没有看见他说出别的话。她的眼泪刷地一下子流了下来,顿时泪流满面。

火车徐徐移动了。她以为他会跟着火车奔跑,可是,他没有。她从车门的玻璃上望出去,看见在火车启动的那一刻,他转过了身。他转过身后再也没有回头。

他大步地朝着夜的深处走去了。他摘下了一直戴在头上的皮帽子。他的头发被夜风吹得乱蓬蓬的,就像这荒原上一簇野生的杂草……